JOELLE CHARBONNEAU

Die Auslese

Buch

Es ist ihr Schulabschlusstag, und die sechzehnjährige Malencia Vale sowie die gesamte Five Lakes Colony (früher bekannt als Great Lakes) feiern ausgelassen. Das Einzige, an das Cia denken kann – und was sie sich mehr als alles andere wünscht –, ist, dass sie sich für die Auslese qualifiziert hat. Es ist ein strenges Auswahlprogramm, für das die allerbesten und klügsten Schulabgänger des United Commonwealth ausgesiebt werden, um zu den neuen Führern der sich langsam erholenden Nachkriegsgesellschaft ausgebildet zu werden. Als Cia tatsächlich aufgenommen wird, erzählt ihr Vater ihr zum ersten Mal von seinen eigenen albtraumhaften Erinnerungen an die Auslese. Mit seinen mahnenden Worten im Ohr, niemanden zu vertrauen, macht sie sich auf den Weg nach Tosu City – an einen Ort fern von ihren Freunden und ihrer Familie, von dem sie vielleicht nie mehr zurückkehren wird. Und wo Abenteuer, Liebe und tödliche Gefahren auf sie warten …

Autorin

Joelle Charbonneau begann mit dem Schreiben, als sie noch Opernsängerin war. Heute ist die Schriftstellerei ihre größte Leidenschaft. Joelle Charbonneau lebt gemeinsam mit ihrem Mann und ihrem Sohn in der Nähe von Chicago. Wenn sie nicht schreibt, arbeitet sie als Schauspiel- und Stimmtrainerin.

Joelle Charbonneau

Die Auslese

Nur die Besten überleben

Roman

Deutsch von Marianne Schmidt

blanvalet

Die Originalausgabe erschien unter dem Titel
»The Testing« bei Houghton Mifflin Books, Boston.

MIX
Papier aus verantwortungsvollen Quellen
FSC® C014496

Verlagsgruppe Random House FSC® N001967
Das FSC®-zertifizierte Papier *Holmen Book Cream*
für dieses Buch liefert Holmen Paper, Hallstavik, Schweden

1. Auflage
Taschenbuchausgabe November 2014
bei Blanvalet Verlag, einem Unternehmen
der Verlagsgruppe Random House GmbH, München

Redaktion: Werner Bauer
Lektorat: Holger Kappel
Herstellung: sam
Druck und Einband: GGP Media GmbH, Pößneck
Printed in Germany
ISBN: 978-3-442-26415-5

www.blanvalet.de

Für
Stacia Decker –
aus ganz unterschiedlichen
Gründen

Kapitel 1

Heute ist also der Tag der Abschlussfeier.

Ich kann kaum still stehen, während meine Mutter meine rote Festtagstunika glattstreicht und mir eine Strähne meines hellbraunen Haares, die sich vorwitzig gelöst hat, hinters Ohr steckt. Endlich gibt sie sich zufrieden und dreht mich an den Schultern herum, sodass ich mich in dem Spiegel betrachten kann, der an der Wand unseres Wohnbereichs hängt. Rot. Ich trage Rot. Kein Rosa mehr. Ich bin jetzt eine Erwachsene. Den augenfälligsten Beweis dafür vor mir zu sehen, das verursacht ein durchaus kribbeliges Gefühl in meinem Magen.

»Bist du so weit, Cia?«, fragt meine Mutter. Auch sie trägt Rot, doch ihr Kleid ist aus einem hauchfeinen Stoff gemacht, der in geschmeidigen Wellen bis auf den Boden fließt. Neben ihr sehen meine ärmellose Tunika und die Lederstiefel kindlich aus, aber das ist schon in Ordnung. Ich habe noch genug Zeit, in meinen neuen Lebensabschnitt hineinzuwachsen, schließlich bin ich mit sechzehn Jahren ohnehin noch jung für diesen Schritt, ja sogar bei Weitem die Jüngste in meiner Klasse.

Ich werfe einen letzten Blick in den Spiegel und hoffe, dass der heutige Tag nicht das Ende meiner Ausbildung bedeuten wird, aber diese Entscheidung liegt nicht in meiner Hand. Mir bleibt nur mein großer Traum, dass ich für die Auslese ausgewählt werde. Ich schlucke krampfhaft und nicke. »Ja, lass uns gehen.«

Die Abschlussfeier findet auf dem Marktplatz der Kolonie statt, mitten zwischen den Ständen, an denen es Backwaren und frische Milch zu kaufen gibt, denn die Schule ist nicht geräumig genug, um all den Leuten Platz zu bieten, die anwesend sein werden. Die gesamte Kolonie wird nämlich kommen, was nicht zuletzt daran liegt, dass praktisch jeder Bewohner mit mindestens einem der Schüler verwandt ist, die heute ihren Übergang ins Erwachsenenalter vollziehen oder ihre Versetzung in die nächsthöhere Klassenstufe feiern. Dieses Jahr gibt es die größte Abschlussklasse, die die Five-Lakes-Kolonie je gesehen hat. Acht Jungen, sechs Mädchen: ein deutlicher Beweis dafür, dass es aufwärtsgeht mit der Kolonie.

Mein Vater und meine vier Brüder, alle in das Purpurrot der Erwachsenen gekleidet, warten vor unserem Haus auf uns. Mein ältester Bruder, Zeen, wirft mir ein Lächeln zu und zerzaust mir die Haare. »Bist du bereit dafür, die Schule endgültig hinter dir zu lassen und mit uns anderen Strolchen hinaus ins wahre Leben zu ziehen?«

Meine Mutter runzelt die Stirn.

Ich lache.

Zeen und meine anderen Brüder sind alles andere als Strolche. Die Mädchen werfen sich ihnen praktisch an den Hals, und zwar ständig. Doch während meine Brüder gewiss nichts gegen einen Flirt einzuwenden haben, scheint keiner von ihnen ein besonders großes Interesse daran zu finden, sesshaft zu werden. Sie finden es spannender, eine neue Hybrid-Tomatenplantage anzulegen, als eine Familie zu gründen. Zeen allen voran. Er ist groß, blond und klug. Sehr, sehr klug. Und trotzdem ist er nicht für die Auslese ausgewählt worden. Dieser Gedanke lässt meinen großen Tag in einem trüberen Licht dastehen. Vielleicht ist das die erste Lektion, die ich in meinem Leben als Erwachsene zu lernen habe: Man bekommt nicht immer das, was man sich wünscht. Ganz bestimmt hätte Zeen gerne die Universität besucht, um in Dads Fußstapfen zu treten. Ohne jeden Zweifel weiß er genau, wie mir im Augenblick ums Herz ist. Einen Moment lang wünsche ich mir, ich könnte mit ihm sprechen und ihn fragen, wie er damals mit dieser Enttäuschung fertiggeworden ist, die heute vermutlich auch auf mich wartet. Unsere Kolonie würde sich glücklich schätzen können, wenn überhaupt jemand aus der Abschlussklasse für die Auslese ausgewählt würde. Es ist zehn Jahre her, dass man sich zum letzten Mal für einen Prüfling aus Five Lakes entschieden hat. Ich bin gut in der Schule, aber es gibt andere, die besser sind. Viel besser. Welche Chancen habe ich da schon?

Mit einem gezwungenen Lächeln erwidere ich: »Na klar. Ich kann ja wohl kaum ewig in der Schule bleiben, wenn ich irgendwann – bis dahin seid ihr anderen alle längst verheiratet – der Kolonie vorstehen will.«

Hart und Win erröten. Sie sind zwei Jahre älter als ich, und allein die Vorstellung, sich mit Mädchen zu verabreden oder zu heiraten, macht ihnen gehörige Angst. Die zwei sind glücklich, wenn sie Seite an Seite in der Gärtnerei arbeiten können, wo sie die von Dad gezüchteten Blumen und Bäume hegen und pflegen, um der kaum noch fruchtbaren Erde am Rand der Kolonie zu trotzen.

»Wenn wir nicht endlich aufbrechen, wird keiner von euch in Zukunft viel zu tun haben.« Mutter ist schon vorausgegangen, und ihre Stimme klingt scharf. Meine Brüder und unser Vater folgen ihr rasch. Die Tatsache, dass es keineswegs den Anschein hat, als ob Zeen oder Hamin in nächster Zeit heiraten würden, macht unserer Mutter schwer zu schaffen.

Dads Arbeit ist der Grund dafür, dass unser Haus weiter vom Zentrum der Kolonie entfernt liegt als die meisten anderen. Meine Brüder und mein Vater haben die Erde rings um unser Zuhause urbar gemacht, sodass dort inzwischen üppige Pflanzen und Bäume gedeihen, doch schon ein paar Hundert Schritte von unserer Haustür entfernt ist der Boden rissig und aufgesprungen. Dort wachsen nur einige Gräser und ein paar niedrige, armselige Bäume. Dad hat mir erzählt, dass es um den Erdboden Richtung Westen noch viel schlimmer bestellt ist, was der Grund dafür sein dürfte, dass die Verantwortlichen der Five-Lakes-Kolonie diesen Ort hier für die Ansiedlung bestimmt haben.

Gewöhnlich fahre ich mit dem Fahrrad. Einige der Kolonie-Bewohner besitzen eigene Autos, aber Benzin und Solarzellen, die groß genug wären, um sie anzutreiben, sind viel zu wertvoll für den alltäglichen Gebrauch. Heute trotte ich hinter meiner Familie her, als wir die beinahe fünf Meilen zu unserem Marktplatz zu Fuß zurücklegen. Dieser Platz hat die Form einer Schildkröte mit einer ovalen Mitte und vier Anhängseln an den Seiten. Im Zentrum befindet sich ein wunderschöner Springbrunnen, der klares, glitzerndes Wasser in die Luft schleudert. Dieser Brunnen ist ein wahrer Luxus, denn es ist ansonsten nicht immer leicht, an frisches Wasser zu kommen. Wir halten an dieser Verschwendung fest, um den Mann zu ehren, der herausgefunden hat, wie man nach dem Stadium Sieben die Kontaminierungen aus den Seen und Teichen herausfiltern kann. Das, was von den Weltmeeren noch übrig ist, ist weitaus schwieriger zu reinigen.

Der Boden unter meinen Füßen wird immer grüner, und je näher wir dem Mittelpunkt der Kolonie kommen, desto lauter wird der Gesang der Vögel. Mom spricht unterwegs nicht sehr viel. Zeen zieht sie damit auf, dass sie mich nicht erwachsen werden lassen will, aber ich denke, dass das nicht der Grund für ihre Schweigsamkeit ist.

Vielleicht aber auch doch.

Mom und ich sind an sich immer gut miteinander ausgekommen, aber seit ein paar Jahren schon werden wir uns zunehmend fremder. In der letzten Zeit hat sie mir nicht mehr so bereitwillig bei den Hausaufgaben geholfen, und sie ist nur noch daran interessiert, die Jungs zu verheiraten und darüber zu sprechen, was für eine Ausbildung mir nach meinem Schulabschluss vorschwebt. Jeder Hinweis darauf, dass ich ja auch für die Auslese ausgewählt werden könnte, ist unerwünscht. Und so spreche ich schon seit Längerem immer weniger mit ihr und immer mehr mit meinem Vater. Er wechselt nämlich nicht das Thema, wenn ich von der Universität anfange, obwohl auch er mich nicht in meinen Träumen bestärkt. Ich schätze, er will nicht, dass ich enttäuscht werde.

Die Sonne brennt heiß, und als wir den letzten Hügel erklimmen, rinnt mir der Schweiß den Rücken runter. Unmittelbar hinter der Kuppe höre ich Musik und Gelächter, was mich dazu veranlasst, meine Schritte zu beschleunigen. Kurz bevor wir den Gipfel des Hügels erreichen, legt mir Dad einen Arm um die Schultern und bittet mich, die anderen schon mal vorgehen zu lassen.

Die aufgeregte Stimmung auf der anderen Seite des Hangs zieht mich magisch an, aber ich bleibe stehen und frage ihn: »Stimmt etwas nicht?« In seinen Augen sehe ich dunkle Schatten, obwohl sein Lächeln strahlend ist.

»Nein, nein, es ist alles in Ordnung«, sagt er. »Ich will nur einen Augenblick mit meinem kleinen Mädchen allein sein, ehe der Trubel losgeht. In dem Augenblick, wenn wir auf der anderen Seite des Hügels ankommen, wird nichts mehr so sein wie früher.«

»Ich weiß.«

»Bist du nervös?«

»Vielleicht ein bisschen, ja.« Aufregung, Angst und andere Gefühle spielen in mir verrückt, und ich kann kaum sagen, was ich wirklich empfinde. »Es ist seltsam, dass ich nicht weiß, was ich tun werde, wenn ich morgen früh aufstehe.« Die meisten meiner Klassenkameraden haben ihre Wahl für die Zukunft längst getroffen. Sie wissen, wo sie in die Lehre gehen oder ob sie in eine andere Kolonie ziehen werden, um sich Arbeit zu suchen. Einige haben sogar beschlossen zu heiraten. Bei mir hingegen ist alles noch offen, obwohl mein Vater sehr deutlich gemacht hat, dass ich mit ihm und meinen Brüdern zusammenarbeiten kann, wenn ich das möchte. Für mich ist das eine eher trostlose Aussicht, denn mein Daumen ist alles andere als grün. Als ich meinem Vater das letzte Mal zur Hand gegangen bin, habe ich beinahe die Sonnenblumensetzlinge zerstört, für deren Heranziehen er Monate gebraucht hatte. Alles Mechanische kann ich mühelos reparieren, aber Pflanzen bringe ich dazu einzugehen.

»Du wirst aus dem Bett steigen und dich dem stellen, was dann auf dich wartet, egal was es ist. Ich werde stolz auf dich sein, was auch immer der morgige Tag bringen mag.«

»Selbst dann, wenn ich nicht für die Auslese ausgewählt werde?«

»Ganz besonders dann, wenn man dich nicht zur Auslese zulässt.« Er lächelt und gibt mir einen sanften Stoß in den Magen. Als ich noch kleiner war, hatte diese liebevolle Geste immer ausgereicht, um mich in lautes Gelächter ausbrechen zu lassen. Selbst heute noch zaubert sie wenigstens ein kleines Lächeln auf mein Gesicht. Es ist schön zu wissen, dass es Dinge gibt, die sich niemals ändern, selbst wenn ich die leichthin gesagten Worte meines Vaters nicht recht glauben kann, denn Dad hat die Universität besucht. Dort hat er gelernt, Pflanzen und Bäume genetisch so zu verändern, dass sie auch in der verseuchten Erde überleben können. Er spricht nicht viel über seine Zeit an der Uni, auch nicht über die Kolonie, in der er aufgewachsen ist. Vermutlich will er nicht, dass wir von seiner Erfolgsgeschichte eingeschüchtert sind. Was ich aber natürlich trotzdem bin!

»Du glaubst, ich werde nicht zur Prüfung zugelassen?«

Mein Vater runzelt die Stirn. »Ich denke, du bist viel cleverer, als du es dir selber eingestehen willst. Man weiß nie, wen das Auswahlkomitee herauspickt, und auch nicht, auf welcher Grundlage dies geschieht. Aus meinem Jahrgang entschied man sich für fünf Prüflinge. Die anderen vier hatten viel bessere Noten als ich gehabt, aber ich war der Einzige, den man auf die Universität schickte. Die Auswahl für die Auslese ist nicht immer fair und auch nicht immer richtig.«

»Aber du bereust es doch nicht, dass du gegangen bist, oder? Denk doch nur an all die erstaunlichen Dinge, die du deshalb jeden einzelnen Tag tun darfst.« Die Bäume rings um uns herum sind voller Blüten, die eine gute Apfelernte in einigen Monaten verheißen. Johannisbeersträucher wachsen neben Gänseblümchen und anderen Blumen, deren Namen ich nicht kenne; doch ich weiß, dass Dad seinen Teil dazu beigetragen hat, sie zum Sprießen zu bringen. Als ich klein war, gab es all dieses Grün noch nicht, jedenfalls nicht in dieser gesunden Form, die heute überall auf den Hügeln zu sehen ist. Selbst jetzt noch kann ich mich an den dumpfen Schmerz erinnern, den ein leerer Magen beim Zubettgehen bedeutete. Es gab nur wenige Nahrungsmittel, als Dad anfing, mit den Bauern zu arbeiten und Pflanzen anzubauen. Sie hatten Erfolg. Noch heute achten wir in der Five-Lakes-Kolonie darauf, nichts zu verschwenden, aber der Hunger ist nicht mehr länger unser vordringlichstes Problem, und das alles verdanken wir meinem Vater.

»Ich kann nichts bedauern, was ich nicht beeinflussen konnte.« Seine Blicke wandern in die Ferne, während um uns herum die Vögel zwitschern. Schließlich lächelt er, aber der nachdenkliche Ausdruck in seinen Augen bleibt. Offenbar lässt sich die Erinnerung, die ihn eingeholt hat, nicht so einfach wieder loswerden. »Außerdem wäre ich ansonsten nie hierhergezogen, und deine Mutter und ich wären uns niemals begegnet, wenn ich nicht die Universität besucht hätte. Wo wäre ich dann wohl jetzt?«

»Wahrscheinlich würdest du noch immer zu Hause bei deinen Eltern wohnen, und deine Mutter würde sich schreckliche Sorgen machen, dass du nie richtig erwachsen und selbstständig wirst.«

Die Augen meines Dads funkeln, und die dunklen Wolken tief in ihnen sind verschwunden, als er mir liebevoll die Haare zerzaust. »Klingt nach einem Schicksal, das schlimmer als der Tod ist.« So lässt es jedenfalls meine Mutter immer klingen, wenn sie Zeen sagt, dass er sein Leben an sich vorbeiziehen lasse. »Und jetzt komm. Wenn wir uns nicht beeilen, wird sich deine Mutter noch schrecklich aufregen. Ich will nur, dass du eines weißt: Ich glaube an dich. Egal was passiert.«

Arm in Arm steigen wir das letzte Stück den Hügel hinauf und schließen uns den Feierlichkeiten auf der anderen Seite an. Ich lächele, aber tief in meinem Herzen befürchte ich, mein Dad ist schon immer davon ausgegangen, dass ich mit seinen Errungenschaften und Erfolgen niemals würde mithalten können und dass ich mich in jedem Fall als Enttäuschung erweisen würde.

Weil sich die Kolonie über so viele Meilen erstreckt, ist dies eine der wenigen Gelegenheiten, bei denen alle in Five Lakes Ansässigen zusammenkommen. Hin und wieder gibt es Nachrichten aus der Führungsriege unseres Landes, die alle zu hören bekommen müssen, aber dies ist nur selten der Fall. Mit knapp über neunhundert Bewohnern gehört unsere Kolonie zu den kleinsten, und sie liegt mit am weitesten von Tosu-Stadt entfernt, wo sich die Regierung des Vereinigten Commonwealth befindet. Uns wird hier nur wenig Aufmerksamkeit zuteil, was den meisten von uns ganz gelegen kommt. Wir finden uns sehr gut auch allein zurecht. Man meidet zwar niemanden von außerhalb, aber keiner wird unbedingt mit offenen Armen empfangen. Wer dazustößt, muss uns erst davon überzeugen, dass er von jetzt ab zu uns gehört.

Der Marktplatz ist recht groß, doch die vielen Menschen in ihrer schönsten Festkleidung lassen ihn klein wirken. Geschäfte, die Kerzen, Backwaren, Schuhe und alle Arten von Haushaltsgegenständen verkaufen, säumen den Platz. Wenn die Abschlussfeier anfängt, werden die Läden schließen, aber nun machen sie blendenden Umsatz; denn die Kolonie-Bewohner, die selten in die Stadt kommen, nutzen die Gelegenheit, wichtige Güter zu kaufen oder gegen andere Waren einzutauschen. Die Münzen des Vereinigten Commonwealth sind hier als Zahlungsmittel kaum verbreitet, und nur die wenigen Leute, die wie Dad für die Regierung arbeiten, benutzen sie.

»Cia!« Eine winkende Hand erregt meine Aufmerksamkeit; sie gehört meiner besten Freundin Daileen, die sich durch die Menge schiebt. Ihre blonden Locken und ihr rosa Kleid wippen, während sie den kleinen Grüppchen von Festtagsteilnehmern ausweicht, die plaudernd beisammenstehen. Mit den Fingern einer Hand umklammert sie eine Waffel mit rasch schmelzender rosa Eiscreme. Daileen schließt mich fest in die Arme, drückt mich und fragt mit beinahe bebender Stimme: »Kannst du es fassen, dass das heute deine Abschlussfeier ist? Das ist so aufregend. Es gibt sogar Eiscreme umsonst.«

Ich erwidere ihre Umarmung und versuche dabei zu verhindern, dass das Eis auf mein Kleid tropft. Meine Mutter würde einen Anfall bekommen, wenn ich noch vor Beginn der eigentlichen Feier Flecken auf meiner nagelneuen Tunika hätte. »Aufregend und beängstigend. Vergiss nicht den beängstigenden Teil.«

Daileen ist die Einzige, der ich davon erzählt habe, wie viel Sorge vor der Zukunft ich habe, falls ich nicht Finalistin bei der Auslese werde. Sie vergewissert sich, dass niemand uns zuhört, und sagt: »Mein Vater hat gehört, dass heute ein ganz besonderer Gast dabei sein wird, der angeblich eine Rede halten will.«

Am Tag der Abschlussfeier werden immer viele Reden gehalten. Unsere Lehrer werden ein paar Worte sagen, ebenso wie die Magistratin und eine ganze Anzahl von anderen wichtigen Personen aus Five Lakes. Wenn die ganze Kolonie beisammen ist, dann gibt es genug, was besprochen werden muss. Also klingt der »besondere Gast« in meinen Ohren gar nicht so besonders, bis Daileen hinzufügt: »Mein Vater sagt, einer der Gäste ist extra aus Tosu-Stadt angereist.«

Das wiederum macht mich hellhörig. »Es ist jemand aus Tosu hier?« Das letzte Mal, dass Offizielle aus Tosu nach Five Lakes gekommen sind, war vor drei Jahren, als unser alter Magistrat verstorben war. Damals waren zwei Männer und eine Frau in die Kolonie gereist, um einen neuen Verantwortlichen zu bestimmen. Meistens jedoch kommuniziert Tosu-Stadt mithilfe schriftlicher Mitteilungen oder Telefonanrufe bei unserer jetzigen Magistratin.

»Das hat mein Vater gehört.« Daileen leckt sich geschmolzene Eiscreme vom Handrücken. »Dad glaubt, dass er hier ist, um einen Prüfling abzuholen. Vielleicht wirst du das ja sein.« Einen Augenblick lang ist ihr Lächeln verschwunden. »Ich werde dich wirklich vermissen.«

Daileen und ich sind beinahe gleich alt; uns trennen nur zwei Wochen, und seit unserem dritten Lebensjahr sind wir beste Freundinnen. Daileens Eltern haben sie im vorgeschriebenen Alter von sechs Jahren zur Schule geschickt. Meine Eltern hingegen hatten sich entschieden, mich schon mit fünf anzumelden, weswegen wir nicht im gleichen Jahrgang sind. Sie ist die Schüchternere, Liebere, Zartere von uns beiden, und leider ist sie auch diejenige, die sich schwerer damit tut, neue Freundschaften zu schließen, sofern nicht jemand anders eine Unterhaltung mit ihr in Gang hält. Wenn ich nicht mehr da bin und sie dazu dränge, sich in der Mittagspause zum Spielen dazuzugesellen oder dabeizubleiben, wenn alle anderen nach dem Unterricht beisammensitzen und singen, dann wird sie vermutlich allein essen und einsam in ihr leeres, trauriges Zuhause zurückkehren, lange bevor irgendjemand sonst das Schulgelände verlässt. Ihre Mutter ist vor zwei Jahren bei einem Unfall gestorben, und ihr Vater ist zwar nett, aber kaum daheim. Er überlässt es Daileen, die Hausarbeit zu erledigen und mit den Erinnerungen fertigzuwerden. Wenn wir in der Schule sind, versuche ich dafür zu sorgen, dass sie mit uns Übrigen mitlachen kann, doch an manchen Tagen wird sie von der Traurigkeit überwältigt. Ich habe immer Angst, dass diese Schatten sich eines Tages über sie schieben und sie ganz und gar verschlucken werden, wenn niemand da ist, der sie vertreibt.

Rasch drücke ich sie noch einmal an mich und sage: »Das Gerücht, dass jemand aus Tosu zur Abschlussfeier kommt, gibt es jedes Jahr.« Allerdings kann ich nichts gegen die sehnsüchtige Hoffnung in mir machen, dass sich das Gerücht in diesem Jahr bewahrheiten könnte. Um mich und Daileen auf andere Gedanken zu bringen, füge ich hinzu: »Und jetzt muss ich mir was von diesem Eis holen, ehe es keins mehr gibt. Kommst du mit?«

Ich bringe ein paar andere Freundinnen – von denen einige ihr letztes Jahr an der Schule noch vor sich haben – dazu, sich unserer Suche nach Erdbeereis anzuschließen, denn ich hoffe, dass sich eine von ihnen Daileens annehmen wird, wenn in wenigen Wochen das neue Schuljahr beginnt. Und auch falls das nicht klappt, werde ich schon einen Weg finden, Daileen das Leben leichter zu machen.

Meine Mutter winkt mir zu und runzelt die Stirn. Deshalb lasse ich die lächelnde Daileen bei den anderen Schülerinnen zurück und gehe quer über den Marktplatz zu der Stelle am Springbrunnen, wo meine Mutter auf mich wartet. Beinahe jeder, an dem ich vorbeikomme, winkt oder ruft mir eine Begrüßung zu. Anders als die meisten anderen Familien ziehen wir beinahe jedes Jahr um und leben immer genau in dem Gebiet der Kolonie, wo die Fähigkeiten meines Vaters nach Meinung der Magistratin am meisten gebraucht werden. Diese ständigen Wechsel unseres Wohnortes machen es uns schwer, unser Herz an irgendein Heim zu hängen, doch im Gegensatz zu den meisten Einwohnern, die nur ihre Nachbarn und ehemalige Schulkameraden kennen, sind mir die meisten Menschen in unserer Kolonie zumindest vom Sehen her vertraut.

Die Kinder, die noch zu jung für die Schule sind, tragen hellgelbe und grüne Kleidung und tanzen um den vier Meter breiten, kreisrunden Springbrunnen herum. Hin und wieder bespritzen sie sich gegenseitig mit Wasser, aber sie machen einen großen Bogen um den Bereich, in dem meine Mutter sitzt. Ihr Gesichtsausdruck lässt sie wissen, dass sie gehörig Ärger bekämen, wenn meine Mutter nass werden würde. Auch ich mache mich beim Anblick meiner Mutter auf Schelte gefasst. Sie mustert mich und legt die Stirn in Falten. »Deine Haare sind eine Katastrophe. Was hast du denn gemacht?«

Meine Locken, die sich zum Teil wild kräuseln, sind immer eine Katastrophe. Ich hatte schon einmal vorgeschlagen, sie einfach abzuschneiden, aber meine Mutter hatte darauf bestanden, dass langes, wallendes Haar ein unverzichtbarer Schmuck für ein unverheiratetes Mädchen sei. Nun ja, wenn meine Haare auch nur ansatzweise wallend aussähen, hätte ich ihr sofort zugestimmt.

Der plötzliche Klang von Trommeln und Trompeten lenkt meine Mutter von meiner erbärmlichen Frisur ab. Mein Magen macht einen Satz. Dann noch einen. Es wird Zeit, meinen Platz zwischen den anderen Schülern einzunehmen. Gleich wird unsere Abschlusszeremonie beginnen.

Mein Vater und meine Brüder lösen sich aus der umstehenden Menge und umarmen mich, bevor ich auf das Podest steige, auf dem meine Mitschüler der Abschlussklasse und ich während der gesamten Zeremonie stehen sollen. Immer wieder ist zu hören gewesen, dass es leichter sei, die elf Jahre Schulzeit durchzustehen, als die zwei Stunden, die es dauert, aus der Schule entlassen zu werden. Ich hoffe, dass das nur ein Scherz ist.

Wir stellen uns, wie befohlen, hinten auf der Bühne auf. Die Mädchen werden vor den Jungen platziert. Darüber bin ich sehr froh, denn ansonsten würde ich überhaupt nichts zu sehen bekommen. Meine Brüder haben die Größe meines Vaters und meiner Mutter geerbt, während ich nach irgendeinem weit entfernten Vorfahren komme. Mit nicht einmal einem Meter sechzig bin ich das kleinste Mädchen in der Klasse.

Miss Jorghen, unsere Lehrerin, schiebt uns noch schnell hier- und dorthin und erinnert uns mindestens ein Dutzend Mal daran, zu lächeln, aufrecht zu stehen und aufmerksam zu sein. Sie ist das erste Mal für eine Abschlussfeier hier in der Five-Lakes-Kolonie zuständig, und zweifellos ist sie nervös. Als sie endlich damit zufrieden ist, wie wir aufgereiht sind, stellt sie sich in die Mitte der Bühne, und wieder ertönen Trompetenklänge und Trommelwirbel. Magistratin Owens taucht im Eingang ihres Hauses auf – dem einzigen dreigeschossigen Bauwerk am Rande des Platzes – und schreitet ungelenk durch die wartende Menge. Sie ist eine robuste, grauhaarige Frau mit tiefen Falten im Gesicht. Ihr rotes Kleid hat einen dunkleren Ton als die meisten Festtagsroben der übrigen Erwachsenen und sieht eher rostrot aus. Kaum dass sie das Podium bestiegen hat und vorn an den Rand der Bühne getreten ist, beugt sie sich zum Mikrofon, das dort aufgestellt ist, um ihre Stimme über den ganzen Marktplatz zu tragen, und verkündet: »Ich wünsche eine fröhliche Abschlussfeier.«

Wir alle erwidern diesen Gruß, und etliche der Einwohner applaudieren. Magistratin Owens wartet, bis es auf dem Platz wieder ruhiger wird, ehe sie fortfährt: »Der Tag der Abschlussfeier ist für uns alle aufregend, ganz besonders aber für die Schüler, die hinter mir stehen. Mit dem heutigen Tag werden sie ein willkommener Zuwachs an Arbeitskräften für unsere Kolonie werden. Vor fünfundzwanzig Jahren hat die Regierung des Vereinigten Commonwealth beschlossen, hundertfünfzig Männer, Frauen und Kinder hierher, in diese Gegend, zu schicken. Sie haben die Five-Lakes-Kolonie gegründet in der Hoffnung, dass mit unserer tatkräftigen Hilfe der verdorbene Erdboden, der einst üppiges Farmland war, wieder urbar gemacht wird und die Wälder erneut zum Wachsen und Gedeihen gebracht werden.

Die fünf Seen, nach denen unsere Kolonie benannt ist, hießen einst *The Great Lakes*, die Großen Seen. Die Einwohner unserer Kolonie lassen nichts unversucht, damit wir uns den ursprünglichen Namen zurückverdienen, und um dieses Bestreben Wirklichkeit werden zu lassen, brauchen wir jedes Mitglied unserer Gemeinschaft. Der Tag der Abschlussfeier verschafft unserem gemeinsamen Vorhaben vierzehn weitere Mitstreiter, und wir können uns deshalb glücklich schätzen. Jeder Schritt, den wir im Kultivierungsprozess vorankommen wollen, verlangt nach weiteren Arbeitskräften. Vertraut mir, wenn ich sage, dass wir nie genug Unterstützung haben können. Ich weiß, dass sich viele von euch noch nicht entschieden haben, welchen Weg sie einschlagen wollen, aber wir alle werden eure Hilfe dankbar annehmen, ganz gleich welcher Arbeit ihr in Zukunft nachgehen werdet.«

Die Menge klatscht Beifall. Mein Magen rotiert vor Aufregung, als Magistratin Owens verkündet: »Lasst uns mit der Abschlussparade beginnen.«

Ich beiße mir auf die Unterlippe, damit diese nicht so zittert, als sich die Trompeten und Trommeln zu einem Marsch zusammenfinden. Mir steigen Tränen in die Augen und lassen einen Moment lang alles um mich herum verschwimmen, sodass ich die Parade meiner – in wenigen Augenblicken ehemaligen – Mitschüler verpasse. Jahr für Jahr ziehen die Schüler klassenweise unter großem Applaus auf dem Marktplatz ein. Dafür fertigt jede Klasse ein Banner an, das von zwei vorneweg laufenden Schülern getragen wird und das den Zuschauenden verraten soll, womit sich die Schüler in diesem Jahr besonders beschäftigt haben. Nach der eigentlichen Zeremonie werden diese Banner auf dem Marktplatz ausgestellt, und das beste wird gewählt und prämiert. Oft schließen die Erwachsenen freundschaftliche

Wetten darüber ab, welche Klasse wohl den Sieg davontragen wird. Zum ersten Mal bin ich nicht bei den Einmarschierenden dabei, und mit einem Schlag wird mir bewusst, dass ich das nie wieder sein werde.

Die unterste Klasse führt die Parade an. Dann folgt die nächstältere und immer so fort. Zum Klang der Trommeln umrunden sie den Brunnen und laufen hinüber zu einem Bereich neben der Bühne, der extra für sie abgesperrt ist. Als sich alle Klassen neben dem Podium aufgebaut haben, spricht Magistratin Owens über das neue Eisenbahnsystem, das zwischen Tosu-Stadt und zehn der übrigen Kolonien eingerichtet worden ist. Es gibt Pläne, das Schienennetz weiter auszubauen, bis alle Kolonien mit der Bahn zu erreichen sind. Von meinem Platz auf dem Podest aus kann ich sehen, wie aufgeregt die Leute angesichts dieser Nachricht sind. Als Magistratin Owens damit fertig ist, Mitteilungen vom Vereinigten Commonwealth zu übermitteln, fordert sie unsere Projektleiter für Wasser, Strom, Ackerbau und andere Kultivierungsprogramme auf, weitere Ankündigungen zu machen. Das Ganze dauert über eine Stunde und reicht von Ermahnungen zum sparsamen Gebrauch von Wasser bis zu der Suche nach Freiwilligen für den Bau von neuen Unterkünften für frisch verheiratete Paare. Selbst mein Vater berichtet von einer neuen, schmackhafteren Kartoffelsorte, die sein Team entwickelt hat.

Ich blinzele und versuche, mir meine Überraschung nicht anmerken zu lassen. Nicht darüber, dass es eine neue Kartoffelsorte gibt, denn das wusste ich bereits. Die bisherige Züchtung hat eine harte Schale von über einem halben Zentimeter, und sie verfärbt sich schwarz, sobald sie mit der Luft in Berührung kommt. Das hat irgendetwas mit der genetischen Veränderung zu tun, für die Dad verantwortlich war und mit der er dafür gesorgt hat, dass überhaupt Kartoffeln in dem verseuchten Boden gedeihen konnten. Eigentlich schert sich niemand um die schwarze Schale. Wenn man sie erst mal weggeschnitten hat, dann kann man die Kartoffel gefahrlos essen. Zeen jedoch hat sich an einer neuen Variante versucht und ist überaus erfolgreich gewesen. Also nein, es ist nicht so, dass die Kartoffel mich verblüfft. Es sind Dads Worte, mit denen er sie ankündigt. Erst am vergangenen Abend hat er uns erzählt, dass der Ruhm für diese Entwicklung Zeen allein gebührt.

Doch davon ist heute nichts zu hören. Zeens Name wird überhaupt nicht erwähnt.

Ich recke den Hals und versuche, Zeen in der Menge ausfindig zu machen. Sieht er enttäuscht aus? Dies hätte ein Triumph für ihn werden sollen. Ob er ebenso verwirrt ist wie ich? Ich entdecke ihn, an einen Baum gelehnt, inmitten der applaudierenden Menge. Etliche Leute schlagen ihm anerkennend auf den Rücken, weil er ein Mitarbeiter in Dads Team ist. Aber ich lasse mich von seinem Lächeln nicht täuschen. Seine zusammengebissenen Zähne und seine schmalen Augen verraten mir mehr als Worte, dass er gekränkt ist.

Unter weiterem Beifall verlässt Dad die Bühne, und unsere Lehrerin übernimmt seinen Platz. Mein Magen verkrampft sich, und mein Atem geht schneller. Jetzt ist der Moment gekommen. Gleich werde ich aus der Schule verabschiedet.

Miss Jorghen dreht sich mit einem Lächeln zu uns um, dann spricht sie ins Mikrofon: »Ich bin sehr stolz darauf, die Namen derjenigen zu verkünden, die heute ihre Schulzeit hinter sich lassen und ins Erwachsenenalter übergehen.«

Dann liest sie die Namen der Reihe nach vor. Einer nach dem anderen marschieren meine Klassenkameraden in die Mitte der Bühne, schütteln Magistratin Owens die Hand und kehren dann auf ihren Platz zurück. Wir werden alphabetisch aufgerufen, also bin ich erst ganz am Ende dran.

»Malencia Vale.«

Meine Beine sind wackelig vor Aufregung und steif vom langen Herumstehen. Ich laufe nach vorn und gebe Miss Jorghen und der Magistratin die Hand, während die Menge klatscht. Daileens Hochrufe übertönen alle anderen, und als ich ihr Lächeln sehe, lächele ich zurück. Mein Herz pocht wie verrückt. Ich bin jetzt offiziell erwachsen. Ich habe es geschafft.

Noch immer mit einem breiten Lächeln auf dem Gesicht kehre ich an meinen Platz inmitten meiner Klassenkameraden zurück, während Magistratin Owens wieder ans Mikrofon tritt. Die Menge wird still, und mein Magen krampft sich vor Aufregung zusammen. Ich balle meine Hände zu Fäusten und lockere sie wieder, um die gespannte Erwartung in den Griff zu bekommen. Falls irgendein Schüler für die Prüfung ausgewählt worden ist, dann ist dies der Moment für die Verkündung. Ich recke meinen Hals und versuche, ein unbekanntes Gesicht in der Menge auszumachen, das zu dem angeblich anwesenden Abgesandten aus Tosu-Stadt gehören könnte.

Aber es gibt keinen offiziellen Vertreter aus Tosu. Magistratin Owens wirft uns ein strahlendes Lächeln zu und sagt: »Meine Glückwünsche gehen an alle Schüler und ganz besonders an die Absolventen der diesjährigen Abschlussklasse. Ich kann es kaum erwarten zu sehen, was die Zukunft für euch bereithält.«

Wieder brechen die Zuschauer in Jubelrufe aus, und ganz automatisch verziehen sich auch meine Lippen zu einem Lächeln, obwohl die Enttäuschung und die Tränen, die ich mühsam zurückhalte, meine Kehle eng machen. Ich habe mich jahrelang auf diesen Tag vorbereitet, und nun ist er vorbei. Ebenso sind es meine Träume für die Zukunft. Egal wie hart ich gearbeitet habe – am Ende war ich nicht gut genug für die Auslese.

Als ich die Bühne verlasse und mir meine Freunde um den Hals fallen, um mir zu gratulieren, kann ich an nichts anderes denken als: »Was soll ich denn nun bloß tun?«

Kapitel 2

»Na, versteckst du dich?«

Die Stimme meines Bruders lässt mich zusammenzucken. Ich will gerade protestieren, als ich Zeens wissendes Lächeln sehe, und die Worte ersterben auf meinen Lippen. Anstatt es abzustreiten, zucke ich nur mit den Achseln. »Das ist ein verrückter Tag heute. Ich brauche einfach einen Moment für mich.«

Gitarren, Trommeln und verschiedene Hörner spielen vor der Bäckerei auf, während Dutzende von Menschen zu ihren Klängen tanzen und in die Hände klatschen. Auf der anderen Seite des Marktplatzes wird ununterbrochen gebratenes Fleisch vom Spieß geschnitten und in Portionen zerlegt. Eine Mischung aus Fackelschein und elektrischem Licht lässt den Platz, wo die Gäste lachen und singen und Spiele spielen, erstrahlen. Doch die Helligkeit dringt nicht bis in die Schatten vor, in die ich mich zurückgezogen habe. In den letzten Stunden habe auch ich getanzt und gesungen, wie es von mir erwartet wurde. Ansonsten hätte mich meine Enttäuschung verraten, die als Zeichen für meine Arroganz gewertet worden wäre, welche mich hat glauben lassen, ich wäre klug genug, um für die Auslese ausgewählt zu werden.

»Hier.« Mit einem verständnisvollen Nicken reicht mir Zeen einen Becher. »Das brauchst du jetzt.«

Das Getränk ist süß, doch darunter schmecke ich deutlich eine schärfere, bitterere Note. Alkohol! Da die meisten Früchte und Getreidesorten, die sich in Alkohol umwandeln lassen, gebraucht werden, um die Bewohner der Five-Lakes-Kolonie satt zu bekommen, wird nur sehr wenig davon für die Herstellung von Alkohol verwendet. Nur eine winzige Menge wird jedes Jahr für ganz besondere Gelegenheiten zurückgehalten – für Gelegenheiten wie die Nacht der Abschlussfeier. Allerdings dürfen nur die Erwachsenen dieses Gebräu trinken, aber meine Brüder haben mich schon früher einen Schluck aus ihren Bechern nehmen lassen. Ich mag den Geschmack nicht, und so nippe ich nur und reiche Zeen das Getränk zurück.

»Na, fühlst du dich besser, Kleine?«

Ich senke den Blick, um ihm nicht in die Augen schauen zu müssen. »Eigentlich nicht.«

»Hmm.« Er lehnt sich gegen den Stamm der großen Eiche, in deren Schatten ich mich verkrochen habe, und leert seinen Becher. »Die Dinge laufen nicht immer so, wie wir uns das vorstellen. Du musst dich einfach wieder aufrappeln und dir eine neue Richtung suchen.«

Die Schärfe in seiner Stimme verwundert mich ein wenig. *Ist das auch dein Plan*?, frage ich mich im Stillen. In den letzten paar Jahren hatte Zeen sich spaßeshalber umgesehen, welche Möglichkeiten es für ihn außerhalb der Five-Lakes-Kolonie gab. Ich würde es unerträglich finden, wenn er jetzt einen neuen Arbeitsplatz bekäme. Natürlich wäre es immer traurig, wenn er unsere Kolonie verließe, aber wenn ich wüsste, dass er im Zorn fortginge, dann würde es mir das Herz brechen.

Seine Hand verkrampft sich um den Becher, aber seine Worte klingen nicht wütend, als er antwortet: »Ich werde jedenfalls keine Bewerbung nach Tosu-Stadt schicken, wenn du das meinst. Die Magistratin hat Dad darum gebeten, seine heutige Mitteilung zu ändern, also hat er das getan. Du kennst mich doch. Ich zeige mich ein paar Tage lang eingeschnappt, dann bin ich darüber hinweg.« Er zuckt mit den Schultern, und seine Blicke wandern zu den Feiernden auf dem Marktplatz. Es wird langsam spät. Einige werden noch bis zum nächsten Morgen tanzen und singen, doch viele machen sich bereits auf den Heimweg. Die Abschlussfeier neigt sich dem Ende zu.

Nach einigen Augenblicken sagt Zeen: »Du weißt, dass du es tun könntest.«

»Dass ich was tun könnte?«

»Du könntest mit der Magistratin sprechen und dich in Tosu-Stadt bewerben.«

Allein der Gedanke ist gleichermaßen beängstigend wie verlockend. Jeder Koloniebewohner, der in Tosu-Stadt oder einer anderen Kolonie arbeiten möchte, kann ein Bewerbungsformular ausfüllen und im Büro der Magistratin abgeben. Die Regierung des Vereinigten Commonwealth wird sich dann mit dem Kandidaten in Verbindung setzen, falls eine geeignete Arbeitsstelle frei ist. In meinen sechzehn Jahren habe ich nur zwei Bewerber kennengelernt, die auch tatsächlich eine Position angeboten bekommen haben. Nach der heutigen Enttäuschung bin ich mir nicht sicher, ob ich in absehbarer Zeit bereit bin für die nächste Ernüchterung.

Meine Verunsicherung muss mir anzusehen sein, denn Zeen legt mir einen Arm um die Schultern und zieht mich kurz an sich. »Keine Sorge, meine Kleine. Du hast noch genug Zeit, dir zu überlegen, was du mit dem Rest deines Lebens anfangen willst.«

Leider sieht Mom das ganz anders.

Am nächsten Morgen schlafen wir alle lange, aber ich habe kaum Zeit, mich anzuziehen, als meine Mutter auch schon anfängt: »Wenn du immer noch entschlossen bist, nicht bei deinem Vater zu arbeiten, dann hat Kip Drysten noch Platz in seinem Team. Du solltest mit ihm reden, ehe einer der anderen Schulabgänger dir zuvorkommt.«

Kip Drystens Team repariert Maschinen für die Landwirtschaft. Ich arbeite zwar gerne mit mechanischen Geräten, aber die Vorstellung, mein ganzes restliches Leben lang kaputte Traktoren instand zu setzen, ist deprimierend. »Ich denke darüber nach«, antworte ich.

Das Stirnrunzeln auf dem Gesicht meiner Mutter spricht Bände, was der Grund dafür ist, dass ich auf mein Fahrrad steige und langsam in Richtung Stadt radele, um Mr. Drysten zu suchen.

Die Drystens wohnen in einem kleinen, hübschen Häuschen auf der anderen Seite der Kolonie. Mühsam schlucke ich ein paar Mal, ehe ich an die Tür klopfe. Mr. Drystens Frau sagt mir, dass ihr Mann schon frühmorgens zur Endress-Farm aufgebrochen sei, und ich kann nichts gegen das Gefühl der Erleichterung tun, das mich bei ihren Worten überfällt. Ich habe eine Gnadenfrist bekommen.

Am Tag nach der Abschlussfeier lassen alle es stets ruhig angehen. Die Familien bleiben in der Regel daheim, um im engeren Kreis weiterzufeiern. Auch meine Mutter plant für später am Tag ein üppiges Mahl, und sie hat sogar ein paar meiner Freunde dazu eingeladen, an unserem Fest teilzunehmen. Wahrscheinlich sollte ich nach Hause fahren und ihr bei den Vorbereitungen zur Hand gehen. Stattdessen steige ich jedoch von meinem Rad, als ich auf dem Marktplatz angekommen bin. Ich lehne es gegen einen Baum und setze mich an den Brunnen. Zwei Koloniebewohner winken mir zu, aber sie sind in Eile und bleiben nicht stehen, um sich zu unterhalten. Mir ist das sehr lieb so. Ich stütze meinen Kopf in beide Hände, sehe dem gluckernden Wasser des Brunnens zu und versuche, das hohle Gefühl zu ignorieren, das sich seit der gestrigen Zeremonie in mir breitgemacht hat. Ich bin jetzt eine Erwachsene. Von klein auf habe ich meine Eltern und die anderen Erwachsenen beobachtet und mich auf den Tag gefreut, an dem ich eine von ihnen sein würde – stark und selbstbewusst. Und nun merke ich, dass ich mich noch nie so unsicher gefühlt habe.

Die Uhr über dem Haus der Magistratin schlägt zur vollen Stunde. Drei Uhr. Zeit, nach Hause zurückzukehren, ehe meine Mutter anfängt, sich Sorgen zu machen.

Auf halber Strecke treffe ich auf meinen Bruder Hart, der mir auf dem unbefestigten Weg entgegengerannt kommt. Mist. Wenn Mom ihn losgeschickt hat, um mich zu suchen, dann sitze ich bereits in der Tinte.

Aber es stellt sich heraus, dass es gar nicht meine Mutter ist, die mich holen lässt. »Magistratin Owens hat Dad eine Nachricht über den Impuls-Transmitter zukommen lassen, kurz nachdem du das Haus verlassen hast. Du sollst dich um vier Uhr bei ihr einfinden, damit ihr über deine Pläne für die Zukunft sprechen könnt. Als du nicht gleich wieder nach Hause gekommen bist, hat Mom uns alle gebeten, nach dir Ausschau zu halten.« Hart wirft mir ein spöttisches Grinsen zu. »Du solltest dich lieber ranhalten, wenn du das noch schaffen willst.«

Er hat recht.

Als ich wieder auf dem Marktplatz ankomme, läuft mir der Schweiß übers Gesicht, mein Haar ist ein einziges Chaos, und in meinem Magen sitzt ein harter Knoten. Mein Vater und meine Brüder sind schon öfter zur Magistratin einbestellt worden, um verschiedene Projekte abzustimmen, aber für mich ist es das erste Mal. Meine Zukunftspläne? Unwillkürlich frage ich mich, ob meine besorgte Mutter für diesen

Termin verantwortlich ist. Hat sie Kontakt zu Magistratin Owens aufgenommen und sie gebeten, mir zu helfen, oder ist es auch für andere offensichtlich gewesen, dass ich keine Ahnung habe, welchen Karriereweg ich einschlagen soll? Die Vorstellung, dass meine Enttäuschung auch außerhalb der Familie zu spüren gewesen ist, lässt mir die Schamesröte ins Gesicht steigen.

Ich bereite mich innerlich auf einen Vortrag vor, fahre mir mit den Händen durch die Haare und streiche meine weiße, kurzärmlige Tunika und die graue Hose glatt, ehe ich an die Vordertür der Magistratin klopfe.

»Oh, gut. Du hast es also noch geschafft.« Magistratin Owens schenkt mir ein Lächeln, das ihre Augen aber nicht erreicht. »Komm doch herein, Cia. Alle anderen sind schon da.«

Alle anderen?

Magistratin Owens führt mich in ein großes, mit Teppichen ausgelegtes Wohnzimmer, und vier Gesichter wenden sich mir zu, um mich zu mustern. Die drei jungen Leute, die dort sitzen, sind mir vertraut. Da ist der gut aussehende Tomas Endress mit den grauen Augen. Der schüchterne, aber süße Malachi Rourke. Die wunderhübsche, künstlerisch begabte Zandri Hicks. Sie alle haben mit mir gemeinsam die Abschlussklasse besucht. Es sind Menschen, die ich schon beinahe mein ganzes Leben lang kenne. Die vierte Person hingegen habe ich noch nie gesehen.

Tomas bedeutet mir mit einer Geste, neben ihm Platz zu nehmen, und wirft mir ein Lächeln zu, das Grübchen auf sein Gesicht zaubert. Es ist ein Ding der Unmöglichkeit, dieses Lächeln nicht zu erwidern. Magistratin Owens durchquert den Raum, stellt sich neben den Fremden und sagt: »Danke, dass ihr alle so kurzfristig kommen konntet. Ich möchte mich entschuldigen, dass ich euch aus den Feierlichkeiten in euren Familien herausreiße, aber das ließ sich leider nicht vermeiden.« Ihre Blicke wandern durch den Raum und ruhen einen Moment lang auf jedem Einzelnen von uns. »Dies ist Michal Gallen, Offizieller aus Tosu-Stadt. Er wollte eigentlich schon gestern zur Abschlussfeier anreisen, aber aufgrund eines technischen Problems hat er sich verspätet.«

Tosu-Stadt.

Mein Magen verkrampft sich, als Michal Gallen einen Schritt auf uns zu macht und ein zusammengefaltetes Blatt Papier aus seiner Tasche zieht. Er ist älter als wir, aber nicht viel. Er mag ungefähr Zeens Jahrgang sein, hat struppiges braunes Haar und wirkt unbeholfen schlaksig, was in seltsamem Widerspruch zu der Autorität steht, die er aus Tosu mitbringt.

Seine dunklen Augen sind ernst, als er auf sein Papier blickt und liest: »Jedes Jahr begutachtet das Vereinigte Commonwealth die Ergebnisse der Abschlussklassen in allen achtzehn Kolonien. Die besten Schüler aus der Gruppe der Abgänger werden für die Auslese nach Tosu-Stadt gebracht, um zu prüfen, ob sie zur Universität zugelassen werden. Es ist eine Ehre, ausgewählt zu werden. Auf den Absolventen der Universität ruhen all unsere Hoffnungen; wir vertrauen auf ihre Hilfe dabei, den Erdboden wieder fruchtbar zu machen und unser aller Lebensqualität zu verbessern. Sie sind die zukünftigen Wissenschaftler, Ärzte, Lehrer und Verwaltungsbeamten der Regierung.« Er lässt das Papier wieder sinken und lächelt uns an. »Ihr vier seid ausgesucht worden, an der Auslese teilzunehmen.«

Eine Welle der Erleichterung rollt über mich hinweg. Ich schaue mich um, um mich zu vergewissern, dass ich alles richtig verstanden habe. Tomas' Gesicht strahlt. Er war der Klügste in unserer Klasse gewesen, und so ist es wenig verwunderlich, dass er ausgewählt wurde. Und den Worten dieses Offiziellen aus Tosu-Stadt nach zu urteilen bin ich es auch. Gleich vier von uns sind dabei. Es ist wirklich wahr. Nun werde ich doch nicht mein Leben lang Traktoren reparieren müssen. Ich bin für die Auslese vorgesehen. Ich habe es geschafft!

»Morgen werdet ihr abreisen.«

Mein überschwängliches Glücksgefühl verebbt, als ich die Worte des Abgesandten richtig zu begreifen beginne. Morgen schon soll ich aufbrechen.

»Warum denn bereits morgen?«, fragt Magistratin Owens. »Wenn ich mich recht entsinne, lag doch immer weitaus mehr Zeit zwischen der Auswahl und der Auslese.«

»Die Dinge haben sich verändert, seitdem Ihre Kolonie das letzte Mal einen Prüfling gestellt hat«, antwortet Gallen. Seine Stimme ist tief, und es schwingt eine Spur Ungeduld mit. »Die Kandidaten werden noch in dieser Woche mit dem Prüfungsprozess beginnen. Ich denke, Sie werden mir zustimmen, dass Ihre Schüler größere Chancen haben zu bestehen, wenn sie gleichzeitig mit den anderen eintreffen.«

»Und was ist, wenn wir nicht wollen?«

Unsere Köpfe fliegen herum, und wir alle starren Zandri an. Ihr Gesicht hat beinahe die gleiche rote Farbe wie ihre Tunika. Zuerst denke ich, sie ist verlegen. Doch dann hebt sie ihr Kinn. Das Blitzen in ihren blauen Augen verrät deutlich, wie zornig sie ist. Die Tatsache, dass vier von uns für die Auslese ausgewählt worden sind, ist schon erstaunlich genug, aber dass Zandri dazugehört, ist noch weitaus verblüffender. Nicht dass Zandri nicht clever wäre. Das ist sie durchaus, auch wenn die meisten von uns sie eher als Künstlerin denn als Wissenschaftlerin sehen. Naturwissenschaften interessieren Zandri nur, wenn sie ihr dabei helfen, neue Farben zu kreieren. Niemals hat sie anklingen lassen, dass sie ihre Ausbildung gerne weiter fortsetzen würde. Trotzdem überrascht mich ihre Frage. Warum sollte sie auf die Ehre verzichten, die es bedeutet, für die Auslese ausgewählt zu werden?

Der junge Mann aus Tosu-Stadt lächelt, und ich erschauere. Da ist keinerlei Wärme in seinem Gesicht zu erkennen. »Ihr habt keine Wahl. Das Gesetz schreibt vor, dass jeder ausgewählte Bürger des Vereinigten Commonwealth zum vereinbarten Termin bei der Prüfung erscheinen muss. Ein Verstoß dagegen würde entsprechend geahndet werden.«

»Und wie sieht diese Ahndung aus?« Zandri schaut Magistratin Owens an, die ihrerseits den Blick auf den Sprecher aus Tosu-Stadt richtet.

Die beiden sehen sich einen Moment lang fest in die Augen, ehe Magistratin Owens antwortet: »Dem Gesetz entsprechend wird das Nichterscheinen bei der Prüfung wie Hochverrat behandelt.«

Und die übliche Strafe für Hochverrat ist der Tod.

Irgendjemand, vielleicht Malachi, erhebt flüsternd Protest. Mir stockt der Atem, als hätte jemand seine Arme um meine Brust geschlungen und würde fest zudrücken. Meine Aufregung darüber, ausgewählt worden zu sein, ist verflogen. Stattdessen hat sich eisige Furcht breitgemacht. Dabei gibt es gar nichts zu fürchten, denn ich will ja an der Auslese teilnehmen. Man wird mich nicht bestrafen müssen. Und auch keinen der anderen Kandidaten. Das Wort *Hochverrat* hat Zandris Widerspruchslust versiegen lassen.

Magistratin Owens sieht, wie geschockt wir alle sind. Sie erklärt uns, dass das Gesetz, welches die Strafe für die Verweigerung der Teilnahme an der Prüfung regelt, noch aus den ersten Tagen des Vereinigten Commonwealth stammt. Damals gab es anarchische Splittergruppen, die die neue

Regierung stürzen wollten und zu diesem Zweck versuchten, Prüfungskandidaten zur Rebellion anzustiften. Es gibt immer wieder Ansätze dazu, die Vorschriften zu ändern, aber solche Dinge brauchen Zeit.

Ich fühle mich ein bisschen besser, denn wir erfahren außerdem, dass das Gesetz seit Jahrzehnten nicht zur Anwendung gekommen ist. Auch wird meine erloschene Aufregung neu entfacht, als die Magistratin uns mitteilt, was wir für Tosu-Stadt einpacken sollen. Die Prüfungskandidaten dürfen zwei Garnituren Alltagskleidung mitnehmen. Zwei Sets Unterwäsche. Einmal Nachtzeug. Zwei Paar Schuhe. Zwei persönliche Gegenstände. Keine Bücher. Kein Papier. Nichts, das einem Prüfling einen Vorteil gegenüber den anderen verschaffen könnte. Alles muss in die Tasche passen, die wir am Ende dieses Treffens ausgehändigt bekommen werden. Am folgenden Tag haben wir uns im Morgengrauen auf dem Markt einzufinden und unser Gepäck mitzubringen. Der Offizielle aus Tosu-Stadt, Michal Gallen, wird uns dort erwarten und zum Prüfungszentrum bringen. Die Magistratin betont, wie stolz sie auf unsere Leistungen ist und dass sie sich sicher ist, dass wir bei unserer Prüfung gut abschneiden werden. Aber ich weiß, dass sie lügt. Meine Mutter hat das gleiche gezwungene, übertrieben fröhliche Lächeln, wenn ihr etwas auf der Seele liegt. Magistratin Owens glaubt keineswegs, dass wir alle bestehen werden. Macht sie sich Sorgen, dass es auf die Five-Lakes-Kolonie zurückfallen könnte, falls wir versagen?

Darüber grübele ich noch immer nach, während sie uns zum Vordereingang begleitet.

Strahlender Sonnenschein begrüßt uns, als die Tür geöffnet wird. Ich bin die Letzte von uns vieren, die eine dunkelbraune Tasche mit dem roten und pinkfarbenen Logo des Vereinigten Commonwealth von Magistratin Owens entgegennimmt. Als ich mir den dicken Trageriemen über die Schulter hänge, fällt mir mit einem Schlag ein, dass das sorgfältig geplante Abendessen meiner Mutter früh beendet werden muss. Ansonsten bleibt mir nicht genug Zeit, zu packen und mich auf das vorzubereiten, was am nächsten Tag auf mich wartet – was auch immer das sein mag.

Als ich nach draußen trete, ist Zandri bereits fort, aber Tomas und Malachi warten auf mich. Einen Moment lang starren wir drei uns an und wissen nicht, was wir sagen sollen. Es überrascht mich gar nicht, dass Tomas als Erster seine Stimme wiederfindet. Mit seinem breiten, atemberaubenden Grinsen schaut er mir in die Augen und sagt: »Ich schätze, wir sollten nach Hause gehen. Es liegt ein großer Tag vor uns.«

Und ich weiß, dass er recht hat. Wieder einmal.

Es ist Zeit, heimzukehren und meiner Familie zu eröffnen, dass ich morgen früh das Haus verlassen und nie mehr wiederkommen werde.

Kapitel 3

Als ich die Vordertür öffne, brandet mir das fröhliche Gelächter meiner Familie entgegen. Ein großes Banner mit Gratulationen zum Schulabschluss begrüßt mich an der gegenüberliegenden Wand. Der ganze Küchentisch steht voller Platten, auf denen sich zur Feier des Tages Brot, Fleisch und Süßigkeiten türmen. Nun also wird diese Feier zugleich auch meine Abschiedsparty werden.

»Da ist sie«, schreit Zeen, als er mich im Eingang stehen sieht. »Ich habe euch doch gesagt, dass sie nicht zu spät auf ihrem eigenen Fest auftauchen wird. Nicht, wenn es Zimtbrote gibt.«

Mein Vater wendet sich mir mit einem Lächeln zu. Doch kaum fällt sein Blick auf die Tasche, die über meiner Schulter hängt, verflüchtigt sich das Strahlen auf seinem Gesicht, und in seinen Augen kann ich lesen, dass er sie wiedererkennt. »Du bist für die Auslese ausgewählt worden.«

Das Lachen im Raum verstummt schlagartig. Überall feierliche Gesichter, als sich alle Blicke auf mich richten, um meine Reaktion nicht zu verpassen. Obwohl ich mich so darüber freue, ausgewählt worden zu sein, wird mir die Kehle eng, als ich nicke. Absolventen der Universität ziehen dorthin, wo das Commonwealth sie hinschickt, nämlich an den Ort, wo ihre Fähigkeiten am meisten gebraucht werden. Wenn ich tatsächlich erfolgreich aus der Auslese hervorgehe, dann besteht nahezu keine Hoffnung darauf, jemals wieder nach Hause zurückzukehren.

Die Zwillinge fangen sich als Erste wieder. Bevor ich weiß, wie mir geschieht, haben die beiden Jungs mich in ihre Mitte genommen, und während sie mich fast zerquetschen, beglückwünschen sie mich lauthals. Dann umarmt mich Hamin. Seine Aufregung ist weniger überschwänglich, aber dennoch genauso echt. Meine Mutter kommt zu mir. Ihre Hände zittern, als sie mich an sich drückt. Doch ihr Lächeln ist voller Stolz, und sie fragt aufgeregt, was ich mitnehmen darf und wann ich aufbrechen muss. Mir bleibt kaum Zeit, ihr zu antworten; ich bemerke gerade noch, wie Zeen aus dem Zimmer schlüpft, da verrät mir ein Klopfen an der Tür, dass meine Freundinnen da sind.

Ich bin so froh, sie alle zu sehen, insbesondere Daileen. Wie glücklich ich bin, dass ich die Chance habe, mich persönlich von allen zu verabschieden. Wieder höre ich begeisterte Rufe, aber ich sehe auch viele Tränen, als ich berichte, dass ich für die Auslese bestimmt worden bin. Ich erzähle ihnen, wer die anderen Kandidaten sind. Daileens Freude – und zugleich ihre Traurigkeit – sind am größten. Sie versucht, sich nicht anmerken zu lassen, wie schwer ihr ums Herz ist, und sie versteckt ihre Wehmut hinter einem breiten Lächeln. Doch im Laufe der Feier bemerke ich, dass sie sich mehr und mehr im Hintergrund hält, sich von mir und von den anderen zurückzieht, die sie schon immer viel mehr für meine Freundinnen gehalten hat als sich selbst. Um sie habe ich Angst. Die Mitglieder meiner Familie werden mich natürlich vermissen, aber sie haben ja immer noch einander. Daileen hat nun niemanden mehr.

Das ist auch der Grund, warum ich mich als Erstes von Lyane Maddows verabschiede, nachdem meine Mutter verkündet hat, dass die Party ein frühes Ende finden muss. Lyane hat sich von der allgemeinen Aufregung nicht anstecken lassen und versucht auch nicht, meine Aufmerksamkeit auf sich zu lenken. Stattdessen wartet sie still neben der Tür darauf, dass meine Brüder sie nach Hause begleiten. Lyane und ich sind nicht die besten Freundinnen. Wir sagen uns zwar immer »Hallo«, wenn wir einander begegnen, aber wir sitzen fast nie beim Mittagessen beisammen oder plaudern auch nicht nach der Schule. Lyane und ich sind auf andere Weise verbunden, was der Grund dafür ist, dass ich sie heute eingeladen habe. Ich weiß, dass sie es nicht vergessen hat. Und ich hoffe, dass ihre Erinnerung dafür sorgt, dass ich auf sie zählen kann.

Die anderen Mädchen hinter mir unterhalten sich noch immer laut und aufgeregt, während ich die Arme um Lyane schlinge und sie an mich ziehe. Ihre Schultern verkrampfen sich vor Überraschung, aber sie löst sich nicht aus meiner Umarmung. Ich flüstere ihr ins Ohr: »Daileen braucht eine Freundin, wenn ich morgen aufbreche. Kannst du ein Auge auf sie haben und dafür sorgen, dass sie nicht allein bleibt? Bitte!«

Lyane drückt mich. Ich kann beinahe körperlich spüren, wie sie sich mein Anliegen durch den Kopf gehen lässt. Als sie mir ihre Antwort zuflüstert, steigen mir vor Erleichterung und Dankbarkeit die Tränen in die Augen. Daileen wird nicht einsam sein.

Ohne noch einmal zurückzublicken, verlässt Lyane das Haus. Ich drehe mich um und verabschiede mich von den anderen. Daileen ist die Letzte. Ich sehe, wie sehr sie gegen ihre Tränen ankämpft, als sie verspricht, nächstes Jahr nach Tosu-Stadt nachzukommen. »Ich werde härter arbeiten als jemals zuvor. Es wird ihnen gar nichts anderes übrig bleiben, als mich auch für die Auslese auszuwählen.«

Ich höre Lyanes Stimme, die von draußen hereinruft: »Daileen, kommst du mit mir mit?« Und diese Worte sind es, die verhindern, dass mir das Herz bricht, als ich Daileen hinterherschaue, wie sie davongeht. Lyane weiß, wie dunkel die Welt ist, wenn man zu viel allein ist, und wie sich diese Einsamkeit auf einen Menschen auswirken kann. Vor vier Jahren habe ich ihr dabei geholfen, der Finsternis zu entkommen. Damals habe ich sie an der Grenze der Kolonie gefunden, wo sie über den Rand hinab in die Schlucht starrte und sich anschickte zu springen. Nur dass ich das nicht zuließ. Stattdessen brachte ich sie zum Reden. Über ihren Vater, der bei der Regierung in Tosu-Stadt arbeitete, und ihre Mutter, die das Leben in Five Lakes hasste und ihre Frustration und ihren Zorn an ihrer Tochter ausließ. Soweit ich weiß, hat Lyane niemandem sonst die Narben der Verletzungen gezeigt, die ihre Mutter ihr zugefügt hatte. Mit der Hilfe meines Vaters und der Magistratin konnte Lyanes Mutter zu ihrem Mann nach Tosu-Stadt ziehen, während Lyane von einer anderen Familie in Five Lakes aufgenommen wurde und endlich wieder Gründe hatte zu lächeln. Ich vertraue darauf, dass Lyane auch Daileen dabei helfen wird, ihr Lächeln wiederzufinden.

Nun, da meine Brüder meine Freundinnen nach Hause begleiten, kommt mir unser Heim viel größer vor. Ich helfe meinen Eltern dabei, das Geschirr abzuräumen und das Wohnzimmer wieder in Ordnung zu bringen. Unser jetziges Haus ist im Vergleich zu den meisten Unterkünften geräumig. Zusätzlich zu dem Wohnbereich in der Mitte haben wir hinten im Haus noch zwei weitere Räume. Auf der rechten Seite liegt das Schlafzimmer meiner Eltern. Meine Brüder und ich sind auf der linken Seite untergebracht, doch Zeen und Hamin schnarchen so laut, dass ich es mir angewöhnt habe, auf einigen Decken vor dem Kamin im Wohnzimmer zu nächtigen. Ich lächele. Nach Tosu-Stadt zu gehen – und dort die Prüfung abzulegen! – bedeutet, dass ich wohl wieder in einem richtigen Bett schlafen werde.

Während wir aufräumen, sagt mir Mom, was ich mitnehmen soll und wie ich mich in der Stadt zu verhalten habe. Mehr als einmal hält sie mitten in der Arbeit inne, und ihr steigen die Tränen in die Augen bei der Vorstellung, dass ich von ihren Kindern die Erste bin, die das Haus verlässt. In diesen Momenten schweigt mein Vater, aber ich kann ihm ansehen, dass er gerne etwas sagen würde.

Als alle Teller abgewaschen und weggestellt sind, fragt mein Vater: »Warum gehen wir nicht ein Stück spazieren?« Meine Mutter will protestieren, doch er kommt ihr zuvor: »Ich weiß, dass Cia packen muss, aber bevor die Jungs wieder zurückkommen und hier alles drunter und drüber geht, will ich noch ein paar ruhige Minuten mit meinem kleinen Mädchen verbringen.«

Meine Mutter schnieft, und mein Herz verkrampft sich, als ich zusammen mit meinem Vater hinaus in die einbrechende Dunkelheit gehe.

Dad nimmt meine Hand, und gemeinsam laufen wir ums Haus herum zu den dahinterliegenden Gärten. Ein fahler Mond und vernebelte Sterne beginnen sich über uns abzuzeichnen. Man sagt, dass es mal eine Zeit gegeben habe, in der der Himmel klar gewesen sei. In einer wolkenlosen Nacht sollen die Sterne wie Diamanten gefunkelt haben. Vielleicht stimmt das. Aber es ist schwer vorstellbar.

Als wir den Gartenbereich fast erreicht haben, betätigt mein Vater einen Schalter an der Rückseite des Hauses. Zuerst ist nur ein Summen zu hören, dann gehen nach und nach Lichter an und erhellen den Hinterhof, sodass die wunderschönen Gänseblümchen, die Rosen und das Gemüse angestrahlt werden. Die Pflanzen gehören meinem Dad und meinen Brüdern, aber die Beleuchtung ist meine. In der Kolonie gibt es strenge Vorschriften, die den Gebrauch von Elektrizität regeln. Die Möglichkeiten zur Erzeugung und Speicherung von Strom sind in unserer Gegend sehr begrenzt. Die meisten Wohnhäuser verwenden gar keinen Strom, es sei denn, sie können ihren eigenen produzieren. Nicht viele machen sich diese Mühe, denn Kerzen und Fackeln erfüllen ihre Aufgaben gut. Vor ein paar Jahren habe ich beschlossen, mich der Herausforderung zu stellen, und habe Dad dazu überredet, mich mit ausrangierten Bewässerungsrohren, übrig gebliebenen Kupferscheiben und Draht herumexperimentieren zu lassen. Ich habe Mom einige Glasgefäße abgeschwatzt, ein wenig von unserem kostbaren Salz und eine ganze Reihe von sonstigem Kleinkram. Dann habe ich mich an die Arbeit gemacht. Das Ergebnis ist ein Netz von fünfzehn Lampen, die alle mithilfe der Energie betrieben werden, die meine Solarstationen im Laufe des Tages speichern. Obwohl ich inzwischen ein weit ausgeklügelteres System entwickeln könnte, besteht Dad darauf, das alte weiter zu benutzen. Dies ist schon der dritte Hinterhof, der davon beleuchtet wird. Kurz frage ich mich, wie lange es wohl noch dauern wird, bis wir wieder umziehen und es anderswo neu aufbauen müssen. Dann fällt mir ein, dass ich, wenn die Zeit dafür gekommen ist, gar nicht dabei sein werde, um zu helfen.

Dad führt mich zu der Eichenbank, die Hamin gebaut und Mom zum Geburtstag geschenkt hat, und setzt sich. Ich nehme neben ihm Platz und warte darauf, dass er etwas sagt.

Grillen zirpen. Der Wind raschelt in den Ästen der Bäume über uns. Irgendwo in den länger werdenden Schatten höre ich das schwache Heulen von Wölfen und die Geräusche anderer Tiere, die nachts auf Jagd gehen.

Nach einer Ewigkeit, wie mir scheint, nimmt Dad meine

Hand und hält sie ganz fest. Als er zu sprechen anfängt, muss ich mich ganz nah an ihn anlehnen.

»Es gibt Dinge, von denen ich dir noch nie erzählt habe. Ich hatte gehofft, dass das auch in Zukunft so bleiben könnte, und ich bin mir nicht sicher, ob es richtig ist, wenn ich mein Schweigen jetzt breche.«

Ich richte mich auf. »Geht es um Tosu-Stadt?«

Dad hat bislang weder über die Auslese gesprochen noch viel von seiner Zeit an der Universität erzählt, egal wie viele Fragen ich ihm auch gestellt habe. Ich fühle mich ihm plötzlich ganz nah bei dem Wissen, dass ich bald die gleichen Erfahrungen wie er machen werde. Doch schon einen Augenblick später wird diese Stimmung jäh zerstört.

»Du hättest nie ausgewählt werden dürfen.«

Seine Worte sind wie ein Schlag ins Gesicht. Ich versuche, meine Hand wegzuziehen, aber mein Vater hält sie ganz fest. Seine Augen starren in die Dunkelheit, doch der Ausdruck auf seinem Gesicht verrät mir, dass er gar nichts wahrnimmt. Da liegt eine Angst in seinen Zügen, die mich sofort vergessen lässt, dass mich seine Worte verletzt haben. Ein angstvoller Knoten scheint in meiner Brust zu wachsen, als sich Dads und meine Blicke begegnen.

»Meine Eltern und ich haben immer davon geträumt, dass ich für die Auslese ausgewählt werden würde. Unsere Familie hatte kaum genug zum Überleben. Die Omaha-Kolonie war eine der größten Kolonien im Commonwealth. Dort lebten einfach zu viele Menschen, und es gab nicht genug Ressourcen und auch nicht ausreichend Nahrung für alle. Jeder von uns hatte irgendjemanden gekannt, der verhungert war. Meine Eltern glaubten daran, dass ich dabei würde helfen können, die Missstände zu beseitigen und das Gleichgewicht der Erde wiederherzustellen. Und ich wollte, dass sie das Geld bekämen, das die Regierung den Familien der Prüflinge zukommen lässt, um den Verlust einer Schülerin oder eines Schülers zu kompensieren. Außerdem muss ich zugeben, dass ein großer Teil von mir meinen Eltern glaubte. Ich war ebenfalls davon überzeugt, dass ich mich als hilfreich erweisen würde. Ich wollte es einfach versuchen.«

Dass die Regierung die Familien der Kandidaten für die Auslese entschädigt, ist neu für mich. Zu gerne möchte ich wissen, ob er und Mom auch Geld erhalten, wenn ich abgereist bin, doch ich stelle meine Frage zurück, als Dad fortfährt: »Damals gab es nur vierzehn Kolonien. Einundsiebzig von uns Schülern versammelten sich im Prüfungszentrum. Man hat mir erzählt, dass sich die Prüfung für meine Klasse über vier Wochen erstreckte. Ich erinnere mich an keinen einzigen Tag davon. Sechzehn von uns wurden ausgewählt, um weiterzumachen. Der Vorsitzende des Prüfungskomitees sagte, dass die Erinnerungen an die Prüfung nach dem Ende des Verfahrens aus dem Gedächtnis der Prüflinge gelöscht würden, damit die Vertraulichkeit gewährleistet bliebe.«

»Also kannst du mir gar nicht sagen, wie die Auslese ablaufen wird?« Eine Welle der Enttäuschung erfasst mich. Ich hatte darauf gehofft, dass mich die Erfahrung meines Vaters auf das, was vor mir liegt, vorbereiten und mir vielleicht sogar einen Vorteil verschaffen könnte. Zweifellos war es genau das, was die Regierung des Commonwealth verhindern wollte, indem sie meinem Vater seine Erinnerungen nahm.

»Ich entsinne mich noch, wie ich im Prüfungszentrum ankam und dass ich mir ein Zimmer mit Geoff Billings teilte. Auch dass wir mit Gläsern, gefüllt mit frischer Milch, auf unsere glänzende Zukunft anstießen und Kuchen aßen, weiß ich noch. Es gab viel zu essen, und alle waren schrecklich aufgeregt. In jener ersten Nacht konnten wir kaum schlafen, denn uns war klar, dass unsere Träume schon am kommenden Tag platzen konnten, falls wir in der Prüfung nicht gut abschnitten. Das Nächste, woran ich mich wieder erinnere, ist, dass ich in einem Raum voller Stühle sitze und mir mitgeteilt wird, dass die Prüfung jetzt vorbei sei. Drei Wochen später habe ich mit den Vorlesungen an der Universität begonnen. Geoff war nicht dabei, ebenso wenig die beiden Mädchen aus meiner Kolonie, die mit mir gemeinsam aufgebrochen waren.«

Irgendwo im Dunkel der Nacht schreit eine Eule, aber Dad scheint sie nicht zu hören. »Die Universität war eine Herausforderung. Ich ging gerne in die Veranstaltungen, denn mir gefiel das Gefühl, etwas Wichtiges zu tun. Meine Eltern ließen mich wissen, dass sie wohlauf und sehr stolz auf mich seien. Ich war glücklich und verschwendete keinen Gedanken an Geoff oder die anderen Prüflinge, die nicht bestanden hatten.«

Er schließt die Augen, und ich sitze neben ihm und frage mich, wie es sich anfühlen würde, die Erinnerungen an meine Freunde zu verlieren. Wie es wäre, wenn ich mich nur an den Tag erinnerte, an dem ich Daileen zum ersten Mal traf, nicht jedoch an unser Gekicher und die Abenteuer, die wir zusammen durchgestanden haben. Allein bei dem Gedanken könnte ich weinen, und ich verschränke meine Finger mit denen von Dad, um uns beiden ein bisschen Trost zu spenden.

»Nach meinem Abschluss verschlug es mich in die Lenox-Kolonie. Dort gab es einen Botaniker, der kurz vor einem Durchbruch stand, und das Commonwealth glaubte, dass meine Ideen ihm weiterhelfen könnten. In dieser Kolonie arbeitete ich ein Jahr, ehe ich zufällig einen Burschen traf, der mich an Geoff erinnerte. In jener Nacht begannen meine Träume. Ich wachte völlig verschwitzt und mit rasendem Herz auf, ohne zu wissen, warum. Keine Nacht verging mehr ungestört. Meine Arbeit begann darunter zu leiden, und die Mediziner der Regierung gaben mir Pillen, die mir zu besserem Schlaf verhelfen sollten. Aber die Tabletten verscheuchten die Träume nicht. Sie machten es mir nur noch schwerer, ihnen zu entkommen. Nach und nach begann ich, mich auch bei Tag an die Träume zu erinnern. Zuerst blitzten sie nur kurz auf. Geoff und ich befinden uns in einem weißen Raum mit schwarzen Tischen, und er streckt mir die beiden hochgereckten Daumen entgegen. Eine große Uhr mit roten Ziffern zählt runter, während meine Finger sich an drei blauen Drähten zu schaffen machen. Ein Mädchen schreit.«

Mein Vater lässt meine Hand los und steht auf. Angst durchzuckt mich, als ich sehe, wie er sich durch die Haare streicht und dann auf und ab zu laufen beginnt. »Die aufblitzenden Momente wurden seltener, aber von nun an hatte ich immer wieder denselben Traum. Geoff, ein Mädchen namens Mina und ich laufen eine Straße hinunter, die von ausgebrannten Stahlruinen gesäumt ist. Überall auf der Fahrbahn liegen Glasscherben. Wir halten Ausschau nach Wasser und einem Schlafplatz für die Nacht. Die Häuser rings um uns sind so schwer zerstört, dass wir uns nicht trauen, in ihnen Schutz zu suchen. Doch uns ist klar, dass uns nichts anderes übrig bleiben wird, denn wir haben gesehen, wie nachts Raubtiere umherstreifen. Mina humpelt. Ich entdecke einen langen, dicken Ast und biete ihr an, daraus einen Krückstock zu machen. Während ich beschäftigt bin, geht Geoff einige Blöcke vor und sieht sich um. Mina ruft ihm zu, er solle sich nicht zu weit von uns entfernen. Er verspricht es uns. Einige Minuten später schreit er, er habe etwas gefunden. Und dann explodiert die ganze Welt.«

Dad verstummt. Mein Herz hämmert laut in meiner Brust. Dads Stimme ist so leise geworden, dass ich mich vorbeugen muss, um ihn zu verstehen, als er weiterspricht. »Mina finde ich als Erstes, halb unter einem Betonklotz begraben. Blut läuft ihr übers Gesicht.«

Dad schluckt schwer. Sein Atem geht stoßweise. Seine herunterhängenden Hände ballen sich zu Fäusten und öffnen sich wieder. Ich sehe, dass er aufhören will zu sprechen. Und ich wünsche mir nichts mehr, als dass er es dabei belässt. Das fühlt sich alles viel zu echt an. Ich kann das Blut sehen, und ich kann die Angst meines Vaters spüren.

»Einen von Geoffs Stiefeln finde ich gut drei Meter von Minas Körper entfernt. Ich brauche eine Minute, bis ich begreife, dass sein Fuß noch immer im Stiefel steckt, dann fange ich an zu schreien. An dieser Stelle endet der Traum.«

Einen Augenblick lang ist die Nacht um uns herum still. Es sind keine Eulen mehr zu hören. Keine Nachtfalter flattern. Da ist nur das Bild eines Jungen, der nicht viel älter ist als ich und der in Stücke gerissen auf einer verlassenen Straße liegt. Ein Junge, der aufgebrochen war, um sich prüfen zu lassen …

»Das war doch nur ein Traum.« Das hat Dad immer zu mir gesagt, wenn ich einen Albtraum hatte, und ich habe es ihm stets abgenommen. Auch jetzt noch möchte ich das glauben.

»Vielleicht.« Mein Vater blickt auf. Als ich den gequälten Ausdruck tief in seinen Augen sehe, halte ich den Atem an. »Jahrelang habe ich mir eingeredet, es sei nur ein Traum. Ich habe mich damit getröstet, dass ich im Wachzustand keinerlei Erinnerung an ein Mädchen namens Mina habe. Bei unseren Experimenten gelang uns ein Durchbruch nach dem anderen. Neue Pflanzen, an deren Züchtung ich beteiligt war, begannen zu gedeihen. Aber keiner Menschenseele habe ich je von meinen Träumen erzählt. Dann hat mir das Commonwealth einen Job in Five Lakes zugewiesen. Gott, was war ich wütend. Für mich war es eine Beleidigung, nach Five Lakes geschickt zu werden. Nur eine Handvoll Universitätsabsolventen hat es hierher verschlagen. Als ich ankam, gab es nicht einmal ein eigenes Haus für mich. Ich musste im Wohnzimmer von Flint Carro schlafen.«

Diesen Teil der Geschichte kenne ich gut. Normalerweise erzählt Dad ihn mit einem Lächeln auf dem Gesicht. Wie er sich mit dem Arzt der Kolonie anfreundete und von Flint in ein Schneidergeschäft geschleppt wurde, wo er meine Mutter an einem Webstuhl arbeiten sah. Wie er sich sofort in ihre Anmut und in ihre freundliche Art verliebte.

Aber darum geht es dieses Mal nicht. Und heute lächelt mein Vater auch nicht.

»Flints Haus ist klein. Dort konnte ich meine nächtlichen Albträume nicht verheimlichen. Flint ließ eine Woche verstreichen, ehe er mich darauf ansprach. Ich versuchte, alles herunterzuspielen. Da erzählte er mir von seinen eigenen Träumen. Sie waren nicht ganz so beängstigend, aber ebenfalls verstörend. Gesichter von Menschen, an die er sich nicht erinnern konnte. Immer wartete er darauf, dass Freunde von der Examensprüfung zurückkämen, doch sie kamen nie. Im Laufe des folgenden Jahres sprachen Flint und ich mit den anderen Uniabsolventen. Zu dieser Zeit waren wir zu siebt. Wir mussten vorsichtig sein, weil jeder Mitarbeiter des Commonwealth mit den Offiziellen in Tosu-Stadt in Verbindung steht. Wir wollten unsere Jobs nicht aufs Spiel setzen. Ich bin mir sicher, dass vier der anderen nachts wenigstens schlafen konnten, aber eine, nämlich die Schulleiterin, hatte etwas Gehetztes im Blick, das ich wiedererkannte. Sie bestritt zwar, dass sie unter schlimmen Träumen litt, aber ich war mir immer sicher, dass sie nicht die Wahrheit sagte.«

»Das kannst du doch gar nicht wissen.« Ich stehe auf und verschränke meine Arme vor der Brust, während ich darauf warte, dass er mir zustimmt. Es ist mir ungeheuer wichtig, dass er mir beipflichtet.

Dad sucht meinen Blick. »Nein. Aber solange sie für die Schule verantwortlich war, wurde nur ein einziger Schüler der Abschlussklasse für die Prüfung ausgewählt. Ich glaube nicht, dass das ein Zufall war. Du etwa?« Mir läuft ein eisiger Schauer über den Rücken. Ich weiß nicht, was ich noch denken soll. Es ist unvorstellbar, dass die Träume meines Vaters mehr als nur nächtliche Hirngespinste sein sollen. Morgen werde ich nach Tosu-Stadt aufbrechen. Am Ende der Woche wird meine Auslese beginnen. Eine Weigerung zu gehen wäre Hochverrat mit allen Konsequenzen. Ich will schreien und meinen Vater anbrüllen, aber ich kann nur dastehen und zittern.

Dad legt seinen Arm um mich und führt mich zurück zur Bank. Ich lehne mich an seine Schulter, wie ich es früher immer tat, als ich noch ein Kind gewesen war. Einen Augenblick lang fühle ich mich geborgen, aber das hält nicht lange an.

»Flint sagt, das Verfahren, mit dem sie unser Gedächtnis löschen, könnte für diese Träume verantwortlich sein. Vielleicht gaukeln uns unsere Gehirne falsche Erinnerungen vor, um jene zu ersetzen, die uns genommen wurden.«

»Aber du glaubst das nicht.«

Er schüttelt den Kopf. »Ich war so dankbar, dass damals, als deine Brüder die Schule beendeten, keiner aus Tosu-Stadt kam, um sie für die Prüfung abzuholen. Gestern habe ich deinen Bruder enttäuscht, als ich ihn nicht öffentlich lobte, wie es ihm zugestanden hätte. Aber die Magistratin hatte gehört, dass ein Abgesandter aus Tosu unterwegs sei. Ich wollte nicht riskieren, dass irgendjemand auf die Idee käme, es gäbe hier vielleicht junge Leute, die man früher hätte auswählen sollen, und dass man die Absolventen vergangener Jahre möglicherweise noch einmal neu bewerten müsste.«

Er zieht mich eng an sich und stützt sein Kinn auf meinen Kopf. Eine Träne tropft auf meine Wange, doch es ist nicht meine eigene. Mein Vater, der immer so stark und klug und selbstsicher gewesen ist, weint.

»Und was jetzt?« Ich winde mich aus seinen Armen und springe wütend auf. Ich nehme es ihm übel, dass er sich während unserer vielen Spaziergänge und Unterhaltungen mir kein einziges Mal anvertraut hat. Nicht ein einziges Mal, wenn ich bis spät in die Nacht hinein arbeitete, um gut in einem Test abzuschneiden, sprach er darüber, was die Konsequenzen sein könnten. »Ich werde morgen aufbrechen. Warum erzählst du mir jetzt davon? Wozu soll das gut sein?«

Während meine eigene Stimme laut und aufgeregt geworden ist, bleibt mein Vater leise. »Vielleicht bringt es nichts. Vielleicht hat Flint recht, und unsere Träume sind nur Hirngespinste. Aber wenn die Möglichkeit besteht, dass das nicht der Fall ist, solltest du lieber Bescheid wissen. Es ist besser, wenn du in Tosu-Stadt darauf gefasst bist, alles, was du siehst, und jeden, den du triffst, zu hinterfragen. Das könnte den Unterschied zwischen Bestehen und Versagen ausmachen.« Er tritt zu mir und legt mir die Hände auf die Schultern. Ich will mich von ihm lösen, aber dann sehe ich wieder die Tränen in seinen Augen, die im Schein der Lampen glänzen. Da bricht jeder Widerstand in mir zusammen.

»Weiß Mom davon?« Normalerweise würde ich davon ausgehen, aber im Moment bin ich mir bei gar nichts mehr sicher.

»Deine Mutter weiß davon, dass mein Gedächtnis gelöscht wurde und dass ich Albträume habe, aber nicht, was in ihnen geschieht.«

Ich lasse mir seine Worte durch den Kopf gehen und

suche in ihnen nach der Wahrheit. »Das ist also der Grund, warum Mom nicht wollte, dass ich ausgewählt werde?«

Mein Vater legt mir eine Hand auf die Wange und streichelt sie mit dem Daumen. »Cia, ich habe meine Eltern nicht mehr wiedergesehen, seitdem ich zur Auslese aufgebrochen bin. Es ist eine Ehre, wenn das eigene Kind ausgewählt wird, aber es bedeutet auch einen Verlust. Deine Mutter will dich nicht verlieren.«

Ich weiß nicht, wie lange wir schweigend nebeneinandersitzen. Lange genug, um die Stimmen meiner Brüder bei ihrer Rückkehr zu hören und auch die meiner Mutter, die mit den Jungs schimpft, weil sie Süßigkeiten stibitzen. Es klingt alles so normal.

Als die Tränen auf meinem Gesicht getrocknet sind, nimmt mein Vater meine Hand und kehrt mit mir ins Haus zurück. Wir erwähnen die Träume meines Vaters und meine eigenen neuen Ängste mit keinem Wort, sondern hören zu, wie Hamin die Zwillinge damit aufzieht, dass meine Freundinnen mit ihnen zu flirten versuchen. Mom stellt einen Teller mit kleinen Küchlein und gesüßtem Pfefferminztee auf den Tisch, während meine Brüder ein Kartenspiel holen, damit wir ein letztes Mal als Familie eine Partie spielen können. Obwohl ich das Gelächter und die Wärme am Tisch genieße, fühlt sich die Runde nicht vollständig an, solange Zeen, der noch nicht wieder zurückgekehrt ist, fehlt. Mehr als einmal ertappe ich mich dabei, wie ich die Vordertür im Auge behalte. Natürlich liebe ich alle meine Brüder, aber es ist Zeen, an den ich mich wende, wenn ich ein Problem habe, über das ich reden möchte. Zeen ist immer so geduldig und einfühlsam. Er stellt Fragen, und immer fühle ich mich nach unseren Gesprächen besser. Heute Abend habe ich ein echtes Problem, aber Zeen ist nicht hier.

Als das Spiel vorbei ist, erinnert mich unsere Mom leise daran, wie spät es schon ist und dass ich noch etwas zu tun habe. Ich entschuldige mich, nehme die Commonwealth-Tasche und schlüpfe in das Schlafzimmer, das ich mir mit meinen Brüdern teile.

Der Gedanke, dass ich diesen Raum vielleicht nie wiedersehen werde, lässt ihn mich mit anderen Augen betrachten. Ein Feuer brennt im Kamin, der in der hinteren Wand eingelassen ist. In der Mitte des Zimmers liegt ein abgetretener, quadratischer brauner Teppich. Zwei Etagenbetten stehen rechts und links davon. Nur das eine untere Bett ganz nah am Feuer, das meins ist, ist ordentlich gemacht, und die Tagesdecke darauf ist glattgestrichen. Als meine Brüder von der Schule abgingen, beschloss meine Mutter, dass sie nun alt genug seien, um ihre Betten selbst zu machen. Und die Jungs entschieden, dass sie alt genug seien, um sich nicht darum zu kümmern, ob sie in Betten mit ordentlich weggesteckten Laken schliefen oder nicht.

Wir haben jeder eine Holztruhe für unsere Alltagskleidung und für die Schuhe. Die Anziehsachen für besondere Anlässe hängen in dem großen Kleiderschrank, ebenfalls aus Holz, in der Ecke. Meine Mutter spricht häufig davon, wie wichtig der erste Eindruck sei. Unschlüssig kaue ich auf meiner Unterlippe herum und wäge meine einzelnen Kleidungsstücke gegeneinander ab. Es ist immer leichter, sich selbstbewusst zu fühlen, wenn man irgendetwas Besonderes trägt, aber in Gedanken höre ich wieder die Stimme meines Vaters. Ich stelle mir die einsame Straße in der Stadt vor, die er in seinen Träumen entlanggelaufen ist. Die beiden Kleider, die ich besitze, würden mir da nicht viel helfen. Und selbst wenn seine Träume nichts mit der Realität zu tun hatten, bin ich tief in meinem Herzen davon überzeugt, dass mir hübsche Bekleidung während der Prüfung nicht viel nützen würde.

Also lasse ich die Festtagsgarderobe links liegen und gehe zur Holztruhe, die ich benutze, seit ich ein kleines Kind gewesen bin. Ich hole zwei dicke, gut sitzende Hosen heraus, zwei derbe Hemden und meine bequemsten Stiefel. All diese Sachen haben früher meinen Brüdern gehört. Die Vorstellung, ein Stück von ihnen mitnehmen zu können, lindert ein wenig die Einsamkeit, die sich breitzumachen droht. Ich suche mein Nachtzeug und meine Unterwäsche heraus und verstaue alles sorgfältig in meiner Tasche. Es ist immer noch mehr als genug Platz für die zwei persönlichen Gegenstände, die mir erlaubt sind.

Ich setze mich auf meine Bettkante und lasse den Blick durch den Raum schweifen. Wenn mein Vater mir nicht von seinen Träumen erzählt hätte, dann hätte ich meine Flöte oder die silberne Halskette eingepackt, die mir meine Mutter zu meinem sechzehnten Geburtstag geschenkt hat. Stattdessen jedoch denke ich nun darüber nach, was sich als hilfreich erweisen könnte, falls ich für die Prüfung mehr als Bleistift und Papier benötigen würde.

Nach einigen Minuten rutsche ich vom Bett und krame ein kleines Taschenmesser aus meiner Truhe. Jeder meiner Brüder hat ein ähnliches Messer – ein Geschenk von unserem Dad; auch ein Schraubenzieher und noch einige andere Vorrichtungen sind daran befestigt. Dies wird einer meiner beiden Gegenstände sein. Nun muss ich mich noch für einen weiteren entscheiden. Mir fällt nur ein einziger ein, aber der gehört mir nicht. Und Zeen ist nicht da, damit ich ihn um Erlaubnis bitten kann, ihn mitnehmen zu dürfen.

Im letzten Jahr fing Dad an, Zeen an seinen eigenen Projekten arbeiten zu lassen. Einige davon führten ihn über die Grenzen der Kolonie hinaus. Diese Grenzen sind weniger dazu gedacht, Menschen oder Tiere fernzuhalten, sondern sie sollen die Bewohner der Five-Lakes-Kolonie daran erinnern, dass das Land jenseits davon eine potenzielle Bedrohung ist. Giftige Pflanzen und Tiere auf der Suche nach Beute sind nur ein Teil der Gefahr. Während der letzten *Drei Stadien des Krieges* haben gewaltige Beben die Erdoberfläche aufgerissen. Ein einsamer Wanderer, der in eine dieser Spalten fällt, kann leicht an einem gebrochenen Genick, seinen Erfrierungen oder hungers sterben, während er ausgeliefert auf dem Grund der Schlucht auf Hilfe wartet. Zum Schutz vor dem Erfrieren oder Verhungern hat Dad Zeen ein handtellergroßes Gerät geschenkt, das Transit-Kommunikator genannt wird. Die Regierung des Commonwealth hatte es ihm zugeschickt. Dieses Gerät verfügt sowohl über einen Kompass als auch über einen Taschenrechner, und das Kommunikationssystem würde es Zeen ermöglichen, sich mit dem entsprechenden Gerät in Dads Büro zu verbinden, falls es jemals ein Problem geben sollte. Ich weiß nicht, wie es funktioniert, aber ich wette, dass ich das herausfinden würde, falls es jemals nötig sein sollte.

Wenn Zeen nicht außerhalb der Grenzen arbeitet, dann bewahrt er das Gerät auf einem Regal neben seinem Bett auf. Und tatsächlich. Mein Herz pocht, als sich meine Finger darum schließen. Ich wünschte, Zeen wäre da und würde mir erlauben, das Gerät mitzunehmen. Ich will von ihm hören, dass er es mir verzeiht, weil ich für die Auslese ausgewählt worden bin, er hingegen nicht. Wie gerne würde ich Zeen erzählen, dass unser Vater nur versucht hat, ihn zu schützen, als er gestern die Neuigkeiten über die Kartoffelzüchtung bekannt gab. Er sollte wissen, dass Dad nicht aus egoistischen Motiven heraus, sondern aus Liebe gehandelt hat.

Ich wickele den Transit-Kommunikator in ein Paar Socken, um ihn gegen Stöße zu schützen, und schiebe ihn in meine Tasche. Währenddessen hoffe ich darauf, dass Zeen noch rechtzeitig genug zurückkommt, damit ich ihm erzählen kann, dass ich etwas von ihm mit nach Tosu-Stadt nehmen werde. Aber tief in meinem Innern weiß ich, dass er es nicht schaffen wird. Zeen ist der klügste meiner Brüder, aber auch der weichherzigste. Win, Hart und Hamin sind liebevoll und freundlich, aber sie nehmen das Leben mit einer Leichtigkeit, an der unsere Mutter manchmal schier verzweifelt. Zeen hingegen ist leidenschaftlich und temperamentvoll. Er regt sich schnell auf, doch seine Liebe ist grenzenlos. Für ihn ist die Vorstellung, jemanden zu verlieren, an dem sein Herz hängt, einfach unerträglich. Als unser Großvater starb, sagte er beinahe einen ganzen Monat lang kein einziges Wort.

Ich setze mich auf Zeens Bett und schreibe ihm eine Nachricht, in der ich ihn bitte, mir den Kommunikator auszuleihen, und in der ich ihm noch einmal sage, wie viel er mir bedeutet. Das ist zwar nicht die Verabschiedung, die ich mir erhoffe, aber es ist besser als nichts.

Nun, da ich meine Sachen zusammengesucht habe, steigt Panik in mir auf. Morgen schon werde ich alles, was mir lieb und teuer ist, hinter mir lassen und stattdessen einen Weg einschlagen, der unbekannt und möglicherweise gefährlich ist. Nichts auf der Welt würde ich jetzt lieber tun, als in mein Bett zu klettern und mir die Decke über den Kopf zu ziehen. Stattdessen jedoch schließe ich die Tasche, hänge sie mir über die Schulter und gehe wieder hinaus zu meiner Familie. Ich will versuchen, die letzten Stunden, die mir in ihrem Kreise noch bleiben, zu genießen.

Kapitel 4

Meine Brüder schlafen noch in ihrem Zimmer, als mein Vater mich aus meinem unruhigen Schlaf weckt. Ich schlüpfe in meine braunen Leggings und eine hellblaue Tunika mit Kapuze, ziehe meine Stiefel an und greife mir die Tasche. Meine Mutter streckt mir einen Becher frische Milch entgegen, damit ich vor dem Aufbruch noch etwas trinke. Ihre Augen sind rot, aber jetzt weint sie nicht mehr. Stattdessen sagt sie mir, wie stolz sie auf mich sei. Als wir uns zum Abschied in die Arme nehmen, kostet es mich einige Überwindung, mich nicht an ihr festzuklammern. Plötzlich bereue ich all die vielen Male, in denen ich sauer auf sie gewesen bin, weil sie mich in meinen Träumen von der Universität nicht bestärkt hat. Inzwischen verstehe ich, warum sie solche Angst davor hatte, dass ich erfolgreich sein könnte. Doch jetzt ist es zu spät.

Ich kämpfe meine Tränen nieder, trinke meine Milch und stecke den Apfel ein, den Mom für mich auf die Anrichte gelegt hat. Dann verspreche ich, ihr zu schreiben, sobald ich in der Stadt angekommen bin. Mein Vater wartet an der Tür auf mich. Ein letztes Mal umarme ich meine Mutter, ehe ich hinaus in die feuchte Morgenluft trete. Der Himmel ist noch immer dunkel, als wir denselben Weg wie gestern hinunterlaufen. Wir legen ungefähr eine Meile zurück, ehe Dad die Stille bricht.

»Hast du ein bisschen Schlaf finden können?«

»Ja, ein wenig. Aber er war vermischt mit beängstigenden Träumen.«

»Es ist mehr als wahrscheinlich, dass Flint recht hat. Träume sind Schäume.«

»Das hoffe ich.«

»Und ich ebenfalls.« Er nimmt meine Hand, als wir den Hügel hinaufsteigen. »Du bist klug und stark. Ich bin mir vollkommen sicher, dass du jeden Test bestehen wirst, ganz gleich wie er aussehen mag. Lass dich nur nicht von den anderen Kandidaten fertigmachen. Einige Jungs und Mädchen aus meiner Kolonie waren wirklich boshaft. Ihnen war jedes Mittel recht, um Bester oder Beste zu werden.«

»Was denn zum Beispiel?« In meiner Klasse war es völlig üblich, lange aufzubleiben, um bis spät in die Nacht hinein zu lernen. Ich selbst habe das viele Male getan.

»Gift war bei einer ganzen Reihe von Mädchen in meiner Klasse besonders beliebt.«

Ich bleibe stehen. »Gift?«, frage ich ungläubig.

»Nicht so viel, dass irgendjemand daran gestorben wäre. Aber genug, sodass es dem Opfer zu schlecht ging, um eine Arbeit mitzuschreiben. In meinem letzten Jahr achtete ich immer darauf, nur das zu essen, was ich selber mit in die Schule genommen hatte.«

»Wurden sie denn bestraft?«

Mein Vater wirft mir ein trauriges Lächeln zu. »Sie waren so geschickt, sich nicht erwischen zu lassen. Aber selbst wenn man ihnen auf die Schliche gekommen wäre, möchte ich bezweifeln, dass man mehr getan hätte, als sie zu tadeln. Es ist schwer, Jugendliche zu bestrafen, nur weil sie versuchen, ihre Familie aus der Armut zu befreien.«

Die nächsten paar Meilen legen wir schweigend zurück, denn ich denke darüber nach, was die Worte meines Vaters noch alles andeuten. Es gibt keine Beweise dafür, dass seine Träume ihren Ursprung in der Wirklichkeit haben, das weiß ich. Aber was er mir da gerade erzählt hat… Ich wüsste keinen einzigen Schüler aus der Five-Lakes-Kolonie, der auf eine solche Weise gegen einen Mitschüler vorgehen würde, nur um selbst besser abzuschneiden. Wir sind alle nicht reich, aber es verhungert auch keiner von denen, die ich kenne. Heutzutage jedenfalls nicht mehr. Wenn eine Familie in Five Lakes in Not gerät, dann greifen ihr die anderen Mitglieder der Gemeinschaft unter die Arme. Eine Welt, in der man seine Konkurrenten vergiftet, nur um für die eigene Familie genug zu essen zu bekommen, ist für mich unvorstellbar.

Der Himmel färbt sich langsam rosa und glutrot, als wir uns dem Stadtrand nähern. Dad legt mir einen Arm um die Schultern und drückt mich eng an sich. »Achte darauf, dass du ordentlich isst und genug schläfst. Das wird dir helfen, bei Kräften zu bleiben und klar zu denken.«

Ich nicke bei seinen vertrauten Ratschlägen.

Kurz bevor wir oben auf dem letzten Hügel ankommen, fügt mein Vater noch hinzu: »Und sei immer vorsichtig, wem du vertraust, Cia. Wenn du das beherzigst, dann wird alles gut werden.«

Hand in Hand betreten wir den Marktplatz.

Vor dem Haus der Magistratin wartet schon ein riesiger schwarzer Gleiter mit dem Wappen des Commonwealth an der Seite. Tomas, Malachi und die Mitglieder ihrer Familien stehen ganz in der Nähe dahinter. Malachi trägt seine beste Kleidung – eine mit scharfen Bügelfalten versehene Hose, auf Hochglanz polierte schwarze Schuhe und ein Jackett über einem Hemd mit steifem Kragen. Das strahlende Weiß dieses Hemdes steht in starkem Kontrast zu seiner dunklen Haut. Ich sehe an der Art, wie Malachi seine Schultern verkrampft, dass er versucht, seine Tränen zurückzuhalten. Tomas' Kleiderwahl kommt der meinen sehr nahe. Er trägt eine verwaschene graue Hose und ein weißes Shirt mit V-Ausschnitt, das ihn aussehen lässt, als stünde er im Begriff, auf der Farm seines Vaters mit anzupacken, statt nach Tosu-Stadt aufzubrechen. Sein hübsches Gesicht ist unergründlich, während seine Mutter immer wieder versucht, seine strubbeligen Haare glattzustreichen.

Magistratin Owens und der Abgesandte aus Tosu-Stadt stehen vorn neben dem Gleiter und winken Dad und mir zu, als wir näher kommen. Heute trägt Michal Gallen einen engen magentaroten Jumpsuit, auf dem das Logo des Commonwealth prangt. Sein struppiges Haar ist zu einem Pferdeschwanz zurückgebunden, was seine Gesichtszüge kantiger erscheinen lässt.

Magistratin Owens nimmt meinen Vater zur Seite und lässt mich allein bei Michal stehen. Er lächelt mich an, und ich bin überrascht, als ich zum ersten Mal einen warmen Ausdruck in seinen dunkelgrünen Augen entdecke.

»Bist du aufgeregt wegen der bevorstehenden Reise, Malencia?«

Aus irgendeinem Grund habe ich nicht damit gerechnet, dass er sich an meinen Namen erinnert. Ich freue mich darüber, dass er ihn noch weiß. »Eigentlich bin ich vor allem aufgeregt, weil ich Angst davor habe, die Kolonie zu enttäuschen, falls ich bei der Auslese schlecht abschneide, Mr. Gallen.«

Er lacht. »Du kannst mich Michal nennen. Und keine Sorge, das wird vergehen.« Meine Nervosität oder meine Befürchtung wegen der Kolonie? Ich bekomme keine Gelegenheit nachzufragen, denn er geht einen Schritt vom Fahrzeug weg und streckt mir eine Hand entgegen. »Soll ich dein Gepäck verstauen? Du wirst es nicht brauchen, bis wir in Tosu-Stadt angekommen sind.« In seiner anderen Hand hält er eine durchsichtige Tüte mit zwei dicken silbernen Armbändern, von denen eines etwas größer als das andere ist. »Dies sind deine Erkennungsbänder. Jedem Testkandidaten wird ein Symbol zur Identifizierung zugeordnet, das auf den Armbändern eingraviert ist. Das eine der beiden trägst du um dein Handgelenk, das andere wird um den Träger deiner Tasche gebunden. Auf diese Weise kann niemand seine Tasche mit deiner verwechseln.«

Er bindet mir mein Erkennungszeichen um das linke Handgelenk und drückt die Schließe zu, dann befestigt er das andere an meiner Tasche. Als er einmal kurz im Gleiter verschwindet, schaue ich mir das Band an meinem Arm genauer an. Es ist ungefähr anderthalb Zentimeter breit und aus dicken Metallgliedern gefertigt. Ich habe beim Umbinden deutlich gesehen, dass es einen Verschluss gibt, aber jetzt ist er einfach nicht mehr zu erkennen. Ich drehe mein Handgelenk und betrachte die große Silberscheibe, die oben auf dem Armband angebracht ist. Dort eingraviert ist ein Stern mit acht Spitzen. In der Mitte davon entdecke ich einen stilisierten Blitz.

»Der Stern steht für deine Prüfungsgruppe.« Michals Stimme lässt mich zusammenzucken. Ich hatte gar nicht gemerkt, dass er zurückgekommen war. »Du wirst sehen, dass die anderen Kandidaten in deinem Team das gleiche Symbol haben, doch deines ist das einzige mit einem Blitz.«

»Haben die Symbole denn eine besondere Bedeutung?« Die Worte entschlüpfen mir, ehe ich sie hätte aufhalten können. Vielleicht wissen die Prüflinge aus den anderen Kolonien, die regelmäßig jemanden zur Auslese schicken, längst, wofür die Symbole stehen.

Falls Michal die Frage für dumm hält, lässt er es sich nicht anmerken. »Der Stern mit den acht Spitzen ist das Symbol für Verjüngung. Die Kandidaten dieser Gruppe haben sich auf allen Gebieten hervorgetan. In eine bessere Gruppe hätte es dich kaum verschlagen können.« Sein Lächeln ist warm und ermutigend, und unwillkürlich erwidere ich es, während ich mich frage, in welcher Gruppe er wohl war.

Ein leises Piepen ertönt, und Michal schaut auf seine Uhr. Dann lässt er den Blick über den Marktplatz schweifen, und sein Lächeln schwindet dahin. Zandri ist noch immer nicht hier, und ich frage mich, ob das an ihrem sorglosen Umgang mit der Zeit liegt oder ob sie beschlossen hat, das Gesetz herauszufordern und sich der Auslese zu verweigern. Glaubt sie vielleicht, dass eine gesetzliche Bestimmung, die so lange nicht infrage gestellt wurde, nicht mit Gewalt durchgesetzt werden würde?

Michal entschuldigt sich und gesellt sich zu Magistratin Owens und meinem Vater. Der Art und Weise nach zu urteilen, wie er auf seine Uhr zeigt, meint er, dass Zandri genug Gelegenheit hatte, pünktlich zu kommen, und dass ihre Zeit nun abgelaufen sei. Mein Vater und die Magistratin Owens versuchen, Michal dazu zu bringen, noch einige Augenblicke auf die letzte Kandidatin aus Five Lakes zu warten. Ich drehe mich weg und halte den Atem an, denn schließlich weiß ich, was für eine Strafe ihr droht.

Und da sehe ich sie. Ich kneife im Sonnenlicht die Augen zusammen, nur um ganz sicherzugehen, ehe ich rufe: »Da ist sie.«

»Dem Himmel sei Dank«, höre ich jemanden flüstern.

Der Wind bauscht Zandris hauchdünnen, bunten Rock auf und reißt an ihrer Bauernbluse, während sie gemächlich über den Marktplatz schlendert. Ihr langes blondes Haar glänzt im Sonnenlicht. Ein kleines Lächeln zuckt um ihren Mund, als sie uns erreicht. Sie entschuldigt sich nicht. Und da wird mir klar: Sie hat diesen Auftritt geplant. Sie will allen zeigen, dass man sie zwar zwingen kann, ihre Rolle zu spielen, dass das Commonwealth jedoch keine Macht über sie hat. Ich bewundere ihre Courage, aber als ich den verärgerten Blick von Michal auf ihr ruhen sehe, schwant mir nichts Gutes für sie.

Mein Vater legt mir den Arm um die Schultern, während Michal Zandri ihr Identifikationsband anlegt und ihre Tasche im Gleiter verstaut. Seine freundliche, warme Ausstrahlung ist verflogen, als er uns alle anweist, ins Fahrzeug zu steigen. Es wird Zeit aufzubrechen.

Als mein Vater mich ein letztes Mal fest an sich zieht, lässt sich der Ansturm meiner Gefühle nicht mehr länger unter Kontrolle halten. Tränen schnüren mir die Kehle zu, als ich Dad sagen will, wie sehr ich ihn liebe. Ich verdränge den Schmerz darüber, dass Zeen sich nicht von mir verabschiedet hat, und bitte meinen Vater, ihm meine Nachricht zu geben und der ganzen Familie all meine Liebe zu überbringen. Auch mein Vater sagt mir, dass er mich liebt, und das Letzte, was er mir im Flüsterton einschärft, ist: »Cia, du darfst niemandem vertrauen.«

Ich steige als Letzte in den glänzenden Gleiter. Die Tür schließt hinter mir, und ich höre, wie das Schloss einrastet, als der Motor röhrend anspringt. Mein Vater legt von außen seine Hand an das Glas eines kleinen Fensters, und ich tue es ihm nach, sodass wir uns berühren würden, wenn wir nicht durch die Scheibe getrennt wären. Einen Moment lang treffen sich unsere Blicke, und obwohl ich so dagegen ankämpfe, rollt mir eine Träne über die Wange, als der Gleiter abhebt. Dad tritt einen Schritt zurück, und kurz darauf setzen wir uns in Bewegung – weg vom Marktplatz, in Richtung Tosu-Stadt. Weg von allem, was mir vertraut ist.

Mein Herz rast vor Aufregung, obwohl es gerade in zwei Stücke zerbrochen ist. Die gleichen widerstreitenden Gefühle kann ich auch auf den Gesichtern der anderen Kandidaten aus Five Lakes sehen. Die Abschlussfeier hat unseren Status verändert. Wir sind nun keine Jugendlichen mehr, sondern Erwachsene. Doch erst diese Reise macht den Übergang unumkehrbar. Von nun an sind wir auf uns gestellt.

Ich starre aus dem Fenster, bis die vertraute Landschaft hinter uns am Horizont verschwunden ist. Ich versuche, mir die Erinnerung an die Felder und Hügel für die nächsten Tage und vielleicht sogar für die vor mir liegenden Jahre einzuprägen. Dann drehe ich mich um und widme mich meiner neuen Umgebung. Mein Vater und sein Team besitzen einige Gleiter, die sie für die Arbeit nutzen, und ich bin schon in ihnen mitgeflogen. Aber natürlich sind Dads Gleiter lange nicht so fortschrittlich oder schnell wie dieser hier. Genau genommen haben sie, abgesehen von der Bezeichnung und der Tatsache, dass sie beide einige Meter über dem Erdboden dahingleiten, nicht viel gemeinsam. Während die Treibhaus-Gleiter klein sind und nur einer bis maximal vier Personen – sofern diese eng zusammenrücken – Platz bieten, kommen in diesem hier zwölf Mitreisende bequem unter. Die Sitze vorn im Passagierraum sind grau und weich und ähneln Sofas. Hinten im Fahrzeug befinden sich eine kleine Küche und eine Tür, die in ein anderes Abteil führt. Das Dach des Gleiters ist hoch genug, sodass ich in der Kabine herumlaufen kann und nach oben hin immer noch ausreichend Platz habe.

Unsere Taschen sehe ich nicht, und ich überlege, ob ich

Michal fragen soll, wo er sie verstaut hat, doch er sitzt in einem abgetrennten Abteil für den Lenker des Fahrzeugs ganz vorn. Aus seinen angespannten Schultern schließe ich, dass er sich auf die Bedienung der Maschine konzentriert. Und das ist auch gut so. Gleiter sind so konstruiert, dass sie bis zu drei Meter über der Erdoberfläche schweben können, doch der Antriebsmechanismus, der für die Vorwärtsbewegung des Vehikels sorgt, braucht unbedingt festen Boden unter sich. Wenn ein Gleiter über ein größeres Loch gerät, dann fällt der Antrieb aus. Auch über Wasser haben Gleiter ihre Schwierigkeiten. Deshalb ist irgendjemand mal auf die Idee gekommen, sie so umzurüsten, dass sie, wenn nötig, auch schwimmen können.

»In so einem Ding bin ich noch nie geflogen«, sagt Malachi quer durch die Kabine hinweg. Seine weit aufgerissenen Augen sind voller Angst. Sein Vater ist Bewässerungshelfer, seine Mutter näht Steppdecken. Nein, für Malachi hat wirklich nie die Notwendigkeit bestanden, irgendetwas Komplizierteres als ein Fahrrad zu fahren. Bis jetzt. Ich verdrehe meinen Kopf, um einen besseren Blick auf das Symbol auf seinem Armband zu haben. Ein Dreieck mit einem Pfeil in der Mitte. Wir sind nicht in derselben Gruppe.

»Ich denke, man kann mit Fug und Recht behaupten, dass keiner von uns je in so einem Ding gesessen hat.« Tomas steht von seinem Sitz im hinteren Teil des Gleiters auf, kommt nach vorn und nimmt neben Malachi Platz. »Bei diesem Tempo werden wir Tosu-Stadt noch vor der Dunkelheit erreichen.«

»Glaubst du wirklich?« Die Furcht in Malachis Blick wird schwächer. »Was meinst du: Werden wir uns in der Stadt umschauen dürfen?«

»Wahrscheinlich erst, wenn wir die Prüfung hinter uns

gebracht haben. Es klingt, als ob uns ein ziemlich strikter Zeitplan erwarten würde.« Ein Lächeln blitzt auf Tomas' Gesicht auf, und er klopft Malachi auf den Rücken. »Aber wenn wir erst mal Studenten an der Universität sind, dann gehören die Stadt und die Mädchen uns. Richtig?«

Malachi erwidert das Lächeln. »Klar.«

»Einige von uns Mädchen finden die Leute von der Uni keineswegs besonders attraktiv.«

Zandri wirft ihre blonde Mähne in den Nacken und lässt einen empörten Blick zwischen Tomas und Malachi hin und her wandern. Malachi sinkt zurück in die Kissen, Tomas lacht nur. Nach einigen Anläufen schafft er es, Malachi in ein Gespräch über die Bilder, die sie von Tosu-Stadt gesehen haben, zu verwickeln, wo es Gebäude gibt, die mehr als zehn Stockwerke hoch sind. Irgendwann hört Zandri auf, vor sich hinzubrüten, und erzählt von den Skulpturen, die sie sich gerne anschauen möchte.

Ich höre mir das Geplauder der drei an und bin wenig überrascht davon, dass es Tomas ist, der dafür sorgt, dass sich die anderen beruhigen. Wie immer bin ich mir der Tatsache, dass ich die Allerjüngste bin – und diejenige mit der wenigsten Erfahrung –, nur allzu bewusst. In der Klasse habe ich mich nur dann gemeldet, wenn ich mir bei der Antwort ganz sicher war, damit niemand auf die Idee kommen konnte, dass ich da vielleicht noch gar nicht hingehörte. Jetzt mache ich das Gleiche wie in der Schule: Ich lehne mich zurück und höre zu. Die große, blonde, schöne Zandri strahlt selbstbewusste Gereiztheit aus, aber ihre ablehnende Haltung verliert sich ein wenig, als sie sich mit Malachi in ein Gespräch über Kunst vertieft. Ich bin überrascht, wie viel er über Künstler weiß, die längst tot sind.

Nun, wo Malachi und Zandri die Stille ausfüllen, hält sich Tomas zurück und streut nur hin und wieder eine Bemerkung ein. Auch er wählt jetzt die Beobachterrolle und lässt das Gelächter und die Gesprächspausen der anderen auf sich wirken. Dann bemerkt er, dass ich ihn mustere. Rasch wende ich mit brennenden Wangen den Blick ab. Nicht dass Tomas nicht daran gewöhnt wäre, angehimmelt zu werden. Die meisten Mädchen in unserer Klasse verbrachten den halben Schultag damit, lieber Tomas anzustarren, als auf die Tafel zu schauen. Weil er im Klassenraum den Platz unmittelbar hinter mir zugewiesen bekommen hatte, bin ich gegen derartige Ablenkung immer gefeit gewesen. Aber ich hätte schon blind sein müssen, wenn mir nicht aufgefallen wäre, wie sehr seine Art zu lachen und das Grübchen in seiner linken Wange sein kantiges Gesicht veränderten. Mehr als einmal hat es mir in den Fingern gejuckt, ihm die Haarlocke, die ihm immer in die Stirn fiel, zur Seite zu streichen. Nicht dass ich je den Mut gefunden hätte, es auch tatsächlich zu tun. Aber das ist schon in Ordnung. Jungen und Verabredungen standen nicht eben weit oben auf meiner Prioritätenliste. Und ganz sicher darf sich das gerade jetzt auf keinen Fall ändern.

Die drei anderen lachen über irgendetwas. Ich schüttele das Gefühl ab, ausgeschlossen zu sein, lächele die kleine Gruppe an und versuche, so auszusehen, als ob mich ihr Geplauder interessieren würde. Irgendwann gestehen Zandri und Malachi, dass sie in der vorangegangenen Nacht nicht besonders gut geschlafen haben. Sie strecken sich auf den gepolsterten Sitzbänken vorn im Passagierraum aus und nicken beinahe sofort ein.

»Wir sollten uns weiter nach hinten setzen, damit wir sie nicht stören«, flüstert Tomas. Mein Herz pocht etwas schneller, als ich ihm hinterhergehe. Seine erste Amtshandlung besteht darin, diesen Bereich des Abteils zu durchsuchen.

Nur zu gern beteilige ich mich daran und öffne die Türen von verschiedenen Schränken, in denen ich Nüsse, getrocknete Früchte, Käse und Cracker finde. Dann stecke ich den Kopf in eine kleine Kabine, die sich als Toilettenraum erweist.

Wir nehmen uns jeder eine Tüte mit getrockneten Früchten und etwas Wasser und strecken uns auf den hinteren Sitzen aus. Tomas dreht ein Apfelstück in seinen kräftigen, schwieligen Händen und sagt: »Kaum zu glauben, dass sie in diesem Jahr vier von uns für die Auslese ausgewählt haben.« Mein Blick fällt auf die Gravur auf seinem Armband: ein Stern mit acht Spitzen, in dessen Mitte drei waagerechte Schlangenlinien zu erkennen sind. Meine Gruppe. Anscheinend sind mir meine Überraschung und innere Unruhe anzusehen, denn Tomas fragt, was los sei. Ich erkläre ihm die Sache mit den Identifikationssymbolen. Da Malachi und Zandri beide vor sich hin schnarchen, entscheide ich mich, ganz offen und ehrlich zu Tomas zu sein. »Du wirst jeden anderen in der Gruppe mühelos ausstechen. Mich ebenfalls.«

»Machst du Witze?« Ein Blick aus Tomas' klaren grauen Augen huscht über mein Gesicht. Dann lacht er und schüttelt den Kopf. »Du meinst das anscheinend wirklich ernst.«

»Jeder weiß, dass du der Beste in unserer Klasse warst.«

»Nur, weil unsere Lehrerin im Jahr davor noch nicht da war. Sie wusste nicht, dass du die Wind- und Solargeneratoren gebaut hast, die wir in der Schule benutzen.«

»Meine Brüder haben mir dabei geholfen.« Es war nicht allein mein Verdienst. Ohne meine Geschwister hätte ich es nicht geschafft. »Mein Vater sagt, das Bewässerungssystem, das du entworfen hast, wird dazu beitragen, unsere Grenzgebiete urbar zu machen. Das ist eine wirklich große Sache.«

Tomas zuckt mit den Schultern. »Mein Vater hat jahrelang daran gearbeitet. Ich habe nur ein paar Ideen beigesteuert und das ganze Ding zum Laufen gebracht. Ich will nicht sagen, dass ich entbehrlich gewesen wäre, aber ich bin nicht das Genie, als das mich Miss Jorghen dargestellt hat. Ich hatte den Eindruck, sie ist zunächst davon ausgegangen, dass die Schüler in Five Lakes allesamt beschränkt wären. Du weißt schon, weil in den letzten Jahren nie jemand für die Prüfung ausgewählt worden ist. Deshalb hat mein Referat über das Bewässerungssystem gleich in der ersten Woche Eindruck bei ihr hinterlassen.«

Tomas hat recht damit, dass unsere Lehrerin voreingenommen in die Five-Lakes-Kolonie gekommen ist. Die ersten paar Tage im neuen Schuljahr sprach sie mit uns, als wären wir eine Gruppe von Vierjährigen. Dann ließ sie uns einen Aufsatz schreiben: »Wie ich meine Pause verbringe«, und schlagartig wurde alles anders. Miss Jorghen ließ sich ihre Verblüffung zwar nicht anmerken, aber die Aufgaben, die wir fortan zu erledigen hatten, wurden zunehmend schwieriger, und sie hörte auf, vorwiegend einsilbige Wörter zu verwenden. Wenn ich jetzt darüber nachdenke, frage ich mich, ob die Annahme meines Vaters richtig ist. Vielleicht hat unsere alte Lehrerin ja tatsächlich versucht, das Commonwealth glauben zu machen, dass wir in Five Lakes nicht schlau genug seien, um als zukünftige Anführer infrage zu kommen. Und falls das so war, stellt sich die Frage, was sie zu dieser Täuschung veranlasst hat. Hasste sie die Vorstellung, dass Familien auseinandergerissen würden, oder glaubte sie wirklich, dass uns am Ende unserer Reise etwas Dunkles erwarte?

»Was ist los?«

Ich blinzle. »Was soll denn sein?« Seine hochgezogene linke Augenbraue verrät mir, dass meine vorgespielte Unschuld nicht sehr überzeugend ist. Also frage ich ihn: »Findest du es nicht seltsam, dass Five Lakes zehn Jahre lang keinen einzigen Kandidaten für die Auslese gestellt hat?«

Tomas wirft sich eine Rosine in den Mund und denkt über meine Frage nach. »Die einzige Erklärung, die mir einfällt, ist die, dass die Regierung des Commonwealth bislang der Meinung war, unsere Kolonie sei zu dünn besiedelt, um Bewohner abzuziehen. Five Lakes ist erst in den vergangenen zehn Jahren stark gewachsen.«

Im Laufe dieser Zeit sind rund dreihundertfünfzig Menschen nach Five Lakes gekommen. Das jedoch ist nicht sonderlich beeindruckend, wenn man bedenkt, dass andere Kolonien Zehntausende Einwohner haben.

»Du glaubst, dass es noch einen anderen Grund gibt?«

Ich will ihm vom Verdacht meines Vaters erzählen und die Last, die auf meine Schultern drückt, mit ihm teilen. Wie gerne hätte ich die Gewissheit, dass noch ein weiteres Augenpaar nach Gefahr Ausschau hält. Aber die Abschiedsworte meines Vaters hallen noch in meinen Ohren. Wenn ich mit Tomas ganz allein wäre, würde ich die Warnung vielleicht in den Wind schlagen, aber wir sind ja nicht unter uns. Deshalb sage ich: »Ich denke schon. Was meinst du?«

»Wenn du einen anderen Grund herausfindest, lass es mich bitte wissen, damit ich meinen Bruder trösten kann. Er fühlt sich zurückgesetzt, weil ich – im Gegensatz zu ihm – ausgewählt worden bin.«

»Das kenne ich. Zeen ist auch traurig.«

Tomas lächelt mich an, und sein Grübchen vertieft sich.

Während der nächsten Stunde sprechen wir über unsere Freunde, unsere Familien, die Dinge in Five Lakes, die wir vermissen werden, und was wir alles zu erreichen hoffen, wenn wir es an die Universität schaffen. Ich bin überrascht zu hören, dass er sich, wie mein Vater, der Rückgewinnung von Land widmen will. Ich hätte gedacht, dass ihm etwas Glamouröseres vorschweben würde. Auf der anderen Seite hätte ich vielleicht gar nicht so verwundert sein sollen. Trotz seines guten Aussehens und seiner aufgeschlossenen Art hat sich Tomas nie in den Mittelpunkt gedrängt. Er ist zufrieden, wenn er einem Nachbarn oder einem jüngeren Schüler helfen kann, und ihm ist anzumerken, dass ihm weder an Lob noch an Bezahlung dafür gelegen ist. Mein Vater wäre stolz, jemanden wie ihn in seinem Team zu haben.

Wir klauben die letzten Reste aus der Tüte mit dem getrockneten Obst, und trotzdem sind wir beide noch hungrig. Tomas greift nach einer Schachtel mit Crackern und will sie gerade öffnen, als Michal ruft: »Wir werden in ein paar Minuten anhalten, um zu Mittag zu essen. Wollt ihr nicht eure Freunde wecken?«

Das brauchen wir allerdings gar nicht. Michals Stimme war laut genug, um uns die Arbeit abzunehmen.

Während Zandri und Malachi sich strecken und versuchen, wieder richtig wach zu werden, frage ich mich, woher Michal wusste, dass Tomas sich gerade an den Crackern bedienen wollte. Es kann einfach kein Zufall sein, dass er genau den richtigen Augenblick abgepasst hat. Tomas scheint sich überhaupt nichts dabei zu denken. Er verstaut die Schachtel einfach wieder im Schrank und geht zurück zu den anderen, um noch ein wenig mit ihnen zu plaudern. Aber er hat auch mit dem Rücken zum Abteil des Fahrzeuglenkers gestanden. Vermutlich denkt er, dass Michal sich umgedreht und gesehen hat, wie er die Cracker herausnahm. Ich hingegen weiß, dass es so nicht gewesen ist. Michals Kopf hatte sich die ganze Zeit über nicht bewegt. Wie also ist er darauf gekommen?

Da ist es. In der Ecke der Kabine entdecke ich ein rundes schimmerndes Glas. Eine Kameralinse? Ich suche mit den Augen den Rest des Passagierraumes ab, kann aber keine anderen entdecken, und das bestärkt mich in meiner Vermutung.

Wir werden beobachtet. Von Michal? Oder überträgt diese Kamera die Bilder noch viel weiter? Hat die Auslese schon begonnen? Beim Gedanken daran, dass mein Gesicht gerade ohne mein Wissen über einen Fernsehbildschirm flackert, läuft mir ein Schauder über den Rücken. In Five Lakes haben wir für Fernsehapparate nicht viel Verwendung. Die Magistratin besitzt einen. Auch mein Vater hat ein Gerät bei der Arbeit, ebenso einige andere ausgewählte Stellen. Nur selten werden sie eingeschaltet. Außerhalb meiner Kolonie werden sie augenscheinlich nicht ganz so spärlich eingesetzt.

Als ich mich in den vorderen Teil der Kabine begebe, spüre ich, wie die Kamera jede meiner Bewegungen verfolgt. Zeichnet sie auch meine Worte auf? Wenn ich die Gelegenheit bekäme, die Kamera einer genaueren Prüfung zu unterziehen, würde ich eine Antwort auf diese Frage bekommen. Aber ich wage es nicht, sie unter die Lupe zu nehmen. Ich beschließe, auf Nummer sicher zu gehen und anzunehmen, dass alles, was ich sage, aufgezeichnet wird. Angestrengt starre ich aus dem Fenster und versuche so, diejenigen, die mich gerade beobachten, nicht merken zu lassen, dass ich eine Entdeckung gemacht habe.

Die braune, zerklüftete Landschaft, über die wir hinweggleiten, geht in gesünderes, grüneres Gelände über. Aus einigen Metern Höhe sehe ich, dass der Erdboden fruchtbarer ist. Schwärzer. Es gibt Anzeichen dafür, dass er sich wieder zu erholen beginnt. Die Arbeit einer anderen Kolonie. Ich laufe durch die Kabine ganz nach vorn und bleibe dann hinter der Führerkabine stehen. Tatsächlich. Weiter weg am Horizont sind Gebäude zu erkennen. Einige von ihnen sind hoch, viel höher als die zu Hause. Ich grübele, welche Kolonie das sein mag, und merke erst kurz darauf, dass ich die Frage wohl laut gestellt habe, denn Michal antwortet: »Das ist die Ames-Kolonie. Wir werden am Stadtrand haltmachen und zu Mittag essen. Das Prüfungskomitee hat dafür gesorgt, dass wir an diesem Außenposten versorgt werden.«

»Dann werden wir uns in der Kolonie nicht umschauen können?«

Er wirft mir ein Lächeln zu. »Du wirst sie schon irgendwann zu Gesicht bekommen. Zum jetzigen Zeitpunkt will das Prüfungskomitee dafür sorgen, dass ihr unter euch bleibt, damit ihr nicht von irgendwelchen äußeren Einflüssen abgelenkt werdet. Du solltest dich lieber hinsetzen, damit du nicht umfällst, wenn ich dieses Ding lande.«

Ich kehre zu den anderen zurück, nehme Platz und berichte meinen Gefährten, was ich von Michal erfahren habe. Und die ganze Zeit über habe ich das Gefühl, dass mich Augen anstarren. Die Kamera und das Wissen, dass meine Bewegungsfreiheit eingeschränkt ist, bewirken ein unangenehmes Pochen in meinen Schläfen, und die Muskeln in meinen Schultern spannen sich unwillkürlich an. Die Landschaft zieht nun langsamer unter uns hinweg, und nach einigen Minuten senkt sich der Gleiter, um schließlich rumpelnd aufzusetzen. Malachi verliert die Balance und fällt hin.

»Tut mir leid«, sagt Michal und kommt aus seinem Abteil. »Ich kann dieses Unding immer noch nicht richtig landen. Vor ein paar Tagen mussten die Bremsbeläge erneuert werden, und seitdem ist die Maschine ziemlich launisch.« Er streckt Malachi eine Hand entgegen, um ihm beim Aufstehen zu helfen. Dann drückt er auf einen Knopf, und die Tür des Gleiters öffnet sich.

Warme Luft und der Geruch von frischem Grün begrüßen uns, als wir hinter Michal hinausklettern. Gut fünfzehn Meter vor uns erwartet uns eine kleine, niedrige Holzhütte. Sie ist von immergrünen Bäumen, üppigen Büschen und hohen, blühenden Gräsern umgeben. Es ist schwer, sich vorzustellen, dass gar nicht weit von hier die Erde trocken und unfruchtbar ist. Wer auch immer in dieser Gegend für das Land verantwortlich ist, macht seine Sache gut.

Wir folgen Michal einen gepflasterten Weg hinunter, der zum Holzgebäude führt. Im Innern davon befindet sich eine kleine Küche, die mit einem Tisch und fünf Stühlen ausgestattet ist. Ein kleines Badezimmer geht von der Küche ab, die vielleicht fünf mal fünf Meter misst und nach gebratenem Fleisch, Knoblauch und Gemüse riecht. Auf einer Anrichte unter einer Glasglocke liegen ein großer Laib Brot und ein runder Käse. Die Luft ist kalt, aber Michal warnt uns davor, die Fenster oder Türen zu öffnen, da wir damit die empfindlichen Temperaturregler durcheinanderbringen würden.

Einer nach dem anderen benutzen wir das Badezimmer und waschen uns Hände und Gesicht. Ich melde mich freiwillig als Letzte und nutze die Wartezeit dazu, mich verstohlen in der Küche umzusehen, während ich so tue, als ob ich die Vorhänge vor den Fenstern bewundere. Die erste Kamera entdecke ich in der Lampe, die über dem großen Holztisch hängt. Die zweite befindet sich in der oberen rechten Ecke der Küche. Falls es noch weitere gibt, fallen sie mir nicht ins Auge. Aber die zwei, die ich bereits ausfindig gemacht habe, reichen aus, um mir den Appetit zu verderben. Da ich aber weiß, dass vermutlich alles, was ich tue und lasse, bewertet wird, schaufle ich den Eintopf in mich hinein. Ich lächele und gebe mein Bestes, in das allgemeine Gelächter einzustimmen. Aus den Augenwinkeln sehe ich, dass Michal mich beobachtet und eine Augenbraue hochgezogen hat. Er schielt hoch zur Kamera, lässt den Blick dann wieder zu mir wandern und lächelt.

Er weiß, dass ich es weiß.

Ich schiebe mir ein großes Stück Brot in den Mund, sodass ich mit Kauen beschäftigt bin und nicht antworten kann. Das gibt mir Gelegenheit zum Nachdenken. Michals Lächeln war erfreut. Stolz. Als ob man mir eine schwierige Aufgabe gestellt hätte, die ich mit Bravour gemeistert hatte.

Er will, dass ich es weiß.

Da bin ich mir ganz sicher. Das ist der Grund, warum er uns gesagt hat, wir würden gleich fürs Mittagessen anhalten, genau in dem Moment, als Tomas nach den Crackern gegriffen hatte. Man könnte natürlich auch vermuten, dass er einfach einen Fehler gemacht hat. Michal ist jünger als jeder andere Offizielle aus Tosu, den ich je zu sehen bekommen habe. Aber ganz sicher wäre er nicht bei der Auslese übrig geblieben und hätte nicht seinen Abschluss an der Universität gemacht oder einen solchen Job bekommen, wenn er zu dieser Art von leichtfertigen Fehlern neigen würde. Ist es Teil der Prüfung, Michals Verhalten zu beobachten und daraus seine Schlüsse zu ziehen, oder hat mir Michal einen Vorteil verschafft?

Er öffnet einen Wandschrank und kehrt mit einem Teller voller Kekse zurück. Sie sehen aus wie das Gebäck, mit dem mich meine Mutter am Tag meiner Abschlussfeier verwöhnt hat. Die Erinnerung an mein Zuhause steigt in mir auf und zerrt an meinem Herzen. Die anderen bedienen sich eifrig an der unverhofften Leckerei. Ich schiebe meinen Stuhl zurück und frage, ob ich einen kurzen Spaziergang machen dürfe. »Ich verspreche auch, dass ich in Sichtweite bleibe. Ich will mir nur ein bisschen die Beine vertreten, ehe es wieder zurück in den Gleiter geht.«

»Wüsste nicht, was dagegen sprechen sollte.« Michal wirft einen Blick auf seine Uhr. »Wir haben noch dreißig Minuten, ehe wir wieder aufbrechen müssen. Will sonst noch jemand nach draußen?«

Als niemand weiter aufsteht, schnappe ich mir einen Keks vom Tisch, gehe zur Tür und trete hinaus ins Sonnenlicht. Die Luft ist warm und angenehm. Doch noch besser ist das Gefühl, frei zu sein. Keine Kameras. Keine Beurteilungen. Keine Angst davor, etwas Falsches zu sagen oder zu tun, was am Ende dazu führen könnte, dass ich bei der Auslese versage. Da ich weiß, was vor mir liegt, nehme ich mir vor, diesen letzten unbekümmerten Moment zu genießen. Ich will die ganze Süße dieses Augenblicks in mich aufsaugen, um in den kommenden Wochen Ruhe und Kraft daraus zu schöpfen.

Zu meiner Rechten erblicke ich ein kleines Wäldchen mit immergrünen Bäumen und steuere darauf zu. Die hohen Gräser streifen meine Hüften, als ich durch die üppige Vegetation stapfe. Genussvoll verspeise ich im Laufen den krümligen, mit Zucker bestreuten Keks, den ich mitgenommen habe. Je weiter ich mich von der Hütte entferne, desto enger stehen die Bäume beisammen.

»Cia, warte auf mich.«

Ich drehe mich um und blinzle im strahlenden Sonnenlicht, dann schirme ich meine Augen mit den Händen ab. Ich bin überrascht, als ich sehe, wie weit ich in dieser kurzen Zeit gekommen bin. Das Holzgebäude, das uns fürs Mittagessen beherbergt, ist inzwischen mindestens hundert Meter entfernt. Tomas, der mir durch das hohe Unterholz hinterherkommt, hat mich trotzdem beinahe eingeholt. Allein die Vorstellung, meine letzten paar Minuten in unbeobachteter Freiheit mit jemandem teilen zu müssen, führt mich in Versuchung, Tomas zuzurufen, er solle wieder umdrehen und mich in Ruhe lassen. Allerdings sind es auch seine letzten freien Augenblicke, selbst wenn er das jetzt noch nicht weiß. Ich bringe es nicht übers Herz, ihm diese Momente zu nehmen.

Also warte ich, bis er bei mir angekommen ist, ehe ich meinen Weg fortsetze.

»Wohin gehen wir?« Seine Frage klingt ein bisschen atemlos.

»Nur bis zu diesen Bäumen da.« Die nächsten Minuten laufen wir schweigend nebeneinander her, dann setzen wir uns auf den überschatteten, kühlen Boden. »Du solltest vorsichtiger sein, sonst wird Zandri noch eifersüchtig. Sie hat ein Auge auf dich geworfen.« Ich will ihn aufziehen, aber ein Körnchen Wahrheit liegt schon in meinen Worten. Jedes Mal, wenn Zandri ihr goldblondes Haar zurückwirft oder mit ihren langen Wimpern klimpert, will sie damit Tomas' Aufmerksamkeit auf sich ziehen. Bislang scheint er darauf nicht anzuspringen, aber ich bin mir nicht sicher, wie ich es fände, wenn es irgendwann anders werden würde.

»Sie ist mir egal. Aber um dich mache ich mir Sorgen.« Er streichelt meinen Arm, und mir läuft ein Schauder über den Rücken.

»Warum?«

»Ich sehe, wie du die Lippen aufeinanderpresst und den sorgenvollen Ausdruck in deinen Augen. Dein Gesicht ist mir so vertraut, Cia. Ich sehe es dir an, wenn etwas nicht stimmt.«

Ich zucke mit den Achseln und versuche, ihn abzulenken.

»Wir haben uns gerade von unseren Familien und Freunden verabschiedet, und vielleicht werden wir sie niemals wiedersehen.«

»Ich weiß, wie du aussiehst, wenn du mit deinen Gedanken bei deinen Freunden und deiner Familie bist. Oder wenn du dich anstrengst, um eine Frage richtig zu beantworten. Irgendetwas ist diesmal anders.« Er legt seine Hand auf meine und drückt sie leicht. »Zu Hause war ich vielleicht nicht dein bester Freund, aber du weißt doch, dass du mir vertrauen kannst.«

Kann ich das?

Mein Herz macht einen Satz, und ich weiche seinem prüfenden Blick aus. Stattdessen schaue ich zurück zum Gleiter und zur Holzhütte, wo die Kameras auf uns warten. Ich kenne Tomas schon mein ganzes Leben lang. Wir haben gemeinsam an Schulprojekten gearbeitet, zusammen Spiele gespielt, ja sogar auf der Abschlussfeier in der Schule im letzten Jahr eine denkwürdige Stunde lang Arm in Arm getanzt. In diesem Jahr haben wir uns nicht oft unterhalten, was an mir lag. Mehr als einmal hat mich Tomas gefragt, ob ich mit ihm spazieren gehen oder gemeinsam eine Schulaufgabe erledigen möchte, aber ich habe immer einen Grund dafür gefunden abzulehnen. Die Sticheleien meiner Brüder nach jener Feier, die eifersüchtigen Blicke der anderen Mädchen, meine eigene Unsicherheit darüber, was diese Tänze zu bedeuten hätten, brachten mich immer dazu, mich zurückzuziehen. Und auch jetzt muss ich mich entscheiden, ob ich mich wieder in mein Schneckenhaus verkrieche oder ob ich es wage, mich ihm gegenüber zu öffnen. Streng genommen ist Tomas mein Konkurrent, was bedeutet, dass ich mich von ihm fernhalten sollte.

Schon bald werden die anderen aus der Hütte kommen. Wir werden wieder von Kameras beobachtet werden, die jede unserer Bewegungen einfangen und vermutlich auch unsere Gespräche irgendwohin übertragen. Ich bin mir beinahe sicher, dass uns die Kameras nicht hier nach draußen in den Schatten der Bäume gefolgt sind, was bedeutet, dass dies die letzte Gelegenheit sein könnte, Tomas von meinen Befürchtungen zu erzählen, ohne dabei belauscht zu werden. Mein Vater hat mir gesagt, ich solle niemandem vertrauen. Doch als ich in Tomas' ernste graue Augen schaue, beschließe ich, dieses eine Mal Dads Rat zu missachten. Wenn es ein Fehler ist, dann werde ich ihn mir selbst zuzuschreiben haben. Und ich werde diejenige sein, die mit den Konsequenzen leben muss.

»Im Gleiter sind Kameras installiert. Im Holzhaus habe ich zwei weitere entdeckt.«

»Bist du sicher?«

Ich nicke.

Tomas fällt eine Haarlocke in die Stirn, als er den Kopf wegdreht und zum Gleiter schaut. »Das verstehe ich nicht. Warum sollte uns denn jetzt schon jemand beobachten?«

Langsam antworte ich: »Weil die Auslese bereits begonnen hat.«

Kapitel 5

Nun, wo ich den Anfang gefunden habe, strömen die Worte nur so aus mir heraus. Ich erzähle von den fehlenden Erinnerungen meines Vaters. Von seinen bruchstückhaften Albträumen. Von seiner Überzeugung, dass unsere frühere Lehrerin die gleichen quälenden Träume gehabt und ihre Autorität dafür genutzt hat, die Schüler von Five Lakes vor der Auslese zu bewahren. Ich halte den Atem an und warte darauf, dass Tomas die Schlüsse, die mein Vater gezogen hat, leichtfertig abtut. Mir erklärt, dass uns schon nichts zustoßen werde. Dass vor uns nur ein weiterer Test liege, so wie die vielen anderen, denen wir uns im Laufe des Lebens schon unterzogen haben.

Stattdessen erwidert er: »Dann ist es ja ein Segen, dass wir in der gleichen Gruppe sind. So können wir aufeinander aufpassen.«

»Du denkst, dass die Albträume meines Vaters in Wahrheit wiederkehrende Erinnerungen sind?«

»Ich glaube, es ist gut, auf alles vorbereitet zu sein, was auf uns zukommen könnte. Auch wenn seine Träume nicht wahr sein sollten, kann es nicht schaden, wachsam zu sein. Wenn sie jedoch …« Er verschränkt seine Finger mit meinen, und wir sitzen schweigend nebeneinander, während die unausgesprochenen Worte zwischen uns in der Luft hängen.

Ein Pfiff lässt uns zusammenzucken. Michal winkt uns zu. Er ist zum Abflug bereit.

Tomas rappelt sich auf und hilft mir beim Aufstehen. Auch als wir uns den Weg zurück durch das hohe Gras bahnen, lässt er meine Hand nicht los. Auf halber Strecke zum Gleiter bleibt er stehen und holt etwas, das er in ein weißes Baumwolltaschentuch gewickelt hat, aus seiner Tasche: Kekse. Er nimmt einen und bietet mir den anderen an. »Wir sind doch jetzt Partner.«

Bei diesem Wort muss ich lächeln. *Partner*. Wie schon so oft. Jedes Mal, wenn wir in der Schule zusammengearbeitet haben, haben wir die besten Ergebnisse erzielt. Unwillkürlich hoffe ich, dass es dieses Mal genauso wird.

»Also gut, Partner«, sage ich und nehme das Gebäckstück. »Aber denk daran, dass du jeden Keks ablehnst, der dir von unserer Konkurrenz angeboten wird. Nur für alle Fälle.«

Wie erwartet, verdüstert sich Zandris Blick, als sie sieht, wie Tomas und ich gemeinsam in den Gleiter steigen. Es mag zwar stimmen, dass Tomas Zandri gegenüber keinerlei Gefühle hegt, aber bei ihr scheint die Sache anders auszusehen: Ihren Blicken nach zu urteilen würde sie mich am liebsten erdolchen. Es hat den Anschein, dass mir meine Partnerschaft mit Tomas eine neue Gegnerin verschafft hat. Zwar wird sie nicht so gefährlich sein wie jemand, der mein Essen vergiftet, um selbst daraus einen Vorteil zu ziehen. Aber wenn ich mir ihre Fingernägel ansehe, finde ich die Entwicklung trotzdem alles andere als beruhigend.

Tomas begibt sich in den hintersten Teil des Gleiters, wo er sich zu den anderen beiden Mitstreitern aus Five Lakes gesellt. Als ich ihm folgen will, fühle ich plötzlich eine Hand an meinem Arm. »Ist alles in Ordnung?«

Michal. Ein besorgter Ausdruck liegt in seinem Blick. Ich lächele ihn an und bin mir der Kamera voll bewusst, als ich sage: »Alles bestens. Es war schön zu sehen, wie die Revitalisierung voranschreitet. Mein Vater wäre beeindruckt.«

Michal schaut kurz zur Kamera, dann erwidert er mein Lächeln. Die Sorgen sind aus seinem Gesicht verschwunden und haben Freude Platz gemacht. Ja. Aus irgendeinem Grund hat sich Michal entschieden, von uns vier Kandidaten aus der Five-Lakes-Kolonie ausgerechnet mir zu helfen. Und ganz offensichtlich ist er der Meinung, dass ich meine Sache gut gemacht habe.

Dann sagt er mir, ich solle mich setzen, und klettert in die Führerkabine. Zandri ist damit beschäftigt, sich mit Tomas über irgendeine Feier zu unterhalten, zu der sie beide vor einigen Wochen eingeladen gewesen waren, während ich mich auf eine der Sitzbänke sinken lasse und spüre, wie sich der Gleiter in Bewegung setzt. Zandri spielt an ihrem Armband herum, auf dessen quadratischem Silberplättchen in der Mitte eine stilisierte Blume eingraviert ist. Dabei beugt sie sich vor, um die Aufmerksamkeit auf den weiten Ausschnitt ihrer Bluse zu lenken. Ich weiß nicht, ob all die anderen Menschen, die uns mithilfe der Kamera beobachten, von Zandris aufreizendem Verhalten abgestoßen sind; mir geht es auf jeden Fall so. Und was viel schwerer wiegt: Ich bin mir sicher, dass ihre Spielchen sie in keinem guten Licht dastehen lassen werden, vor allem, wenn man bedenkt, wie widerstrebend sie sich auf den Weg zur Auslese gemacht hat…

Ich warte eine passende Gelegenheit ab und frage Zandri nach der neuen Windmühle, an deren Bau sie maßgeblich beteiligt war. Ihr Hauptinteresse gilt zwar der Malerei, aber sie hat ein wunderbares Gespür für Symmetrie und Ausgewogenheit. Der Architekt, der unsere Stadt konzipiert hat, hat ihre Fähigkeiten dabei gerne genutzt. Ich wette, die Gravur auf ihrem Armband hat irgendetwas mit ihren Neigungen und ihrem Talent zu tun.

Zandri wirft mir einen verwunderten Blick zu, vermutlich weil ich selbst an dem Projekt beteiligt gewesen bin, aber sie lässt sich die Gelegenheit, über sich selbst zu sprechen, nicht entgehen. Tomas erkundigt sich zunächst ebenfalls nach der Windmühle und bringt dann Malachi dazu, von seinen eigenen Arbeiten und Projekten zu erzählen. Die nächste Stunde verbringen Tomas und ich damit, unsere Mitstreiter zu interviewen, um ihnen zu helfen, vor dem unsichtbaren Prüfungskomitee gut dazustehen. Sie mögen meine Konkurrenten sein, aber sie stammen von zu Hause, und ich werde tun, was ich kann, um uns alle zu beschützen.

Nach und nach gerät das Gespräch ins Stocken, und ich merke, wie ich selbst dagegen ankämpfe, dass mir die Augen zufallen. Es war ein langer Tag. »Warum schläfst du nicht ein bisschen?« Tomas rutscht auf den Platz neben mir und wirft mir ein warmherziges Lächeln zu. »Ich werde dich wecken, wenn irgendetwas Aufregendes geschieht.«

Ich folge seinem Rat und strecke mich auf den Kissen weiter vorn in der Kabine aus. Zwar bin ich mir nicht sicher, wie gut ich wohl schlafen werde, wo ich doch weiß, dass Tomas mich dabei beobachten wird, aber ich mache trotzdem die Augen zu und versuche, mich zu entspannen. Das Letzte, was ich noch höre, ehe die wache Welt um mich herum versinkt, ist Tomas' Stimme, als er Zandri und Malachi bittet, sich leiser zu unterhalten.

In meinen Träumen spricht mein Vater mit mir. Es ist Dad, so wie ich ihn kannte, ehe ich für die Auslese ausgesucht wurde. Geduldig zeigt er mir, wie man Gene von Pflanzen isoliert. Er führt meine Hände, während ich versuche, seine Bewegungen nachzuahmen, und er sagt mir, es sei ganz typisch, dass die größten Rückschläge den größten Durchbrüchen vorausgehen. Und er schärft mir ein, niemals aufzugeben, ganz gleich was geschieht. Ich solle aus meinen Fehlern lernen, dann würde schon alles gut werden.

»Cia, aufwachen.« Die Hände meines Vaters schütteln mich. Nein. Es ist gar nicht mein Vater. Es ist Tomas. Ich bin nicht mehr zu Hause. Tomas lächelt mich an, als ich meine Augen öffne. »Steh auf. Michal sagt, du würdest das auf keinen Fall verpassen wollen.«

Michal hat recht. Aus dem Fenster kann ich ein schimmerndes, unvorstellbar klares Gewässer sehen. Nicht einmal das schwächer werdende Licht kann von der ganz offensichtlichen Reinheit des Wassers ablenken. Die fünf großen Seen, nach denen unsere Kolonie benannt ist, wurden ebenfalls gereinigt, aber nicht so erfolgreich wie dieser. Noch nicht. Der Anblick raubt mir den Atem.

Und dann sehe ich, was die anderen mit glänzenden Augen und offenen Mündern anstarren. Dort vor uns – am jenseitigen Ufer. Silbrige Gebäude. Lichter, die hell genug leuchten, dass man sie aus vielen Meilen Entfernung sehen kann. Das kann nur eines bedeuten: Tosu-Stadt. Wir sind da.

In der Schule haben wir gelernt, dass Tosu-Stadt vor neunundneunzig Jahren als das erste sichtbare Zeichen dafür errichtet wurde, dass unser Volk die *Sieben Stadien des Krieges* überlebt hat. Die *Vier Stadien* der Zerstörung, in denen die Menschen sich gegenseitig bekämpften, und dann die folgenden *Drei Stadien,* in denen die Erde zurückschlug. Dieses Gebiet wurde ausgesucht, weil der Ort, der hier vor der Errichtung von Tosu-Stadt lag, von den Kriegstreibern als ein unbedeutendes militärisches Ziel betrachtet wurde.

Zwar konnte der Ort der Verseuchung des Bodens, den Erdbeben, den Tornados und den Sturmfluten nicht entgehen, aber als sich die Erde wieder beruhigt hatte, stand ein Großteil der Stadt noch immer. Diejenigen, die überlebt hatten, begannen mit dem Wiederaufbau.

Während wir näher kommen, scheinen die Gebäude größer zu werden. Wie aufregend und beängstigend muss es sein, die Welt von dort oben aus diesen Häusern zu betrachten. Einige Bauten ragen nicht ganz so hoch auf, aber diese niedrigen, vollkommen zylindrischen Häuser aus Stahl und Glas sind nicht weniger beeindruckend. Gebäude neben Gebäude. Ich kann nicht sagen, wie viele von ihnen neu sind oder welche die Kriege überstanden haben. Die einzelnen Bauwerke beginnen zu verschwimmen, und überall sehe ich Menschen. Sie laufen herum. Rennen. Lachen. Eilen. Gleiter und Fahrräder drängen sich auf den Straßen. Altmodische Autos und Scooter. Die meisten Straßen, die wir passieren, sehen ordentlich, sauber und neu aus. Genauso habe ich mir die Stadt vorgestellt, die das Zentrum all unserer Hoffnungen für die Zukunft unseres Landes darstellt. Doch als wir weiterfliegen, fällt mein Blick auch auf andere Straßen, die verdreckter sind und nicht wieder hergerichtet wurden. Die Menschen, die aus diesen Bezirken kommen oder dorthin unterwegs sind, sehen erschöpft und müde aus. Einige wirken ausgehungert. Andere scheinen sich schon seit Wochen nicht mehr gewaschen zu haben, und ich frage mich, was wohl der Grund dafür sein könnte. Aus der Schule weiß ich, dass sich der Großteil unserer Bevölkerung in dieser Stadt konzentriert. Hier leben mindestens hunderttausend Menschen. Bis zu diesem Augenblick hatte ich keine Vorstellung davon, was diese Zahl bedeutet. Jetzt, da es mir klar wird, bin ich überwältigt. Ich spüre, wie Tomas seine Hand in meine schiebt und sie fest drückt. Sein Gesicht ist blass, und seine Augen sind weit aufgerissen. Ich glaube, ich bin nicht allein mit meinem verwirrenden Gefühl der eigenen Bedeutungslosigkeit angesichts dieser Menschenmenge.

Michal teilt uns mit, dass wir uns sofort zu dem Gebäude begeben werden, in dem die Prüfung stattfinden wird. Wir werden keinerlei Gelegenheit bekommen, die Stadt zu erkunden. Doch mir fällt auf, dass er uns an dem hoch aufragenden Regierungsgebäude vorbeibringt, ebenso an dem abweisenden steinernen Justizgebäude – beides Orte, die Malachi seinem eigenen Bekunden nach gerne sehen wollte. Erst danach steuert Michal den Gleiter durch einen großen Torbogen. Daneben befindet sich ein schmiedeeisernes Schild, auf dem zu lesen ist: UNIVERSITÄT DES VEREINIGTEN COMMONWEALTH.

Mein Herz macht einen Satz: Wir haben die Universität erreicht. Hier sieht man deutlich, dass die Gebäude alt sind. Roter Backstein. Weiße Verzierungen. Ein Uhrenturm. Einige Häuser bestehen aus Glas, andere aus Stein. Alle strahlen Alter und Weisheit aus. Ich sehe eine große Skulptur: zwei ineinander verschränkte Hände. Sind sie zum Gebet gefaltet? Als Zeichen der Hoffnung? Zandri könnte das wissen, aber ich will sie nicht fragen. Ich will einfach nur alles in mich aufsaugen.

Wir kommen an einem großen Stadion vorbei, und nur Minuten später wird der Gleiter langsamer, bis er schließlich vor einem massiv gebauten, glänzenden Gebäude aus schwarzem Stahl und Glas zum Halten kommt. Es ist von üppigem Grün und Blumen umgeben, aber auch die Vegetation mildert nicht im Geringsten die Kälte der beeindruckenden Fassade. Ein kleines Bronzeschild am Eingang verrät uns, wo wir uns befinden: am Prüfungszentrum.

Die Tür des Gleiters öffnet sich, und wir vier springen hinaus. Ich lasse meinen Blick an dem hohen Bauwerk hinaufwandern, dann bleibt er an der schweren stählernen Tür des Hauptgebäudes hängen, und mein Magen verkrampft sich. Plötzlich spüre ich eine warme Hand auf meiner Schulter. Tomas. Allein das Wissen, dass er neben mir steht, hilft mir dabei, die aufsteigende Panik in den Griff zu bekommen.

»Hier.« Michal reicht mir die Tasche, an der mein Erkennungszeichen befestigt ist. »Achte darauf, dass du sie nicht aus den Augen lässt.« Als er das sagt, ist seine Stimme sehr leise und ruhig. Er sucht meinen Blick. Da ist keine Spur von einem Lächeln, das mich auf die Idee hätte bringen können, er habe einen Scherz gemacht. Seine Worte waren todernst gemeint. Ich soll meine wenigen Besitztümer immer bei mir behalten, egal was kommt.

Dann ist der Moment vorbei. Michal dreht sich wieder um, und seine Stimme ist dröhnend und laut, als er sagt: »Sobald wir eingetreten sind, werden euch eure Schlafquartiere und eure Zimmergenossen zugeteilt. Die meisten anderen Kandidaten sind schon hier, denn ihre Gleiter hatten keine maschinellen Probleme. Die letzten Prüflinge werden irgendwann im Laufe des Abends eintreffen.« Er strahlt uns an und fragt: »Seid ihr bereit hineinzugehen?«

Darauf gibt es nur eine richtige Antwort: »Ja«, antworten wir alle einmütig.

Michal nickt und drückt sechs Knöpfe auf einer kleinen Tastatur neben dem Eingang. Ein Klicken ertönt, dann schwingt die Tür auf, und wir folgen Michal ins Innere des Prüfungszentrums. Tomas ist der Letzte, der die Schwelle überschreitet, und praktisch im selben Augenblick fällt die Tür hinter ihm wieder zu. Das Schließgeräusch mischt sich in unsere ersten Eindrücke vom Ort der Auslese, welcher, um ganz ehrlich zu sein, eine ziemliche Enttäuschung ist. Der Eingangsbereich ist nur schwach beleuchtet; ich sehe weiße Wände und einen schäbigen, tristen Fußboden. Zwei graue Holzstühle befinden sich in einer Ecke, und sie stehen sich so gegenüber, dass der Eindruck eines Rückzugsortes für entspannte Gespräche entsteht. Allerdings sehen die Stühle so aus, als ob sie noch nie benutzt worden wären, und auch wir ändern daran im Augenblick nichts, denn Michal führt uns einen langen hellgrauen Flur hinunter zu einer ganzen Reihe von Aufzügen. Ich habe noch nie einen benutzt, aber ich habe darüber gelesen und mich mit ihrer Konstruktion beschäftigt.

Kaum dass Michal den entsprechenden Knopf gedrückt hat, öffnen sich auch schon die Türen, und wir schieben uns alle in die Kabine. *Wutsch*. Innerhalb von Sekunden huschen die Ziffern von eins bis fünf vorüber. Es gibt ein kurzes klingelndes Geräusch, dann schieben sich die Türen wieder auf und geben den Blick frei auf eine große, elektrisch beleuchtete Lobby mit glänzenden weißen Fliesen. Die Wände ringsum sind blau gestrichen, aber die gegenüberliegende Wand besteht vollständig aus Glas, sodass wir einen ersten Eindruck von dem großen Raum dahinter gewinnen, in dem sich jede Menge Tische, Stühle und Menschen drängeln. Menschen in unserem Alter. Mein Magen zieht sich zusammen. Dutzende und Aberdutzende von weiteren Prüfungskandidaten.

Ein Räuspern lenkt meine Aufmerksamkeit auf eine ausgesprochen große Frau mit langen weißen Locken und einer Brille mit runden goldgeränderten Gläsern. Sie sitzt hinter einem großen Holzschreibtisch, lächelt uns entgegen und steht auf. Als sie das Wort ergreift, lässt meine Anspannung schlagartig nach. Ihre Stimme ist warm und freundlich, als sie uns in Tosu-Stadt willkommen heißt und uns dazu gratuliert, dass wir für die Auslese ausgewählt wurden. »Die meisten der übrigen Kandidaten sind bereits gestern oder früher am heutigen Tage eingetroffen. Das Abendessen wird im Saal hinter mir serviert. Ihr könnt euch frisch machen und eure Sachen in eurem Zimmer abstellen, oder aber ihr gesellt euch gleich zu den anderen.«

»Ich möchte sofort zum Essen gehen«, sage ich schnell. Wenn man mir vorher mein Quartier zeigt, verlässt mich vielleicht der Mut, und ich komme überhaupt nicht mehr heraus. Zandri scheint Einwände erheben zu wollen, doch als Tomas sich mir anschließt, ist die Sache entschieden. Michal nickt mir kaum merklich zu, geht uns voran einen Gang hinunter und bringt uns durch eine Tür in die große Halle, die wir durch das Glas bereits gesehen haben.

Ich glaube nicht, dass ich mir das einbilde: Als wir reinkommen, wird es still im Raum. Alle Blicke wenden sich uns zu und mustern prüfend unsere Gesichter. Schätzen uns als Konkurrenten ab. Dann setzen alle ihr Geplauder fort und essen weiter.

Auf der linken Seite der Halle ist ein Büfetttisch aufgebaut, auf dem sich Speisen türmen. Drei Serviererinnen warten dahinter, als hielten sie sich zur Verfügung, um einzelne Gerichte zu erläutern. Es gibt verschiedene Sorten Brot. Äpfel, Orangen und Weintrauben. Einen roten Eintopf mit viel Gemüse und Rindfleisch. Karotten und winzige Zwiebeln in einer leichten Soße sowie dicke Scheiben einer Fischart, die ich noch nie zuvor gesehen habe. Michal erklärt mir, dass es sich dabei um Lachs handelt. Ein Extratisch ist mit Kuchen und anderen Süßspeisen beladen.

»Hol dir einen Teller und iss, so viel du willst.« Als ob er es mir vormachen will, befolgt er seinen eigenen Rat.

Wir vier nehmen uns je einen Teller und stellen uns unsere Mahlzeit zusammen. Ich suche mir ein Brötchen mit Rosinen und Nüssen aus, ein kleines Stück Lachs, einen Apfel und einige Karotten. Nur so viel, wie ich auch wirklich essen kann. Allerdings sehe ich, dass nicht alle Kandidaten diese Regel befolgen. Viele von ihnen haben mehr als einen Teller vor sich stehen, auf denen sich die Speisen häufen. Einige der Prüflinge nehmen eine Gabelvoll von irgendeinem Gericht und schieben den Rest des Bissens dann fort, weil sie glauben, etwas Schmackhafteres entdeckt zu haben. Mein Vater hat mir beigebracht, die Nahrung, die wir anbauen, zu respektieren, ebenso unsere Nachbarn, mit denen wir die Quellen teilen. Mir vergeht der Appetit, als ich sehe, wie hier mäkelnd etwas verschwendet wird, dessen Entwicklung, Anbau und Ernte uns viele Jahre gekostet hat.

Der Tisch, der uns am nächsten steht, ist bereits mit Kandidaten voll besetzt. Sie alle starren uns nach, als wir den Gang hinuntergehen, um uns an einem freien Tisch weiter hinten niederzulassen. Ich stelle meinen Teller ab und sehe gerade noch, wie ein großer Bursche mit struppigem Haar und niederträchtigen Augen unmittelbar vor Malachi sein Bein ausstreckt. Malachi fällt der Teller aus der Hand, der scheppernd auf dem Boden zerbricht. Wenn Tomas nicht so schnell reagiert und ihn festgehalten hätte, wäre Malachi mit dem Gesicht voran in seinem Eintopf gelandet. Trotz seiner dunklen Haut kann ich sehen, wie seine Wangen vor Verlegenheit glühen. Er murmelt eine Entschuldigung und macht sich daran, die Scherben aufzusammeln, aber Michal hält ihn davon ab. »Das war nicht dein Fehler.« Sein Blick wandert vielsagend zu dem struppigen Jungen, der nun sehr beschäftigt damit tut, Kuchen in seinen zum höhnischen Grinsen verzerrten Mund zu schieben. »Warum nimmst du nicht einfach meinen Teller, während ich jemanden suche, der hier sauber macht?«

Malachi nimmt den Teller, der ihm entgegengestreckt wird, und lässt sich mit gesenktem Blick auf einem Stuhl nieder. Seine Scham darüber, eine solch peinliche Szene verursacht zu haben, ist beinahe greifbar, und ich spüre, wie sich meine Hände zu Fäusten ballen. Heißer Zorn bringt mein Blut in Wallung. Zu Hause sind wir immer dazu angehalten worden, unsere Probleme mit Worten zu lösen. Aber ich habe vier ältere Brüder. Wenn mich jemand herumschubsen will, kann ich mich zur Wehr setzen. Und jetzt bin ich drauf und dran, mich auf eine körperliche Auseinandersetzung einzulassen.

»Cia, dein Essen wird ja kalt.« Tomas' Stimme dringt durch meine Wut hindurch. Seine sanften Worte sind eine Warnung für mich. Wir werden beobachtet. Jede Bewegung zählt. Kämpfen kann ich später auch noch.

Ich spüre, wie sich mein aufgestauter Zorn wieder legt, während ich mich mit meinen Mitstreitern aus Five Lakes hinsetze und nach meiner Gabel greife. Tomas stößt Malachi an und flüstert ihm etwas ins Ohr. Was auch immer er gesagt hat, weckt Malachi aus seiner Schockstarre. Auch er nimmt seine Gabel und beginnt damit, sich Essen in den Mund zu schaufeln. Michal kommt mit einem neuen Teller zurück und sorgt dafür, dass das Gespräch während der Mahlzeit nicht abreißt. In den kurzen Pausen höre ich die Leute an den anderen Tischen über uns tuscheln. Sie fragen sich, aus welcher Kolonie wir wohl stammen. Einer spekuliert, wir könnten ja aus Five Lakes stammen, aber unter großem Gelächter wird diese Möglichkeit abgetan. Five Lakes ist ein Witz für sie. Der Knoten in meinem Magen wird größer.

Ich verputze alles, was ich mir auf den Teller getan habe, nur den Apfel hebe ich auf. Der Lachs war sicher lecker, aber ich habe mich kaum auf den Geschmack konzentrieren können. Eine andere Gruppe mit sechs Kandidaten ist inzwischen eingetroffen und hat sich an einen Tisch noch weiter hinten gesetzt. Die Neuankömmlinge beeilen sich mit dem Essen, da die Teller von uns anderen bereits von Frauen in weißen Jumpsuits abgeräumt werden. Dann ertönt eine Stimme.

»Willkommen in Tosu-Stadt und herzlichen Glückwunsch, dass ihr für die Auslese ausgewählt worden seid.«

Ich brauche beinahe eine Minute, bis ich herausfinde, wer gerade spricht, denn die Stimme kommt aus Lautsprechern, die in allen vier Ecken des Raumes stehen. Durch die Glasscheibe kann ich die Frau sehen, die uns anfangs begrüßt hat und die nun ein Mikrofon in der Hand hält.

»Hundertundacht von euch haben sich hier versammelt, um sich der Prüfung zu stellen. Höchstens zwanzig werden bestehen und dürfen danach die Universität besuchen. Ich wünsche euch allen viel Glück, damit ihr am Ende zu denjenigen gehört, die erfolgreich waren.«

So sehen also unsere Chancen aus: Nicht einmal jeder Fünfte wird durchkommen. Ein Stimmengewirr erhebt sich um uns herum. Einige klingen selbstbewusst und hochnäsig. Andere sind überrascht von der hohen Zahl der Bewerber für die wenigen Plätze, versuchen jedoch angestrengt, sich ihre Besorgnis nicht anmerken zu lassen.

Die Stimme aus den Lautsprechern fährt fort: »Da jetzt alle eingetroffen sind, wird der Prüfungsvorgang morgen früh beginnen. In zehn Minuten habt ihr euch in den zugewiesenen Schlafräumen einzufinden. Wenn ihr euren Raum noch nicht gezeigt bekommen habt, dann wendet euch bitte an eure Reisebegleitung. Ich rate dringend dazu, euch, so gut es geht, auszuruhen für das, was in den nächsten Tagen und Wochen vor euch liegt. Gute Nacht und viel Glück.«

Michal drückt mir einen Zettel in die Hand, auf dem die Raumnummer steht, und er hält das Papier einige Sekunden länger fest, als es nötig gewesen wäre. In seinen Augen lese ich, dass er mir ebenfalls viel Glück wünscht, und sein Händedruck bestärkt meine Vermutung. Dann geht er weg und lässt mich allein zurück.

Wir eilen aus dem Speisesaal und trennen uns. Die Mädchen gehen nach rechts, die Jungen nach links.

Zandri und ich folgen Malachi und Tomas mit den Blicken, als sie den Flur hinuntergehen. Dann suchen wir nach unseren Räumen. Ich bin in Raum 34, Zandri hat die Zimmernummer 28. Gerade als sie durch die Tür verschwinden will, nehme ich sie in die Arme. Wer weiß schon, was uns morgen bevorsteht? Ich möchte, dass sie gut abschneidet. Überraschenderweise erwidert sie meine Umarmung, und einen Moment lang stehen wir eng umschlungen da. Uns verbinden die gemeinsamen Jahre, die wir miteinander verbracht haben, und die Furcht vor dem, was noch kommen wird. Als wir uns wieder voneinander lösen, lächelt Zandri. »Morgen zeigst du ihnen, was du draufhast, verstanden?«

Ich nicke. »Und du ebenfalls.« Sie dreht sich um und geht in ihr Zimmer; ich selbst mache mich auf die Suche nach Nummer 34. Ein paar Türen weiter finde ich sie. Im Innern höre ich jemanden herumlaufen. Ich hole tief Luft, drücke die Klinke hinunter und schiebe die schwere Holztür auf.

»Hi.« Der Raum ist groß und bietet genug Platz für zwei breite Betten, zwei Schreibtische und einige Stühle. Ich brauche eine Weile, bis ich die Quelle der zarten Stimme ausmache, die mich soeben begrüßt hat, und als ich sie schließlich entdecke, bin ich überrascht. Sie gehört zu einem großen, hübschen Mädchen mit breiten Schultern und langem blondem Haar, das mir ein schüchternes Lächeln zuwirft. »Ich bin Ryme aus der Dixon-Kolonie. Wir teilen uns wohl das Zimmer.«

Ich nicke und gehe ein paar Schritte weiter in den Raum hinein. Die Tür fällt mit einem Klicken hinter mir ins Schloss. »Ich bin Cia aus Five Lakes.«

Auf Rymes Gesicht breitet sich ein strahlendes Lächeln aus. »Das ist ja ein Ding. Beim Essen haben sich alle über Five Lakes unterhalten und sich gefragt, wie es sein kann, dass schon seit Jahren niemand mehr von euch für die Auslese ausgewählt wurde. Die meisten dachten, dass die Gründung der Kolonie ein Fehlschlag war oder dass es sie gar nicht mehr gibt.«

»O nein, die Five-Lakes-Kolonie ist durchaus noch am Leben. Sie ist nur einfach klein im Vergleich mit anderen Kolonien.«

»Dixon ist auch nicht besonders groß.« Ryme setzt sich auf ihr Bett an der gegenüberliegenden Wand und zieht ihre Beine an. »Bei uns leben ungefähr fünfzehntausend Menschen. Es ist also wirklich aufregend, dass dieses Jahr acht von uns ausgewählt wurden.«

Ihr Lächeln ist warm, und unwillkürlich lächele ich zurück. Ich lasse mich auf das zweite Bett im Raum sinken und antworte: »Für mich sind fünfzehntausend Einwohner viel. Five Lakes hat nicht einmal tausend.«

»Wie viele von euch sind denn hier?«

»Vier. Ein Viertel unserer Abschlussklasse.«

Ryme will viel über Five Lakes wissen. Wo wir angesiedelt sind, was für Nahrung wir anbauen, welche Tiere es in unserer Gegend gibt. Aus den Erzählungen über ihre eigene

Kolonie schließe ich, dass Dixon ungefähr dreihundert Meilen südwestlich von Five Lakes liegt. Ihre Kolonie ist zwar größer, scheint aber weniger weit entwickelt zu sein als die unsrige. Vielleicht ist es bei so vielen Einwohnern schwieriger, mit den dortigen Ressourcen auszukommen, oder vielleicht liegt es auch daran, dass ein Großteil der erwachsenen Bevölkerung in Dixon damit beschäftigt ist, lieber Batterien und Elektrogeräte herzustellen, als die Landwirtschaft voranzutreiben. Da Rymes Familie eine Farm besitzt, muss sie nicht Hunger leiden, aber bei vielen Menschen in der nahe gelegenen Stadt sieht das ganz anders aus. Ryme berichtet, dass das Entschädigungsgeld, das ihre Eltern erhalten werden, dafür vorgesehen ist, bessere Geräte für die Landwirtschaft anzuschaffen und für bessere Möglichkeiten bei der Vorratshaltung zu sorgen. Beides wird dazu beitragen, dass ihrer Familie und ihren Nachbarn mehr Nahrungsmittel zur Verfügung stehen werden.

Ryme klingt stolz darauf, an den Verbesserungen für ihre Gemeinschaft mitwirken zu können. Obwohl ich mir fest vorgenommen habe, mich von Kandidaten von außerhalb meiner eigenen Kolonie fernzuhalten, merke ich, dass ich Ryme mag.

Die nächste Stunde lang plaudern wir über dies und das. Ryme zeigt mir die Gravur auf ihrem Armband. Ein Dreieck mit einem künstlerisch gestalteten A in der Mitte. Nicht meine Gruppe. Sie bietet mir ihre Hilfe beim Auspacken an, doch ich erkläre ihr, dass ich meine Sachen in der Tasche lasse. Wer weiß denn schon, wann für jeden Einzelnen von uns die Auslese zu Ende ist? Ryme lächelt und stimmt mir zu, aber ich sehe im Schrank neben ihrem Bett zwei prächtige lange Kleider hängen. Meine Mutter wäre begeistert von dem ersten Eindruck, den Ryme darin machen wird.

Wir beide benutzen das kleine Badezimmer, das an den Schlafraum angrenzt, schlüpfen in unsere Pyjamas und steigen in unsere Betten. Ryme bittet darum, dass wir das Licht noch eine Weile anlassen. Sie sitzt im Schneidersitz, an die Wand gelehnt, und blättert ein Fotoalbum durch, das sie von zu Hause mitgebracht hat. Mein Herz wird schwer, als ich die Tränen in ihren Augen sehe, und ich muss daran denken, dass auch ich Abschied von meiner Familie genommen habe. Normalerweise würde meine Mutter jetzt vor dem Feuer sitzen und mich fragen, wie mein Tag gewesen sei. Mein Vater würde mit meinen Brüdern über die Arbeit plaudern, während wir alle zusammen am Küchentisch sitzen und Karten spielen würden. Ich schlucke den Anflug von Heimweh hinunter und sage Ryme, sie solle die Lampe so lange anlassen, wie sie wolle, ehe ich mich unter meiner Bettdecke zusammenrolle.

Ryme bedankt sich bei mir. Gerade will ich meine Augen schließen, als sie hinzufügt: »Ich habe einige Getreidekekse von zu Hause mitgebracht, die ich selber gebacken habe. Wenn du Hunger bekommst, kannst du dich gerne bedienen.«

Ich presse meine Tasche eng an mich, ehe ich einschlafe.

Meine Träume sind wirr und bedrückend, aber ich kann mich nicht an sie erinnern, als ich von einer Stimme aufwache, die uns über Lautsprecher mitteilt, dass wir eine Stunde Zeit haben, um uns anzuziehen und zu frühstücken, ehe die erste Phase der Auslese beginnt. Ich ziehe eine dunkelbraune Hose, eine cremefarbene Tunika und meine Stiefel an. Dann lege ich mein Nachtzeug, die Hose und das Oberteil, die ich gestern getragen habe, sorgfältig zusammen und verstaue alles in meiner Tasche. Ryme zieht eine Augenbraue hoch, als sie sieht, wie ich alles wieder einpacke, verliert aber kein Wort darüber. Sie trägt ein langes butterblumengelbes Kleid und glänzende weiße Schuhe. Sie hat sogar ein wenig Lippenstift benutzt und Lidschatten aufgelegt.

Quer durch den Raum kann ich hören, wie ihr Magen knurrt, aber mir entgeht nicht, dass sie ihre Getreidekekse nicht anrührt. Vielleicht bin ich schon paranoid, aber ich zähle sie rasch. Es sind neun. Wenn morgen immer noch neun von ihnen da sind, dann weiß ich mit Sicherheit, dass ich Ryme weder meine Besitztümer noch meine Geheimnisse anvertrauen kann.

Ich drehe das Armband an meinem Handgelenk, sodass die Gravur zu sehen ist. Dann überprüfe ich noch ein letztes Mal meine Tasche und hänge sie mir über die Schulter. Ryme läuft gemeinsam mit mir zum Speisesaal und schlägt die Einladungen von anderen, sich ihnen anzuschließen, aus. Ich bin mir nicht sicher, warum sie so an mir klebt, aber ich schätze, sie ist neugierig und will die anderen Kandidaten aus der Five-Lakes-Kolonie kennenlernen. Nach dem, was sie letzte Nacht erzählt hat, stehen die übrigen Kolonien untereinander in Kontakt. Five Lakes ist hingegen für alle völlig unbekannt.

Ich fülle meinen Teller mit Erdbeeren, orangefarbener Melone, einem Brötchen, das würzig und süß duftet, und zwei Streifen knusprigen Schinkenspecks. Ryme zieht mich damit auf, dass mir meine Nervosität wohl den Appetit verschlagen habe. Sie selbst häuft sich Pfannkuchen, Waffeln, Eier, Würstchen und Bratkartoffeln auf ihren Teller. Wir nehmen uns jede ein Glas Milch, dann halte ich Ausschau nach meinen Kameraden aus Five Lakes. Sie sitzen am selben Tisch wie gestern, umgeben von einigen unbekannten Gesichtern.

Ich bin nicht die Einzige, die plötzlich Anhang hat.

Malachi und Zandri stellen uns ihre Zimmergenossen vor – Boyd und Nicolette. Sie haben beide dunkle Haare, braune Augen und sonnengebräunte Haut. Ich bin nicht überrascht, als ich erfahre, dass sie aus derselben Kolonie im Südosten, Pine Bluff, kommen. Boyd ist in Zandris Gruppe. Nicolettes Armband kann ich nicht besonders gut sehen. Ihr Kleid hat lange hauchdünne Ärmel, die immer wieder das Band verdecken. Ich meine aber, dass es eine Art Herz ist. Ich nehme neben Tomas Platz, der der einzige andere Kandidat aus Five Lakes ist, der seine Tasche über seiner Schulter trägt. Allerdings bemerke ich, dass mindestens ein Drittel der Prüflinge aus den anderen Kolonien, auch die beiden an unserem Tisch, ihre Sachen ebenfalls mitgebracht haben.

Ich lasse das Gespräch um mich herumplätschern, esse kleine Bissen von den süßen Früchten auf meinem Teller und versuche, nicht darüber nachzudenken, was gleich auf uns zukommen wird. Wenn das, was ich bis jetzt gelernt habe, nicht ausreichen wird, dann werde ich das nicht mehr ändern können.

Bis ich mit meinem Frühstück fertig bin, habe ich erfahren, dass Nicolette und Boyd Cousin und Cousine sind. Ihre beiden Familien bewirtschaften eine Reisfarm und haben mit der Bewässerung zu kämpfen. Ich habe noch nie Reis gegessen und weiß praktisch überhaupt nichts darüber. Auch Tomas ist damit nicht vertraut, aber es entspinnt sich trotzdem eine lebhafte Diskussion über Bewässerungssysteme. Boyds Ideen habe auch ich einiges hinzuzufügen.

Unser Gespräch ist so angeregt, dass ich meine Angst ganz vergesse, bis eine Stimme verkündet: »Die Kandidaten für die Auslese melden sich bitte am Tresen bei den Aufzügen. Dort werdet ihr zur ersten Runde eurer Tests geschickt werden. Alles Gute.«

Mein Herz rutscht mir bis in den Magen, sodass mir mein Frühstück wieder hochzukommen droht. Eine Hand greift nach meiner und hält sie ganz fest. Als ich mich umdrehe, sehe ich in Tomas' Augen. Ist er nervös? Ich kann es nicht sagen. Aber ich bin froh über die Wärme und den festen Händedruck, als ich aufstehe. Fast alle Mädchen tragen ihr schönstes Kleid und die glänzendsten, am wenigsten abgetretenen Schuhe. Ich würde mich in meinem Aufzug völlig fehl am Platze fühlen, wenn nicht Tomas neben mir stünde. Seine schwarzen Schuhe sind ausgelatscht, sein Baumwollhemd und seine braune Hose sind ausgeblichen. Ganz egal welche Prüfung auf uns wartet – ich bin mir praktisch sicher, dass Tomas und ich die Einzigen sein werden, die sich während der Prüfung in ihrer Kleidung wohlfühlen.

Prüfer, gekleidet in purpurne und dunkelrote Jumpsuits, drängen uns in zwei Fahrstühle, die uns in den dritten Stock bringen. Der Griff von Tomas' Hand verstärkt sich, als wir ganz hinten in der engen silbernen Kabine stehen und zwei Etagen nach unten fahren. Einige der anderen werfen vielsagende Blicke auf Tomas' und meine verschränkten Finger, und ich will mich schon von ihm lösen, aber Tomas lässt das nicht zu. Ich weiß nicht, warum er sich ausgerechnet mich für seine Aufmerksamkeit und seine Unterstützung ausgesucht hat, aber ein kleiner, verängstigter Teil von mir ist glücklich darüber. Er hat uns als Partner bezeichnet. Ein Wort, das den Schmetterlingen in meinem Bauch nicht einmal annähernd gerecht wird, die nichts mit der Auslese zu tun haben, sondern sich einzig darauf zurückführen lassen, wie sich meine Hand in der von Tomas anfühlt.

Die Tür des Aufzugs öffnet sich, und wir werden von weiteren Prüfern begrüßt. Ich schätze, dass sie Kleidung in offiziellen Farben tragen, um ihren Status zu unterstreichen. Sie wollen deutlich machen, dass sie die Erwachsenen sind. Sie haben hier das Sagen.

Wir werden in einen großen Raum geführt, der voll mit Stühlen ist. Vorn befindet sich eine Bühne. Die Lichter darauf sind strahlend und leuchten einen grauhaarigen bärtigen Mann an, der einen purpurnen Jumpsuit trägt. Er hält ein Mikrofon in der Hand und wartet offenbar darauf, dass wir alle Platz nehmen.

Hand in Hand lassen Tomas und ich uns auf zwei Stühle weiter hinten sinken. Wir halten nach Zandri und Malachi Ausschau, können sie aber nicht entdecken. Endlich sitzen auch die letzten Kandidaten für die Auslese. Die Prüfer, die wir draußen bereits gesehen haben, kommen herein und stellen sich in den Gängen auf. Und dann endlich beginnt der Mann vorn auf der Bühne zu sprechen.

»Willkommen in Tosu-Stadt. Mein Name ist Dr. Jedidiah Barnes. Ich spreche nicht nur für mich selbst, sondern auch im Namen all meiner Kollegen, wenn ich sage, dass es eine Ehre für uns ist, euch hier zu haben.« Sein Lächeln und seine Stimme sind voller Wärme. »Ihr seid hier, weil ihr die Besten und die Klügsten seid. Auf euren Schultern ruhen die Hoffnungen aller im Vereinigten Commonwealth. Hier unter euch befinden sich die zukünftigen Anführer unseres Landes. Aber jeder einzelne Anführer muss geprüft werden, und mit diesem Prozess werdet ihr heute beginnen.«

Einige der Prüflinge rutschen unruhig auf ihren Stühlen herum. Sind sie nervös? Aufgeregt? Ich gestehe mir ein, dass ich sowohl das eine als auch das andere bin.

Wieder lächelt der Mann. »Die Auslese gliedert sich in vier Teile. In den nächsten zwei Tagen werdet ihr die schriftlichen Examensprüfungen ablegen. Dort werden eure Kenntnisse in Geschichte, Naturwissenschaften und Mathematik und eure Lese- und Sprachfertigkeit abgefragt, und wir werden einen Eindruck von euren Fähigkeiten in den Bereichen Logik und Problemlösungsstrategien bekommen. Wenn diese Tests ausgewertet sind, werden wir uns von den ersten Kandidaten trennen.«

Die Anspannung im Raum steigt bei dieser Ankündigung noch weiter. Ich verstärke meinen Griff um Tomas' Hand, was unangenehm für ihn sein muss. Aber er beklagt sich nicht.

»Der zweite Teil umfasst eine Reihe von praktischen Prüfungen, in denen ihr unter Beweis stellen könnt, dass ihr euer theoretisches Wissen auch in die Praxis umsetzen könnt. Diejenigen, die hier weiterkommen, werden aufgefordert werden, an Teil drei teilzunehmen – einem Test, in dem wir sehen wollen, ob ihr im Team arbeiten und die Stärken und Schwächen eurer Teammitglieder richtig einschätzen und bewerten könnt. Und schließlich bleibt noch der vierte Teil, in dem wir eure Führungsqualitäten und eure Fähigkeit, rasch Entscheidungen zu treffen, abprüfen werden. Diejenigen, die in allen vier Bereichen der Auslese eine hohe Punktzahl erreichen, werden einzeln vom Auswahlkomitee begutachtet. Diese abschließende persönliche und psychologische Bewertung wird uns dabei helfen zu entscheiden, wer an die Universität entsandt wird, wo ihr auf andere herausragende Köpfe stoßen und gemeinsam mit ihnen dabei helfen werdet, den Boden und unsere Gesellschaft zu alter Blüte zurückzuführen. Dies ist ein hochgestecktes Ziel, aber wenn ich bedenke, was ich über die diesjährigen Kandidaten gehört habe – ganz besonders über diejenigen aus Kolonien, die schon seit Jahren nicht mehr hier vertreten waren –, dann bin ich mir ganz sicher, dass ihr es schaffen könnt.«

Ich sehe, wie die Prüflinge in den Reihen vor uns die Hälse recken und nach uns Ausschau halten. Nach Malachi und

Zandri, nach mir und nach Tomas. Meine Zimmergenossin hat gesagt, alle würden sich für uns interessieren, weil sie zuvor davon ausgegangen waren, dass die Five-Lakes-Kolonie schon lange eingegangen sei. Sie hätte es mir gegenüber erwähnt, wenn auch andere Kolonien bei der Auslese gefehlt hätten. Indem Dr. Barnes uns jetzt extra hervorhob, hat er uns praktisch eine Zielscheibe auf den Rücken gemalt. War das Absicht? Da seine Ansprache so geschliffen klang, nehme ich an, dass er sie sorgfältig vorbereitet hat. Will er die anderen Prüflinge anstacheln, uns das Leben schwer zu machen, oder versucht er nur, dafür zu sorgen, dass uns später niemand als Teammitglieder übersieht?

Dr. Barnes reicht das Mikrofon an eine drahtige Frau weiter, deren roter Jumpsuit sich mit ihren grell orangefarbenen Haaren beißt. Sie stellt sich als Verna Holt vor und verkündet: »Ihr werdet jetzt in eure jeweiligen Prüfungsräume geführt. Alle Kandidaten sind aufgrund ihrer bisherigen akademischen Erfolge Gruppen zugeordnet worden. Welcher Gruppe ihr angehört, seht ihr an dem Symbol auf eurem Erkennungsarmband. Wenn ihr das Symbol eurer Gruppe auf dem Bildschirm hinter mir seht, kommt ihr bitte mit den anderen Mitgliedern zum Tresen bei den Aufzügen. Dort wird euch ein Prüfer abholen und in euren Testraum bringen. Ich wünsche alles Gute für eure Anstrengungen und freue mich darauf, in den kommenden Tagen und Wochen mit euch zusammenzuarbeiten.«

Ein Motor surrt, und ein großer weißer Bildschirm erscheint über der Bühne. Ein schwarzes Herz blinkt. Einige Leute mit dem entsprechenden Symbol auf ihrem Armband beginnen zu murmeln. Ihre Zeit ist gekommen. Ich sehe, wie Nicolette in den Gang hinaustritt und zusammen mit etwa zwanzig anderen ihrer Gruppe durch die Tür verschwindet. Einige Minuten vergehen. Ein paar Prüflinge flüstern sich etwas zu. Ich halte den Atem an und warte darauf, dass die nächste Gruppe aufgerufen wird.

Ein Dreieck. Malachi und Ryme.

Weit auf der linken Seite erhebt sich Malachis kleiner, schmaler Körper von seinem Sitz. Vor lauter Konzentration – oder Angst – presst er die Lippen fest aufeinander, als er den Gang hinuntergeht. Ich versuche, ihm mit beiden erhobenen Daumen ein aufmunterndes Zeichen zu geben, aber er hat seinen Blick fest auf den Rücken des vor ihm laufenden Mädchens geheftet und bemerkt mich nicht.

Jetzt verstummt auch das Flüstern langsam wieder. Ich sehe, wie die anderen beim Warten unruhig hin und her rutschen. Mein Herzschlag passt sich den verrinnenden Sekunden an. Der Bildschirm flackert. Das nächste Symbol erscheint.

Meins.

Tomas saugt die Luft ein, und da fällt es mir wieder ein. Wir tragen beide dieses Zeichen auf unseren Armbändern. Obwohl ich mir sicher bin, dass Tomas uns andere in der Prüfung ausstechen wird, bin ich so froh und dankbar, dass er mit mir kommt. Er ist eine Erinnerung an zu Hause. Ich werde besser abschneiden, weil ich weiß, dass er in meiner Nähe ist.

Wir stehen auf und schließen uns den anderen an. Unwillkürlich bemerke ich, dass unsere Gruppe viel kleiner als die der anderen ist. Kaum dass wir draußen auf dem Gang sind, zähle ich. Zehn. Halb so viele Prüflinge wie im ersten Team. Ist das gut oder schlecht? Die zwei Prüfer in ihren hellroten und purpurnen Anzügen lassen mir keine weitere Zeit zum Grübeln. Die blonde Frau fordert uns auf, ihr zu folgen. Sie biegt nach links in den Gang ein, und wir anderen gehen ihr nach. Der dunkelhaarige Mann bildet das Schlusslicht.

Eine Frau an der Tür fordert uns auf, einzutreten und uns an einen der Tische zu setzen. Die Tür ist schmal. Tomas geht als Erster.

Ich bin als Nächste dran. Nach zwei Schritten bleibe ich stehen. Meine Füße scheinen am Boden festgewurzelt zu sein, und bittere Gallensäure steigt in mir auf.

Ich kenne diesen Raum.

Weiße Wände.

Weißer Boden.

Schwarze Tische.

Dies ist der Prüfungsraum aus den Albträumen meines Vaters.

Kapitel 6

Ich hole ein paar Mal tief Luft. Dann zwinge ich meine Beine dazu, sich in Bewegung zu setzen. Die ganze Zeit über frage ich mich: Wenn dieser Raum aus dem Unterbewusstsein meines Vaters real ist, was ist dann noch alles real? Wenn meine Leistungen in der Prüfung heute nicht reichen …

Nein! Ich lenke meine Gedanken zurück in die Gegenwart. Mir über das, was als Nächstes passieren könnte, Sorgen zu machen wird mir bestimmt nicht dabei helfen, bei diesem Test gut abzuschneiden. Ruhig atmen, mich konzentrieren und mich entspannen – das sind die Dinge, die meinen Verstand am besten arbeiten lassen. Ich fange mit Ersterem an: tief und langsam ein- und wieder ausatmen. Als ich nach dem gelben Bleistift greife, der auf dem Tisch liegt, sehe ich aus den Augenwinkeln, dass Tomas mich besorgt mustert. Ich werfe ihm ein Lächeln zu und schüttele den Kopf, um ihm zu bedeuten, er brauche sich keine Sorgen zu machen. Mir geht es gut. Oder sagen wir lieber: Gleich wird es mir wieder gut gehen.

Während ich darauf warte, dass die Prüfung endlich beginnt, schaue ich mir die anderen Mitglieder meiner Gruppe an. Außer mir befindet sich nur noch eine andere junge Frau im Raum. Sie hat lange rote Haare, und der Stoff ihres schwarzen Kleides bildet einen perfekten Kontrast zu ihrer hellen Haut. Sie hält ihren Rücken sehr gerade, und ihre Augen sind starr nach vorn gerichtet. Die Jungen sind nicht weniger konzentriert. Zwei von ihnen sind blond. Einer ist ebenfalls ein Rotschopf. Vier haben Haare in unterschiedlichen Brauntönen. Und dann ist da noch Tomas. Mehrere meiner Teammitglieder sind eher schmächtig gebaut, aber besonders der Rothaarige ist sehr muskulös, was wohl auf ein arbeitsreiches Leben hindeutet. Ich frage mich kurz, aus welcher Kolonie er wohl kommen mag. In diesem Moment betritt ein hoch aufgeschossener, kahlköpfiger Mann den Raum, ganz in Purpur gekleidet und mit einem dicken Papierstapel unter dem Arm.

Die Testunterlagen.

Papier ist in unserer Gemeinschaft ein kostbares Gut, weil so viele Bäume in den *Sieben Stadien* des Krieges vernichtet wurden. In der Schule wird der Papierverbrauch sorgfältig überwacht. Papier, das benutzt und danach nicht mehr benötigt wird, schickt man in die Omaha-Kolonie, damit es dort recycelt wird.

Schweigend macht der Prüfer seine Runde durch den Raum und bleibt an jedem Tisch kurz stehen, ohne irgendeinem Kandidaten in die Augen zu blicken.

Ein dickes Heft landet auf der schwarz glänzenden Tischplatte unmittelbar vor mir. Auf dem Umschlag steht *Geschichte*. In der rechten Ecke sehe ich das gleiche Symbol wie auf meinem Armband – den achteckigen Stern mit einem Blitz in der Mitte. Es juckt mir in den Fingern, die Prüfungsunterlagen aufzuschlagen und einen Blick auf das zu werfen, was mich erwartet, doch das tut keiner der anderen Kandidaten. Und so warte auch ich mit klopfendem Herzen ab.

Der Prüfer steht nun wieder vorn. Ohne sich vorzustellen, sagt er: »Beantwortet die Fragen so gut, wie es euch möglich ist. Wenn ihr Wasser trinken wollt, hebt die rechte Hand, dann wird euch etwas gebracht. Wenn ihr austreten müsst, hebt eure linke Hand, und ihr werdet von einem Offiziellen zu den Toilettenräumen und wieder zurück in diesen Raum geführt. Ihr habt vier Stunden Zeit, und zwar ab jetzt.«

Er drückt einen Knopf vorn an der Wand, woraufhin sich ein kleiner Bildschirm von der Decke senkt. Eine Stoppuhr, die rückwärts läuft.

Unsere Zeit hat begonnen.

Mit zitternden Fingern schlage ich die erste Seite des Heftes auf.

Aufgabe: Erkläre das *Erste Stadium* des Krieges der Nationen.

Antwort: Die Ermordung von Premierminister Chae, wodurch die Asiatische Allianz gesprengt wurde, führte zu einem Machtkampf zwischen den anderen Nationen und gipfelte in einem Bürgerkrieg. Während dieses Bürgerkriegs wurden Bomben auf die koreanischen Staaten abgeworfen, die einen Großteil der Bevölkerung auslöschten und die Schmelze von zwei Kernreaktoren verursachten.

Aufgabe: Nenne die beiden Städte der Nordamerikanischen Allianz, die als Erste von der Koalition des Mittleren Osten zerstört wurden.

Antwort: Washington, D.C., und Boston.

Aufgabe: Nenne die Gruppe, welche als Erste der Nordamerikanischen Allianz den Krieg erklärte.

Antwort: Die Südamerikanische Koalition.

Fragen über Fragen, und ich kritzele die Antworten aufs Papier. Ich hoffe nur, dass ich richtigliege und die Details auswähle, die das Prüfungskomitee erwartet. Fragen über die Bomben, die abgeworfen wurden, über die Städte, die zerstört wurden, und über die Anzahl der Toten. Und noch mehr Fragen, über die Erdbeben, Fluten und die Stürme, die radioaktive Luft übers ganze Land verteilten. Alles Ereignisse, die die Weltbevölkerung auf einen Bruchteil reduzierten. Es verblüfft mich noch immer, dass überhaupt irgendjemand diesen Horror, den ich in meinen Antworten beschreibe, überlebt hat, ganz zu schweigen davon, dass jemand die Kraft und die Entschlossenheit besaß, die Dinge wieder ins Lot zu bringen. Ich beantworte Fragen zu dem Mann aus Five Lakes, der einen Prozess ersann, mit dessen Hilfe die Flüsse gesäubert werden können. Und über die Frau, die genetisch verändertes Gras entwickelt hat, das widerstandsfähig genug ist, um selbst in diesem verseuchten Boden zu gedeihen. Fragen über eine Bevölkerung und eine Welt, die am Rande der Auslöschung standen und jetzt mühsam versuchen, sich einen Weg zurück zu erkämpfen.

Ich blicke zur Uhr hoch. Drei Stunden sind bereits vergangen. Ich mache mich daran, die Verhärtungen in meiner Nackenmuskulatur zu lockern, bewege und beuge meine Finger, die den Stift umklammert haben, und überlege, ob ich um ein Glas Wasser bitten soll. Doch ich entscheide mich dagegen. Es ist zwar ein verlockender Gedanke, aber ich will nicht riskieren, wertvolle Minuten zu verlieren, nur weil ich die Toilette aufsuchen muss. Nicht solange ich noch so viele Fragen zu beantworten habe.

Namen. Daten. Quellen für Nahrung, die erschlossen wurden. Verloren gegangene Technologien. Rückschläge und Todesopfer. All die Ereignisse, die dazu beigetragen haben, dass ich nun auf diesem Stuhl sitze und mich dieser Prüfung unterziehe. Meine Augen sind müde, und die Wörter beginnen zu verschwimmen, aber ich zwinge mich noch einmal zu höchster Konzentration, um so viele Fragen wie möglich zu beantworten. Gerade, als ich zur letzten Seite umblättere, ertönt ein Summer.

»Die Zeit ist um. Bitte schließt eure Hefte und legt eure

Stifte beiseite. Die Offiziellen an der Tür werden euch zum Mittagessen nach oben bringen.«

Meine Beinmuskeln sind steif. Ich stehe auf und beuge ein paar Mal meine Knie, ehe ich es über mich bringe, auf den Ausgang zuzusteuern. Auf dem Weg in den Speisesaal fühlen sich meine Muskeln wie betäubt an, und die Vorstellung, schon wieder sitzen zu müssen, gefällt mir ganz und gar nicht. Da ich weiß, dass ich die Energie brauchen werde, lade ich mir Roastbeef, frischen Frühlingssalat und gegrillte Tomatenscheiben auf meinen Teller. Dann mache ich mich auf den Weg zu dem Tisch, den ich inzwischen als unseren Stammplatz ansehe.

Wenn ich geglaubt hatte, die Anspannung im Prüfungsraum sei schlimm gewesen, dann hatte ich keine Ahnung vom Ausmaß der angstvollen Aufregung, die nun beim Mittagessen allgemein vorherrscht. Überall werden die Testfragen erörtert und die gegebenen Antworten verglichen. Hat Präsident Dalton den Abwurf der ersten Bombe auf London angeordnet? War es das erste Erdbeben in *Stadium Fünf*, das den Staat Kalifornien unter Wasser setzte, oder war es das zweite? Die Kandidatin, der klar wird, dass ihre Antworten falsch sind, bricht in Tränen aus. Andere sind freudig erregt über jeden noch so winzigen Sieg, den eine richtige Lösung bedeutet. Ich versuche, mich von den Gefühlen, die den Raum erfüllen, nicht anstecken zu lassen, und gebe mein Bestes, um das Gespräch an meinem Tisch von den Prüfungsaufgaben wegzulenken.

Zandri ist froh darüber, dass ich das Gesprächsthema wechsle. Auf mein Stichwort hin erzählt sie von dem kurzen Eindruck, den wir von Tosu-Stadt gewinnen konnten, und von dem Kunstwerk, zu dem sie sich seitdem inspiriert fühlt. Bald schon erzählen alle Gruppenmitglieder von den interessanten Dingen, die sie zu Gesicht bekommen haben, seitdem sie von zu Hause weg sind. Alle, außer Tomas. Er lächelt zwar und tut so, als höre er zu, aber ich sehe in seinen Augen, dass er mit den Gedanken ganz woanders ist. Hatte er unter dem Druck einen Blackout und ist mit dem ersten Test nicht zurande gekommen? Ich versuche, seine Aufmerksamkeit auf mich zu ziehen, um ihn schweigend zu fragen, was ich nicht laut aussprechen kann, doch sein Blick ruht unverwandt auf dem Stück Zitronenkuchen auf seinem Teller.

Nach dem Essen dürfen wir in unsere Zimmer zurückkehren, um uns im Bad frisch zu machen. Wieder zähle ich die Getreidekekse. Neun.

Und schon wird es Zeit für die nächste schriftliche Prüfung. Auf allen Tischen liegen frisch angespitzte Bleistifte. Die Tests werden ausgeteilt. Dieses Mal steht auf dem Deckblatt des Heftes *Mathematik*. Wort für Wort hält der Offizielle den gleichen Vortrag wie zuvor und wiederholt seine Anweisungen bezüglich Wasser, Toilettengang und Prüfungszeit. Erneut senkt sich die Uhr herab, und alle schlagen die Unterlagen auf. Ich beginne zu arbeiten, begleitet vom Klang kratzender Bleistifte auf Papier und von eifrigem Radieren.

Wenn ich eine Aufgabe zu schnell gelöst habe, dann überprüfe ich sie wieder und wieder, um ganz sicher zu sein, dass ich sie nicht für einfacher gehalten habe, als sie in Wahrheit ist. Hat ein Problem mehr Zeit in Anspruch genommen, dann spüre ich fast körperlich, wie Sekunde um Sekunde verrinnt und wie ich den Aufgaben, die noch vor mir liegen, wertvolle Zeit stehle. Ich vermeide es, mich im Raum umzusehen, denn ich habe viel zu viel Angst davor, andere könnten bereits fertig sein und ruhig und mit gefalteten Händen an ihrem Pult sitzen. Ich habe noch drei Seiten vor mir, als das Summergeräusch ertönt. Mein Herz rutscht mir in die Hose. Ich habe so viele Fragen nicht geschafft, dass ich überzeugt davon bin, durchgefallen zu sein.

Die Prüfer schicken uns zu unseren Begleitern. Ich widerstehe dem Drang, um mehr Zeit zu bitten, und schnappe mir meine Tasche. Miss Jorghen zu Hause hätte uns ohne Zweifel eine Verlängerung gewährt. Sie liebte es, wenn wir Hingabe und Entschlossenheit zeigten. Hier zählen nur Ergebnisse. Uns werden dreißig Minuten Pause zugestanden, um uns erneut in unseren Quartieren frisch machen zu können, ehe wir uns zum Abendessen einzufinden haben. Ich würde mich viel lieber in mein Bett verkriechen, um mir die Decke über den Kopf zu ziehen, als etwas zu essen und die anderen zu treffen. Es ist schon schlimm genug, dass ich Ryme begegne, die genauso makellos aussieht wie am Morgen. Ein Blick in den Spiegel bestätigt mir, was ich ohnehin vermutet habe. Ich sehe völlig erledigt aus.

»Wie ist es gelaufen?«, fragt mich Ryme mit einem strahlenden Lächeln. »Ich finde ja, dass der Geschichtsteil ein bisschen simpel war. Was meinst du?«

Ich denke an die letzte Seite, die in meinem Heft leer geblieben ist, und zucke mit den Schultern. »Ich denke, sie haben die wichtigsten Punkte behandelt.«

»Und der Matheteil war lang, aber mal ernsthaft: Wenn sich jemand mit Differenzialrechnung nicht auskennt, dann sollte er nicht hier sein.«

Die Analysisaufgaben hatten sich im Mittelteil befunden. Wenigstens sprach Ryme jetzt über die Fragen, die ich bearbeitet hatte.

Ryme nimmt den Teller mit den Keksen und bietet mir welche davon an. Ich schüttele stumm den Kopf, und sie stellt sie wieder zurück und schnattert weiter. »Ich hätte ja erwartet, dass die Prüfung schwieriger werden würde. Wie wollen sie denn auf diese Weise die Leute aussieben, die eindeutig nicht hierhergehören?«

Bei ihrem mitleidigen Lächeln wird mir ganz schlecht. Es besteht kein Zweifel an ihrer Ansicht darüber, wer als Erste die Heimreise antreten sollte.

Als wir über Lautsprecher zum Abendessen gerufen werden, bin ich erleichtert. Ich achte kaum darauf, was ich mir auf meinen Teller häufe, ehe ich mich auf den Stuhl neben Tomas fallen lasse. Die anderen Kameraden aus unserer Kolonie sind noch nicht da. Tomas wirft mir ein gezwungenes Lächeln zu. Er sieht müde aus. Es ist die gleiche Erschöpfung, die ich vor einigen Minuten im Spiegel gesehen habe.

»Wie bist du zurechtgekommen?«, fragt er.

Rings um uns herum klirrt Besteck auf Porzellan. Die Leute lachen und sprechen immer lauter und lauter, um sich über das Getöse hinweg Gehör zu verschaffen. Jeder prahlt entweder mit seiner intellektuellen Glanzleistung oder badet in Selbstmitleid. Uns hört niemand zu, deshalb entscheide ich mich, ehrlich zu sein. »Ich habe nicht alle Fragen geschafft. Mir ist die Zeit davongelaufen.«

Tomas' Lächeln wird breiter, als er sich mit den Händen durch die Haare streicht. »Ich dachte schon, da wäre ich der Einzige. Dabei habe ich mich die ganze Zeit über gefragt, wie sie erwarten können, dass irgendjemand so viele Fragen in so kurzer Zeit beantworten kann. Am Ende des Mathetests hatte ich das Gefühl, dass mir mein Gehirn gleich aus den Ohren tropft.«

Ich lache und spüre, wie die Anspannung von mir abfällt. Wenn jemand, der so klug ist wie Tomas, nicht alle Aufgaben bewältigt hat, dann bezweifle ich, dass es überhaupt vielen gelungen ist. Tomas ist doch so clever.

Endlich tauchen auch Malachi, Zandri und ihre Zimmergenossen auf. In ihren Augen sehe ich Sorge und Müdigkeit, und ich frage mich, ob auch sie ganze Seiten leer gelassen haben. Ich denke daran, wie erleichtert Tomas eben war, als er hörte, dass noch jemand anders nicht fertig geworden ist, und versuche, die Reaktionen derer abzuschätzen, die uns mithilfe der Kameras – welche ganz sicher irgendwo angebracht sind – beobachten. Kurz darauf habe ich eine Entscheidung getroffen. »Also, ich weiß nicht, wie es euch allen ergangen ist, aber ich bin bei beiden Tests nicht bis zum Ende gekommen.«

Alle starren mich mit weit aufgerissenen Augen an, die Gabeln auf halbem Wege zum Mund. Einige Sekunden vergehen, dann gesteht Nicolette: »Ich auch nicht.«

»Und ich genauso wenig.« Das kam von Malachi. Er schaut seinen Mitbewohner Boyd an. »Und du?«

Boyd starrt mit gerunzelter Stirn auf seine Stampfkartoffeln. »Nein. Ich habe in der Matheprüfung fünf leere Seiten abgegeben.«

»Bei mir waren es sogar fünfeinhalb«, gesteht Zandri.

Zwei schlanke hellhäutige Kandidaten, die am Tisch hinter Zandri sitzen, drehen sich zu uns um. Zwei identische Augenpaare ruhen auf unseren Gesichtern. Nur an der Haarlänge kann man die beiden unterscheiden. Einer hat lange Haare, der andere kurze. Der Junge, der seine Mähne hinten im Nacken zusammengebunden hat, erkundigt sich: »Habt ihr gerade gesagt, dass ihr nicht alle Prüfungsfragen geschafft habt?«

Ich sehe, wie die anderen am Tisch erstarren, und seufze. So viel dazu, dass der Lärm unser Gespräch übertönt. Ich hebe das Kinn und erwidere: »Für mich waren es einfach zu viele Aufgaben, als dass ich sie alle hätte lösen können. In Geschichte bin ich beinahe fertig geworden. Aber in Mathe habe ich mir wahrscheinlich zu viel Zeit zum Nachrechnen gelassen.«

Die Zwillinge mit den grünen Augen wechseln einen Blick. Ohne ein Wort erheben sie sich, nehmen ihre Teller und setzen sich auf die leeren Stühle an unserem Tisch. Der Langhaarige sagt: »Du hast keine Ahnung, wie gut es tut zu hören, dass jemand zugibt, mit dem verdammten Test nicht fertig geworden zu sein.« Er streckt mir seine Hand hin. »Ich bin Will. Mein Bruder Gill und ich stammen aus der Madison-Kolonie.«

Madison. Nur ein paar Stunden von Five Lakes entfernt. Mein Vater ist im Laufe der letzten zwei oder drei Jahre einige Male dort gewesen. Irgendetwas dort in der Erde hat ihre Ernte vernichtet. So wie sich die Zwillinge ihre Teller vollgeladen haben und dem ungesunden Ton ihrer Haut nach zu urteilen, würde ich sagen, dass es bei ihnen zu Hause noch immer nicht ausreichend Nahrung gibt. Ich bin froh, dass sie wenigstens jetzt genug zu essen haben, denn ich mag sie sofort. Vor allem als sie anfangen, scherzhaft zu behaupten, man hätte sie die Prüfung gemeinsam ablegen lassen sollen. Alle Leute bei ihnen zu Hause, so erzählen sie uns, wären der Meinung, dass die beiden sich ein Gehirn teilten. Gill ist in Mathe und Naturwissenschaften gut, Will ist in Geschichte, Englisch und Fremdsprachen besser.

Als wir damit fertig sind, unsere Lösungen in den heutigen Prüfungen zu vergleichen, machen sich Will und Gill über drei gehäufte Teller mit verschiedenen Speisen her. Dabei berichten sie uns von der Madison-Kolonie und ihrer Familie, die in der Stadt lebt, nach der die Kolonie benannt ist. Ihr Vater arbeitet in der Papierfabrik, während ihre Mutter in einer Molkerei beschäftigt ist. Ganz offensichtlich ist das Leben in der Madison-Kolonie hart, aber die Zwillinge sind zuversichtlich und positiv gestimmt. Sie unterhalten uns mit herrlichen Geschichten über ihre ersten Versuche, eine Kuh zu melken, und über die Schwierigkeiten ihrer eigenen Familie dabei, die beiden auseinanderzuhalten, bevor Gill ein Einsehen hatte und sich die Haare schneiden ließ. Auch wir anderen erzählen von zu Hause, und ich merke, wie sich mehr als ein neidisches Gesicht zu uns herumdreht, wenn wir laut auflachen. Es fühlt sich so gut an, gemeinsam zu lachen. Es muntert uns auf, lockert die Anspannung in unseren Körpern und erfrischt unseren Geist. Als die Zeit für das Abendessen zu Ende ist, ziehen sich die meisten anderen Kandidaten in die ihnen zugewiesenen Räume zurück, doch wir bitten darum, dass wir noch ein Weilchen im Speisesaal bleiben dürfen. Keiner von uns will so schnell wieder die tröstende Nähe von Freunden missen.

Wir singen unsere Lieblingslieder. Tomas und ich geben ein Duett zum Besten, das wir in der Schule gelernt haben. Es handelt vom Hoffen auf den Frühling und darauf, dass die Welt wieder neu geboren wird. Unsere beiden Stimmen verschmelzen und klingen voll im hallenden Speisesaal. Die Offiziellen, die die Überreste des Abendessens abräumen, halten inne und hören uns zu.

Als wir zurück in unsere Zimmer gehen, ist uns allen leichter ums Herz. Und diese Leichtigkeit verfliegt selbst dann nicht, als Ryme sagt, sie sei froh darüber, dass am nächsten Tag die Ersten ihre Sachen würden packen müssen.

Im Schlaf halte ich meine Tasche fest an die Brust gedrückt, und ich verbringe die Nacht ohne böse Träume.

Als wir uns am nächsten Morgen beim Frühstück wiedertreffen, sehen wir ausgeruht aus, aber die Anspannung wächst stetig. Ganz gleich wie viel wir miteinander sprechen, es kann uns die Ängste nicht nehmen, während wir uns mental auf die nächste Prüfung vorbereiten. Naturwissenschaften.

Das Periodensystem. Chemische Gleichungen. Physikalische Berechnungen. Diese Fragen kommen zuerst und sind einfach im Vergleich zu jenen, die sich um wissenschaftliche Erklärungen für die mutierten Insekten und anderen Tiere drehen, die heute die Welt bevölkern. Doch der Teil, bei dem es um genetisch veränderte Pflanzen geht, fällt mir leicht aufgrund meiner praktischen Erfahrungen. Meine Daumen mögen zwar nicht unbedingt grün sein, aber ich verstehe die Konzepte hinter der Erschaffung von Hybriden und auch die Faktoren, die den Erfolg dabei begünstigen.

Allzu rasch ist die Zeit verflogen. Zwei Seiten bleiben leer. Zeit für das Mittagessen, dann folgt Teil vier: Lese- und Sprachfertigkeit. Meine Augen brennen, und mein Körper ist ganz taub vor Müdigkeit, als ich endlich fertig bin und feststelle, dass die Uhr noch immer rückwärts läuft. Zehn Minuten sind noch übrig.

Panik durchströmt mich. Habe ich die Fragen zu schnell beantwortet? Hat mich meine Eile dazu verführt, falsche oder unvollständige Antworten zu geben? Ich bin versucht, das Heft noch einmal aufzuschlagen, um die Fehler, die ich mit großer Wahrscheinlichkeit gemacht habe, wieder auszubügeln. Allerdings höre ich die Stimme meiner Eltern in meinem Hinterkopf und den Rat, den sie mir immer gaben, wenn sie mit mir am Küchentisch saßen und mich für einen Test abfragten. Ich solle mir Zeit lassen und nicht im Nachhinein an mir zweifeln, denn fast immer sei mein erster Instinkt der richtige.

Ich lege den Stift hin und falte die Hände vor mir. Aus den Augenwinkeln sehe ich, dass Tomas ebenfalls früher fertig ist. Als ich mich ihm zuwende, schenkt er mir sein Grübchenlächeln.

Fünf Minuten sind noch übrig. Vier. Drei. Zwei. Bleistifte kritzeln. Blicke schießen zur Uhr und wieder zurück zu den Heften, die aufgeschlagen vor jenen Kandidaten liegen, die versuchen, noch rasch eine letzte Antwort zu Papier zu bringen. Der Summer ertönt. Die erste Runde der Auslese ist überstanden.

Wir werden zu den Aufzügen gebracht. Ein paar der jungen Leute um uns herum klatschen sich mit erhobenen Händen ab und jubeln. Ich bin nur müde und erleichtert, denn ich habe mein Bestes gegeben. Auf alles, was jetzt noch kommt, habe ich keinen Einfluss mehr. Tomas drückt mir rasch die Hand, als sich die Türen des Fahrstuhls öffnen. Dann verschwindet er mit den anderen Jungen den Gang hinunter, während ich mich in die entgegengesetzte Richtung aufmache. Ich bin enttäuscht, als ich sehe, dass Ryme es schon wieder geschafft hat, vor mir in unser Zimmer zurückzukehren. Sie sitzt an ihrem Tisch und beugt sich über eine silberne Figur, die sie von zu Hause mitgebracht haben muss. Noch immer liegen neun Getreidekekse auf dem Teller. Rymes Lächeln ist strahlend, doch auch eine Spur überkandidelt, als sie mich hereinkommen sieht.

»Wie ist es gelaufen?«

Ich schüttele den Träger meiner Tasche von der Schulter und entschließe mich zu einer ehrlichen Antwort. »Beim naturwissenschaftlichen Teil bin ich nicht ganz fertig geworden.«

Rymes Augen werden schmal. Sie kaut auf ihrer Unterlippe herum und mustert mich einige Momente lang. Ich schätze, sie versucht herauszufinden, ob ich die Wahrheit sage. Vermutlich kommt sie zu dem Schluss, dass ich sie nur irgendwie manipulieren will, so wie sie es umgekehrt tun würde. Man darf sich nichts vormachen: Wer einen Haufen Getreidekekse mitbringt und keinen davon isst, wäre sich bestimmt auch nicht zu schade, den anderen psychisch fertigzumachen.

Schließlich wirft sie mir ein selbstgefälliges Lächeln zu: »Ich nehme an, die Schulen in der Five-Lakes-Kolonie sind nicht so gut wie die in Dixon. Zu blöd. Eine von uns wird nicht mehr lange hier sein.«

Heiße Wut steigt in mir auf. Ich drücke meine Fingernägel in die Innenfläche meiner Hände, um meinen Zorn unter Kontrolle zu bringen. Aber ich kann mir nicht verkneifen zu sagen: »Unsere Lehrer haben ihre Sache schon ganz gut gemacht. Tomas und ich waren mit dem Leseteil sogar vor Ablauf der Zeit fertig. Wie steht's mit dir?« Die Überraschung auf ihrem Gesicht verrät mir, dass das bei ihr anders ausgesehen hat, und ich lächele sie spöttisch an. »Ich denke, du hast recht damit, dass eine von uns beiden morgen heimfahren muss. Zu blöd. Vergiss nur nicht deine Getreidekekse, wenn du aufbrichst.« Mein Ton ist hochnäsig und klingt wie der, den ich immer meinen Brüdern gegenüber angeschlagen habe, wenn sie mich mit irgendetwas aufziehen wollten; außerdem konnte ich mir die letzte Bemerkung, die ein ziemlicher Tiefschlag war, nicht verkneifen. Doch sofort steigt eine andere Art von Hitze in mir auf. Scham. Ich warte darauf, dass Ryme die verbale Attacke erwidert. Das hätte ich verdient. Aber das tut sie nicht. Sie schaut einfach nur auf ihre Hände hinunter.

»Es tut mir leid«, sage ich.

Sie hebt den Blick und schaut mir in die Augen. Dann zeigt sie mir ein ultrabreites Lächeln. »Aber was denn?«, fragt sie zuckersüß. »Du hast nur versucht, dich irgendwie besser zu fühlen, nachdem du zugegeben hast, dass es bei dir heute nicht gut gelaufen ist. Bei vielen der schlechteren Schülerinnen zu Hause war das ganz genauso, ich kenne dieses Verhalten.«

Grr. Dieses Mädchen bettelt ja geradezu um Schläge. Um mich davon abzuhalten, etwas zu tun, weswegen ich mich später schlecht fühlen würde, werfe ich mich wortlos auf mein Bett, schließe die Augen und kehre Ryme den Rücken zu, bis wir zum Abendbrot gerufen werden. Noch ehe die Durchsage zu Ende ist, habe ich das Zimmer bereits verlassen.

Beim Essen herrscht beinahe euphorische Stimmung. Zwar sind alle müde, aber die Anspannung, unter Druck Höchstleistungen erbringen zu müssen, ist für diesen Abend von uns allen abgefallen. Auch das Essen trägt zur fröhlichen Atmosphäre bei. Es gibt Pizza. Sie ist warm, der Käse darauf zieht Fäden, und sie schmeckt besser als alles, was ich bislang jemals gegessen habe. Ich verputze sechs Stücke, ehe mein Magen kurz davor ist zu platzen. Zandri bringt die Zwillinge dazu, Witze zu erzählen, und wir alle lachen noch, als sich pfeifend und knackend der Lautsprecher meldet.

»Malencia Vale. Bitte melde dich auf dem Gang. Vielen Dank.«

Es wird still im Speisesaal. Mein Herz hämmert bis zum Hals hinauf. Sind die Prüfer bereits zu dem Schluss gekommen, dass ich durchgefallen bin? Jeder am Tisch starrt mich mit fragenden Blicken an. Ich scheine auszusehen, als ob ich gleich durchdrehe, denn Tomas nimmt meine Hand und sagt: »Ich wette, sie wollen dich fragen, ob du nicht lieber selber unterrichten willst, als dich in Zukunft in Vorlesungen zu setzen. Pass auf, dass sie dir genug Gehalt anbieten, ehe du ›Ja‹ sagst.«

Na sicher. Ich werfe ihm ein gequältes Lächeln zu und stehe auf. Alle Blicke folgen mir, als ich steifbeinig durch den Mittelgang des Speisesaals stakse, vorbei an all den anderen Tischen, um durch die Seitentür hinauszugehen. Vermutlich versucht jetzt jeder, eine gute Position zu ergattern, um mich durch die Glaswand hindurch beobachten zu können. Ich umklammere meine Tasche, bleibe auf dem Gang stehen und warte auf die Dinge, die da kommen mögen.

»Malencia Vale?«

Ich drehe mich beim Klang der vertrauten Stimme nach rechts. Der freundliche grauhaarige Mann von der gestrigen Morgenversammlung – Dr. Jedidiah Barnes. Hinter ihm stehen zwei Offizielle, und alle tragen ihre purpurne Dienstkleidung. »Jeder hier nennt mich Cia«, sage ich. Er lächelt.

»Beides klingt hübsch.« Ich versuche, mir eine Erwiderung einfallen zu lassen, allerdings ohne Erfolg. Glücklicherweise erwartet er gar keine Antwort von mir, sondern fährt fort: »Bitte entschuldige, dass wir dich von deinem Abendessen wegholen, aber Ryme Reynolds' Freunde machen sich Sorgen, wo sie wohl steckt. Wann hast du sie das letzte Mal gesehen?«

Ich blinzele. Dann geht es also um Ryme und nicht um mich. Es hat nichts mit meinen Testergebnissen zu tun. Erleichterung steigt in mir auf, gefolgt von Verwirrung. »Ryme hat noch an ihrem Schreibtisch gesessen, als ich zum Speisesaal losgegangen bin.«

»Und ging es ihr gut?«

Sie war arrogant. Nervtötend. Grundlos auf Konfrontation aus. »Ich glaube, die heutigen Prüfungen haben sie belastet.«

»Acht Stunden Prüfungen an zwei aufeinanderfolgenden Tagen sind eine enorme Belastung für jeden.« Dr. Barnes lächelt entschuldigend. »Jedes Jahr diskutieren wir darüber, ob wir die Tests über die gesamte erste Woche verteilen sollen, doch dann kommen wir immer wieder zu dem Schluss, dass es besser ist, diesen ersten Teil der Auslese so schnell wie möglich über die Bühne zu bringen. Zu viel Zeit zum Nachdenken kann nämlich auch eine Belastung sein.« Er seufzt. »Würde es dir etwas ausmachen, uns einen Blick in euer Zimmer werfen zu lassen? Wahrscheinlich hat sich Miss Reynolds einfach nur entschieden, das Abendbrot ausfallen zu lassen, aber wir würden gerne sichergehen.«

»Selbstverständlich.« Ich meine, es ist ja schließlich nicht im eigentlichen Sinne *mein* Raum. »Nur zu.«

Wieder lächelt er. »Du wirst uns begleiten müssen. Das Gesetz schreibt vor, dass die Prüfer den Raum eines Kandidaten nicht betreten dürfen, wenn dieser nicht dabei ist, beziehungsweise nur dann, wenn es sich um einen offenkundigen Notfall handelt.«

Ich schätze, ich sollte froh sein, dass sie nicht die Gesetze des Vereinigten Commonwealth abgefragt haben, denn dann wäre ich sicher durchgefallen. Ich ärgere mich, dass Ryme einen solchen Wirbel verursacht und ich jetzt zurück zu unserem Zimmer laufen muss, doch ich folge Dr. Barnes den Gang hinunter. Seine Schritte sind leise, aber die Stiefel der beiden Offiziellen poltern auf dem Boden. Wenn Ryme noch im Zimmer ist, dann hört sie uns auf jeden Fall kommen.

Ich drücke die Klinke runter, schiebe die Tür auf und mache einen Schritt hinein. Als Erstes trifft mich der Gestank von Urin, vermischt mit dem Geruch von Kornkeksen. Dann sehe ich sie. Sie baumelt an einem bunten Seil.

Ryme hängt von der Decke. Ihr Gesicht ist rot und fleckig. Ihre Augen sind vor Entsetzen weit aufgerissen. Eine tiefe Kerbe ist rings um ihren Hals zu erkennen, und sie blutet an den Stellen, wo sie sich von dem Seil zu befreien versucht hat, sei es aus einem Instinkt heraus oder weil sie in letzter Sekunde ihre Meinung geändert hat.

Ich schreie, als das, was ich vor mir sehe, in meinem Gehirn ankommt. Ich schreie aus voller Kehle.

Ryme ist tot.

Kapitel 7

Hände stützen mich und führen mich wieder hinaus auf den Flur. Jemand bittet mich, kurz zu warten, und andere Leute in Jumpsuits kommen von allen Seiten herbeigerannt. Ich presse meine Tasche an die Brust wie eine Rettungsweste, während rings um mich herum wilde Aktivität ausbricht. Ryme wird von der Decke geschnitten. Eine fahrbare Liege taucht von irgendwoher auf. Als sie ratternd an mir vorbeigeschoben wird, sehe ich, dass das Seil noch immer um Rymes Hals geschlungen ist: Es ist ihr Kleid, in dem sie gestern so hübsch ausgesehen hat und das nun an ein Bettlaken geknotet ist.

Ich kann weder meinen Magen daran hindern, sich zu entleeren, noch die Tränen zurückhalten, die heiß und schnell über meine Wangen strömen. Ich weine um Ryme, und ich weine um mich, weil ich die Verzweiflung und die Niedergeschlagenheit hinter der arroganten Fassade nicht erkannt habe. Habe ich meiner Zimmerkameradin vielleicht den Rest gegeben, weil ich sie dafür verspottet habe, dass sie beim letzten Test nicht fertig geworden ist? Hätte ein freundliches Wort sie retten können?

»Cia?«

Ich blinzele und merke erst jetzt, dass Dr. Barnes beide Hände auf meine Schultern gelegt hat. Er schaut mir tief in die Augen. Ich blinzle zwei Mal und schlucke die bittere Galle hinunter, die sich hinten in meiner Kehle gesammelt hat. Stumm nicke ich, damit er weiß, dass ich ihm zuhöre.

»Man wird dir einen anderen Raum zuweisen.« Er lehnt sich gegen die Wand neben mir. »Willst du darüber sprechen?«

Nein, das will ich nicht. Aber ich werde es tun. Leise erzähle ich ihm von Rymes auftrumpfendem Auftreten und von ihren höhnischen Bemerkungen. Von meiner Reaktion und davon, dass ich mich schließlich bei ihr entschuldigt habe. Selbst von den Getreidekeksen und von dem, was ich darin vermutet habe. Er ist ein guter Zuhörer. Seine braunen Augen ruhen auf mir, und ich lese keine Verurteilung darin. Er nickt und ermutigt mich damit weiterzusprechen. Nicht ein einziges Mal lässt er sich von den Offiziellen, die sich an uns vorbei in den Raum hinein- und wieder herausdrängeln, ablenken. Leute wischen den Boden neben mir auf und flüstern sich mit gedämpften Stimmen zu, dass man Rymes Sachen wegschaffen müsse.

Als ich mit meinem Bericht am Ende angekommen bin, fühle ich mich leer, was in gewisser Weise besser ist als das erstickende, beschämende Schuldgefühl vorher. Dr. Barnes versichert mir, dass ich keine Schuld an Rymes Tod trage. Wir hätten ja schon vorher darüber gesprochen, wie schwierig es sei, mit der Belastung fertigzuwerden. Einige Prüflinge kämen mit dem Stress besser zurecht als andere. Manche könnten nichts essen. Andere fänden einfach keinen Schlaf. Ryme habe sich das Leben genommen. Das sei zweifellos eine Tragödie, aber für die Gesamtbevölkerung des Commonwealth sei es besser, rechtzeitig zu erfahren, dass sie nicht in der Lage gewesen wäre, die Art von Druck zu ertragen, die auch in Zukunft auf sie gewartet hätte. Dieses Ereignis sei unglücklich, aber die Auslese habe ihren Zweck erfüllt. Er hoffe, dass Rymes Entscheidung, ihre Kandidatur zu beenden, keine Auswirkungen auf meine eigenen Leistungen haben werde.

Das Ende ihrer Kandidatur? Mir wird eiskalt. Ein purpurgekleideter Offizieller teilt uns mit, dass mein neuer Raum bereit sei, und Dr. Barnes drückt wiederholt meine Schultern. Ich lächele ihn an und behaupte, dass es mir besser gehe und dass es mir sehr geholfen habe, mit ihm zu sprechen. Ich hoffe, er merkt nicht, dass das eine Lüge ist. Denn obwohl sein Tonfall nett gewesen ist, habe ich die Gleichgültigkeit hinter seinen Worten gespürt. Für ihn war das nur ein weiterer Test. Und Ryme ist durchgefallen.

Wenn ich nicht höllisch aufpasse, werde auch ich versagen.

Man zeigt mir mein neues Zimmer ganz am Ende des Ganges. Die Wände sind gelb gestrichen. Das erinnert mich an das Kleid, das Ryme trug, als ich sie zum ersten Mal traf. Der Offizielle fragt mich, ob es in Ordnung sei, wenn ich keine Zimmerkameradin hätte. Wenn nicht, dann sei er sich sicher, dass sich eine weibliche Offizielle bereit erklären würde, in dem freien Bett zu übernachten.

Nein, ich will nicht allein sein. Schon jetzt, wo ich wach bin, habe ich Schwierigkeiten damit, Rymes leblose Augen aus meinem Kopf zu bekommen. Wenn ich schlafe, werde ich mich erst recht nicht dagegen wehren können, von ihnen verfolgt zu werden. Beim Gedanken daran, bei dieser Qual ganz allein im Zimmer zu sein, will ich mich am liebsten zu einem Ball zusammenrollen.

Aber die Worte von Dr. Barnes klingen noch in meinen Ohren. Bei der Auslese geht es um mehr als nur das, was sich in den Klassenräumen abspielt. Wenn ich darum bitte, dass mir jemand dabei hilft, die Nacht durchzustehen, wird man das als Schwäche auslegen. Anführer sind nicht schwach. In der Auslese suchen sie nach Führungspersönlichkeiten.

Also danke ich dem Offiziellen und sage zu ihm: »Es ist schon in Ordnung, wenn ich allein bleibe.«

Er erwidert, dass ich am Tresen bei den Aufzügen Bescheid geben solle, falls ich meine Meinung ändere. Dort könne man mir, wenn nötig, auch ein Schlafmittel geben. Dann schließt er die Tür hinter sich.

Ich sehe mich im Zimmer um. Abgesehen von der Farbe ist es eine exakte Kopie von dem Raum, den ich vorher bewohnt habe. Gedämpft höre ich Stimmen und den Klang von Schritten draußen auf dem Flur. Andere Kandidaten kehren vom Abendessen in ihre Quartiere zurück. Einen Moment lang bin ich versucht, meine Tür aufzureißen und nach meinen Freunden Ausschau zu halten. Ein Lächeln von Zandri, ein Händedruck von Tomas oder sogar einer der ausgeglichenen Blicke von Malachi würden dabei helfen, die Traurigkeit ein wenig zu lindern. Aber ich mache die Tür nicht auf, denn auch das könnte mir als Schwäche ausgelegt werden. Stattdessen dusche ich, schlüpfe in meinen Schlafanzug, wasche die Kleidung, die ich tagsüber getragen habe, und hänge sie zum Trocknen auf.

Als ich auf dem Bett liege, starre ich zur Decke hinauf und versuche, glückliche Erinnerungen heraufzubeschwören – irgendetwas, das das Bild von Ryme vertreibt, wie sie vom Deckenlicht herabbaumelt. Ich kann nicht anders, als mich zu fragen, ob mein Vater etwas Ähnliches zu sehen bekommen hat. Vielleicht hat sich sein Gehirn eine noch schrecklichere Erinnerung an die Auslese ausgedacht, um die furchtbare zu überlagern, die ihn immer wieder verfolgte. In diesem Moment erscheint mir das mehr als plausibel.

Alles ist still. Die anderen haben sich in ihre Betten verkrochen und schlafen, um sich auf das vorzubereiten, was morgen vor ihnen liegt. Ich bin noch immer wach, lasse das Licht brennen und kämpfe gegen meine schwerer werdenden Lider an. Als ich fast verloren habe, fällt mein Blick auf etwas. Ein kleines, rundes, blitzendes Ding an der Decke. Eines, das dem gleicht, welches mir schon im Gleiter aufgefallen war.

Eine Kamera.

Ich versuche, bei dieser Entdeckung keine Miene zu verziehen. Ich weiß nicht, warum es mich überraschen sollte, dass uns eine Kamera dabei beobachtet, wie wir den alltäglichsten Tätigkeiten nachgehen, schlafen oder uns ankleiden. Und doch bin ich verblüfft. Wird nur dieser Raum überwacht? Weil ich es war, die Ryme gefunden hat? Sofort verwerfe ich diese Möglichkeit. Wenn *ein* Zimmer mit einer Kamera ausgestattet ist, dann wird das bei den anderen nicht anders sein. Es verschlägt mir den Atem, als ich begreife, was das heißt: Wenn jedes Zimmer mittels einer Kamera unter Beobachtung steht, dann hat auch jemand dabei zugesehen, wie Ryme ihr Laken vom Bett abgezogen hat. Wie sie ihr Kleid daran festgeknotet hat. Wie sie das Lichtkabel an der Decke nach dem besten Platz abgesucht hat, um das Seil zu befestigen. Wie sie auf einen Stuhl geklettert ist und einen Schritt nach vorn gemacht hat. Man hat ihr dabei zugeschaut, wie sie hilflos gegen das Seil ankämpfte und verzweifelt versuchte, ihren Hals mit den Händen aus der Schlinge zu befreien. Und auch, wie ihr Körper schließlich schlaff wurde.

Sie hätten sie retten können.

Stattdessen haben sie sie sterben lassen.

Ich zwinge mich dazu, ruhig zu wirken, als ich zum Lichtschalter hinübergehe, ihn betätige und so den Raum in Dunkelheit versetze. Wer auch immer mich überwacht, soll nicht sehen, welches Entsetzen ich empfinde. Ich vergrabe meinen Kopf unter der Decke und presse aus alter Gewohnheit meine Tasche an meine Brust. Und die ganze Zeit über frage ich mich, ob die Menschen auf der anderen Seite der Kamera Rymes Tod ebenfalls wieder und wieder erleben werden, wenn sie heute Nacht schlafen gehen. Es mag boshaft von mir sein, aber ich hoffe, dass es so ist, denn genau das geschieht mir, bevor ich endlich einschlafe.

Rymes fleckiges rotes Gesicht und ihre glasigen, blutunterlaufenen Augen verfolgen mich bis in meine Träume. Ihre Stimme macht sich über meine Unzulänglichkeiten lustig. Sie bietet mir ihre Getreidekekse an, und dieses Mal nehme ich einen und esse ihn. Jedes Mal, wenn ich aufwache, zwinge ich mich dazu, ruhig liegen zu bleiben. Nicht aufzuschreien und mich auch nicht hin und her zu werfen. Ich lasse meinen Kopf unter der Decke, falls die Kamera mehr sehen kann, als ich vermute, und ich gebe mir alle Mühe, meinen Geist von den quälenden Gedanken zu befreien, ehe ich wieder einschlafe.

Als die morgendliche Ansage ertönt, bin ich dankbar, dass ich endlich unter meinem Bettzeug hervorkommen kann. Als Erstes gehe ich ins Badezimmer und betrachte mich im Spiegel. Müde sehe ich aus, aber auch nicht mitgenommener als gestern Morgen. Das werte ich als ein gutes Zeichen, schlüpfe in meine üblichen Sachen und bürste mir die Haare, während ich das Badezimmer nach Kameralinsen absuche. Es gibt keine, jedenfalls keine, die ich sehen kann. Für unsere Hygienegewohnheiten scheinen die Prüfer sich nicht zu interessieren. Ich lasse mir meine Haare offen auf die

Schultern fallen und hoffe, dass das von der Erschöpfung in meinen Augen ablenkt; dann schnappe ich mir meine Tasche und mache mich auf den Weg zum Frühstück.

Tomas und die Zwillinge sitzen bereits dort, als ich eintreffe. Auf Tomas' Gesicht breitet sich tiefe Erleichterung aus, und er schließt mich fest in seine Arme, bevor es mir gelingt, mich hinzusetzen. Als ich dann Platz genommen habe, blickt Tomas geraume Zeit auf meinen Teller. In meinem Bemühen, völlig normal zu wirken, habe ich mir Schinkenspeck, Eier, Tomatenscheiben, Früchte und süße Brötchen aufgetan. Sofort schiebe ich mir ein Stück Speck in den Mund, damit niemand auf die Idee kommt, ich könnte Fragen zum gestrigen Tag beantworten. Das geht so lange gut, bis Zandri, Malachi und ihre Zimmerkameraden zu uns stoßen. Als alle sitzen, fragt Tomas: »Ist alles in Ordnung? Wir haben gestern Abend darauf gewartet, dass du zurückkommst.«

Sie warten auf eine Erklärung. Ich gehe Dr. Barnes' Worte in Gedanken noch einmal durch. Hat er mir gesagt, ich solle die Sache für mich behalten? Ich glaube nicht, daher antworte ich äußerlich gefasst: »Ryme ist tot. Sie hat sich gestern Abend umgebracht.«

Die Kandidaten aus Five Lakes sehen in unterschiedlichem Ausmaß ungläubig aus. Die Zwillinge seufzen und werfen einander wissende Blicke zu. Nach einem kurzen Moment sagt Will: »Wir haben uns schon gedacht, dass es um etwas in der Art geht. Unser Lehrer hat uns vor dem Druck gewarnt. Er war ein paar Jahre lang selber Prüfer gewesen und hat erzählt, dass es in jeder Testgruppe immer mindestens zwei oder drei Selbstmorde gab.«

Ryme war einer davon. Ich komme nicht umhin, mich zu fragen, wer wohl als Nächstes an der Reihe sein mag. Ihrem

Schweigen nach zu urteilen haben meine Freunde den gleichen Gedanken.

Wir sprechen noch kurz über die ganze Angelegenheit, dann konzentrieren wir uns aufs Essen. Ich reiche alles, was ich mir zu viel aufgetan habe, an Malachi weiter, der auf jeden Fall schon ordentlich zugelegt hat, seitdem wir vor drei Tagen angekommen sind. Ein überzähliges süßes Brötchen schiebe ich in meine Tasche. Ich weiß nicht, ob wir uns Essen aus dem Speisesaal mitnehmen dürfen, aber dann denke ich mir, wenn es jemanden auf der anderen Seite der Kamera stört, wird man mich schon davon abhalten.

Niemand spricht mich darauf an.

Eine weitere Ansage ertönt. Wir marschieren zu den Fahrstühlen und werden auf schnellstem Weg zurück in den Versammlungsraum geleitet. Wieder steht Dr. Barnes vorn. Als jeder Platz genommen hat, lächelt er und gratuliert uns dazu, dass wir die erste Phase der Auslese hinter uns gebracht haben. »Im Moment werden die Tests gerade von den Prüfern ausgewertet. Da wir um eure einzigartigen Fähigkeiten wissen, gibt es für jede Gruppe eine unterschiedliche Punktevorgabe, die nötig ist, um zu bestehen. Nach dem Mittagessen werden wir uns mit jedem Prüfungskandidaten zusammensetzen und ihm mitteilen, ob er weitergekommen ist oder ob die Tests für ihn zu Ende sind. Bis dahin könnt ihr die Zeit nach eigenen Vorlieben verbringen – entweder in euren Zimmern, im Speisesaal oder im abgetrennten Bereich draußen.«

Draußen. Die Vorfreude auf frische Luft hebt meine Stimmung. Dr. Barnes sagt uns, dass alle Kandidaten, die nach draußen wollen, innerhalb des Zauns bleiben müssen, der das Prüfungszentrum umgibt. Diese Regel zu brechen würde den sofortigen Ausschluss vom weiteren Prüfungsverfahren bedeuten.

Die Kandidaten rutschen auf ihren Stühlen herum und sind drauf und dran, zur Tür zu stürmen, als sich Dr. Barnes' Gesichtsausdruck verändert. Plötzlich liegt da Traurigkeit auf seinen Zügen. Auch wenn ich auf die Worte, die gleich kommen werden, vorbereitet bin, schnürt es mir trotzdem die Kehle zu, und Tränen steigen mir in die Augen. »Zu meinem großen Bedauern muss ich euch mitteilen, dass die Prüfungskandidatin Ryme Reynolds gestern Abend ihrem Leben ein Ende gesetzt hat.«

Einige Prüflinge schnappen nach Luft oder schreien auf, aber ich sehe auch mehr als ein hämisches Grinsen, das bedeutet: *eine weniger*. Ich versuche, mir diese feixenden Gesichter einzuprägen, nur so für alle Fälle.

Dr. Barnes fährt fort: »Wir wissen, dass dies eine schwierige Zeit für euch ist, doch ich hoffe, dass jene von euch, die weiterhin bei uns bleiben, mit mir oder einem der anderen Offiziellen sprechen werden, falls der Druck zu groß wird. Wir sind da, um zu helfen. Bitte genießt die Entspannung an diesem Morgen. Für heute Nachmittag wünsche ich euch viel Glück.«

Je nach den eigenen Vorlieben, was die Gestaltung des Vormittags anbelangt, werden die Kandidaten zu einem der beiden Aufzüge dirigiert. Der linke fährt hinauf in unsere Zimmer im fünften Stock. Wir aus der Five-Lakes-Kolonie schieben uns gemeinsam in den rechten.

Die Sonne scheint, das Gras ist grün und duftet, und es weht ein leichter Wind, als wir nach draußen treten. Zwei in Purpur gekleidete Offizielle haben sich vor der Tür aufgebaut, doch ansonsten haben wir das große eingezäunte Gebiet rings um das Prüfungszentrum ganz für uns allein.

Wir können die Universitätsbauten in der Sonne leuchten sehen, nur einige Schritte vom Zaun entfernt. Die Gebäude und das Wissen, das sie beherbergen, erinnern mich daran, warum ich hier bin.

Nur ungefähr drei Dutzend Kandidaten haben sich dafür entschieden, nach draußen zu gehen. Die meisten setzen sich unmittelbar vor dem Gebäude ins Gras. Wir vier aus Five Lakes aber gehen um das Zentrum herum zur Rückseite des Gebäudes. Dort finden wir mehrere hohe, in voller Blüte stehende Bäume und entdecken neben einem kleinen Teich drei Bänke. Die leichten Wellen des sauberen, klaren Wassers und die warmen Sonnenstrahlen beleben mich. Während die anderen sich auf die Bänke sinken lassen, ziehe ich meine Schuhe und Socken aus, rolle meine Hosenbeine hoch und wate ins Wasser. Dabei bemerke ich ein Metallrohr in der Mitte des Teiches.

Eine Fontäne? Ich wate näher. Ja. Ich bin mir ganz sicher. Langsam schiebe ich mich zur gegenüberliegenden Seite des Teiches und finde dort den Netzanschlusskasten, der kaum sichtbar unter einem Steinhaufen verborgen liegt. Der Schalter in der Box ist auf »An« gestellt. Warum sprudelt dann kein Wasser? Ob dies schon der nächste Test ist?

Ich stelle meine Tasche ab und hole das kleine Jagdmesser heraus, welches ich als einen von zwei persönlichen Gegenständen mitgebracht habe. Nachdem ich den Schraubenzieher ausgeklappt habe, nehme ich den Deckel des Kastens ab und schaue hinein. Keiner der Drähte oder Verbindungen scheint gekappt worden zu sein. Es lassen sich auch keine schwarzen Stellen entdecken, die für eine Überladung oder einen Kurzschluss sprächen. Der Schalter ist ordnungsgemäß mit dem Gerät verbunden. Die Pumpe scheint also das Problem zu sein.

Ich mache mich auf den Weg zurück in die Mitte des

Teiches, beuge mich vor und spähe durch das klare Wasser hinab auf die Pumpe. Sie ist kompakt und sieht unversehrt aus. Ich überlege, ob ich sie herausholen soll, doch dann fällt mir ein, dass ich jemanden kenne, der sich besser für diesen Job eignet. Jemanden, der das gesamte Bewässerungssystem auf dem Hof seiner Eltern installiert hat.

Tomas ist sofort bereit, von seiner Bank aufzustehen und sich die Sache mal anzuschauen. Zandri und Malachi lachen, als wir an der Pumpe herumwerkeln, aber schon nach kurzer Zeit nehmen sie ihr leises Gespräch wieder auf und lassen Tomas und mich machen.

Tomas glaubt, das Problem müsse beim Antriebsrad liegen. Ich hingegen tippe auf den Motor. Wir entschließen uns, die Pumpe aus dem Wasser zu nehmen, um zu sehen, wer von uns beiden recht hat.

Tomas benutzt mein Messer, um die Pumpe von der Bodenplatte abzuschrauben, und wir waten zurück ans Ufer. Einige Minuten später haben wir die Abdeckung gelöst, und ich stoße einen kurzen Triumphschrei aus. Das Antriebsrad ist intakt; es ist der Motor, der einen Wackelkontakt hat. Eine Weile mache ich mich daran zu schaffen und bin mir sicher, dass ich das Problem behoben habe. Tomas befestigt die Abdeckung wieder und verschraubt die Pumpe erneut auf dem Boden des Teiches. Nicht viel später schießt Wasser in die Luft und durchnässt uns beide.

Das Problem ist beseitigt.

Wir liegen im Gras und lassen unsere Kleidung von der Sonne trocknen, während ich das schöne Gefühl genieße, das ich immer verspüre, wenn ich irgendetwas wieder zum Funktionieren gebracht habe. Ich drehe am Armband, das ich ums Handgelenk trage, und stochere mit einem Fingernagel nach dem Verschluss, während wir vier uns über unsere Familien unterhalten und spekulieren, was sich in Five Lakes wohl gerade tut. Zandri hat einen abwesenden Ausdruck in den Augen. Sie vermisst ihr Zuhause. Ich ebenfalls, aber ich frage mich unwillkürlich auch, ob wir vier am nächsten Tag noch immer hier sein werden, um von daheim zu sprechen.

Gerade als ich glaube, den Verschluss meines Armbandes gefunden zu haben, werden wir zum Mittagessen gerufen. Schnell stecke ich die Spitze meines Messers seitlich in das zweite Metallglied, und das Klicken, das ich daraufhin höre, verrät mir, dass ich die richtige Stelle getroffen habe. Ich überlege, ob ich den anderen davon erzählen soll, doch sie sind bereits in Richtung Gebäude vorgegangen. Sorgfältig schließe ich das Armband wieder, während ich zur anderen Seite des Teiches marschiere und den Schalter betätige. Die Fontäne gurgelt noch ein bisschen und versiegt dann. Vielleicht haben sie hier genug Energie zur Verfügung, um so sorglos mit ihr umgehen zu können, aber ich komme nicht gegen das an, was ich mein ganzes Leben lang eingetrichtert bekommen habe: keine unnötige Verschwendung! Tomas wartet auf mich, als ich den anderen hinterhereile. Beim Anblick des warmen Ausdrucks in seinen Augen, mit denen er meine Umsicht gutheißt, schlägt mein Herz schneller.

Während die letzten Mahlzeiten von fröhlichem Geplauder begleitet waren, ist die Stimmung bei diesem Mittagessen gedämpft. Jedem Einzelnen ist die Anspannung anzusehen, während alle auf die Uhr starren, die hinter dem Büfett an der Wand hängt. Niemand weiß genau, wann sie damit anfangen werden, uns die Prüfungsergebnisse mitzuteilen, aber wir wissen, dass es nicht mehr lange dauern kann. Auf jedem Teller bleibt etwas liegen. Ich schiebe einen Apfel in meine

Tasche, während die Zwillinge versuchen, mit Scherzen die Atmosphäre aufzulockern. Alle tun so, als würden sie darüber lachen.

Dann knackt der Lautsprecher. »Bitte begebt euch in eure Schlafquartiere. Wenn euer Name aufgerufen wird, verlasst ihr sofort euren Raum und nehmt alle eure Sachen mit. Ein Offizieller wird euch zu dem entsprechenden Raum begleiten, in dem ihr die Ergebnisse mitgeteilt bekommt. Viel Glück.«

Stühle scharren über den Boden, als sich alle Prüflinge auf den Weg zu ihren Zimmern machen. Wir an unserem Tisch stehen als Letzte auf. Ich lasse den Blick von einem Gesicht zum anderen wandern. Tomas. Malachi. Zandri. Nicolette. Boyd. Will und Gill. Die Chance, dass wir es allesamt in die nächste Runde geschafft haben, ist gering. Wir sagen nichts. Uns gegenseitig Glück zu wünschen würde nichts an den Aufgaben ändern, die wir bereits hinter uns gebracht haben, und an den Ergebnissen, die schon feststehen. Also drücken wir uns die Hände und sagen, dass wir uns später auf jeden Fall wiedersehen werden, obwohl wir doch alle wissen, dass dies vermutlich nicht stimmen wird.

Ich warte allein in meinem Raum, während über den Lautsprecher Namen verlesen werden. Währenddessen versuche ich, nicht an die Schilderung meines Vaters zu denken. Unwillkürlich frage ich mich, warum niemand jemals ein Wort darüber verloren hat, was mit den Kandidaten in den vorangegangenen Jahren geschehen ist, die bei der Auslese nicht erfolgreich waren. Was ist aus ihnen geworden? Was wird aus uns werden?

Namen, die ich nicht kenne, werden aufgerufen. Dann höre ich Malachis Namen, gleich danach den von Tomas. Die Zeit scheint stillzustehen, auch wenn die Uhr etwas anderes sagt. Endlich stockt mir der Atem, als ich meinen Namen höre. Ich trete hinaus auf den Gang. Eine Frau in Rot begleitet mich schweigend zu den Aufzügen. Sie drückt die Nummer zwei, und die Türen schließen sich.

Als sie wieder aufgehen, nickt mir ein Offizieller zu und fordert mich auf, ihm den langen weißen Gang zu zwei Türen aus dunklem Holz zu folgen. Die linke der beiden öffnet er und macht einen Schritt zur Seite. Allein trete ich ein.

Der Raum ist klein und kahl; es stehen lediglich ein glänzender schwarzer Schreibtisch und zwei schwarze Stühle da. Die Wände sind weiß. Die dunkelhaarige Frau hinter dem Pult sagt mir, ich solle mich setzen. Ich komme der Aufforderung nach und wische mir die schweißnassen Hände an der Hose ab. Die Frau schaut mir in die Augen und schweigt einen Moment lang. Mein Herz hämmert in meinem Brustkorb. Ich schlucke schwer und versuche, nicht herumzuzappeln. Endlich lächelt die Frau. »Gratuliere. Du hast die erste Runde der Auslese bestanden.«

Erleichterung breitet sich in mir aus. Ich stoße die Luft aus, obwohl mir gar nicht bewusst gewesen ist, dass ich den Atem angehalten habe. Währenddessen spricht die Offizielle weiter und sagt mir, ich solle mich gut ausruhen, ehe die nächste Testphase beginnt. Dann werde ich zurück zu den Aufzügen gebracht. Die Türen öffnen sich wieder im dritten Stock. Ich betrete den Versammlungsraum, und sofort umschlingen mich kräftige Arme.

Tomas' Stimme flüstert: »Gratulation, Partnerin. Ich wusste, dass du es schaffen kannst.«

Anschließend zieht mich Malachi in eine schüchterne Umarmung. Von denen, die im Speisesaal an unserem Tisch gesessen haben, sind wir drei die Ersten, die zurückkehren.

Boyd kommt als Nächster und sieht hocherfreut aus. Er klatscht Malachi ab und wirft ihn dabei fast um.

Langsam beginnt sich der Raum zu füllen. Auch Nicolette stößt zu uns, und ihr Gesicht ist vor Stolz gerötet. Von unserem Platz weiter hinten im Raum aus beobachten wir die Tür und warten auf die Fehlenden unserer Gruppe. Will spaziert mit einem frechen Grinsen herein. Wir winken ihm zu. Als er auf uns zusteuert, beginnt er zu strahlen. Doch sein Lächeln versiegt, als seine Blicke von Gesicht zu Gesicht wandern. Bis er bei uns ankommt, hat er zwar seine fröhliche Miene wiedergefunden, aber ich spüre, dass etwas nicht stimmt. Ich denke daran, dass ich über den Lautsprecher die Namen der Kandidaten hören konnte, die vor mir aufgerufen wurden, um sich ihre Ergebnisse abzuholen. Will muss gehört haben, wie ein Name verlesen wurde. Der Name einer Person, die nicht zurückgekommen ist. Von unserer Gruppe fehlen nur noch zwei. Angst macht sich in meinem Magen breit.

Fünf Minuten vergehen, ehe die letzten beiden Kandidaten eintreffen, gefolgt von Dr. Barnes. Eine der beiden Neuankömmlinge sieht sich im Raum um, entdeckt uns und beginnt zu lächeln. Zandri eilt zu uns und fällt als Erstes Malachi um den Hals. Die meisten unserer Gruppe gratulieren ihr, aber ich gehe zu Will, der noch immer wartend die Tür im Auge behält. Ganz langsam beginnt er zu begreifen, dass seine andere Hälfte nicht wiederkommen wird.

Dr. Barnes bittet uns, Platz zu nehmen, und beglückwünscht die übrig gebliebenen Kandidaten. Ich muss Will zu seinem Stuhl führen und ihn beinahe zwingen, sich zu setzen. Tomas und ich lassen uns rechts und links von ihm nieder. Er beginnt zu zittern. Aus Wills und Gills Erzählungen weiß ich, dass die beiden noch nie länger als ein paar Stunden voneinander getrennt gewesen sind. Ich habe gehört, wie sie die Sätze des jeweils anderen beenden, und ich frage mich, wie die eine Hälfte ohne die andere überleben soll.

Will umklammert meine Hand wie einen Rettungsanker, während uns mitgeteilt wird, dass die zweite Prüfungsphase morgen nach dem Frühstück beginnen werde: eine Reihe von praktischen Aufgaben, bei denen wir unsere Intelligenz, unsere einzigartigen Fähigkeiten und Problemlösungsstrategien würden unter Beweis stellen können. Dr. Barnes warnt uns: »Wenn ihr einen Prüfungsteil nicht versteht oder euch nicht sicher seid, wie ihr ihn zu Ende bringen sollt, fangt bitte nicht an zu raten. Hebt eure Hand und teilt dem anwesenden Prüfer in dem euch zugewiesenen Raum mit, dass ihr die Aufgabe nicht bewältigen könnt. Ein Problem nicht zu lösen ist besser, als eine unzutreffende Lösung anzubieten. Falsche Antworten werden bestraft.«

Er lässt seine Worte auf uns einwirken und entlässt uns dann mit einem letzten Glückwunsch.

Tomas und ich helfen Will beim Aufstehen und stützen ihn auf dem Weg zum Speisesaal. Unterwegs erklärt uns Will, dass sein Bruder bestimmt absichtlich durchgefallen sei, um nach Hause zu seiner Freundin zurückkehren zu können. Beim Abendessen gibt er weitere lustige Anekdoten zum Besten. Doch immer wieder sehe ich, wie er nach links schielt, als ob er darauf wartet, dass sein Bruder seinen Gedankengang beendet, ehe ihm einfällt, dass der ja gar nicht mehr da ist.

Wir kehren früh in unsere Zimmer zurück, um uns für das auszuschlafen, was auch immer uns am nächsten Morgen erwarten wird. Ich träume von Ryme, die eine selbst geknüpfte Schlinge um den Hals hat und Gill einen ihrer

Kornkekse anbietet. Sie lächelt, als er zugreift und tot auf dem Fußboden zusammensinkt.

Am Morgen schrubbe ich mir das Gesicht in eiskaltem Wasser, um mir den Schlaf aus den Augen zu reiben, dann mache ich mich auf den Weg zum Frühstück. An unserem Tisch bin ich heute die Letzte. Die Stimmung ist gut. Besonders bei Will, der hemmungslos mit Nicolette flirtet. Ihre Wangen und die Spitzen ihrer Ohren glühen, als sie rasch einen Schluck Apfelsaft nimmt. Der Art und Weise nach zu urteilen, wie sie sein Lächeln erwidert, ist seine Aufmerksamkeit durchaus gern gesehen. Ich hoffe, er benutzt sie nicht nur, um mit dem Fehlen seines Bruders klarzukommen. Die Dinge sind schon anstrengend genug.

Die Durchsage ertönt, dann machen wir uns alle auf den Weg zu den Aufzügen und in den Versammlungsraum im dritten Stock. Dr. Barnes lächelt breit durch seinen ergrauten Bart hindurch, während er uns zusieht, wie wir unsere Plätze einnehmen. Er teilt uns mit, dass noch siebenundachtzig Kandidaten übrig seien. Dann erinnert er uns daran, dass heute die zweite Phase der Prüfung eingeläutet wird, und er bittet uns nochmals, immer daran zu denken, dass in diesem Teil falsche Antworten bestraft würden.

Wir werden in Sechsergruppen eingeteilt. Ich bin überrascht, als Malachi und Will mit mir zusammen aufgerufen werden, und wir trotten einem Offiziellen hinterher den Gang hinunter.

Im Prüfungsraum finden wir sechs hüfthohe Arbeitstische in zwei Reihen vor – drei vorn, drei hinten –, und unmittelbar hinter jedem befindet sich ein Hocker. In der linken Ecke jedes Arbeitsplatzes entdecke ich ein schmales Schild mit dem Symbol des jeweiligen Kandidaten. In der Mitte der Tische warten bereits große Holzkisten.

Eine weibliche Offizielle mit silbergrauen Haaren fordert uns auf, den Tisch mit unserem Symbol zu suchen. Mein Arbeitsplatz befindet sich in der Mitte der hinteren Reihe. Malachi sitzt rechts vor mir, Will links neben mir. Er sieht, dass ich zu ihm schaue, und winkt mir zu.

Die Offizielle sagt uns, wir sollten die Hand heben, wenn wir die Aufgabe vor uns gelöst hätten. Dann würde die Kiste abgeräumt werden. Sobald alle Kandidaten mit ihrer laufenden Kiste fertig seien, würde eine neue Testbox ausgeteilt werden. Unsere Aufgabe sei es, so viele Kisten wie möglich in der vorgegebenen Zeit zu bearbeiten. Bei diesem Prüfungsteil würde es keine Mittagspause geben, warnt sie uns. Dann wiederholt sie Dr. Barnes' Anweisungen, dass wir unsere Hand zu heben hätten, sollten wir eine Aufgabe nicht lösen können, und sie betont, dass wir auf keinen Fall raten sollten, falls wir bei irgendwelchen Antworten unsicher seien. Sie sagt, wir sollten herausfinden, wie sich die Kiste öffnen lasse, und dann den Prüfungsanweisungen folgen, die wir im Innern vorfinden würden.

Das klingt nicht allzu schwer, und genau das macht mich nervös. Die Tests sind nicht so angelegt, dass sie einfach sind. Ich taxiere die Box mit meinen Blicken, während ich aus den Augenwinkeln sehen kann, dass einige meiner Mitstreiter an ihren Kisten ziehen und zerren. Meine Mutter hatte ein Kästchen mit einem Geheimfach zu Hause, das mein Großvater für sie gemacht hatte. Um es zu öffnen, musste man verschiedene bewegliche Teile in einer besonderen Reihenfolge zur Seite schieben. Wenn man sich irrte, ging das Fach nicht auf.

Langsam drehe ich die Box auf dem Tisch, sodass ich sie mir nach und nach von allen Seiten anschauen kann. Das Holz ist massiv und glatt und hat ein verschlungenes, eingebranntes Muster, das wirklich hübsch anzusehen ist. Ich bin mir sicher, dass Zandri die Technik, die für das Muster verwendet wurde, kennt, aber ich habe keine Zeit, es lange zu bewundern. Ich will das Ding öffnen.

Ah. Da, in der unteren Ecke sehe ich eine kleine Verdickung in der Verzierung. Nirgends sonst im Holz ist eine solche winzige runde Erhebung zu entdecken. Ein Knopf? Ich drücke meinen Zeigefinger fest auf den kleinen Punkt und spüre, wie etwas nachgibt. Und tatsächlich: Die Seite der Kiste lässt sich jetzt aufschieben und herausnehmen. Ich lege das Teil beiseite und ziehe den Aufgabenzettel heraus.

Prüfe, ob die Pflanzen im Innern der Kiste essbar sind. Trenne jene, die essbar sind, von den giftigen.

Und wieder lese ich die Warnung: *Wenn du dir bei der Antwort nicht sicher bist, dann rate nicht. Lege die unbekannte Pflanze weg.*

Ich lächele. Diese Aufgabe ist wie für mich gemacht.

Es befinden sich acht Pflanzen in der Kiste. Sechs davon erkenne ich sofort. Die weißen Blüten, die wie ein Schirm angeordnet sind, stammen vom Wasserschierling. Mein Vater sagt, sie seien schon tödlich giftig gewesen, bevor die Seen durch die biologische Kriegsführung verseucht wurden. Das dunkelgrüne Blatt mit den roten Adern halte ich ebenfalls für giftig, denn schließlich darf man die Rhabarberblätter, die bei uns wachsen, auch nicht essen. Der Zweig mit den dunkelgrünen, ovalen Blättern, an dem braune, nestähnliche Gebilde hängen, muss von einer Buche stammen. Ich bin auch überzeugt, Sassafraswurzel, Lauch und Nessel zu erkennen, die in unserer Kolonie häufig von den Käfern gefressen werden.

Bei den letzten beiden Exemplaren bin ich mir gar nicht mehr so sicher.

Ich schnuppere an dem ersten: Es ist ein großes grünes Blatt von unregelmäßigem Wuchs, und ich nehme einen schwachen Blütenduft wahr. An dem Stängel kann ich sehen, wo sich noch vor Kurzem eine Blüte befunden haben muss. Das Blatt ist weich und erinnert mich an eine Blume, die mir mein Vater vor ein paar Jahren gezeigt hat. Es war keine seiner eigenen Züchtungen, denn jenes Gewächs war giftig gewesen, und Dad arbeitete nur an Dingen, die das Leben erhielten. Trotzdem war er der Ansicht, diese Blüte habe einen gewissen Wert, und zwar wegen ihrer duftenden Schönheit. Ob dies die gleiche Pflanze ist? Falls nicht, dann müssen sie miteinander verwandt sein, denke ich. Ich lege sie auf den Stapel mit den giftigen Exemplaren und wende mich der letzten Pflanze zu: einer dunklen, pelzigen Wurzel mit weißen, blütenartigen Blättern oben an der Spitze. Mit dem Fingernagel kratze ich die Außenseite der Wurzel ab und schnuppere daran. Es riecht süßlich. Nicht wie Rote Bete oder Karotten, sondern ganz anders. Aber irgendetwas daran kommt mir bekannt vor. Ich kann Dads Stimme hören, wie er mir von den vielen Wurzeln erzählt, die glücklicherweise in südlicheren Kolonien gedeihen. Eine davon wird Chicorée genannt. Zeen wollte unbedingt eine Probe davon haben, um sie zu untersuchen, denn er erhoffte sich davon Anregungen für seine eigene neue Kartoffelsorte. Diese Wurzel muss Chicorée oder irgendetwas Vergleichbares sein. Ich bin mir sicher genug, um das Grünzeug auf den essbaren Haufen zu legen und meine Hand zu heben.

Die anderen Kandidaten beobachten mich, als die Offizielle meine Arbeit überprüft. Sie fragt mich, ob ich mir bei meinen Antworten auch vollkommen sicher sei. Ich wische mir die Handflächen an den Hosenbeinen ab und schaue nochmals die Pflanzen durch. Ja. Ich bin mir so sicher, wie ich nur sein kann. Sie lächelt und kritzelt etwas in ihr Notizbuch. Dann nimmt sie die nicht essbaren Pflanzen mit und sagt mir, ich solle mich hinsetzen und abwarten, bis auch die anderen Prüflinge mit ihrer Aufgabe fertig seien.

Zehn Minuten später sind die Arbeiten von allen überprüft. Die Offizielle hat all jene Pflanzen weggeschafft, die als ungenießbar klassifiziert worden sind, und hat sie sich in ihrem Buch notiert. Als sie wieder vorn angekommen ist, fragt sie uns ein letztes Mal, ob wir unsere Auswahl noch einmal überdenken wollen. Sie ruft uns einzeln auf und wartet ab, ob wir mit »Ja« oder mit »Nein« antworten. Keiner von uns nimmt ihr Angebot zur Nachbesserung an.

»Nun«, sagt sie fröhlich, »dann sollte keiner von euch ein Problem damit haben, eine Kostprobe von jeder Pflanze zu nehmen, die ihr als essbar eingestuft habt.«

Totenstille breitet sich im Raum aus. Da begreife ich schließlich.

Ja, jetzt ist es endlich klar. Eine falsche Antwort wird bestraft werden. Mit Schwindelgefühlen. Erbrechen. Halluzinationen. Vielleicht sogar mit dem Tod.

Ich lasse den Blick über die Tische im Raum wandern und sehe, dass jeder Prüfungskandidat ein anderes Sammelsurium von Pflanzen hat. Es gibt keine Möglichkeit, unsere Wahl abzugleichen. Habe ich einen Fehler gemacht? Der Junge vor mir scheint sich sicher zu sein, dass er richtigliegt. Neben mir kostet Will seine vier ausgewählten Pflanzen. Ich hole tief Luft und esse die Buchecker. Dann beiße ich ein kleines Stück von der zuckrigen Wurzel ab, von der ich hoffe, dass es sich dabei um Chicorée handelt, und probiere schließlich auch die drei übrigen Pflanzen. Keines der Gewächse, die ich für giftig gehalten habe, würde seine Wirkung schnell entfalten. Wir werden abwarten müssen, um herauszufinden, ob sich irgendjemand von uns geirrt hat.

Es bleibt keine Zeit, sich darüber Sorgen zu machen, was gleich in meinem Körper geschehen könnte, denn schon tragen die Prüfer die nächsten Kisten herein.

Die Box, die nun vor mir steht, hat ein kompliziertes Schiebesystem, das man richtig bedienen muss, um den Deckel abzunehmen und alle vier Seitenwände zu entfernen. Im Innern finde ich einen großen Impuls-Transmitter und einige kleine, handliche Werkzeuge vor. Die Anweisung lautet, ich solle den Transmitter wieder funktionstüchtig machen.

Man hat uns erzählt, dass die Welt vor den *Sieben Stadien* des Krieges in der Lage gewesen sei, mithilfe von Geräten zu kommunizieren, welche Signale an Satelliten im All abgaben. Ich weiß nicht, was aus diesen Satelliten geworden ist. Vielleicht kreisen sie noch immer hoch über unseren Köpfen, vielleicht sind sie auch auf die Erde niedergestürzt und eingeschlagen, ohne dass es jemand mitbekommen hat. Durch die Erdbeben, die den Boden aufgerissen haben, wurden alle Kabel in der Erde, die für Kommunikationszwecke genutzt wurden, zerstört. Nach dem Krieg haben sich die Wissenschaftler entschieden, die nun weitaus höhere Konzentration der elektromagnetischen Strahlung dafür zu verwenden, neue Kommunikationswege zu erschließen. So entstanden Impuls-Transmitter, die mehr übermitteln können als nur Stimmen. Mit dem richtigen Empfangsgerät auf der anderen Seite können nicht nur Klänge, sondern auch Bilder transportiert werden. Diese Transmitter zeichnen größere Kommunikationsabschnitte auf und wandeln sie in ein Signal um, das dann an die Empfänger gesendet wird. Mein Vater besitzt einen Impuls-Transmitter, um Kontakt mit anderen Kolonien und Tosu-Stadt zu halten, weshalb ich ein derartiges Gerät schon vor dem heutigen Tag zu sehen bekommen habe. Mein Vater hatte mich sogar hineinschauen lassen. Das wiederum bedeutet, dass es ganz leicht für mich ist, die Drähte zu finden, die falsch verbunden worden sind, den solarbetriebenen Motor wieder in Gang zu setzen und den Sendemechanismus ein bisschen besser einzustellen. Zwischen den einzelnen Arbeitsschritten halte ich immer wieder kurz inne, um in mich hineinzuhorchen und zu prüfen, ob die Pflanzen, die ich gegessen habe, schon Übelkeit hervorrufen.

Beim kleinsten Anzeichen von Unwohlsein, so habe ich mir vorgenommen, werde ich alle Pflanzen aus meinem Magen hochwürgen. Das hätte dann zwar keine Auswirkungen mehr auf das Gift, das bis dahin bereits in meinen Blutkreislauf gelangt wäre, aber ich würde es trotzdem versuchen müssen.

Während ich arbeite, bemerke ich einige Drähte, die definitiv nichts in einem Impuls-Transmitter verloren haben, und auch ein paar kleine Kästchen mit Metallscharnieren, die mir völlig unbekannt vorkommen. Wäre ich jetzt zu Hause, dann würde ich daran herumwerkeln, um zu sehen, was sich im Innern verbirgt. Aber ich bin nicht zu Hause. Ich werde nur die Handgriffe tun, bei denen ich mir ganz sicher bin.

Ich schraube den Deckel wieder aufs Gehäuse und will gerade meine Hand heben, als ich bemerke, dass Malachi zu schwanken beginnt. Ist er erschöpft, oder ist das die Auswirkung einer der Pflanzen, von denen er gekostet hat? Ich gehe in Gedanken die Gewächse durch, die ich zugeteilt bekommen habe, und versuche mich daran zu erinnern, ob irgendeines davon eine solche Reaktion hervorrufen würde. Schweiß läuft Malachi übers Gesicht. Seine Hände beginnen zu zittern, als er an dem Teil des Transmitters zu arbeiten beginnt, den ich ignoriert habe – dem Teil, in dem sich auch ein unbekanntes, kleines Metallkästchen befindet. Ich weiß, dass wir den anderen Kandidaten nicht helfen sollen, aber Malachis Schultern zucken, und ich befürchte, dass ihn die Pflanzen, die er geschluckt hat, daran hindern, rational zu denken. Ich öffne den Mund, um ihm etwas zuzurufen – ich will ihm sagen, dass er das Metallkästchen nicht anrühren solle.

Aber das hat er bereits getan. Er hält es sich dicht vors Gesicht… Im nächsten Moment bohrt sich ein Nagel in sein Auge, und er fällt wie ein Stein zu Boden.

Kapitel 8

Einmal, als ich noch ein Kind war, habe ich mir in den Finger geschnitten. Die Wunde ging bis auf den Knochen. Meine Mutter hat mir später erzählt, ich hätte weder geschrien noch geweint. Ich wäre einfach stocksteif stehen geblieben, als würde diese Reglosigkeit das Blut am Fließen hindern. Die Blutlache, die sich jetzt neben Malachis Kopf auf dem weißen Fußboden ausbreitet, hat den gleichen Effekt. Ein Schrei des Entsetzens steigt in meiner Brust auf und will sich seinen Weg durch meine zugeschnürte Kehle bahnen, aber ich gebe keinen Laut von mir. Die Rufe von jemand anders, vielleicht von Will, wecken mich aus meiner Starre, und ich bin mit einem Satz von meinem Arbeitstisch an der Seite von Malachi, der zuckend auf dem Boden liegt. Zwei purpurgewandete Arme packen mich und reißen mich zurück. In dem verzweifelten Versuch, mich zu befreien, höre ich kaum, was die hauptverantwortliche Prüferin zu mir sagt. Sie fragt mich, ob ich mit meiner Aufgabe fertig sei. Wenn nicht, müsse ich an meine Station zurückkehren – es bestünde sonst die Möglichkeit, dass ich mir einen Vorteil verschaffen könnte, indem ich heimlich die Arbeit der anderen Kandidaten in Augenschein nähme.

Ich will sie anschreien, dass der Test keine Rolle mehr spielt. Nicht solange Malachis Leben tropfenweise auf den Fliesenboden rinnt. Aber ich würge ein »Ja« hervor und werde losgelassen. Die Prüfer kümmern sich nicht um Malachi. Ich bin es, die seine Hand nimmt und festhält. Aus der

Körperhaltung der anderen Offiziellen schließe ich, dass sie keinerlei Hilfe anbieten werden. Dies ist die Strafe für eine falsche Lösung der Aufgabe. Für sie verdient Malachi das, was als Nächstes geschehen wird.

Das Zucken wird schlimmer. Malachi hat sein unverletztes Auge geöffnet, aber ich bin mir nicht sicher, ob er etwas sehen kann oder ob die Pflanzen, die er in seinem Magen hat, eine Art Koma hervorgerufen haben, während sie in seinem Körper wüten. Für alle Fälle rücke ich auf dem kalten Fliesenboden näher in sein Blickfeld. Falls Malachi etwas sieht, dann wird er in mir jemanden von zu Hause erkennen. Er wird das Mädchen erblicken, das einst mit ihm im Gras saß und Lieder sang und das ihn um Hilfe bat, wenn es mit den Hausaufgaben nicht zurechtkam. Das Mädchen, das seine Freundin war und das sich jetzt nicht vorstellen kann, was werden soll, wenn er fort ist.

Nur dass ich mir das gar nicht mehr vorzustellen brauche. Das Zucken ist vorbei. Seine Muskeln werden schlaff, als seine Brust aufhört, sich zu heben und zu senken.

Malachi ist tot.

Weine ich? Vermutlich. Als die Offiziellen mir sagen, ich solle an meinen Arbeitstisch zurückkehren, wische ich mir übers Gesicht und merke, dass meine Wangen nass sind. Keine Ahnung, wie lange sie mich neben Malachis reglosem Körper haben sitzen lassen. Eine ganze Weile jedenfalls. Lange genug, damit zwei der anderen Kandidaten ihre Arbeit beenden können. Vielleicht hören die übrigen Prüflinge aber auch lieber vorzeitig auf, anstatt irgendein Risiko einzugehen – nun, wo sie gesehen haben, was Malachi zugestoßen ist.

Ein letztes Mal drücke ich Malachis Hand, streiche ihm eine dunkle Haarlocke aus der Stirn und küsse ihn auf die Wange. Der Raum schwankt und dreht sich um mich herum, als ich aufstehe. Ich brauche noch einen Augenblick, bis ich es schaffe, mit steifen Beinen zu meinem Pult zurückzukehren. Vorsichtig nehme ich auf meinem Hocker Platz und warte darauf, dass die Offiziellen Malachis toten Körper hinaustragen, aber das tun sie nicht. Noch nicht. Nicht bevor alle diesen Teil des Tests beendet haben.

Ich warte darauf, dass die anderen Kandidaten protestieren und sagen, dass das nicht in Ordnung sei. Aber ich weiß längst, dass sie das nicht tun werden. Und zwar aus dem gleichen Grund, der auch mich zum Schweigen bringt. Der Grund ist Malachis stiller, allzu stiller Körper.

Wir alle wollen leben.

Einige Minuten später hebt Will seine Hand, um anzuzeigen, dass er fertig sei. Dann schließt er die Augen, um nicht die leere Hülle des Jungen sehen zu müssen, mit dem er seine Mahlzeiten geteilt hat. Das Mädchen neben mir beendet seine Arbeit ebenfalls. Die Prüferin schaut sich die Ergebnisse an. Als sie fertig ist, gibt sie den anderen Offiziellen einen Wink, damit sie Malachi wegschaffen. Meine Kameraden bei diesem Test starren auf ihre Tische oder zur Decke hinauf.

Ich nicht.

Malachi verdient es, dass es jemand wichtig findet, ganz bewusst Abschied von ihm zu nehmen. Ich zwinge mich dazu, die ganze Zeit lang hinzuschauen. Ich sehe zu, wie sie ihn aufheben und an Armen und Beinen quer durch den Raum und zur Tür hinaustragen.

Nun ist er fort.

Uns bleibt keine Zeit zum Trauern. Schon werden die nächsten Kisten gebracht und vor uns auf den Tischen abgestellt. Dann bekommen wir das Startsignal. Meine Hände zittern, denn ich rieche die Blutflecke auf dem Boden. Ich zwinge mich dazu, tief ein- und auszuatmen und weiterzumachen, auch wenn ich nichts lieber will, als schreiend aus dem Raum zu rennen – das Gebäude zu verlassen – nach Hause zurückzukehren.

Da ich aber weiß, dass das im Moment nicht möglich ist, trockne ich meine Hände an den Hosenbeinen ab, schlucke meine Tränen hinunter und untersuche die vor mir stehende Box. Ich brauche mehrere Versuche, um herauszufinden, wie man sie öffnet. Im Innern befinden sich Bodenproben und verschiedene verschlossene Bechergläser mit Lösungen. Wir sollen jene Proben bestimmen, die kontaminiert sind.

Ich benutze nur solche Chemikalien, die ich bereits am Geruch und an der Farbe identifizieren kann. Von den zehn Proben bin ich mir bei vieren sicher, dass sie verstrahlt sind, bei dreien, dass sie nicht verseucht sind, und bei dreien bin ich mir unschlüssig und wage nicht zu raten. Wenn dies der erste Prüfungsteil gewesen wäre, wenn er vor der Pflanzenaufgabe stattgefunden und ich Malachis zuckenden, blutenden Körper noch nicht gesehen hätte, dann wäre ich vermutlich arrogant genug gewesen, Selbstvertrauen zu heucheln. Jetzt geht das nicht mehr. Malachi hat einen Fehler gemacht, der ihn das Leben gekostet hat. Es wäre sinnlos, wenn er einen solchen Preis bezahlt hätte, ohne dass ich daraus meine Lehren ziehen würde.

Nacheinander bekommen wir noch vier weitere Kisten vorgesetzt. In einer befindet sich eine Tastatur, mit der wir unsere Lösungen für komplexe mathematische Gleichungen eintippen müssen. Ich beantworte nur die Hälfte davon und bin froh, dass ich mich bei der letzten Aufgabe nicht aufs Raten verlegt habe, denn der Junge vor mir beginnt zu zittern. Elektroschock. Die Bestrafung ist keineswegs so hart wie die von Malachi,. aber der Bursche kann sich kaum noch auf seinem Hocker halten, um die Arbeit an den nächsten drei Kisten durchzustehen.

Ich identifiziere drei Viertel der Gegenstände auf Objektträgern, die wir uns unter einem Gerät anschauen sollen, das wie eine Art Mikroskop aussieht. Glücklicherweise muss keiner erfahren, wie Fehler bei dieser Aufgabe geahndet werden. Dann gibt es da noch einen Konverter für Solarenergie, den ich mühelos zusammenbaue, während das Mädchen neben mir eine Fingerkuppe dabei einbüßt. Wir bekommen sechs Wasserproben vorgesetzt und müssen diese mithilfe der bereitgestellten Chemikalien säubern. Dieser Klärungsprozess dauert allein zwei Stunden, und wir werden aufgefordert, die Proben, die wir für unbedenklich gehalten haben, zu trinken. Ich probiere zwei. Der Junge mit dem Stromstoß und das Mädchen neben mir lassen alle stehen.

Die zweite Runde der Auslese ist vorüber.

Wir dürfen endlich den Raum verlassen.

Will kann kaum noch laufen. Ich weiß nicht, ob es am Stress liegt, am Wasser, das er getrunken hat, oder an einer Giftpflanze mit verzögerter Wirkung, die er möglicherweise zu sich genommen hat. Seine Beine zittern, als er kleine stockende Schritte macht. Ich lege ihm einen Arm um die Taille und stütze ihn auf dem Weg aus dem Prüfungsraum hinaus. In der Tür bleibe ich stehen und werfe einen letzten Blick zurück zu der Stelle, an der Malachi sterbend zu Boden gestürzt und an der sein Blut auf den Fliesen getrocknet ist. Eine Träne rollt mir über die Wange. Im Stillen sage ich Malachi Lebewohl. Dann versuche ich, meinen Atem zu beruhigen, und führe Will weg. Und die ganze Zeit über frage ich mich, wer an unserem Tisch noch alles fehlen wird.

Es ist Boyd.

Die aschfahle Nicolette berichtet uns, dass er während der dritten Prüfung plötzlich zusammengebrochen und weggebracht worden sei, um behandelt zu werden. Er sei nicht zurückgekehrt. Alle Blicke wenden sich mir und Will zu, der inzwischen zwar auf einen Stuhl gesunken ist, aber ohne Hilfe nicht aufrecht sitzen kann. Tränen steigen mir in die Augen, und Tomas nimmt meine Hand und hält sie fest. Ich bin ihm dankbar für seine wortlose Unterstützung. Und dafür, dass er überlebt hat. Ich erzähle so rasch wie möglich, was in unserem Prüfungsraum geschehen ist, denn ich sage mir, dass es wie bei einem Pflaster ist. Je rascher man es abreißt, desto weniger Schmerz verspürt man. Aber diesmal liege ich falsch. Schnell oder langsam spielt keine Rolle. Über Malachis Tod zu sprechen, das ist, als ob mir jemand ein Messer ins Herz sticht. Als ich sehe, wie Tomas die Zähne zusammenbeißt und Zandris Augen sich mit Tränen füllen, kommt es mir vor, als würde das Messer auch noch herumgedreht, bis ich das Gefühl habe, nicht mehr atmen zu können.

Die letzten Prüflinge kommen in den Speisesaal gewankt, und eine Durchsage ertönt. »Alle Kandidaten, die meinen, medizinische Versorgung zu benötigen, melden sich bitte bei den Aufzügen.«

An jedem Tisch steht mindestens ein Prüfling auf und geht hinaus auf den Gang. Nicolette rät Will, sich ebenfalls Hilfe zu holen. Er stemmt sich mühsam von seinem Stuhl hoch, doch ich drücke ihn wieder runter und sage ihm, er solle es lassen. Ich mustere prüfend sein Gesicht. Seine

Pupillen sind geweitet, aber er bekommt wieder leichter Luft. Zwar ist seine Haut noch immer kalt und feucht, aber langsam kehrt Farbe in seine Wangen zurück. Mein Bauchgefühl sagt mir: Was auch immer diese Reaktion hervorgerufen hat, wird nach und nach abgebaut werden. Glaube ich, dass die richtige Medizin ihm dabei helfen würde, schneller wieder auf den Damm zu kommen? Daran besteht gar kein Zweifel. Aber ich erinnere mich auch an Dr. Barnes' Worte draußen auf dem Gang, als man Ryme von der Decke schnitt. Dass die Tests zeigen würden, wie viel Druck ein Kandidat aushalten könne. Dass es darum ginge, jene herauszufiltern, die mit Belastungssituationen umgehen und auch in Ausnahmesituationen als Anführer auftreten können. Ich bezweifle, dass jene, die sich medizinisch versorgen lassen, für ausreichend starke Führungspersönlichkeiten gehalten und danach wieder zu uns zurückgeschickt werden.

Nicolette fleht mich geradezu an, aber ich lasse Will nicht gehen. Ich kann es nicht.

Das Abendbrot wird aufgetragen. Ich bitte Tomas, Will etwas zu essen und zu trinken zu holen. Das wird ihm sicher guttun. Ich hoffe, dass ich richtigliege.

Nachdem Will zwei Gläser Saft und einige Bissen Brot und Obst zu sich genommen hat, fühlt er sich besser. Da er inzwischen sitzen kann, ohne dass man ihn stützen muss, gehe ich nun selbst los, um mir meine Mahlzeit zusammenzustellen. Allerdings bemerke ich hinterher, dass ich mir mehr aufgetan habe, als ich wahrscheinlich schaffen werde, denn ich spüre keinen Hunger. Ich esse ein wenig Gemüse und einige Happen Hühnchen. Trinke etwas Saft. Die beiden Äpfel, die Orange, die Tüten mit Rosinen und die Brötchen wandern Stück für Stück in meine Tasche. Ich warte, bis meine Freunde satt sind, und verstaue ebenfalls alles bei mir, was sie übrig gelassen haben. Warum? Ich weiß es nicht. Ich bin an einem Punkt angelangt, an dem ich gar nichts mehr weiß. Nur, dass es besser ist, auf alles vorbereitet zu sein, als ohne Vorsichtsmaßnahmen in die nächste Prüfung zu stolpern.

Ich merke, dass die meisten Kandidaten im Speisesaal bleiben, bis man uns auffordert zu gehen. Die gestrige Feier ist nichts als eine ferne Erinnerung.

Heute sind wir nur froh, dass wir immer noch am Leben sind.

Wir kehren in unsere Quartiere zurück. Ich schlafe mit brennendem Licht ein in der Hoffnung, dass Malachi und Boyd sich in meinen Träumen nicht zu Ryme und Gill gesellen. Aber Malachi kommt. Sie kommen alle. Nur dieses Mal gilt die schreckliche Angst in ihren Augen mir. Sie warnen mich, ich solle vorsichtig sein. Ryme schärft mir ein, niemandem zu trauen. Malachi singt mir ein Lied von zu Hause vor.

Die nächtliche Angst findet ihren Höhepunkt bei der morgendlichen Durchsage. Als es Zeit wird, sich zum Frühstück einzufinden, rede ich mir ein, dass ich für den Tag gewappnet bin, ganz gleich was er bringen mag.

Will wirft mir ein Lächeln zu, als ich an unserem Tisch Platz nehme. Seine Augen sind traurig, aber er sieht nicht mehr krank aus. Welche seltsame Pflanze auch immer er verspeist hat, sie hat seinen Körper wieder verlassen. Er flüstert mir einen leisen Dank zu und erzählt, dass sich Tomas' Zimmerkamerad hat behandeln lassen. Er ist noch immer nicht wieder da.

Ich zwinge mich zu essen, und dieses Mal sehe ich, dass auch jemand anders Lebensmittel in seine Tasche steckt. Tomas sieht, was ich bemerkt habe, und nickt mir bestätigend zu, als der Lautsprecher zu knacken beginnt.

»Gratulation an alle Kandidaten, die die Teamphase der Auslese erreicht haben. Für diesen Prüfungsteil werdet ihr in Fünfergruppen eingeteilt. Aufgrund der Zahl der verbleibenden Kandidaten wird es eine Gruppe geben, die aus nur vier Mitgliedern besteht. Wenn ihr euren Namen hört, geht ihr bitte auf den Gang hinaus und schließt euch dort eurer Testgruppe an. Viel Glück euch allen.«

Wir sitzen zu fünft an unserem Tisch. Mir bleibt nicht einmal Zeit für die verrückte Hoffnung, dass wir alle in einer Gruppe landen könnten, denn schon wird Tomas zusammen mit vier anderen aufgerufen, deren Namen ich nicht kenne. Tomas streichelt mir kurz über den Arm, als er sich seine Tasche über die Schulter streift und aufbricht. Einige Minuten vergehen, ehe das nächste Team verkündet wird. Will und Zandri versprechen mir, dass wir uns später wiedersehen werden, und verschwinden durch die Tür.

Nicolette und ich starren einander an, während Gruppe für Gruppe den Saal verlässt. Schließlich wird Nicolettes Name zusammen mit vier anderen verlesen. Sie und ich werden auch die nächste Prüfung nicht gemeinsam durchstehen. Ein plötzlicher Schreck durchfährt mich und lässt das Frühstück in meinem Magen verklumpen, als ich den Blick durch den Raum wandern lasse und sehe, dass der Junge mit dem struppigen Haar, der Malachi an unserem ersten Tag zum Stolpern gebracht hat, noch am Tisch sitzt. Sowohl er als auch ein großer, muskulöser blonder Junge und ein rothaariges Mädchen, an das ich mich vom schriftlichen Teil der Prüfungen her erinnere, werden bei dieser Testphase in meiner Gruppe sein. Wir bilden das einzige Team, das nur aus vier Kandidaten besteht.

»Warten wir darauf, dass wir aufgerufen werden, oder ersparen wir ihnen die Arbeit?«, fragt die Rothaarige.

Ich lächele sie an und stehe auf: »Wenn wir jetzt noch

nicht wissen, wer in unserer Gruppe ist, gehören wir ganz bestimmt nicht hierher, oder?«

Die beiden Jungen bleiben sitzen, aber die Rothaarige steht auf. Gemeinsam gehen wir auf den Flur hinaus, wo sie mir ihre Hand entgegenstreckt. Auf ihrem Armband sehe ich einen Halbkreis, der vom achtzackigen Stern-Symbol umschlossen ist, das wir beide gemeinsam haben.

»Annalise Walker. Grand-Forks-Kolonie.«

»Cia Vale. Five Lakes.«

Sie grinst mich breit an. »Ich weiß. Alle, die aus meiner Kolonie hier sind, haben sich bislang für kein anderes Gesprächsthema als die Kandidaten aus Five Lakes interessiert.«

Ich zucke innerlich zusammen. »Was haben sie denn gesagt?«

»Die meisten waren der Meinung, ihr wärt keine ernst zu nehmende Konkurrenz. Sie setzen kleine Kolonien mit geistiger Beschränktheit gleich.«

Das selbstzufriedene Lächeln auf ihrem Gesicht lässt mich fragen: »Und was denkst du?«

»Einer der Jungen aus meiner Kolonie trägt das gleiche Symbol wie du: den achtzackigen Stern. Er war immer der Einzige in meiner Klasse, der in Prüfungen besser als ich abschnitt. Ich habe wochenlang gebüffelt, um ihn wenigstens einmal zu schlagen, aber es ist mir nie gelungen.« Sie zuckt mit den Achseln, als ob sie mir sagen will, dass es ihr nicht das Geringste ausmacht, nur die Zweitbeste gewesen zu sein, aber das Glitzern in ihren Augen erzählt eine ganz andere Geschichte. Lächelnd fügt sie hinzu: »Wenn es sogar zwei von euch aus Five Lakes in die gleiche Testgruppe geschafft haben wie wir beide aus Grand Forks, dann würde ich mal sagen, dass es ziemlich dumm von den anderen Kandidaten ist, euch zu unterschätzen.«

Aus dem Lautsprecher tönt es: »Malencia Vale, Brick Barron, Roman Fry und Annalise Walker – findet euch auf dem Gang ein.«

Brick. Roman. Ich überlege, welcher Name zu welchem Jungen gehört, als sie auf uns zukommen. Ehe ich nachfragen kann, drängt uns ein Offizieller in Rot in Richtung Aufzüge und drückt den Knopf für den vierten Stock.

Wir werden in einen weißen Raum geführt, in dem ein Tisch steht, der von vier Stühlen umringt ist. An der linken Seite des Zimmers sehe ich eine große Holztür, über der ein grünes Lämpchen leuchtet. Auf dem Tisch in der Mitte liegen vier Bleistifte und vier Hefte mit unseren Symbolen. Der Knoten in meinem Magen löst sich ein wenig, als ich das Papier sehe. Zwar habe ich keine Ahnung, was auf diesen Seiten abgefragt werden wird, aber eines weiß ich mit Sicherheit: Ein schriftlicher Test stellt keine unmittelbare Bedrohung dar. Keiner meiner Freunde wird bei der heutigen Prüfung sterben.

Als wir uns hingesetzt haben, beginnt die Offizielle zu erklären: »Der heutige Test soll eure Fähigkeit prüfen, in einem Team zu arbeiten. Auf dem Tisch vor euch findet ihr Hefte mit fünf Probeaufgaben. Die Lösung jedes Problems erfordert eine besondere Fähigkeit. Als Gruppe müsst ihr entscheiden, welches Teammitglied über Fertigkeiten verfügt, die am besten geeignet sind, ein ähnliches Problem in einem der fünf gesonderten Prüfungsräume zu bewältigen. Sobald ihr entschieden habt, wer am ehesten für welche Aufgabe geeignet ist, wird diejenige Person, die ihr dazu bestimmt habt, als Erste ein Problem zu lösen, durch diese Tür da gehen.« Sie zeigt auf die Tür unter dem grünen Licht. »Sobald ihr diesen Raum verlassen habt, wird das Licht darüber rot werden. Ihr müsst dann dem Gang bis zum Ende folgen. Dort werdet ihr fünf Türen vorfinden, auf denen jeweils eine Zahl zu lesen ist. Diese Zahlen korrespondieren mit den Nummern der Beispielaufgaben in eurem Heft. Es gibt auch eine Tür mit der Aufschrift AUSGANG, wenn ihr euren Beitrag für diese Prüfung beendet habt. Öffnet die Tür mit der Nummer der Aufgabe, die euer Team für euch ausgewählt hat. Im Raum dahinter löst ihr das Problem, so gut ihr es könnt. Wenn ihr euren Teil des Tests erledigt habt, zeigt ihr, dass ihr fertig seid, indem ihr durch die Ausgangstür geht. Das Licht über dieser Tür hier wird dann wieder grün werden. Dies ist das Signal, dass es für den nächsten Kandidaten Zeit wird. Jedes Gruppenmitglied wird Punkte für alle korrekten Antworten während der Prüfung erhalten, nicht nur für seinen jeweils eigenen Teilbereich.«

Die Vorstellung, aufgrund der Leistungen anderer benotet zu werden, gefällt mir ganz und gar nicht, aber Annalises zuversichtliches Lächeln nimmt mir einen Teil meiner Bedenken.

Die Prüferin ist noch nicht fertig. »Weil ihr in dieser Gruppe nur vier Prüflinge seid, wird ein Mitglied für die Lösung von mindestens zwei Aufgaben verantwortlich sein. Sobald ein Prüfungsteil fertig ist, darf die Tür mit dieser Nummer kein zweites Mal geöffnet werden. Jeder Versuch, sich einer bereits bearbeiteten Aufgabe zuzuwenden, wird mit einer Strafe für den Prüfling geahndet werden, der diesen zweiten Lösungsversuch unternimmt. Ihr habt eine Stunde Zeit, um eure Strategie abzusprechen.« Die Offizielle drückt einen Knopf, und das grüne Licht wird von einem roten abgelöst.

»Wenn das grüne Licht angeht, könnt ihr mit dem Test beginnen. Es gibt für diesen Prüfungsteil kein Zeitlimit. Lasst euch also so viel Zeit, wie ihr benötigt, um die Stärken und Schwächen eurer Teamkollegen auszuloten. Viel Glück.«

Die Offizielle verlässt den Raum, und wir hören das einrastende Schloss. Der einzige Weg aus diesem Zimmer führt durch die Türen der Prüfungsräume.

Einen Moment lang schauen wir vier uns an. Ich greife als Erste nach dem Heft mit meinem Symbol. Der große, muskelbepackte blonde Junge nimmt sich sein Exemplar, auf dem ich einen Anker zu erkennen glaube, der von einem Herz eingerahmt ist. Das X mit einem Kreis darum gehört zu dem Strubbelkopf.

Irgendetwas an dieser Prüfung macht mich stutzig. Vielleicht sind es die unkomplizierten Anweisungen, oder es ist der Gedanke, dass ein anderer Punkte für meine Leistungen bekommen wird und umgekehrt. Was immer es sein mag: Bei diesem Test muss es um mehr gehen, als man auf den ersten Blick vermuten würde. Ich spüre es förmlich, kann aber nicht lange darüber nachdenken, denn Annalise ergreift die Initiative. »Wie wäre es, wenn wir die Musteraufgaben nacheinander durchgehen? Wenn jeder mit seiner Aufgabe fertig ist, vergleichen wir unsere Notizen. Das sollte uns dabei helfen herauszufinden, wer dann welchen Prüfungsteil übernehmen soll. In Ordnung?«

Da keiner von uns eine bessere Idee hat, greifen wir ihren Vorschlag auf und machen uns an die Arbeit. Die erste Aufgabe stammt aus dem Bereich Mathematik: eine eindimensionale Wärmeleitungsgleichung, um den Hitzefluss in einem Stück Draht zu berechnen, das mit Ausnahme beider Enden vollständig isoliert ist. Solche Gleichungen habe ich schon oft gelöst, und ich lächele, als ich mich an die Arbeit mache.

Ich bin überrascht, als der zerzauste Junge, der sich als Roman herausstellt, noch vor mir fertig ist und das gleiche

Ergebnis hat wie ich. Auch Annalises Antwort stimmt mit unseren überein. Bricks allerdings nicht.

Aufgabe für Aufgabe gehen wir unsere Hefte durch. Da gibt es eine Geschichtsfrage, bei der es um Daten, Namen und Einwohnerzahlen in den Kolonien des Vereinigten Commonwealth geht. Im Biologieteil wird nach der DNA eines Bergmarders gefragt, der einem Wolf ähnelt, in Wahrheit aber eine Mutation der Nebelung-Katze ist. Während ich die Frage über Solarkraft beantworte, schaltet das Licht von Rot auf Grün um. Wir können jederzeit mit der Prüfung beginnen. Vielleicht lenkt mich das Leuchten zu sehr von der Beantwortung der letzten Frage ab, bei der es um die Grundlagen von Atomwaffen geht. Alle anderen sind vor mir fertig, Brick als Erster. Seine Antwort ist die gleiche wie die der beiden anderen. Auf mein Ergebnis ist keiner gekommen.

Bei fünf Fragen haben meine Antworten vier Mal mit mindestens einer der Lösungen der anderen Kandidaten übereingestimmt. Auch Annalise hatte vier Treffer, Brick zwei. Romans erste Antwort war seine einzige richtige.

»Ich schätze, das heißt, dass ich als Erster gehe, nicht wahr?«, sagt er.

Ich bin mit Abstand das jüngste Gruppenmitglied. Zu Hause wäre mein Instinkt gewesen, mir zunächst die Meinung der anderen anzuhören, ehe ich selbst etwas zur Diskussion beigetragen hätte, aber irgendetwas an Romans Eifer kommt mir seltsam vor. Statt abzuwarten, erwidere ich: »Die Offizielle hat nichts davon gesagt, dass die Aufgaben der Reihe nach bearbeitet werden müssen, wie sie hier im Musterheft stehen. Wir müssen nur die Reihenfolge bestimmen, in der wir die Mitglieder unserer Gruppe losschicken.«

Roman verschränkt die Arme vor seiner Brust und runzelt ärgerlich seine Stirn. »Das habe ich aber ganz anders verstanden.«

Ich schaue zu Annalise. Sie kaut auf ihrer Unterlippe herum und schließt ihre Augen, während sie versucht, sich an den genauen Wortlaut zu erinnern. Als sie die Lider wieder öffnet, sieht sie mich entschuldigend an. »Ich denke, Roman hat wohl recht. Sicher könnten wir es auch anders versuchen, aber vielleicht fallen wir dann durch. Dieses Risiko will ich nicht eingehen.«

Roman lächelt. Brick zuckt die Achseln und nickt schweigend. Drei gegen eine. Damit ist die Sache also klar.

Annalise führt bei der Entscheidungsfindung das Wort. Roman wird die erste Aufgabe beantworten. Sie selbst die zweite und die dritte. Ich werde mich um die vierte kümmern, Brick um die fünfte. Obwohl ich zu bedenken gebe, dass mir die dritte Aufgabe besser liegen könnte, da ich dank der Arbeit meines Vaters ein gutes Verständnis von Genetik habe, lassen sich Roman und Annalise nicht mehr von ihrer Reihenfolge abbringen. Brick lehnt es ab, seine Meinung zu äußern. Irgendwo im Hinterkopf bin ich erstaunt darüber, doch da steht Roman auch schon auf und sagt: »Ich sehe euch dann nach der Prüfung.« Er drückt die Klinke an der Tür unter der grünen Lampe runter und geht hinaus, ohne sich noch einmal umzudrehen.

Das Licht wird rot. Wir warten.

Zuerst versuchen wir, uns zu unterhalten. Annalise fragt Brick, wo er herkomme, und er erzählt uns, dass er aus der Roswell-Kolonie stammt. Seine Eltern haben beide einen Universitätsabschluss. Sie arbeiten auf einer früheren Militärbasis, wo sie gemeinsam Waffen und Sicherheitsmaßnahmen für Kolonien entwickeln, die unter Angriffen von wilden Tieren leiden. Kein Wunder, dass er bei der Frage zu Atomwissenschaften keinerlei Probleme hatte.

Die Minuten verstreichen, und unsere Konversation wird mühsamer. Immer größer werden die Zeiträume zwischen den einzelnen Fragen. Die Antworten fallen zunehmend kürzer aus, und schließlich verstummen wir ganz. Wir warten schweigend darauf, dass das Licht wieder umschaltet.

Es gibt keine Uhr im Raum. Auch kein Fenster, sodass wir am Stand der Sonne die Tageszeit hätten abschätzen können. Es gibt keine Möglichkeit herauszufinden, ob die Zeit, die bereits vergangen ist, so lang ist, wie es sich anfühlt. Meine Schultermuskeln verkrampfen. Ich sehe, dass Annalise ihren Hals hin und her dreht, um eine Verspannung zu lockern. Brick ist der Einzige, dem die Warterei nichts auszumachen scheint.

Er schließt die Augen.

Annalise kaut an ihrem Daumennagel.

Ich recke und strecke mich.

Jede Minute fühlt sich an wie zehn. Keine Sekunde lasse ich das Licht aus den Augen.

Und endlich springt es um. Annalise steht auf und lächelt. »Ich bin dran. Ich wette, ich kann meine beiden Aufgaben schneller lösen als Roman sein eines Problem.« »Überstürze nichts«, warne ich sie und merke, wie meine Wangen sich röten, als mir auffällt, dass es geklungen haben könnte, als wenn ich sie kritisieren wollte. »Es macht uns nichts aus zu warten«, füge ich hastig hinzu. »Lass dir so viel Zeit, wie du benötigst.«

Annalises Lächeln versiegt, als sie meinen Blick auffängt. Tief in ihren Augen sehe ich die Nervosität und die Furcht, die hinter ihrer vorgespielten Forschheit lauern, die ich in der kurzen Zeit, die wir uns erst kennen, schon zu bewundern begonnen habe. Dann kehrt ihr Lächeln zurück, und sie nickt. »Ich verspreche euch, dass ich Aufgabe zwei und drei im Handumdrehen lösen werde. Der Rest liegt dann bei euch beiden.«

Die Tür schließt sich hinter ihr. Das rote Licht flammt wieder auf. Und auch das Schweigen ist zurückgekehrt. Brick sitzt reglos da. Seine ruhige, gelassene Art hat den gegenteiligen Effekt auf mich. Ich stehe auf und tigere im Raum auf und ab. Plötzlich knurrt mein Magen. Ich bin mir ganz sicher, dass die Mittagszeit lange vorbei ist. Es ist offenkundig, dass wir bis zum Ende des Tests nichts zu essen bekommen werden. Vielleicht ist ja auch das ein Teil der Prüfung: zu sehen, ob die Kandidaten sich dann immer noch konzentrieren können, wenn sie hungrig sind.

Meine Mutter hat stets darauf bestanden, dass ich morgens alles aufesse, was auf meinem Teller liegt, wenn an dem betreffenden Tag eine wichtige Prüfung anstand. Sie sagte immer, dass Gehirn und Körper Energie bräuchten, um Höchstleistungen vollbringen zu können. Ich krame in meiner Tasche nach meinen gehamsterten Vorräten und versuche, mich zwischen einem Rosinen-Nussbrötchen und einem Apfel zu entscheiden. Da sich das Brötchen leichter mit Brick teilen lässt, will ich es gerade herausnehmen, als mir auffällt, dass ich mich auch am ersten Abend der Auslese dafür entschieden hatte. Ich zähle die Tage zurück. Weniger als eine Woche ist vergangen, doch nichts ist mehr so, wie es an jenem Abend war, als wir vier aus Five Lakes ankamen und uns unseren Tisch suchten. Malachi lebt nicht mehr, und ich arbeite in einer Gruppe mit dem Jungen, der ihn hatte zu Fall bringen wollen. Hatte Roman sein Bein aus Bosheit ausgestreckt? Aus Spaß? Hat er vielleicht geglaubt, er würde Malachi so einschüchtern, dass der schlechter bei den Prüfungen abschneiden würde, als er eigentlich in der Lage wäre, wodurch sich Romans Chancen auf einen Universitätsplatz erhöhen könnten? Vielleicht. Allerdings: Roman hatte heute nur eine einzige Aufgabe richtig. Wie schlau kann er da schon sein? Seine Antwort auf die letzte Frage ist so unlogisch gewesen, dass ich es mir nur schwer erklären kann, wie er überhaupt so weit hat kommen können.

Augenblick mal.

Ich nehme das Heft mit dem X und dem Kreis drum herum zur Hand. Romans Handschrift ist sauberer, als ich es seinem Erscheinungsbild nach erwartet hätte. Ich höre die warnende Stimme meiner Mutter, dass ich mich niemals vom äußeren Eindruck blenden lassen solle, und lese die Seite mit Zahlen und Formeln für die erste Aufgabe. Seine Lösung beeindruckt mich. Zwar bin ich auch auf das richtige Ergebnis gekommen, aber Roman hat offensichtlich einige Berechnungen im Kopf angestellt, was der Grund dafür war, dass er als Erster fertig war. Seine Bearbeitung der Aufgabe verrät deutlich, warum er für die Auslese ausgewählt worden ist. Er ist schlau. Sehr schlau.

Und das ist der Grund, warum seine Antworten auf die anderen Fragen keinen Sinn ergeben. Bruchstückhafter Unsinn füllt die nächsten Seiten. Wir waren alle so beschäftigt damit herauszufinden, wer die richtigen Lösungen für die einzelnen Fragen hatte, dass wir uns weder um die Aufzeichnungen der anderen gekümmert haben noch um die Wege, wie sie zu ihren Ergebnissen gekommen sind.

Romans Kritzeleien machen eines offensichtlich: Ihm ging es gar nicht darum, richtige Antworten zu finden. Er hat einfach nur abgewartet. Warum?

»Cia.«

Ich schrecke zusammen, als Bricks Stimme die Stille durchbricht, und folge seinem Blick zum Licht über der Tür. Grün. Wenn ich es schätzen sollte, würde ich sagen, dass noch nicht einmal eine halbe Stunde vergangen ist, seitdem

Annalise durch die Tür verschwunden ist. Kann sie wirklich ihre beiden Aufgaben in so kurzer Zeit bewältigt haben? Mit zitternden Händen nehme ich das Heft mit dem anderen achtstrahligen Stern und blättere die Seiten durch.

Ja. Ihre Aufzeichnungen sind klar. Stimmig. Selbstbewusst. Ihre logischen Schlüsse weisen keine Widersprüche auf, soweit ich das sehen kann. Wenn irgendjemand zwei Tests in weitaus weniger Zeit durchziehen könnte als ein anderer Kandidat, der nur eine Aufgabe zu erledigen hatte, dann wäre das Annalise. Und trotzdem …

»Gehst du rein?«, fragt Brick.

»In einer Minute«, sage ich. Durch die Tür zu treten ist meine einzige Option. Der alleinige Weg, diesen Prüfungsteil hinter mich zu bringen. Das Problem ist das, was geschehen wird, wenn ich den Raum verlassen habe. Ich denke zurück an die Anweisungen der Offiziellen. An Romans Beharren darauf, als Erster zu gehen. Nur eine einzige Antwort ist pro Frage erlaubt. Punkte pro Antwort zählen für uns alle. Jeder Versuch, eine Problemstellung ein zweites Mal zu lösen, wird bestraft werden.

Annalises Prüfungsheft fällt mir aus den Fingern, und meine Knie werden weich, als sich plötzlich alles zusammenfügt. Romans mangelnde Anstrengung bei den anderen Aufgaben. Die lange Zeit, die es gedauert hat, bis das rote Licht nach seiner Runde wieder grün wurde. Dr. Barnes hat uns eingeschärft, dass es bei diesem dritten Test nicht nur um unsere Fähigkeit gehe, mit anderen zu kooperieren, sondern auch darum, die Stärken und Schwächen der Mitstreiter korrekt einzuschätzen. Wenn ich recht habe, dann hat Roman unsere Gruppe vollkommen richtig beurteilt und will uns dazu bringen, in seine Falle zu tappen.

Eine Falle, die Annalise bereits zum Verhängnis geworden sein muss.

Ich lasse mich schwer auf den Stuhl hinter mir fallen und hole einige Male tief Luft, um die aufsteigende Panik in den Griff zu bekommen. Wenn ich recht habe, dann darf ich auf keinen Fall versuchen, die Aufgabe zu lösen, die mir mein Team zugeteilt hat. Wenn ich mich hingegen irre und keinen Versuch unternehme, meinen Teil zu bearbeiten, könnte das bedeuten, dass ich die Prüfung nicht bestehe. Ich muss mich entscheiden, was ich glauben will.

Mein Herz hämmert, als ich Brick anschaue. Sein ruhiges Verhalten und sein dürftiges Abschneiden bei den Übungsaufgaben bekommen einen schalen Nachgeschmack. Weiß er von Romans Plan? Haben sie ihn gemeinsam ausgeheckt? Bricks Heft könnte mir die Antworten auf diese Fragen geben, aber es befindet sich im Augenblick auf dem Tisch vor ihm unter seinem Ellbogen. Um an seine Musteraufgaben zu kommen, muss ich ihm meine Bedenken anvertrauen. Wenn er nichts mit Romans Falle zu tun hat, wird er von mir davon erfahren und die Prüfung bestehen, obwohl er es gar nicht verdient hätte.

Brennend heiße Scham überkommt mich. Eine sich aufdrängende, Übelkeit erregende Verlegenheit. Meine Gedanken machen mich zu einer Person, die nicht viel besser ist als Roman. Ich werde nicht so tief sinken, andere ins offene Messer laufen zu lassen, nur um Konkurrenten loszuwerden. Die Methoden der Prüfungskommission lassen mich schaudern vor Entsetzen, aber ich bezweifle, dass die Prüfer, die uns am Ende beurteilen werden, Fallstricke für andere gutheißen werden. Was für ein Anführer würde so eine Art von Mensch schon werden?

Ich versuche, mir an Bricks gelassenem Auftreten ein Beispiel zu nehmen, und erkläre ihm ruhig, was meiner Meinung nach Romans Plan ist. Was meiner Ansicht nach Annalise zugestoßen ist. Was möglicherweise mit uns geschieht, wenn wir versuchen, unsere Aufgaben wie abgesprochen zu lösen. Brick hört zu, ohne mich zu unterbrechen, und als ich fertig bin, schaut er mich lange und nachdenklich an, ehe er sagt: »Wir haben vereinbart, die Fragen zu lösen, auf die wir uns geeinigt haben.«

Glaubt er mir nicht? Nein. Auf seinem Gesicht liegen keine Zweifel, sondern ich sehe dort Resignation. »Roman hat zugestimmt, im Team zu arbeiten, aber ich glaube nicht, dass er sich daran hält. Wenn wir eine Frage beantworten wollen, für die bereits eine Lösung gefunden wurde, dann werden wir bestraft werden.«

Vor meinem geistigen Auge sehe ich den Nagel, der in Malachis Auge eindringt. Das Blut. Den zuckenden Körper auf dem Boden. Da ich weiß, was geschehen kann, will ich Bricks regungslose Schultern packen und schütteln, als er den Kopf wiegt und sagt, dass er sein Wort gegeben habe. Seine Eltern hätten ihn gelehrt, ein Versprechen zu halten. Ende der Geschichte.

Verzweiflung greift nach meinem Herzen. Ich frage mich, ob er recht hat. Oder ob ich mich irre. Ob Roman vielleicht wirklich nur seine eigene Aufgabe bearbeitet hat. Ob es nicht der größte Fehler wäre, den wir machen können, unsere eigene Frage nicht zu beantworten.

Ich hänge mir meine Tasche über die Schulter und gehe durch den Raum. Ich habe alles getan, was in meiner Macht steht, um Brick dabei zu helfen, den Tag zu überleben. Wenn er nicht…

»Bitte.« Ich drehe mich um, laufe zurück zu Brick und nehme eine seiner Hände. »Du kennst mich nicht, und es gibt keinen Grund, warum du meinen Worten Glauben schenken solltest. Ich kann dir nicht vorschreiben, was du tun sollst. Ich kann dich nur bitten, dir Romans Heft anzuschauen und dich zu fragen, wer am meisten zu gewinnen hat, wenn er die anderen betrügt. Wenn er alle fünf Aufgaben gelöst hat, dann wird jeder, der es noch einmal versucht, bestraft werden. Ich weiß nicht, wie diese Strafe aussieht…« Ich sehe wieder den Nagel in Malachis Auge und schlucke die bittere Galle hinunter, die sich in meiner Kehle gesammelt hat. »Aber wenn ich recht habe, dann könnten wir drei aus der Auslese ausscheiden, nur weil wir unserem Teamkameraden vertraut haben.«

Einen Moment lang gerät Bricks gefasste Haltung ins Wanken und macht Verwirrung Platz. »Ich bin nicht aus deiner Kolonie. Warum kümmert es dich, was aus mir wird?«

»Weil ich nicht will, dass noch jemand stirbt.«

Brick sieht über meine Schulter hinweg zur Tür. Das grüne Licht erinnert mich daran, dass es Zeit für mich wird, meine Entscheidung zu treffen.

Ich lasse seine Hand los, öffne die Tür und werfe meinem Teamkameraden einen letzten Blick zu. Als ich hinausgehe, hoffe ich inständig, dass ich alles getan habe, um Bricks Leben zu retten. Ich hoffe, dass ich meinen Schlussfolgerungen genug trauen werde, um mein eigenes Leben zu retten.

Der Flur ist spärlich beleuchtet. Ich fühle mich unbehaglich in diesem Dämmerlicht, als ich dem Gang bis zum Ende hin folge. Wie angekündigt, stoße ich auf einen weiteren Flur, von dem sechs angestrahlte Türen abgehen. Rechts von mir befindet sich die Tür mit der Nummer vier. Die Tür, durch die ich, wie vereinbart, gehen soll. Zu meiner Linken sind die Türen eins bis drei. Ich gehe zu Tür zwei und suche nach irgendwelchen Anzeichen – wovon? Von Blut? Von Haaren? Von irgendetwas, das meine Theorie bestätigt. Die silberne Türklinke schimmert im Licht. Es sind keine Flecken darauf zu erkennen, die verraten könnten, dass sie benutzt worden ist. Ich überprüfe die anderen Klinken. Alle sind makellos poliert.

Schließlich gehe ich wieder zurück zu Nummer vier und fahre die schwarze Zahl auf der schneeweißen Tür mit dem Finger nach. Halte ich mein Wort und drücke die Klinke runter, oder vertraue ich meinem Bauchgefühl und gehe einfach davon?

Wie lange stehe ich schon vor der Tür? Ich weiß es nicht. Aber als ich endlich meinen Entschluss fasse und mein Gewicht verlagere, um mich in Bewegung zu setzen, drohen meine Knie nachzugeben. Ich hole tief Luft und trete einen Schritt von der Tür weg. Drehe mich nach rechts. Gehe zwei Türen weiter, bis ich vor der Aufschrift AUSGANG stehe, lege die Hand auf die glänzende Klinke und hoffe inständig, dass dies nicht die letzte Entscheidung ist, die ich in meinem Leben getroffen habe.

Kapitel 9

Eine Prüferin erwartet mich in einem kleinen Raum, in dem ich beim Eintreten einen dunklen Holztisch, einen Stuhl und eine Art Kontrollbildschirm sehe. Dieser steuert vermutlich das Lämpchen, das über der Tür im Vorbereitungszimmer von Rot auf Grün umspringt. Der Ausdruck der Offiziellen ist freundlich, als sie mich durch eine Hintertür hinausführt und mich durch einen hell erleuchteten Gang bis zu den Aufzügen geleitet. Sie bleibt im Fahrstuhl, als ich im fünften Stock aussteige und mich frage, wann und in welcher Form mir mein zukünftiges Schicksal mitgeteilt werden wird.

Ich höre das Stimmengewirr im Speisesaal und beginne zu ahnen, dass ich vielleicht gar nicht so lange warten muss. Die Person, die mir die Antwort darauf geben kann, ob ich bei dem letzten Test die richtige Entscheidung getroffen habe, befindet sich vermutlich unmittelbar hinter diesen Türen. Mein Herz schlägt schneller, als ich Tomas, Will und Zandri an unserem Tisch sitzen sehe, aber ich geselle mich nicht zu ihnen. Noch nicht. Stattdessen lasse ich den Blick durch den Raum wandern.

Ich entdecke Roman, ehe er mich sieht. Er sitzt da und lacht mit seinen Freunden. Über einen Scherz? Oder vielleicht über uns Leichtgläubige, die er seiner Meinung nach hat ausschalten können?

Tomas ruft meinen Namen, aber ich bleibe regungslos an

der Tür stehen. Das Mädchen neben Roman stößt ihn mit ihrem Ellbogen an. Langsam wendet er den Kopf, bis sich unsere Blicke treffen. Und da weiß ich es genau. Die Ungläubigkeit und der Zorn in seinen Augen verraten mir, dass ich gut daran getan habe, das Schlechteste von ihm anzunehmen. Ich wünschte nur, ich hätte die Wahrheit schneller erkannt. Dann säße Annalise vielleicht auch an einem dieser Tische. Ich sehe keine Spur von ihrem roten Haar und ihrem selbstbewussten Lächeln. Ein kleiner Teil von mir hofft, dass sie sich in ihr Zimmer zurückgezogen hat, um sich auszuruhen. Allerdings: Sollte das der Fall sein, dann dürfte ich mit ziemlicher Sicherheit durchgefallen sein.

Ich spüre, wie mir Romans Blicke folgen, als ich mir eine Tüte Cracker vom Büfett nehme, den Speisesaal durchquere und mich zu meinen Freunden setze. Tomas, Will und Zandri erzählen mir von den jeweiligen Aufgaben, die sie gelöst haben. Aus ihren Berichten schließe ich, dass alle Gruppen ähnliche Prüfungsteile hatten, sie jedoch in unterschiedlicher Reihenfolge bearbeitet haben. Tomas hatte sich für sein Team die dritte Frage vorgenommen – das Mathematikproblem, das Roman für unsere Gruppe hatte lösen sollen. Zandri war in ihrem Team als Erste an der Reihe gewesen und hatte sich mit der Geschichtsaufgabe beschäftigt. Will war als Zweiter dran gewesen und hatte Genetik zugeteilt bekommen. Alle aus Tomas' Gruppe sind zurückgekehrt. Zandri und Will warten noch immer darauf, dass ihre Teamkollegen in den Speisesaal kommen.

Während ich die Tür im Auge behalte, fragen sie mich, welche Aufgabe mir zugefallen war. Mit leiser Stimme weihe ich sie in meinen Verdacht ein, dass einer meiner Mitstreiter uns in dieser Prüfungsphase wohl hintergangen hat. Ich gestehe ihnen, dass ich mich entschieden habe, die Tür nicht zu öffnen, sondern durch den Ausgang zu verschwinden, ohne meine Aufgabe bearbeitet zu haben. Meine Freunde starren mich an. Ein Knoten wächst in meiner Brust. Will fängt sich als Erster wieder und sagt, er sei beeindruckt davon, dass ich auf meinen Instinkt gehört habe. Dass er froh sei, dass er selbst nicht vor der Wahl gestanden habe, ob er seinen Kameraden trauen soll oder nicht, da Zandri die Einzige war, die vor ihm dran gewesen war. Und auf sie habe er sich natürlich verlassen können. Tomas sieht Will lange an, ehe er sagt, wie stolz er darauf sei, dass ich Brick von meinen Verdächtigungen berichtet habe. Will macht einen Scherz, damit ich mich wieder besser fühle, aber ich tue es nicht. Zandris weit aufgerissene Augen, ihre zitternden Lippen und Tomas' gerunzelte Stirn, sobald er glaubt, ich würde nicht hinschauen, erinnern mich daran, dass die Bewertung dieser Prüfung noch aussteht. Es gibt immer noch die Möglichkeit, dass ich einen Fehler gemacht habe und durchgefallen bin.

Als Brick in der Tür auftaucht, bin ich überzeugt davon, dass die Auslese für mich zu Ende ist. Mein Herz rutscht mir in die Hose. Brick ist wild entschlossen gewesen, sein Versprechen zu halten. Als er an meinem Tisch vorbeigeht, ohne mich eines Blickes zu würdigen, bin ich mir sicher, dass er genau das getan hat, was er sich zuvor geschworen hatte. Brick hat seine Prüfungsaufgabe gemeistert. Er weiß, dass ich vorhatte, meine Aufgabe gar nicht erst zu bearbeiten. Nun muss ich mich der Frage stellen, ob ich vielleicht uns allen die Chance, diese Testphase zu bestehen und in die nächste Runde zu kommen, ruiniert habe.

Nicolette trifft ein mit jeder Menge Geschichten über ihre Teamkameraden. Ein paar seien nett, einer jedoch rücksichtslos und arrogant gewesen. Ihre Gruppe habe sich dafür entschieden, den eingebildeten Jungen als Letzten hineinzuschicken, nur damit er nicht auf die Idee käme, sich in die Prüfungsaufgaben der anderen einzumischen. Ich spiele mit einem Cracker herum und höre schweigend zu, wie alle am Tisch die Charakterzüge ihrer einzelnen Gruppenmitglieder durchhecheln. Zandri schaut immer wieder hektisch zur Tür, als warte sie darauf, dass ihre restlichen Mitstreiter zurückkämen. Mir fällt auf, dass Tomas still geworden ist. Er mustert unsere Freunde nachdenklich. Aus den Augenwinkeln sehe ich, dass seine Blicke auch auf mir ruhen. Hält er mich für paranoid? Vielleicht bin ich das ja tatsächlich.

Die Zeit tröpfelt dahin, während immer mehr Kandidaten eintreffen. Sie sehen triumphierend oder müde aus. Manchmal auch beides. Endlich gibt es Abendessen. Ich zwinge mich dazu, etwas zu mir zu nehmen. Bei jedem Bissen starre ich zu Brick hinüber und versuche erfolglos, ihn zu zwingen, Blickkontakt mit mir aufzunehmen. Er soll mir endlich ein Zeichen geben, welche Entscheidung er getroffen hat.

Als wir mit dem Essen fertig sind, meldet sich eine Stimme über die Lautsprecher. »Die Phase drei der Prüfung ist jetzt abgeschlossen. Kandidaten, die durchgefallen sind, werden innerhalb der nächsten Stunde in ihren Zimmern benachrichtigt werden. Diejenigen, die bestanden haben, mögen eine ruhige Nacht verbringen. Die Vorbereitungen für den letzten Teil der Auslese beginnen morgen.«

Meine Freunde erheben sich und steuern auf den Ausgang zu. Ich tue so, als mache ich mich am Träger meiner Tasche zu schaffen, und bleibe sitzen, bis Brick an meinem Tisch vorbeikommt. Er schaut nicht ein einziges Mal in meine Richtung.

Die nächste Stunde verbringe ich damit, die Uhr in meinem Zimmer anzustarren, während sich die Minuten dahinschleppen. Ich höre, wie draußen irgendjemand weint. Schritte nähern sich, und ich erstarre, aber niemand klopft oder öffnet meine Tür. Als die angekündigte Frist von einer Stunde endlich abgelaufen ist, wird es still auf dem Gang. Jetzt weiß ich, dass ich durchgekommen bin. Ich sollte mich freuen, doch als ich in mein Bett steige, verspüre ich nichts als taube Müdigkeit und die Hoffnung, den Schwierigkeiten des morgigen Tages gewachsen zu sein, was auch immer kommen mag.

Die Morgenansage erfolgt bei Tagesanbruch. Wir sollen unsere gesamten Habseligkeiten mitbringen, wenn wir uns zum Frühstück einfinden. Ich ziehe mich schnell an und schnüre meine abgetragenen Lederstiefel zu, als mich ein beklemmendes Gefühl beschleicht. Doch meine Freunde sitzen geschlossen am Frühstückstisch. Wir haben Phase drei durchgestanden, auch wenn Zandris rotgeränderte, müde Augen und ihr in sich gekehrtes Verhalten deutlich machen, dass der Erfolg seinen Preis hatte. Ich schaue mich im Speisesaal um und entdecke Brick, der weiter hinten an einem Tisch sitzt. Dieses Mal sucht er meinen Blick. Einen Moment lang starren wir einander nur wortlos an. Als er nickt, weiß ich, dass er mir dankbar ist.

Eine Stunde vergeht, ehe wir über den Lautsprecher nach unten gebeten werden. Überall im Saal höre ich, wie die Leute tief Luft holen. Einige, unter ihnen auch Zandri, stöhnen leise vor sich hin. Andere, wie Tomas, sehen besorgt, aber trotzdem entschlossen aus. Selbst die hochnäsigsten Typen – wie etwa Roman – zeigen Anzeichen von Furcht. Ja, die Auslese hat uns allen viel abverlangt, aber wir sind noch lange nicht am Ende. Ein Prüfungsteil steht noch aus.

Wieder einmal wartet Dr. Barnes darauf, dass wir im Versammlungsraum im dritten Stock Platz nehmen. Sein Gesichtsausdruck an diesem Morgen ist so ernst, dass jeder im Saal sofort verstummt.

»Gratulation euch allen, die ihr es in die vierte Runde der Auslese geschafft habt. Hundertundacht Kandidaten sind in diesem Jahr angereist. Neunundfünfzig von euch sind jetzt noch dabei. Morgen wird die längste Phase eurer Prüfung beginnen: der Praxistest. Die Absolventen der Universität werden die zukünftigen Anführer im Vereinigten Commonwealth sein. Da einige von euch hier in diesem Raum dafür vorgesehen sind, schon bald zu diesen Anführern zu gehören, halten wir es für notwendig, dass ihr euch der Herausforderungen, die auf euch warten, völlig bewusst seid. Deshalb werdet ihr in einen Teil des Landes reisen, der noch nicht revitalisiert wurde. Dort werdet ihr an einen festgelegten Ausgangspunkt gebracht. Nach Beginn der Prüfung müsst ihr euren Weg von dort aus zurück nach Tosu-Stadt suchen. Diejenigen, die hier wieder ankommen, haben diesen Teil des Tests bestanden und sich für die Abschlussbegutachtung qualifiziert. Diese Evaluation wird endgültig darüber entscheiden, wer an die Universität entsendet wird.«

Entsetzen. Ein anderes Wort fällt mir nicht ein, um zu beschreiben, was ich fühle. Allein in einem unbekannten Landesteil. Oder richtiger: nicht allein. Zusammen mit wilden Tieren. Mutationen von Tieren, die einst harmlos waren, es nach dem radioaktiven Niederschlag aber keineswegs mehr sind. Und dann sind da noch die Renegaten, jene Menschen, die sich nicht dem Vereinigten Commonwealth angeschlossen haben. Leute, die der Meinung sind, dass es die Regierungen waren, die die *Sieben Stadien* des Krieges über die Menschheit brachten, und die sich von allen abgewandt haben, die dem Land wieder eine Struktur geben wollten.

Auch diese Leute können dort draußen sein. Und ich, ganz allein, würde es mit ihnen aufnehmen müssen.

»Jeder Kandidat wird den Test unabhängig von den übrigen beginnen. Das bedeutet jedoch nicht, dass ihr allein bleiben müsst. Vielleicht wollt ihr euch mit anderen Kandidaten zusammentun. Ihr könnt euch auch dafür entscheiden, das Vorankommen eurer Mitstreiter zu behindern, um so dafür zu sorgen, dass euer Prüfungsteil vor ihnen als ›bestanden‹ bewertet wird. Jede Wahl, die ihr während dieses Tests trefft, wird in der abschließenden Evaluation Berücksichtigung finden.«

Tomas nimmt meine Hand und hält sie ganz fest. Der Druck seiner Finger und die Unterstützung, die er mir damit zusichert, beruhigen mich so weit, dass ich wieder klarer denken kann. Wenn ich diesen Teil lebend überstehen will, dann brauche ich meine ganze Konzentration.

Hinter Dr. Barnes senkt sich ein Bildschirm herab, auf dem eine Landkarte zu sehen ist. In der linken unteren Ecke befindet sich ein silberner Stern. Daneben ist zu lesen: Tosu-Stadt. Ganz oben rechts sehe ich einen größeren schwarzen Stern neben einem ziemlich großen blauen Gewässer. Der schwarze Stern kennzeichnet den Ausgangspunkt. Abgesehen von den beiden Sternen, dem Gewässer und dem Namen Tosu-Stadt, sind auf dieser Karte nur noch zwei Linien zu erkennen – eine rote und eine blaue. Die rote verläuft diagonal von kurz über dem Start bis zu einem Punkt einige Zentimeter über dem Silberstern. Die blaue Linie beginnt mehrere Zentimeter unterhalb des mit einem Stern markierten Ortes und verläuft bis unmittelbar südlich von Tosu-Stadt.

»Alle Kandidaten werden versuchen, sich von dem zugewiesenen Startpunkt aus durch das Gebiet zwischen der blauen und der roten Grenze bis nach Tosu-Stadt durchzuschlagen. Beide Linien sind durch Zäune markiert, die von den Prüfern errichtet worden sind, um euch eine Orientierung zu geben und euch dabei zu helfen, innerhalb der Grenzen des Prüfungsgebietes zu bleiben. Jeder Kandidat, der dieses Gebiet zu irgendeinem Zeitpunkt verlässt, ist durchgefallen. Bitte zwingt uns nicht dazu, diese Regel anzuwenden.«

Ich sehe Malachis blutüberströmtes Gesicht vor mir. Rymes hervorquellende, blutunterlaufene Augen. Annalises Platz, der jetzt frei bleibt. Dr. Barnes' ernste Miene und der Klang seiner Stimme lassen keinen Zweifel daran, welche Strafe einen erwartet, wenn man in das Gebiet außerhalb der Grenzen geraten sollte.

»Sobald diese Versammlung beendet ist, wird sich jeder von euch mit einem Offiziellen treffen, der euch weitere Instruktionen erteilen wird.« Dr. Barnes seufzt und schaut sich langsam im Raum um. Dabei lässt er den Blick auf jedem einzelnen Kandidaten ruhen. »Bitte passt auf euch auf und seid clever und wachsam. Es ist mein größter Wunsch, dass ihr alle heil nach Tosu-Stadt zurückkehrt.« Er strafft seine Schultern und fordert uns auf, auf den Bildschirm hinter ihm zu achten. Wenn unser Symbol aufleuchtet, sollen wir aufstehen und uns draußen auf dem Gang mit dem Offiziellen treffen, der für uns zuständig sei. Er wünscht uns Glück, dann verlässt er die Bühne, schreitet durch den Mittelgang und verschwindet durch die Tür, ohne uns noch eines Blickes zu würdigen.

Das erste Symbol erscheint auf dem Schirm, und ein Junge weiter vorn erhebt sich. Tomas lässt meine Hand nicht los, beugt sich zu mir und flüstert: »Es geht in Chicago los.«

Ich denke an die Karte, die man uns gerade gezeigt hat, und an die Entfernung zwischen dem Gewässer und Tosu-

Stadt. Dann nicke ich, denn mir wird klar, dass ich einfach nur zu betäubt gewesen bin, um sie im Geiste mit den Karten zu vergleichen, die wir damals in der Schule studiert haben. Nun, wo ich darüber nachdenke, bin ich sicher, dass Tomas recht hat, auch wenn auf dieser Karte keinerlei weitere Anhaltspunkte verzeichnet waren, die eine Orientierung hätten ermöglichen können. Jetzt stellt sich nur noch die Frage, wie wir dieses Wissen zu unserem Vorteil nutzen können.

Tomas ist mir schon einen Schritt voraus. Leise flüstert er mir ins Ohr, ich solle nach dem höchsten Gebäude suchen, das am Ausgangspunkt noch unbeschädigt steht, und zusehen, dass ich dort hinkomme. An diesem Ort würde er mich abholen. Sollten wir einander innerhalb von vierundzwanzig Stunden nicht treffen, solle ich mich Richtung Westen halten, bis ich den Zaun erreiche, der die nördliche Grenze des Prüfungsgebietes bildet. Spätestens dort würden wir einander finden. Wir seien doch Partner. Wir würden diesen Teil der Auslese gemeinsam durchstehen.

Zwei Pläne. Zwei Hoffnungen darauf, dass ich mich doch nicht ganz allein Hunderte von Meilen würde durchschlagen müssen. Ich nicke und drücke Tomas' Hand, um ihm zu bedeuten, dass ich einverstanden bin und mein Bestes geben werde, ihn zu finden. In diesem Moment blinkt das Symbol mit dem achtstrahligen Stern und dem Blitz darin auf dem Bildschirm auf. Mein Magen verkrampft sich, und mein Mund wird trocken. Ich will Tomas nicht loslassen, aber mit aller Willenskraft, die ich aufbringen kann, zwinge ich meine Finger dazu, sich widerwillig von der Hand meines Partners zu lösen. Nun ist auch die Stärke fort, die mir Tomas' Nähe verliehen hat. Trotzdem stehe ich auf, schiebe mir den Riemen meiner Tasche über die Schulter und lege jedem meiner Freunde – Tomas, Zandri, Will, Nicolette – im Vorbeigehen für einen winzigen, wertvollen Moment eine Hand auf die Wange.

Als ich auf den Gang hinaustrete und das Gesicht des Offiziellen sehe, der dort draußen auf mich wartet, überrollt mich eine Welle tiefer Erleichterung. Michal. Seine Miene ist ernst, aber ich sehe den Stolz in seinen Augen aufblitzen, weil ich immer noch da bin. Vielleicht aber habe ich mir das nur eingebildet, denn als er mich auffordert, ihm zu folgen, ist sein Ton förmlich. So, als wären wir uns noch nie zuvor begegnet.

Wir fahren mit dem Aufzug bis in die erste Etage und biegen nach links in einen langen grauen Gang ein. Am Ende des Flures angekommen, machen wir vor einer großen, ebenfalls grauen Tür halt. »Dies ist die Ausrüstungskammer für die Auslese«, erklärt Michal. »Wie jeder Kandidat darfst du dich zehn Minuten lang darin aufhalten. In dieser Zeit musst du dir drei zusätzliche Dinge aussuchen, die dir dabei helfen werden, diesen Teil der Prüfung erfolgreich zu absolvieren. Ich werde deine Wahl einloggen, sobald du sie getroffen hast. An diesem Punkt wird von mir erwartet, dich daran zu erinnern, mit Bedacht vorzugehen. Die Entscheidungen, die du jetzt triffst, können den Unterschied zwischen Erfolg und Niederlage bedeuten. Aber ich bezweifle, dass du es so weit gebracht hättest, wenn dir das nicht bereits längst klar geworden wäre.«

Dieses Mal bin ich mir ganz sicher, dass Stolz in seinem Blick liegt. Er teilt mir mit, meine zehn Minuten würden mit dem Öffnen der Tür beginnen. Ich hole tief Luft und drücke die Klinke herunter.

Outdoorkleidung. Vernünftige Schuhe. Nahrungsmittel. Kompasse. Erste-Hilfe-Sets. Reiseutensilien. Hilfsmittel zum

Feuermachen. Angelruten. Messer. Waffen. Und noch viel, viel mehr. Alles, was man benötigen könnte, um am Leben zu bleiben. Und ich darf nicht mehr als drei Dinge mitnehmen.

Ich spüre Michals Blick in meinem Rücken, als ich langsam an den Tischen, Netzen und Regalen vorbeigehe, die mit überlebenswichtigen Gegenständen vollgestopft sind. Wieder einmal bin ich aus tiefstem Herzen froh über meine gut eingelaufenen Stiefel. Die meisten Mädchen dürften ihr modisches Schuhwerk gegen etwas eintauschen, womit sie auch weite Strecken bewältigen können. Auch dass ich im Speisesaal Nahrungsmittel habe mitgehen lassen, macht sich jetzt bezahlt. Natürlich werden mich ein halbes Dutzend Äpfel, Brötchen und Tüten mit getrockneten Früchten nicht den ganzen Weg bis nach Tosu-Stadt ausreichend versorgen können, aber ich weiß immerhin, dass ich damit eine Weile auskommen kann. Danach sehen wir weiter. Folglich ignoriere ich diese Angebote und wende mich dem Rest zu. Alles erscheint mir notwendig. Ich spüre beinahe körperlich, wie die Zeit, die mir zugestanden worden ist, verrinnt, während ich versuche herauszufinden, was ich denn wirklich unbedingt brauche.

Mein Blick fällt auf dunkelgrüne Taschen in einer Ecke, auf die in winzigen Buchstaben H_2O gestempelt ist. Ich zerre eine vom Stapel und untersuche sie. Im Innern befinden sich zwei mit Wasser gefüllte Feldflaschen und ein kleiner Beutel mit den Chemikalien, die wir für unseren ersten Test benutzt haben.

Ich denke wieder an die Landkarte. Das Prüfungsgebiet ist groß. Ich bin mir ganz sicher, dass es dort Seen, Bäche und kleine Flüsse gibt, auch wenn sie nicht verzeichnet waren. Aus den Gesprächen mit meinem Vater und aus Dr. Barnes' Ansprache weiß ich, dass der größte Teil des Testgebietes, wenn nicht gar das gesamte Areal, noch nicht wieder bewohnbar gemacht worden ist. Das bedeutet, dass das Wasser innerhalb dieser Grenzen vermutlich auf die eine oder andere Weise kontaminiert ist. Nicht alle Verunreinigungen enden tödlich, aber viele von ihnen verursachen Krankheiten, vor allem in einem Köper, der von Erschöpfung oder schlechter Ernährung geschwächt ist. Beides droht mir während dieser Phase der Prüfung. Dehydrierung muss nicht noch dazukommen.

Meine erste Wahl ist getroffen.

Ich hänge mir die grüne Tasche über die Schulter und überdenke meine nächsten Optionen. Das Zelt aus wasserdichtem Stoff und mit wärmeisoliertem Boden ist außerordentlich verlockend. Aber als ich das Paket hochhebe, ist meine Entscheidung gefallen. Jetzt fühlt es sich zwar noch nicht so furchtbar schwer an, aber ich muss mehr als siebenhundert Meilen zurücklegen. Nach den ersten zehn wird sich das Zelt mehr als Bürde denn als Segen erweisen. Komfort darf beim Kampf ums Überleben keine Rolle spielen.

An den Kompassen gehe ich vorbei, da in den Transit-Kommunikator, den ich mir von Zeen ausgeliehen habe, einer integriert ist. Ich lasse auch die Messer und die Utensilien zum Feuermachen links liegen, denn schließlich habe ich ein Taschenmesser von zu Hause mitgebracht. Das muss reichen. Und was das Feuer angeht: Sicher wird es eine Zeit lang dauern, bis ich ohne Hilfe von Streichhölzern oder Feuersteinen eines entzündet habe, aber ich kann es schaffen. In Five Lakes bringt man das einem Schüler als Allererstes bei. Da es hier Streichhölzer gibt, frage ich mich unwillkürlich, ob man die Fähigkeit, jederzeit ein Feuer entfachen zu können, vielleicht nur bei uns zu Hause – anders als in anderen Kolonien – so wichtig findet, weil Five Lakes so klein ist und derart abgelegen.

Der Stapel mit Armbrüsten, Gewehren und Sprengstoff macht mich neugierig. Wenn ein Tier angreift, dann will ich nicht unvorbereitet sein. Ich habe noch nie eine Armbrust abgefeuert, weshalb ich sie sofort von meiner Liste streiche. Auch mit Sprengstoff kenne ich mich nicht aus und habe außerdem eine Heidenangst davor. Die Flinte meines Vaters hingegen habe ich schon mal benutzt, und Daileens Vater hat uns beigebracht, mit seiner Pistole zu schießen. Daileen war eine weitaus bessere Schützin als ich, aber in mindestens drei Viertel aller Fälle traf ich beim Übungsschießen ins Schwarze. Ich greife nach der Flinte, die mir am vertrautesten erscheint, doch mit dabei ist nur ein Kästchen mit zehn Schuss Munition. Meine Finger wühlen weiter und schließen sich um eine kleine schwarze Pistole mit zwei Schachteln Munition. Die Waffe ist so leicht, dass sie sich mühelos auch über weite Strecken tragen lässt, und es sind genug Kugeln vorhanden, um sogar ein paar Probeschüsse abgeben zu können, ohne mir Sorgen machen zu müssen.

Ich habe mich also zum zweiten Mal entschieden.

Die Pistole und die beiden Kästchen mit Munition wandern in meine Tasche, und Michal warnt mich, dass mir nur noch zwei Minuten bleiben. Mein Herz beginnt zu hämmern, als mich Panik überfällt. Nur zwei Minuten, und ich habe keine Idee, was ich noch mitnehmen soll. Signalraketen, um es Tomas leichter zu machen, mich zu finden? Einen Schlafsack? Einen Regenmantel? Ein Handbuch, in dem erklärt wird, wie man altmodische Autos kurzschließt? Werde ich unterwegs überhaupt auf Autos stoßen? Ich schätze, dass das nicht der Fall sein wird, aber wer weiß?

Ich schließe meine Augen, hole zwei Mal tief Luft und mache im Geist eine Liste mit den Dingen, die ich bereits habe. Nahrung. Wasser. Kleidung. Ein Messer und kleine

Werkzeuge. Einen Transit-Kommunikator mit eingebautem Kompass. Eine Waffe, um mich selbst zu verteidigen. Was aber ist, wenn ich mich verletze?

Rasch öffne ich meine Augen wieder und eile zu den Taschen mit medizinischer Notfallausrüstung. In allen Beuteln befinden sich Verbände, eine Nadel und Fäden, antibakterielle Salben und einige Tabletten gegen Verstrahlung, Medikamente gegen Fieber und leichte Schmerzen und andere Fläschchen. Mir bleibt keine Zeit, sie genauer zu untersuchen. Ich schnappe mir ein Set, lasse es in meine Tasche gleiten und schiebe mir den Träger zurück über die Schulter. In diesem Moment verkündet Michal: »Deine Zeit ist um.«

Ich drehe den Ausrüstungsgegenständen, die ich zurücklassen muss, den Rücken zu und folge Michal hinaus, während ich gegen die bohrende Frage ankämpfe, ob ich auch wirklich keinen Fehler gemacht habe. Aber es gibt keine Umkehr mehr. Ich habe mir drei Dinge ausgesucht. Alles, was ich sonst noch benötige, werde ich unterwegs auftreiben müssen.

Michal wirft einen kurzen Blick auf seine Uhr und führt mich dann den Flur hinunter zu einem Raum, der mit meinem Symbol versehen ist. Als er die Tür öffnet, sehe ich, dass sich dahinter ein kleiner Schlafraum mit einem daran angrenzenden Badezimmer befindet.

»Du hast eine Stunde, deine Sachen umzupacken oder deine Kleidung zu wechseln.« Michal schaut mich an und lächelt. Ihm ist klar, dass ich nichts anderes anziehen werde, aber seine Worte und sein Gesichtsausdruck verraten mir, dass er einem vorgeschriebenen Text folgt. Und es sagt mir noch etwas: Wenn Michal so vorsichtig ist, dann wird alles, was er sagt, von anderen Leuten mitgehört. »Wenn du innerhalb der nächsten Stunde etwas brauchst, dann lass es mich wissen. Ich warte draußen.«

Er schließt die Tür, und ich lasse mich auf das kompakte Doppelbett sinken. Die ganze Kammer ist in allen möglichen Schattierungen von Grau gehalten. Nicht gerade der aufmunterndste Raum aller Zeiten, aber es könnte schlimmer sein, und ich bin mir sicher, dass es noch schnell genug schlimmer kommen wird.

Rasch ziehe ich mich aus, dusche und wasche mir die Haare. Als ich sauber bin, betrachte ich einen Moment lang mein Spiegelbild, ehe ich mein Haar im Nacken zusammennehme und es zu einem festen Knoten eindrehe. Ich habe keine Ahnung, was mir blüht, wenn der Test erst einmal angefangen hat, aber ich kann auf keinen Fall riskieren, dass mir meine wallenden Haare in die Quere kommen. Wenn es notwendig sein sollte, sie während der Prüfung abzuschneiden, dann werde ich das tun. Dies ist der falsche Augenblick für Eitelkeit.

Als ich mir meine Stiefel wieder angezogen und sie sorgfältig zugeschnürt habe, schüttele ich den Inhalt meiner Tasche auf den Boden und packe alles neu. Eine Feldflasche mit Wasser halte ich zurück, um später leichter daranzukommen, den Rest des Sets verstaue ich zusammen mit meiner Kleidung auf dem Boden der Tasche mit dem Commonwealth-Logo. Als Nächstes folgt der Medizinbeutel, dann kommen die Nahrungsmittel, die ich im Speisesaal habe mitgehen lassen, eingewickelt in ein Handtuch aus dem Badezimmer – niemand hat gesagt, dass wir keines von denen mitnehmen dürfen. Zuletzt packe ich die zweite Wasserflasche, Zeens Transit-Kommunikator und die Pistole ein. Das Messer stecke ich mir in die Hosentasche. Probeweise hebe ich die Tasche an. Sie ist nicht mehr so leicht wie am Anfang, aber ich habe das Gewicht ganz gut verteilt. Notfalls kann ich sogar damit rennen.

Ein Klopfen an der Tür gibt mir das Signal, dass die Stunde

um ist. Michal wartet draußen. Er mustert meine Haare, meine unveränderte Kleidung, die Tasche, die über meiner Schulter hängt, und nickt. »Komm mit.«

Er führt mich durch ein Labyrinth von Gängen, bis wir zu einem Aufzug kommen. Dieses Mal drückt er einen Knopf für ein Stockwerk, das mir vorher noch gar nicht aufgefallen war: UG. Als sich die Türen wieder öffnen, verrät mir der modrige Geruch sehr schnell, wo wir gelandet sind: UG bedeutet Untergeschoss. Michal erklärt mir, dass wir auf einem unterirdischen Laufbandsystem an den Stadtrand gebracht werden. Von dort aus wird uns ein Gleiter zum für mich vorgesehenen Startpunkt schaffen.

Meine Anspannung und meine Angst legen sich ein bisschen, als ich das große Förderband unter Tage sehe. Ich kann mich nicht bremsen und stelle Michal Dutzende von Fragen, denn ich will unbedingt wissen, wie das Laufband funktioniert, wie groß das Netz der Bänder ist und mit welcher Art von Energie sie betrieben werden. Er lächelt und sagt mir, er würde mir unterwegs alle Fragen beantworten. Ich gerate ins Stolpern, als ich einen Schritt auf das Band mache, aber Michal fängt mich auf, ehe ich zu Boden stürze.

Die Fahrt auf dem Band dauert beinahe eine Stunde, und die meiste Zeit bewegen wir uns durch schlecht ausgeleuchtete Tunnel. Mehrere Male müssen wir die Bahnen wechseln. Ich bin dankbar, dass Michal bei mir ist und dafür sorgt, dass unser Gespräch die ganze Zeit nicht abreißt. Mich auf seine Stimme zu konzentrieren hilft mir dabei, die aufsteigende Panik in mir zu bekämpfen.

Schließlich erreichen wir unseren Zielort und verlassen das Förderband. Ein Aufzug bringt uns blitzschnell an die Oberfläche, wo das Mittagessen schon auf uns wartet, wie mir

Michal verrät. Der Fahrstuhl entlässt uns in einen großen Raum, in dem es von Offiziellen nur so wimmelt. Einer von ihnen, in Purpur gekleidet, hält ein Klemmbrett in den Händen und eilt auf uns zu, kaum dass er uns entdeckt hat. Er notiert sich mein Identifikationssymbol, kritzelt etwas daneben und sagt Michal, er solle mich zur Nummer vierzehn bringen.

Nummer vierzehn entpuppt sich als eine hell erleuchtete, aber nur unzureichend belüftete Andockstation für Gleiter. In einer Ecke steht ein kleiner Tisch, auf dem ein Imbiss angerichtet ist. Michal sagt, er werde bei mir in diesem Raum bleiben, bis ich mit dem nächsten Prüfungsvorbereitungsteil fertig bin – wie auch immer der aussehen wird. Ein winziges Fenster neben dem Tisch gibt den Blick frei auf grüne Grasfelder. Dahinter lockt glitzerndes Wasser. Nachdem ich den Großteil der letzten Tage drinnen verbracht habe und nicht weiß, wann ich das nächste Mal so gesundes Land wie dieses sehen werde, frage ich Michal, ob wir unsere Mahlzeit nicht draußen einnehmen können. Er will schon »Nein« sagen, aber mein Blick muss ziemlich flehentlich gewesen sein, denn nach kurzer Bedenkzeit meint er, ich solle auf ihn warten, während er einen der höherrangigen Offiziellen fragen geht.

Michals Gesicht bei seiner Rückkehr spricht Bände, und ich jauchze einmal kurz vor Freude. Michal schnappt sich den Essenskorb und sagt mir, wir hätten genau eine Stunde zur Verfügung, die wir draußen verbringen dürften. Er drückt einen kleinen Knopf an der Wand, und die Tür der Andockstation schiebt sich auf. Einen Moment später treten wir hinaus an die frische Luft.

Ich suche mir einen schönen Platz in der Nähe eines großen Baumes und gestehe: »Ich bin überrascht, dass sie uns nach draußen lassen.«

»Solange ich bei dir bin und du dich nicht mit anderen Kandidaten besprechen kannst, gibt es keinen Grund, es zu verbieten.« Er reicht mir einen Apfel aus dem Korb und lächelt. »Um die Wahrheit zu sagen: Den meisten Prüflingen reicht es völlig, einfach nur die Anweisungen zu befolgen. Das Komitee der Auslese ist immer interessiert daran zu erfahren, welche Kandidaten ein bisschen mehr Initiative zeigen.«

Selbst jetzt noch, kurz bevor wir in den zerstörten, verseuchten Teilen unseres Landes ausgesetzt werden, testet man uns also. Ich sollte eigentlich nicht überrascht sein, komme aber nicht gegen dieses Gefühl an. Meine Augen suchen den Baumstamm neben uns nach Anzeichen dafür ab, dass alles, was wir sagen, aufgezeichnet wird und dass wir beobachtet werden.

Michal lächelt. »Keine Sorge. Hier draußen werden wir nicht belauscht. Das Prüfungskomitee hat viel zu viel damit zu tun, sich um all das zu kümmern, was für die vierte Phase der Auslese wichtig ist. Deshalb bin ich ja da, und ich habe nicht vor, unser Gespräch zu melden. Wenn du etwas sagen willst, wirst du keinen sichereren Ort mehr finden.«

Will ich etwas sagen? Ja. Vertraue ich Michal, oder ist das nur ein weiterer Test, für den ich später zur Verantwortung gezogen werde? Mein Vater würde mich davor warnen, Michal Vertrauen zu schenken. Doch seitdem ich mein Zuhause verlassen habe, habe ich ein ums andere Mal festgestellt, dass ich nicht so wie mein Vater bin, so gerne ich es auch wäre.

Michal gibt mir ein Sandwich aus dem Korb und fragt: »Wie kommst du zurecht?«

Mein Magen ist kurz davor, sich umzudrehen, aber ich will mich trotzdem dazu überwinden, einen Happen zu nehmen: Rindfleisch und gewürztes Weißbrot. Vermutlich schmeckt es köstlich. Nachdem ich den Bissen hinuntergeschluckt habe, sage ich: »Malachi ist tot. Ich habe zusehen müssen, wie er stirbt.«

»Davon habe ich gehört.« Michal sucht meinen Blick. »Es tut mir leid.«

Ich glaube ihm. Das Mitgefühl, das er ausstrahlt, lässt mich beinahe in Tränen ausbrechen. »Warum? Warum musste er sterben?« Ein giftiges Blatt. Ein Nagel in seinem Auge. Dies waren die Ursachen. Aber die Gründe dafür …

Michal sieht sich kurz über die Schulter hinweg um und sagt mir, ich solle lachen und so tun, als hätte ich eine gute Zeit. Ansonsten würde sich irgendjemand, der uns aus der Ferne beobachtet, fragen, was wir wohl zu besprechen haben. Während ich also kaue, erzählt er mir, dass das Ausleseverfahren vor vielen Jahren von Dr. Barnes' Vater entwickelt worden sei, der glaubte, die *Sieben Stadien* des Krieges hätten ihren Ursprung darin gehabt, dass die Mächtigsten der Welt nicht über die richtige Kombination von Intelligenz, der Fähigkeit, auch unter Druck Leistung zu bringen, und Führungsstärke verfügt hätten, um einen Weg aus Konfliktsituationen zu finden. Er war der Auffassung, der einzige Weg, dafür zu sorgen, dass das Vereinigte Commonwealth seine Fehler der Vergangenheit nicht wiederhole, sei es, die zukünftigen Anführer unseres Landes ausgiebig zu testen. Auf diese Weise solle sichergestellt werden, dass sie über die richtigen Qualitäten verfügen, mit denen unser Land zu neuer Blüte gebracht und unser Volk beschützt werden würde. Im Laufe der Jahre hätten viele Offizielle des Commonwealth infrage gestellt, ob diese drastischen Bestrafungen wirklich nötig seien, wenn ein Kandidat versagt habe. Einige hätten sogar behauptet, die Prüfer würden die Testergebnisse so manipulieren, dass jene, die zu klug, zu stark oder zu eifrig seien, ebenfalls ausgesiebt würden. Denn jene würden nicht nur dazu neigen, sich am Aufbau und Erhalt des Commonwealth zu beteiligen, sondern auch dazu, dessen Gesetze und Entscheidungen zu hinterfragen. Jeder, der eine negative Auffassung über das Ausleseverfahren geäußert habe, sei entweder an eine Außenstelle versetzt worden oder gleich gänzlich verschwunden.

Michal lacht, als ob er etwas Komisches gesagt hätte. Ich stimme ein, obwohl mir noch nie etwas weniger amüsant vorgekommen ist. Ab wann ist man denn *zu klug* und *zu stark*? Werde ich vielleicht schon als Rebellin angesehen, nur weil ich gefragt habe, ob ich nach draußen gehen dürfe? Mir schwirrt der Kopf, aber ich lächele immer weiter, als ob mein Leben davon abhinge.

Und vielleicht ist genau das ja auch der Fall.

Ich esse das Sandwich auf und dann noch ein weiteres, da es sich in meiner Tasche ohnehin nicht lange halten würde und weil ich weiß, dass ich alle Energie brauchen werde, sobald der nächste Prüfungsteil erst einmal angefangen hat. Michal lehnt sich im Gras zurück und beobachtet mich. Als ich aufgegessen habe, wirft er einen Blick auf seine Uhr. Uns bleiben noch zehn Minuten hier draußen in der Freiheit.

»Hast du Angst?«, fragt er und bietet mir eine Flasche Wasser an.

Ich trinke einen Schluck und spüre, wie die Gefühle in mir hochkochen und beinahe den Schutzschild durchbrechen, den ich so mühsam errichtet habe. Ich nicke. Ja, ich fürchte mich sogar ganz entsetzlich. Ich versuche, nicht die Fassung zu verlieren, und schiebe die übrig gebliebenen Äpfel, Orangen und Brötchen in meine Tasche. Meine Finger zittern, als ich versuche, den Verschluss zuzumachen. Michal hilft mir und flüstert dabei: »Mach dir keine Gedanken darüber, dass du unbedingt als Erste zurückkehren musst. Jedes Jahr befürchten die Prüflinge, dass die Reihenfolge irgendetwas zu bedeuten haben könnte. Hat sie aber nicht. Sei klug. Pass auf dich auf. Vertraue deinen Freunden aus Five Lakes, wenn du das kannst, aber niemandem sonst. Jahr für Jahr sind Prüflinge dabei, die meinen, der beste Weg, sich einen Platz an der Universität zu sichern, bestünde darin, die Konkurrenz auszuschalten. Häufig genug liegen sie damit richtig. Sieh zu, dass es ihnen bei dir nicht gelingt.«

Die Tasche ist zu. Ich setze mich noch einmal, denn plötzlich beginnt sich die Welt um mich herum zu drehen, und mir wird schwarz vor Augen. Das Letzte, woran ich mich erinnere, ist, dass mich starke Arme hochheben, und eine leise, freundliche Stimme flüstert: »Du bist klug, Cia. Du bist stark. Du hast Menschen wie mich auf deiner Seite, die wissen, dass du es schaffen kannst. Bitte beweise mir, dass ich recht habe.«

Danach erinnere ich mich an nichts mehr.

Das Nächste, was ich wieder höre, ist tropfendes Wasser. Mit einem Ruck reiße ich die Augen auf. Ich liege auf einer Pritsche in einer Umgebung, die sich nur als Metallkiste beschreiben lässt. Das ganze Ding ist vermutlich ungefähr drei mal drei Meter groß. Ich versuche, die wachsende Panik zu bekämpfen, die mich allein bei der Vorstellung überfällt, in einen so kleinen und engen Raum eingepfercht zu sein. Außerdem versuche ich, einen genaueren Eindruck von meiner Umgebung zu gewinnen, die von elektrischem Licht erleuchtet wird. Ein kleiner Korb mit Nahrungsmitteln steht auf dem Fußboden neben mir. In der Ecke am Kopfende meines Bettes gibt es eine Toilette und ein winziges Waschbecken. An der Wand gegenüber hängen eine Uhr, die rückwärts zählt, und ein Bildschirm, auf dem steht: DIE PRÜFUNG BEGINNT IN DREISSIG

MINUTEN. Doch nein, schon sind es nur noch neunundzwanzig Minuten.

Ich benutze die Toilette. Dann wasche ich mir die Müdigkeit aus den Augen und spüle mir den metallischen Geschmack aus meinem Mund. Beides sind deutliche Anzeichen dafür, dass ich unter Medikamente gesetzt worden bin. Ich denke an das Wasser, das Michal mir gereicht hat, und verspüre einen Stich, als mir klar wird, dass er mich hintergangen hat. Doch sofort fällt mir wieder ein, was er mir zugeflüstert hat. Das Schlafmittel war ohne Zweifel ein Teil des vorgeschriebenen Protokolls im Gegensatz zu seinen Worten und der Sorge um mich, die darin mitgeschwungen hat. Aus irgendeinem Grund scheint Michal wirklich daran zu glauben, dass ich diesen Testteil bestehen kann. Er hat sogar angedeutet, dass andere, die ich gar nicht kenne, auf meiner Seite seien. Ich werde sie nicht enttäuschen.

Während die Uhr runterzählt, streife ich das Laken von meinem Bettzeug ab und stopfe es in meiner Tasche ganz nach unten. Wer weiß, wann ich seine Wärme dringend benötigen werde! Dann durchsuche ich den Korb. Noch mehr Sandwiches. Getrocknete Früchte. Eine Flasche Wasser. Eine kleine Schachtel mit Crackern und drei reife Erdbeeren. Die Sandwiches esse ich, schnuppere an dem Wasser, ob ich noch Spuren des Schlafmittels riechen kann, und nehme schließlich einen Schluck, während ich die Cracker und die Dörrfrüchte in meiner Tasche verstaue, die sich mehr und mehr ausbeult. Wenigstens habe ich nun genug Nahrung, um eine ganze Woche zu überstehen. Sogar länger, wenn ich sie mir gut einteile. Ich genieße die drei saftigen Erdbeeren und sehe zu, wie die Uhr unerbittlich runterzählt. Als nur noch fünf Minuten übrig sind, wasche ich mir die Hände, krame Zeens Transit-Kommunikator aus der Tasche und schalte den Kompass an. Die Nadel schwingt wild hin und her und versucht, sich auszurichten, was aber nicht funktioniert. Ich kann nur vermuten, dass der Container, in dem ich hocke, das Signal stört, und ich hoffe, dass sich die Situation bessert, sobald ich aufbrechen darf.

Noch zwei Minuten.

Ich nehme einen letzten Schluck Wasser und verstaue die Flasche in der Tasche.

Eine Minute.

Plötzlich fällt mir ein, dass mich alles Mögliche dort draußen vor der Tür erwarten könnte. Ich schiebe Zeens Kommunikator in das Seitenfach meiner Tasche, greife ein letztes Mal hinein und hänge sie mir dann über die Schulter. Als die Uhr auf null umspringt, stehe ich auf und halte die schwarze, kleine Pistole in der Hand.

Eine Seite der Metallkiste schwingt auf, und eine aufgezeichnete blecherne Stimme teilt mir mit: »Runde vier der Auslese hat nun begonnen.«

Kapitel 10

Dieses Mal wünschen sie uns also kein Glück. Vielleicht ist es seltsam, dass mir in einem Moment wie diesem ein derartiger Gedanke kommt, aber mein Geist scheint sich auf nichts anderes konzentrieren zu können, als ich aus meiner winzigen Kandidaten-Zelle hinaus auf das braune Gras trete, das in einem kleinen Streifen den Beton durchbrochen hat. Ich kann kaum atmen, während ich meinen Blick über die verfallene, zerstörte Umgebung schweifen lasse. Stahl und Stein. Glas und Holz. Kaputte und eingestürzte Gebäude. Völlig verrostete Autos, die auf ihren Dächern liegen. Eine dicke schmierige Rußschicht bedeckt alles. An manchen Stellen versuchen noch zähere Pflanzen als das Gras, sich durch den Schutt zu kämpfen. Sie sehnen sich wahrscheinlich nach Sonne. Kletterpflanzen überwuchern das Durcheinander von Autowracks und Ruinen. Bäume, die der verseuchte Boden hat verkrüppeln lassen, haben sich durch die Überreste der zerstörten Stadt dem Himmel entgegengeschoben, als wären sie fest entschlossen zu überleben. Nicht weit entfernt von der Stelle, an der mein Metallcontainer steht, sehe ich etwas, das wie ein zusammengebrochener Brückenbogen aussieht, zum Teil von dunklen, dornigen Ranken überzogen. Im Schein der aufgehenden Sonne glaube ich, Worte zu erkennen, die in den Stein gemeißelt worden sind, und vorsichtig gehe ich ein paar Schritte näher. Als ich die Augen zusammenkneife, kann ich die folgenden Buchstaben lesen: AKTIENBÖRSE VON CHICA O.

Obwohl ein Buchstabe im Namen der Stadt fehlt, weiß ich nun sicher, wo ich bin: in Chicago, der Stadt, die als dritte im *Vierten Stadium* des Krieges zerstört worden ist. In den ersten zwei Städten waren vorher Warnungen eingegangen, und es hatte Evakuierungen gegeben. Hunderttausende Menschen waren dennoch gestorben, aber es hätte dort auch noch schlimmer kommen können. So wie hier. Aus den Schulbüchern weiß ich, dass der Angriff auf Chicago schnell kam und es keine Vorwarnungen gab, bis die ersten Bomben fielen. Wer der Feind war, der die Abwehrsysteme der Stadt überwand und eine völlig arglose Stadt vernichtete, ist nie offiziell mitgeteilt worden, aber der Präsident und seine Ratgeber glaubten es zu wissen. Sie holten zum Gegenschlag aus, und die ganze Welt geriet aus den Fugen.

Der Wind bläst durch die leeren Straßen. Wobei sie ja gar nicht leer sind, wie ich mir ins Gedächtnis rufe. Nicht im Augenblick. Achtundfünfzig andere Kandidaten der Auslese befinden sich irgendwo hier in der Gegend. Einige davon sind meine Freunde, aber Michal zufolge würden andere von ihnen mich nur zu gerne mit ihren Waffen niederstrecken, die zu ihrer eigenen Verteidigung gedacht sind, nur um einen Platz an der Universität zu ergattern. Wie soll ich nur die einen finden, ohne den anderen in die Arme zu laufen – oder, besser gesagt, in die Waffen, die sie sich ausgesucht haben? Werde ich gezwungen sein, meine Pistole zu benutzen?

Tomas hat mir gesagt, ich solle ihn am höchsten Gebäude treffen; aber von meinem augenblicklichen Standort aus ist es schwer zu sagen, welches das sein könnte. Ich kehre zu meinem Container zurück und klettere auf das Dach, um einen besseren Überblick zu bekommen. Zerfallener Beton und verbogener Stahl überall. Schuttberge, die zu den Gräbern all jener Menschen geworden sind, deren Heimatstadt dies einst gewesen ist. Das enorme Ausmaß der Zerstörung verursacht mir Beklemmungen, aber ich habe keine Zeit, die Leute zu betrauern, die hier gestorben sind. Ich muss Tomas finden.

Gerade als ich wieder hinabklettern will, sehe ich etwas, das im Sonnenlicht aus den übrigen Ruinen heraussticht. Es sieht nicht aus wie ein Gebäude, aber es ist die höchste Stelle, die ich von meinem Standort aus entdecken kann. Wie weit es entfernt ist, ist schwer einzuschätzen, ich denke jedoch, dass es nicht allzu weit weg ist. Ich weiß nicht, ob Tomas dorthin unterwegs ist, aber ich muss mein Glück versuchen. Inzwischen funktioniert auch der Kompass des Transit-Kommunikators, ebenso wie das Ortungssystem, welches den Längen- und den Breitengrad meines Aufenthaltsortes ermittelt. Jetzt kenne ich also immerhin meine Koordinaten. Ich kann einen Weg zurück finden, falls das nötig werden sollte.

Ich springe vom Dach des Containers und folge dem Kompass, der mir zeigt, dass mein Ziel Richtung Norden liegt. Mühsam klettere ich über Berge voller zusammengestürzter Steinmauern und vermeide die großen, klaffenden Löcher im Boden. Alle paar Schritte bleibe ich stehen und lausche. Höre ich fremde Schritte? Ist da noch jemand in der Nähe? Aber nein, es ist nur der Wind, der die trockenen, klauengleichen Blätter an einem Baum gleich neben mir zum Rascheln bringt.

Obwohl mir mein angepeiltes Ziel vom Metalldach aus gar nicht so weit weg vorgekommen ist, steht die Sonne schon sehr viel höher am Himmel, als ich näher komme und einen grauschwarzen Kirchturm aus den Überresten eines Gebäudes aufragen sehe. Wie dieser Turm die immense Zerstörung ringsum hat überstehen können, ist mir ein Rätsel. Ich frage mich, ob Tomas ihn von seinem unfreiwilligen Startpunkt aus ebenfalls sehen kann.

Ich setze mich auf einen umgestürzten Mauerrest und nehme einige Schlucke aus meiner Wasserflasche. Die Sonne brennt heiß. Schweiß rinnt mir den Rücken runter. Ich muss unbedingt ausreichend Flüssigkeit zu mir nehmen, wenn ich diesen Teil der Ausleseprüfung überstehen will. Mein Magen knurrt, und ich breche ein kleines Stück von einem Rosinenbrötchen ab, während ich mich zu entscheiden versuche, wie lange ich hier auf Tomas warten will. Vielleicht sieht er diesen Turm gar nicht. Oder er ist zu dem Schluss gekommen, dass der Plan mit dem höchsten Gebäude als Treffpunkt zu nichts führt, und ist nun bereits auf dem Weg nach Westen zum Zaun, der unsere zweite Option ist.

Am Stand der Sonne lese ich ab, dass es schon früher Nachmittag ist. Stunden sind vergangen, seitdem ich den ersten Schritt hinaus auf die Straßen der Stadt gewagt habe. Obwohl ich am liebsten so lange hier ausharren möchte, wie es eben dauert, Tomas ausfindig zu machen, muss ich mir doch auch einen Unterschlupf für die kommende Nacht suchen. Die Vorstellung, schutzlos draußen zu nächtigen, während die anderen Kandidaten und wer weiß was sonst noch an Gefahren in meiner Nähe herumlungern, macht mich schier verrückt vor Angst. Eine Stunde. So lange gebe ich Tomas, bevor ich diesen Ort hier verlasse. Danach werde ich weiterziehen.

Ich beende mein kärgliches Mittagessen und beschließe, mich ein bisschen umzusehen, bis es Zeit zum Aufbruch wird. Meine Tasche hänge ich mir wieder über die Schulter und klettere über den herumliegenden Schutt. Fast wäre ich über eine Baumwurzel gestolpert und komme schließlich direkt an der anderen Seite des Turmes an.

Und da sehe ich einen großen Metallkasten auf einer kaputten Straße.

Den Container eines anderen Kandidaten.

Mein Herz schlägt schneller, als ich mich langsam nähere und sorgfältig darauf achte, dass meine Schritte nicht zu hören sind. Es wäre wohl zu viel verlangt, darauf zu hoffen, dass Tomas' Startpunkt der erste wäre, auf den ich stoße, nachdem ich meinen eigenen verlassen habe, und dass Tomas selbst sich vielleicht sogar noch im Innern seines Containers befindet, Stunden nach Beginn der Prüfung. Trotzdem muss ich einfach einen Blick hineinwerfen.

Die Uhr an der Wand ist nicht mehr beleuchtet. Im Essenskorb finde ich nur ein weggeworfenes Apfelgehäuse und die leere Crackerschachtel. Dies ist auf keinen Fall Tomas' Container. Er wäre niemals so leichtsinnig gewesen, Nahrungsmittel zu essen, die besser für kommende Zeiten aufgehoben werden sollten. Und auf jeden Fall hätte er das Laken von seiner Pritsche abgezogen, wie ich es getan habe. Ich überlege kurz, ob ich das hier zurückgelassene Bettzeug vielleicht auch noch mitnehmen soll, als ich draußen einen Stein über den Boden schlittern höre.

Jemand ist dort.

Ich erstarre und halte den Atem an, während ich verzweifelt überlege, was ich als Nächstes tun soll. Geröll knirscht unter einer Stiefelsohle. Dann ist es also kein Tier, sondern ganz eindeutig ein Mensch. Mein Herz schlägt im Sekundentakt, während ich auf jedes Geräusch lausche, das mir verrät, ob sich die Schritte draußen nähern oder sich entfernen. Die Minuten verrinnen. Nichts ist zu hören. Ich verstärke den Griff um meine Pistole wieder und wieder und zähle bis hundert. Noch immer nichts.

In diesem fensterlosen Kasten gefangen zu sein, das bringt mich von vornherein in die schlechtere Ausgangslage. Nicht nur dass ich nicht sehen kann, wer da draußen ist, mir bleibt auch keine Chance zu fliehen, falls jemand durch die Tür kommt. Also wird es Zeit abzuhauen. Und zwar jetzt gleich.

Ich spähe durch die spaltbreit geöffnete Tür des Containers nach draußen. Vor mir liegt ein Areal, auf dem früher einmal ein Haus gestanden haben muss, von dem jetzt jedoch lediglich ein paar bruchstückhaft erhaltene Mauern übrig sind. Einige dieser Hauswände sind nur noch ein bis anderthalb Meter hoch, doch ein oder zwei überragen mich auch. Das höchste Mauerstück ist nicht einmal zwanzig Meter von mir entfernt. Dahinter könnte ich mich vielleicht verstecken – vor wem auch immer. Wenigstens so lange, bis ich genauer sagen kann, ob mir die Person etwas Böses will oder nicht. Der Erdboden zwischen dem Container und der Mauer ist etwas zerklüftet, aber einigermaßen eben. Falls jemand draußen vor dem Eingang lauert, sind meine Chancen auf ein Entkommen am größten, wenn ich ihn überrasche. Ich hänge mir meine Tasche quer über die Brust, sodass sie enger am Körper liegt. Dann rücke ich sie so zurecht, dass ich ihr Gewicht kaum noch spüre, hole tief Luft und renne los.

Meine Stiefel sind laut auf dem harten Boden. Irgendwo rechts von mir, so meine ich, höre ich jemanden fluchen. Meine Flucht hat meinen ungebetenen Besucher völlig überrascht, oder aber er hat mit jemand anders gerechnet. Wenn er mir freundlich gesonnen ist, wird er mir schon hinterherrufen. Falls nicht, ist es besser, noch schneller zu rennen. Ich bin vielleicht drei Meter von meinem Ziel entfernt, als ich ein sirrendes, beinahe melodisches Geräusch höre. Dann einen dumpfen Aufprall. In der rauen Borke des Baumstamms zu meiner Linken steckt ein Armbrustbolzen.

Wieder höre ich etwas vibrieren. Dieses Mal werfe ich mich auf den Boden. Sekundenbruchteile später prallt das Metall des nächsten Bolzens von der Mauer anderthalb Meter vor mir ab und fällt scheppernd zu Boden. Wieder ertönt ein Fluchen, unverkennbar rechts von mir. Wer auch immer diese Bolzen abschießt, hat entweder eine erstaunlich glückliche Hand dabei oder hat in der Vergangenheit mit dieser Waffe trainiert. Ich muss Deckung finden, und zwar schnell.

Also rappele ich mich wieder auf. Meine Tasche schlägt mir gegen die Hüfte, während ich vorwärtsjage und hinter der nächsten Wand abtauche, als erneut ein Bolzen gegen die Mauer prallt.

Es besteht kein Zweifel daran, dass jemand darauf aus ist, mich zu töten.

Ein anderer Prüfling? Davon muss ich wohl ausgehen. Unter den Waffen im Ausrüstungsraum war auch eine Armbrust. Zwar kann ich gut verstehen, dass man sich in dieser zerstörten Stadt ängstlich und allein fühlt, aber trotzdem glaube ich nicht, dass dieses Gefühl der Grund für den Angriff ist. Genauso, wie Roman während der dritten Prüfung unsere Gruppe ganz bewusst sabotiert hat, ist auch dieser Beschuss berechnend. Er ist eiskalt ausgeführt. Dies ist der Versuch von jemandem, die Aussichten auf einen Universitätsplatz für sich selbst zu verbessern.

Zorn und Empörung bahnen sich ihren Weg durch meine Angst hindurch. Wer auch immer der Kandidat mit der Armbrust ist, er verlässt sich nicht darauf, schlau genug zu sein, um diesen Prüfungsteil zu bewältigen. Michal sagte, dass es nicht gegen die Regeln verstoße, jemanden zu töten, doch ich bin der Ansicht, dass das eine Form von Betrug ist. Und ich will verdammt sein, wenn ich einen Betrüger am Ende gewinnen lasse.

Mein Blick fällt auf die Pistole in meiner Hand. Ich gehe in die Hocke und bewege mich ganz langsam nach rechts, immer darauf achtend, die Mauer als Schutzschild zu nutzen. Als ich am Ende der Wand angekommen bin, versuche ich abzuschätzen, von wo aus die Bolzen abgefeuert worden sein müssen, spähe dann um die Ecke und schieße.

Der Rückstoß der Waffe fährt mir durch den ganzen Körper, während der Schuss durch die schweigende Stadt hallt. Jemand flucht laut – es ist eine männliche Stimme. Ich finde es schwer vorstellbar, dass mein blinder Gegenschlag meinen Angreifer getroffen haben könnte. Das war auch gar nicht mein Ziel. Ich habe nicht vor, diesen Test zu überleben, indem ich andere töte. Aber das bedeutet noch lange nicht, dass ich kampflos untergehen will. Noch drei weitere Kugeln feuere ich blindlings in Richtung Stadt und kauere mich dann hinter der Mauer nieder, um auf Geräusche des Armbrustschützen zu lauschen. Als ich Schritte höre, stockt mir der Atem.

Kleinere Steine kullern über den Beton.

Irgendetwas Metallisches klirrt.

Stille.

Dann das Geräusch von schweren Stiefeln. Jemand rennt, doch nicht auf mich zu, sondern von mir weg. Ich bin in Sicherheit.

Jedenfalls vorerst.

Mein ganzer Körper bebt, während die Wut langsam abklingt und nichts als das dumpfe Gefühl der Angst zurücklässt. Ich habe gerade eine Waffe auf einen Menschen gerichtet. Nein. Ich habe nicht versucht, meinen Angreifer zu erschießen. Aber ich hätte ihn tödlich treffen können. Die Tatsache, dass diese Person zuvor versucht hat, mein Leben zu beenden, rechtfertigt mein Verhalten vielleicht, aber Scham und Entsetzen werden deshalb nicht weniger.

Ich merke, dass ich zusammengekauert an der Wand lehne und nicht mehr auf die Geräusche der Stadt achte, und ich sage mir, dass ich mich schleunigst aus dieser Starre lösen muss. Später wird mir schon noch genug Zeit bleiben, darüber nachzugrübeln, welche Seite von mir ich gerade kennengelernt habe. Zuerst sollte ich zusehen, dass ich von hier wegkomme. Die Schüsse müssen jeden in der Nähe aufmerksam gemacht haben. Wenn noch andere Prüflinge hier draußen ein Interesse daran haben, die Konkurrenz auszuschalten, dann könnte es gut sein, dass sie nachschauen kommen, wer da wohl eine Waffe abgefeuert hat. Wenn sie eintreffen, will ich nicht mehr hier sein.

Ich spitze die Ohren, ob ich irgendein Lebenszeichen hören kann, dann luge ich um die Mauer und suche die Ruinen mit den Augen ab. Da scheint niemand zu sein. Nicht in der Nähe des Containers. Nicht auf den Schuttbergen ringsum und auch nicht versteckt zwischen den Ästen von abgestorbenen Bäumen. Soweit ich es beurteilen kann, bin ich im Moment allein. Obwohl mir nichts lieber wäre, als Tomas zu finden, um gemeinsam mit ihm die Stadt zu verlassen, werde ich mich wohl ohne ihn auf den Weg machen müssen.

Leicht gebückt orientiere ich mich anhand des Kompasses und breche dann gen Westen auf. Alle drei bis fünf Meter bleibe ich stehen und sehe mich aufmerksam um. Bislang ist niemand zu entdecken, aber ich weiß, dass der Armbrustschütze irgendwo da draußen sein muss. Nur mühsam komme ich voran, denn ich muss immer wieder über eingestürzte Mauern und Stahlträger klettern. Endlich stoße ich auf eine Straße, die beinahe frei von Schutt ist, und beschleunige meine Schritte.

Die Straße führt zu einem breiten Fluss, in dem dunkles Wasser gurgelt. Es ist überflüssig, einen Test zu machen. Dieses Wasser ist nicht trinkbar, und egal welche Menge an Reinigungschemikalien ich dafür opfern würde, ich würde nichts daran ändern. Die Straße, der ich im Augenblick folge, endet an einer Brücke, die über den Fluss führt. Sie ist voller Risse und klaffender Löcher. Soll ich versuchen, hier auf die andere Seite zu gelangen, oder wäre es besser, nach einer anderen Überquerungsmöglichkeit zu suchen?

Ich verstaue die Pistole im Seitenfach meiner Tasche und klettere auf einen Baum am Ufer, um mir einen besseren Überblick zu verschaffen. Der Fluss schlängelt sich weiter nach Nordosten. Schwer zu sagen, was mich in dieser Richtung erwartet. Im Süden entdecke ich eine weitere Brücke, aber auch die scheint in desolatem Zustand zu sein. Und wer weiß schon, wie lange ich dorthin unterwegs wäre oder was mir auf dem Weg dahin begegnen könnte. Ich steige wieder vom Baum und entschließe mich, den Fluss hier zu passieren. Ich muss einfach so viel Abstand wie möglich zwischen mich und alle feindlichen Kandidaten bringen. Wenn ich auf halbem Wege feststellen sollte, dass die Brücke doch zu unsicher ist, dann werde ich mich in Richtung Süden halten und mein Glück da versuchen.

Bei der Überquerung des Flusses sehe ich einige halbherzige Versuche, die Brücke wieder instand zu setzen. Vielleicht waren es frühere Kandidaten der Auslese, die große Holzplanken oder Steinplatten über die riesigen Löcher gelegt haben, weil auch sie auf die andere Seite des Wassers gelangen mussten. Als ich beinahe in der Mitte der Brücke angelangt bin, bröckelt plötzlich das Gestein unter meinen Stiefeln. Von dieser Stelle aus kann ich sehen, dass der vor mir liegende Teil der Brücke in sogar noch schlechterem Zustand ist. Ganze Stücke der Befestigung sind verschwunden, sodass nur noch hier und da Querstreben zu erkennen sind, auf die ich treten kann. Offenbar wollte derjenige, der versucht hat, die Brücke zu reparieren, nicht mehr zurückgehen, um weiteres Material für diese Seite heranzuschaffen.

Ich lasse mir meine Optionen durch den Kopf gehen: Klar könnte ich umkehren und die südlichere Brücke ausprobieren, ich könnte aber auch weitergehen und einfach auf das Beste hoffen. Meine augenblickliche Position mitten auf der Brücke ist viel zu exponiert. Zweifellos kann mich jeder Kandidat in der Nähe sehen. Und wenn mich bereits jemand entdeckt hat, dann liefere ich mich seinem Angriff schutzlos aus, wenn ich jetzt umkehre. Egal wie ich mich entscheide: Es bleibt ein Risiko.

Die Angst vor dem Armbrustschützen treibt mich vorwärts. Ich rücke meine Tasche auf meiner Schulter zurecht; der Brückenbelag ist jetzt nur noch so schmal, dass meine Füße beinahe keinen Halt mehr finden. Unter mir rauscht das dunkle Wasser, als ob es nur darauf wartet, dass mich ein falscher Schritt in seine Tiefen stürzen lässt. Ich bin noch etwa sechs Meter vom sicheren Ufer entfernt, als ich das surrende Geräusch höre, das mir inzwischen schon beinahe vertraut ist und von dem ich weiß, dass es Gefahr bedeutet. Ich habe keine andere Wahl, als loszurennen, denn an mir zischt etwas vorbei, das ich für einen Armbrustbolzen halte. Ein Platschen ist im Wasser unter mir zu hören, dann wird das Geschoss vom Strom verschluckt.

Ungefähr anderthalb Meter vor der rettenden Böschung verschwindet die Befestigung der Brücke völlig. Wieder erklingt das Vibrieren. Ich habe keine Zeit zum Nachdenken, sondern mache einen Satz über das klaffende Loch hinweg, in der Hoffnung, dass ich sicher auf der anderen Seite landen werde. Doch nur mein Oberkörper schafft es an Land. Der Rest von mir baumelt in der Leere zwischen der Brückenkante und dem Fluss. Das Gewicht meines Körpers und meiner Tasche lässt mich langsam nach unten rutschen. Ich versuche verzweifelt, Halt zu finden, und kralle meine Finger in einen Spalt im Gestein, damit ich nicht immer weiter abgleite.

Die Muskeln in meinem Oberarm fangen an zu zittern, als ich versuche, mich langsam auf die Brücke zu hieven. Doch auch nach mehreren qualvollen Anläufen habe ich mich kaum einen Zentimeter bewegt, und meine Finger drohen langsam nachzugeben.

Es gibt nichts mehr, was ich tun kann. In spätestens einer Minute werde ich ins Wasser fallen. Ich mache mich auf den Sturz gefasst und hoffe inständig, dass das Flussufer zugänglich ist, als mit einem Mal jemand meinen rechten Arm packt und meine Finger vom Gestein löst, an das ich mich in letzter Hoffnung klammere. Bei all der Gefahr rings um mich herum sollte ich ruhig bleiben, das weiß ich, aber ich komme nicht dagegen an: Ein Schrei löst sich aus meiner Kehle.

Kapitel 11

»Es ist alles in Ordnung, Cia. Es ist okay.«

Es dauert eine Minute, ehe die Stimme durch meine Angst hindurchdringt. Bis in meinem Gehirn die Erkenntnis ankommt, dass ich nicht in den Abgrund gestoßen, sondern hochgezogen werde. Ich höre auf, mich zu wehren, und lasse mich hinaufzerren, weiter, weiter, immer weiter, bis ich schließlich auf der sicheren Uferböschung liege.

Mein Herz hämmert. Ich bekomme kaum noch Luft, aber ich schaffe es, ein »Danke« zu krächzen, bevor Tomas' Gesicht vor meinen Augen verschwimmt. Sein Blick ist besorgt und wachsam, aber sein Ton ist scheinbar unbekümmert, als er sagt: »Wenn wir erst mal zurück in Tosu-Stadt sind, üben wir das mit dem Weitsprung noch mal.«

Ein schwacher Scherz, aber er bringt mich zum Lächeln und hilft mir, für einen winzigen Moment zu vergessen, wo ich bin. Warum ich mich an einem solchen Ort befinde. Einen Augenblick lang fühle ich mich in Sicherheit. Dann ist der Zauber vorbei. Ich rappele mich auf und starre zurück zur Brücke, wo ich nach Spuren des Armbrustschützen suche.

»Wir müssen von hier verschwinden. Da ist jemand mit einer Armbrust, der das Feld der Konkurrenten ein bisschen ausdünnen will. Er hat mich angegriffen, während ich auf der Suche nach dir war. Anscheinend ist er mir bis zur Brücke gefolgt.«

Tomas' Augen werden schmal, als er an mir vorbei zur

Brücke schaut. Braucht er etwa einen Beweis dafür, dass es einen Schützen gegeben hat? Reicht ihm mein Wort etwa nicht? Wenn es die Träume meines Vaters nicht gegeben hätte, Romans Verrat und Michals Warnung, dann hätte ich auch nicht geglaubt, dass ein anderer Kandidat in einer derartigen Weise an die Auslese herangehen würde. Kann ich es Tomas verdenken, wenn er ebenfalls zweifelt?

»Also, wer auch immer es war, er sucht sich anscheinend einen anderen, sichereren Weg über den Fluss. Es ist erstaunlich, dass du es bis auf diese Seite geschafft hast. Ich hatte schon alle Hoffnung aufgegeben, als ich gesehen habe, wie dein Sprung misslang.« Er schiebt sich die Tasche über seiner Schulter zurecht und streckt mir seine Hand entgegen. Ich will sie gerade ergreifen, als ich sehe, dass meine eigenen Hände bluten. Auch Tomas sieht, dass ich verletzt bin, und sagt: »Die Wunden sollten wir lieber auswaschen. Das Letzte, was du jetzt gebrauchen kannst, ist eine Infektion. Lass uns zusehen, dass wir in den Schatten kommen und dich verbinden.«

Wir marschieren mehr als eine Meile Richtung Westen, ehe ich bereit bin, bei einem hüfthohen Haufen aus Metall und Gestein haltzumachen, der uns Schutz bieten kann, während wir meine Wunde versorgen und etwas essen. Jetzt nagt nicht mehr länger die Angst an mir, sondern ich sterbe fast vor Hunger.

Tomas setzt sich neben mich und bietet mir an: »Ich reiße mein Laken in Streifen, die wir dir um die Hände wickeln können.«

»Nein, ist nicht nötig.« Ich freue mich, dass ich recht hatte: Tomas hat sein Bettlaken ebenfalls nicht zurückgelassen. »Ich habe Verbandszeug dabei.«

Da ich nicht alles mit meinem Blut verschmutzen will,

bitte ich Tomas, das Notfallset und die halb gefüllte Flasche Wasser aus meiner Tasche zu nehmen. Ich feuchte eine der Baumwollbinden etwas an und tupfe meine Handflächen ab, und ich bin dankbar, als ich sehe, dass sich unter dem Blut nur einige eher oberflächliche Schürfwunden befinden. Schließlich trage ich eine dünne Schicht Desinfektionssalbe auf und wickle mir zwei der Binden um meine Hände, dann bin ich bereit, etwas zu essen. Ich verstaue die Erste-Hilfe-Utensilien wieder in meiner Tasche und hole zwei Äpfel heraus, von denen ich einen Tomas anbiete. Das ist das Mindeste, was ich tun kann, nachdem er mir das Leben gerettet hat.

Er grinst. »Die Notfalltasche gehört zu deinen drei Gegenständen aus der Versorgungskammer, stimmt's?« Als ich nicke, wird sein Lächeln noch breiter. »Ich hätte mich um ein Haar selber dafür entscheiden, aber dann dachte ich, dass du das bestimmt mitnehmen würdest. Ich wollte nichts doppelt haben.«

Das war eine riskante Entscheidung, die er da gefällt hatte. Wenn wir einander nicht gefunden hätten, wäre er schlecht dran gewesen. Aber nun sind wir ja beisammen. Die Gewissheit, dass er uns beide schon als Team betrachtet hat, während er sich in der Kammer entscheiden musste, macht mich auf unerklärliche Weise glücklich, vor allem in Anbetracht der äußeren Umstände.

Während wir unsere Äpfel und die beiden Zimtbrötchen, die Tomas aus seiner Tasche nimmt, essen, vergleichen wir unsere Ausrüstung. Ich zeige ihm das Wasser und die Reinigungschemikalien, bei denen er sich ebenfalls sicher war, dass ich mich für sie entscheiden würde. Meine letzte Wahl errät er hingegen nicht. Er tippt darauf, dass ich einen Kompass mitgenommen habe, da dies so ziemlich der einzige Gegenstand ist, den wohl jeder Kandidat auf seiner Heimreise braucht. Verblüfft zieht er die Augenbrauen hoch, als ich die Pistole aus dem Seitenfach meiner Tasche ziehe und ihm gestehe, dass ich sie sogar schon einmal benutzen musste.

»Dann warst *du* das also?«

Das gleiche Gefühl der Scham wegen meiner Taten, das mich schon unmittelbar nach den Schüssen gequält hat, steigt wieder in mir auf. Ich starre zu Boden, um den vorwurfsvollen Ausdruck nicht sehen zu müssen, den ich in Tomas' Augen vermute. Aber er lässt nicht zu, dass ich den Blick abwende. Seine Finger heben mein Kinn, sodass ich zu ihm hochschauen muss. Auf seinem Gesicht sehe ich nur Verständnis, Fürsorge und Stolz.

»Du hast genau das Richtige getan. Es erfordert Mut, sich selbst zu verteidigen, und ich bin froh, dass du dich dafür entschieden hast. Ich kann mir nicht vorstellen, was ich getan hätte, wenn dir etwas zugestoßen wäre.« Er lächelt mich so liebevoll an, dass mir ganz flau im Magen wird. Dann fragt er: »Willst du jetzt meine drei Gegenstände sehen?«

Tomas hatte hocherfreut eine Tasche mit Werkzeug entdeckt, in der sich auch Streichhölzer befinden, und außerdem ein Buch mit detaillierten Karten aller fünfzig Bundesstaaten der ehemaligen USA aus den letzten Jahren des einundzwanzigsten Jahrhunderts. Als Drittes kommt ein sehr langes, sehr tödlich aussehendes Messer zum Vorschein, das Tomas aus einer ledernen Scheide zieht. Ich kann mich gar nicht daran erinnern, eine solche Art von Messer unter den Waffen, aus denen wir aussuchen durften, gesehen zu haben – falls man das überhaupt noch als Messer bezeichnen kann. Aber anscheinend war es dort. Den langen Griff kann man problemlos mit zwei Händen umfassen. Die Klinge ist mindestens sechzig Zentimeter lang, und eine Seite der Schneide ist am unteren Ende gezackt. Der Rest glänzt in tödlicher Schärfe.

»Ich dachte, es könnte vielleicht ganz nützlich sein, wenn wir uns den Weg durch hohes Buschwerk hacken müssen.« Er schiebt das Messer zurück in seine Hülle und befestigt diese an seinem Gürtel. Als Waffe wird es uns sicher gute Dienste leisten, aber es jagt mir eine Heidenangst ein.

Auch ich verstaue meine Besitztümer wieder in meiner Tasche und zeige Tomas dann den Transit-Kommunikator meines Bruders und das Taschenmesser, das ich von zu Hause mitgebracht habe. Der Gedanke, dass wir vermutlich sehr viel besser für den Überlebenskampf gerüstet sind als die meisten anderen Kandidaten, gibt mir ein Gefühl von Selbstvertrauen, während wir durch die zerstörte Stadt nach Westen laufen. Tomas meint, wir sollten noch eine Weile in diese Richtung marschieren, ehe wir nach Süden abbiegen, was mich überrascht.

»Sind wir nicht unterwegs zum Zaun?«, frage ich.

»Warum denn das?«

»Um die anderen abzuholen. Du hast doch Zandri und dem Rest gesagt, dass wir uns an der Grenzlinie treffen, oder?«

Tomas bleibt stehen. »Du bist die Einzige, mit der ich mich abgesprochen habe.«

»Aber …« Ich will ihn nach dem Grund für seine Zurückhaltung fragen, doch dann denke ich an den Armbrustschützen, an Ryme, die mir von ihren Kornkeksen anbot, und an Roman, der Malachi ins Stolpern brachte, als dieser zum ersten Mal den Speisesaal betrat. Und vor allem an Romans Täuschung. Am Ende ist es eine Frage des Vertrauens. Mir vertraut Tomas. Die vielen Male seit unserer Kindheit, in denen ich gesehen habe, wie er andere Menschen freundlich behandelt hat, geben mir die Gewissheit, dass auch er mein Vertrauen verdient. Trotzdem muss ich ihn fragen: »Was passiert, wenn wir unterwegs auf Zandri oder die anderen stoßen?« Werden wir sie dann sich selbst überlassen? Erlauben wir ihnen, sich uns anzuschließen? Können wir wirklich jenen, die wir unsere Freunde nennen, den Rücken zukehren?

Ich spüre, wie Tomas mit den Antworten auf diese Fragen ringt, während wir unseren Weg erneut nach Westen fortsetzen. Erst nach einer ganzen Weile antwortet er mir. »Man hat uns gesagt, dass wir am Ende anhand der Entscheidungen beurteilt werden, die wir treffen. Ich schätze, dies wird eine davon sein.«

Wir laufen einige Meilen weiter, und unser Gespräch verstummt. Die Landschaft, die sich bis zum Horizont vor uns erstreckt, wird karger. In der Schule haben wir im Geschichtsunterricht gelernt, dass sich die Städte immer weiter und weiter ausgebreitet haben. Hunderttausende Menschen sollen in nächster Nähe von Chicago gelebt und gearbeitet haben, und der Puls der Stadt hat sie am Leben gehalten. Davon ist jetzt keine Spur mehr zu sehen. Wer auch immer die Stadt in Schutt und Asche gelegt hat, hat auch die unmittelbare Umgebung zerstört, jedenfalls so weit, wie unsere Augen reichen. Nichts als Metallteile, Ruinen, Glassplitter und aufgesprungene, verseuchte Erde sind jetzt noch übrig – als stumme Zeugen der Zerstörung, die Menschen über ihre Mitmenschen gebracht haben.

Die Sonne versinkt am Horizont, und Dunkelheit senkt sich langsam herab, als wir eine kleine Hütte entdecken, die von hohem Gras umgeben ist. Stand sie schon in der Zeit vor dem Krieg hier, oder wurde sie unmittelbar danach von jemandem errichtet, der der Vernichtung entkommen war? Aus welchem Material auch immer sie gemacht ist, sie scheint noch intakt zu sein. Tomas und ich wechseln einen Blick. Stumm verständigen wir uns, dass wir uns diese

Hütte einmal näher ansehen wollen. Natürlich könnten wir auch weiterziehen, aber wer weiß, ob wir noch ein anderes Dach über dem Kopf finden werden. Die Vorstellung, nachts ungeschützt unter freiem Himmel bleiben zu müssen, während Kandidaten der Auslese und Tiere Jagd auf Beute machen, ist alles andere als verlockend.

Uns ist heiß, und wir sind völlig verschwitzt, als wir bei der Unterkunft ankommen. Das letzte Licht verblasst am Himmel. Die Hütte ist klein und quadratisch – ungefähr drei mal drei Meter groß – und hat einen harten Betonboden. Alle vier Wände stehen noch, aber der Großteil des Daches ist fort, sodass wir einen freien Blick in den verhangenen Himmel haben. Ich bin froh, dass es keinerlei Anzeichen von Regen gibt. In einer Ecke ist der Boden schwarz, was die Vermutung nahelegt, dass jemand anders – wohl ein Kandidat aus früheren Jahren – hier ein Feuer entzündet hat.

Tomas ist der Ansicht, dass die Wände genug Schutz bieten würden, wenn wir ebenfalls ein kleines Feuer anmachten. Doch obwohl es sicher tröstlich wäre, wollen wir beide kein Risiko eingehen. In der Schwärze der Nacht würde jeder Feuerschein meilenweit zu sehen sein.

Wir essen getrocknete Früchte und ein wenig Brot. Als wir unsere Mahlzeit beendet haben, ist es endgültig Nacht geworden, und obwohl der Mond hell leuchtet, kann ich nur die Umrisse der Tür erahnen. Sonst nichts. An die dunklen Nächte in der Five-Lakes-Kolonie war ich gewöhnt, aber diese Schwärze hier fühlt sich anders an. Bedrohlich. Angefüllt mit Monstern, von denen ich zu Hause immer geglaubt habe, sie würden sich unter meinem Bett verstecken. Da draußen gibt es sie tatsächlich. Mindestens einer der Prüflinge will andere töten. Tomas' Hand tastet in der Finsternis nach meiner, und ich kneife die Augen zusammen, um die Tränen der Dankbarkeit zurückzuhalten, dass ich dieser Schwärze und dieser Angst nicht allein ausgesetzt bin.

»Warum schläfst du nicht ein bisschen, Cia? Ich übernehme die Wache und passe auf, dass nichts geschieht.«

Ich muss wirklich unbedingt schlafen. Mein ganzer Körper zittert schon vor Erschöpfung, aber ich weiß, welche Albträume auf mich warten werden, sobald ich die Augen schließe. Also schlage ich vor, dass wir uns stattdessen noch ein bisschen unterhalten. »Was glaubst du, wie lange wir zurück nach Tosu-Stadt brauchen werden?« Ich habe den Transit-Kommunikator benutzt, um die Koordinaten dieser Hütte zu ermitteln, und sie mit denen meines Startcontainers verglichen: Obwohl wir den ganzen Tag unterwegs waren, haben wir noch nicht einmal achtzehn Meilen geschafft. Die enorme Zahl von Meilen zwischen uns und unserem Ziel ist erschlagend.

»Drei oder vier Wochen. Je weiter wir diese Stadt hinter uns lassen, desto leichter werden wir vorankommen. Vielleicht finden wir ja auch irgendein Transportmittel, dann geht es sogar noch schneller. Du musst dir immer eines vor Augen halten, Cia: Dein Dad hat es bis nach Hause geschafft, als er geprüft wurde. Und uns wird das auch gelingen.«

An diesen Gedanken habe ich mich schon öfter geklammert, um die Sorgen aus meinem Kopf zu verbannen, ob wir genug Wasser und Nahrung finden werden und was die anderen Kandidaten im Schilde führen könnten. Mit dem Bild meines lächelnden Vaters und mit Tomas' Fingern, die sich fest um meine Hand geschlossen haben, gleite ich in den Schlaf hinüber.

Mit einem Ruck erwache ich wieder und schaue blinzelnd hinauf in den Himmel, der von lila- und pinkfarbenem Nebel verdeckt ist, und ich weiß nicht sofort, wo ich bin. Dann erinnere ich mich. Langsam drehe ich mich ein Stück und schaue Tomas an, der neben mir liegt. Sein Kopf ruht auf seiner Tasche. Sein Atem geht langsam und gleichmäßig. Er muss eingenickt sein, ehe er mich für meinen Teil der Nachtwache hat wecken können. Das, was mich aus dem Schlaf gerissen hat, scheint er nicht gehört zu haben.

Das Geräusch eines brechenden Zweiges bringt mein Herz zum Rasen. Ist das der Wind? Ein gefährliches Tier? Oder etwas noch Gefährlicheres? Ich drücke Tomas' Hand und lege einen Finger auf meine Lippen, als er langsam die Lider öffnet. Seine Augen weiten sich vor Schreck, als ich zur Tür deute und mit den Lippen formuliere: »Da ist was.« Wieder ein Knacken, dann rascheln Blätter, und meine Hand schiebt sich in das Seitenfach meiner Tasche, um die Pistole herauszuholen. Tomas greift nach dem Messer, das neben ihm liegt. Schweigend warten wir. Wenn ein Testkandidat in der Nähe ist, dann wird er die Hütte gesehen haben. Ob er auch einen Blick hineinwerfen will, um zu sehen, ob er irgendetwas findet, was ihm in den nächsten Wochen nützlich sein könnte? Ich würde es tun. Meine Finger umklammern die Waffe, während ich darauf warte, dass ein Gesicht im Eingang erscheint.

Nichts geschieht.

Tomas und ich sitzen da und warten. Die Minuten verrinnen. Ich muss an gestern denken, als ich in dem Container eingepfercht war, während draußen jemand herumschlich. Dieses Mal bin ich immerhin nicht allein.

Wie lange warten wir schon? Es kommt mir wie eine Ewigkeit vor, auch wenn vermutlich nicht mehr als fünfzehn

Minuten vergangen sind. Wir haben keine weiteren Geräusche mehr gehört. Tomas steht langsam auf und schleicht in Richtung Tür. Er will einen Blick hinaus riskieren. Ich nicke und rappele mich ebenfalls auf. Wenn da draußen jemand ist, rechnet er ganz sicher nicht damit, sich gleich zwei Kandidaten gegenüberzusehen.

Tomas geht vorsichtig, Schritt für Schritt, auf den Eingang zu. Er verstärkt noch einmal seinen Griff um das Messer, holt tief Luft und tritt hinaus. Ich folge ihm rasch.

Nichts.

Wir gehen um das kleine Gebäude herum und suchen nach Anzeichen dafür, dass irgendjemand da gewesen ist, aber wir entdecken nur unsere eigenen Spuren und welche von Tieren, die nicht sehr groß gewesen sein können. Nun, da die Angst von mir abfällt, lächele ich, als ich mir die Abdrücke, die die Pfoten hinterlassen haben, genauer ansehe. Sie stammen von einem Fuchs oder vielleicht auch von einem Hasen. Wir werden neben den Früchten und dem Brot in unseren Taschen noch weitere Nahrungsquellen brauchen. Ich nehme mir vor, in nächster Zeit die Augen nach Draht und anderem Material offen zu halten, mit dem man Fallen herstellen kann. Dann folge ich Tomas wieder in die Hütte hinein, um unsere Sachen zu holen. Wenn wir es nach Tosu-Stadt schaffen wollen, müssen wir weiterziehen.

Wir essen Zimtbrötchen mit Rosinen zum Frühstück, und ich öffne die Wasserflasche, um die trockenen Krumen hinunterzuspülen. Da wir zu zweit von meinem Trinkwasservorrat zehren, wird er nicht sehr lange reichen. Vor allem nicht bei dieser Hitze. Während gestern mein einziger Gedanke der Frage galt, wie wir möglichst schnell aus dieser Ruinenstadt rauskommen, will ich mich heute darauf konzentrieren, Werkzeuge zu finden, die uns in den kommenden Wochen das Überleben sichern. Außerdem brauchen wir Wasser, und zwar möglichst gering verseuchtes, das meine Reinigungschemikalien trinkbar machen können. Und dieses Wasser müssen wir schnell finden.

Während wir frühstücken, schauen wir uns die Karte von Illinois in Tomas' Atlas an. Auch wenn die meisten Städte und Straßen vom Krieg und dem Zahn der Zeit zerfressen worden sind, hoffen wir doch, dass wenigstens ein paar der Seen und Flüsse ihre alte Lage beibehalten haben. Wir einigen uns darauf, dass wir uns in Richtung eines Flusses halten, der auf der Karte zum Überqueren geeignet aussieht, und wir tippen die Koordinaten in den Transit-Kommunikator ein. Dem Gerät nach zu urteilen, befindet sich der Fluss fünfzehn Meilen weit südwestlich. Wir brechen auf und lassen uns vom Kompass leiten.

Überall um uns herum liegt ebenes, unfruchtbares Land. Hier sind die Schäden der biologischen Waffen, die beim Angriff auf die Stadt und die Umgebung verwendet wurden, deutlich zu erkennen. Alles sieht so anders aus als der hügelige Teil des Landes, in dem ich aufgewachsen bin. Während unseres Marsches trinken wir immer mal wieder einen Schluck Wasser aus der Flasche und versuchen so, die Feuchtigkeit zu ersetzen, die die brennende Sonne aus unseren Körpern saugt. Wir plaudern über unbedeutende Dinge – unsere Lieblingsspiele in der Kindheit, die Schlaflieder, die unsere Mütter uns vorsangen, und über das, was wir am liebsten essen. Tomas mag in Honig glasierte Karotten, ich bin verrückt nach frischen Himbeeren. Wir beschließen, dass es bei unserer Feier zum Bestehen der Auslese beides geben wird.

Nachdem wir viele Stunden gelaufen sind, finden wir ein Wäldchen mit niedrigem Baumbestand, in dem wir uns ausruhen wollen. Gerade als Tomas seine Tasche fallen lässt, stoße ich einen kleinen Freudenschrei aus. Rings um die Baumstämme herum wachsen Dutzende von weißen Blumen mit spitzen Blütenblättern Richtung Himmel. Klee. Mein Vater sagt, dies sei eine der wenigen Pflanzen, die keine Probleme damit haben, überall zu wachsen, ganz egal wie der Boden auch beschaffen sein mag. Als ich noch klein war, brachte meine Mutter oft Kleesalat auf den Tisch, wenn andere Lebensmittel knapp waren. Manche Dinge scheinen sich nie zu ändern.

Tomas und ich pflücken allen Klee, den wir finden können, und teilen ihn in zwei Stapel auf. Dann lassen wir uns im Schatten nieder und essen die frischen Blüten und grünen Stängel zusammen mit unserem Brot und den Früchten. Die Kleewurzeln haben wir im Boden gelassen, damit die Pflanzen neu sprießen können – für die Kandidaten der Auslese, die vielleicht nächstes Jahr hier vorbeikommen werden.

Die Nachmittagssonne brennt gnadenlos auf uns nieder und bäckt den Boden unter unseren Füßen. Unsere Körper sind schweißüberströmt. Der Staub, der durch das Laufen vom Boden aufgewirbelt wird, legt sich auf unsere nasse, klebrige Haut. Die erste Feldflasche haben wir bereits geleert und die zweite geöffnet. Wir müssen unbedingt unseren Wasservorrat aufstocken. Der Kommunikator in meiner Hand sagt mir, dass wir noch zwei Meilen bis zu dem Punkt vor uns haben, an dem wir einen Fluss vorzufinden hoffen.

Es ist schon spät am Nachmittag, als wir unser Ziel erreichen. Aber das Flussbett ist ausgetrocknet. Zwei Mal noch sehen wir auf der Karte nach, um sicherzugehen, dass wir an der richtigen Stelle sind. Es gibt jedoch keinen Zweifel. Im Zeitraum zwischen der Erstellung der Karte und heute hat irgendetwas, vermutlich ein Erdbeben, die Gesteinsmassen verschoben und das Flussbett geleert. Zwar ist das alles andere als eine große Überraschung, doch trotzdem komme ich nicht gegen die Welle der Enttäuschung an. Und schnell macht sich Angst in mir breit, die ich zu verdrängen suche, um mich auf die Lösung des Problems zu konzentrieren. Worum geht es denn schließlich bei der Auslese? Darum, jene herauszufiltern, die auch unter großem Druck noch in der Lage sind, mit einer Schwierigkeit fertigzuwerden. Das Prüfungskomitee will, dass die Kandidaten erfolgreich sind. Irgendwo muss es also Wasser geben. Wir müssen nur aufmerksam und geduldig genug sein, es auch zu finden.

Südwestlich von uns sehe ich einen kleinen Hügel und sage: »Das Wasser aus diesem Fluss muss doch irgendwohin verschwunden sein. Warum klettern wir nicht auf diese Anhöhe da? Vielleicht können wir ja von da aus was sehen.«

Tomas schiebt den Atlas wieder in seine Tasche und nickt. »Klingt für mich nach einem guten Vorschlag.«

Der Hügel ist weiter entfernt und höher, als es zunächst den Anschein gehabt hat. Die Sonne hat schon an Kraft eingebüßt, als wir endlich oben sind. Beim ersten Blick, den wir über die vor uns liegende Landschaft wandern lassen, bin ich kurz davor, in Tränen auszubrechen. Noch mehr rissige graubraune Erde. Weitere krumme, krank aussehende Bäume mit staubtrockenen Blättern. Noch mehr Ödland. Außer dort hinten, in der Ferne. Ich blinzele im Schein der untergehenden Sonne. Ja. Rechts von uns, ziemlich weit weg, entdecke ich eine Grünfläche. Ein Grün, das von gedeihenden Pflanzen stammen muss. Und um zu wachsen, brauchen Pflanzen Wasser.

Mit einem breiten Lächeln nimmt Tomas meine Hand, und im Eiltempo marschieren wir los. Unterwegs dämmert mir, dass sich die Aussicht vom Hügel zwar als äußerst hilfreich erwiesen hat, dass sie uns aber auch in Gefahr gebracht haben könnte. Jeder im weiten Umkreis, der hochgeschaut hat, muss uns gesehen haben. Ich erwähne Tomas gegenüber meine Sorgen, aber es gibt nicht viel, was wir tun können. In dieser kahlen Gegend würden wir ohnehin keine Deckung finden. Wir müssen einfach weiterlaufen und auf das Beste hoffen.

Je näher Tomas und ich dem Grün kommen, desto merkwürdiger fühle ich mich. Die unmittelbare Nähe des Hügels zu den Pflanzen und der potenziellen Wasserquelle, die wir an dieser Stelle vermuten, erscheint mir ein bisschen zu viel des Zufalls. Dieser Landstrich ist noch nicht offiziell revitalisiert worden und macht den Eindruck, von den Regierungsmitgliedern des Vereinigten Commonwealth unberührt gelassen worden zu sein. Aber der Schein könnte auch trügen. Dr. Barnes und seine Prüfer wollen vielleicht sehen, ob wir unseren Kopf gebrauchen und wie wir Probleme wittern und nach Lösungen suchen. Es erscheint mir mehr als plausibel, dass sie uns im großen Prüfungsgeschehen auch mit kleineren Testaufgaben konfrontieren und dass sie bei den Schwierigkeiten, denen wir unterwegs ausgesetzt sind, nichts ungeplant lassen.

Als wir die grüne Fläche beinahe erreicht haben, bin ich mir ganz sicher, dass diese Oase nur eine weitere Prüfung ist. Die Pflanzen wachsen in einem perfekten Oval. In der Mitte schimmert das klare, reine, offenkundig nicht kontaminierte Wasser eines kleinen Teiches. Zwei Bäume mit gesunden Blättern beschützen ihn links und rechts. Das gesamte Areal ist nicht mehr als sieben Meter lang und halb so breit. Es gibt keinen Zweifel. Dieses kleine Paradies ist von Menschenhand angelegt worden.

Tomas beschleunigt beim Anblick des Wassers seinen Schritt, bremst jedoch noch einmal ab, als er merkt, dass ich nicht mehr an seiner Seite bin. »Was ist denn los, Cia?«

Ich erkläre ihm meine Bedenken, und seine Stirn legt sich in Falten. Sehnsüchtig lässt er den Blick auf dem Teich ruhen und sagt: »Die Prüfer wissen, dass wir alle dringend Wasser benötigen. Da wäre es doch nur logisch, wenn sie zusätzliche Wasserquellen schaffen würden, damit wir am Leben bleiben. Ansonsten besteht nämlich niemand von uns diese verdammte Prüfung. Und was würden sie dann machen?«

Tomas hat recht. Aber er war auch nicht derjenige, der sich anhören musste, wie kühl und sachlich Dr. Barnes auf Rymes Tod reagiert hat. Er war es nicht, der Malachi sterben sah. Wenn ich all das nicht erlebt hätte, würde ich diesen Ort vielleicht ebenfalls für ein Geschenk der Prüfer halten. Stattdessen betrachte ich ihn als Falle.

»Lass uns mal um den Teich herumgehen und uns die Sache genauer ansehen. Nur für alle Fälle.«

Tomas will nicht einlenken; ich kann es daran erkennen, wie er die Kiefer aufeinanderbeißt. Das ist die gleiche Reaktion, die ich schon oft bei ihm gesehen habe, wenn er im Klassenzimmer der Meinung war, dass ein Mitschüler oder unsere Lehrerin im Unrecht war. Anstatt mit ihm zu diskutieren, trete ich ganz nah an die Stelle, wo das üppige Gras beginnt, achte aber sorgsam darauf, das Grün nicht mit meinen Füßen zu berühren. Die Blumen, die in der Nähe des Teichrandes blühen, erfüllen die Luft mit ihrem süßen Duft. Die Bäume sind groß und gerade gewachsen, und in der sengenden Sonne locken sie uns mit ihrem Schatten. Es ist ein Ort, der wie geschaffen dafür ist, sich auszuruhen und von den Strapazen der Reise zu erholen. Ist es verwunderlich, dass ich in einer Umgebung, in der so gar nichts vollkommen ist, dieser Idylle misstraue?

»In meinen Augen sieht hier alles ganz in Ordnung aus«, ruft mir Tomas von der anderen Seite der Oase aus zu.

»Nur noch ein paar Minuten, bitte«, rufe ich zurück. Dann drehe ich ihm den Rücken zu und hoffe, dass sich damit jede Diskussion erübrigt. Mein Bauchgefühl sagt mir, dass ich schleunigst von diesem Ort verschwinden sollte, aber zuvor muss ich Tomas überzeugen. Er war immer so gut und so lieb zu anderen, besonders zu denen, die traurig waren oder in Schwierigkeiten steckten. Es ist kein Wunder, dass er meint, die Regierung, die uns hierherverfrachtet hat, würde uns ebenfalls etwas Gutes tun wollen. Da dies die erste Wasserquelle ist, seitdem wir gestern den verseuchten Fluss gesehen haben, kann ich es ihm auch nicht verdenken, dass er in Versuchung gerät. Wenn es doch bloß einen weiteren Wasserzugang ganz in der Nähe gäbe.

Da ist noch ein anderer Hügel nicht allzu weit von uns entfernt! Vielleicht entdecke ich etwas, wenn ich von dort oben Ausschau halte …

»Ich bin gleich wieder da. Bleib, wo du bist«, sage ich und mache mich auf den Weg zum Hügel.

Meine Beine sind müde, aber ich bewege mich schnell. In weniger als fünf Minuten habe ich es auf die Spitze geschafft, und obwohl ich atemlos bin, muss ich lachen, als ich meine Blicke schweifen lasse. Gar nicht weit entfernt, vielleicht hundert Meter von hier, gibt es tatsächlich einen kleinen Fluss. Das Wasser glitzert zwar nicht, und die Pflanzenwelt ringsum ist auch nicht gerade üppig, aber ich sehe am Wuchs, das sie natürlichen Ursprungs ist. Wasser. Verseucht? Wahrscheinlich. Aber ich habe meine Reinigungsutensilien, um etwas dagegen zu unternehmen. Zum ersten Mal am heutigen Tage bin ich aus tiefstem Herzen erleichtert.

Und dann explodiert die Welt.

Kapitel 12

Eine Druckwelle und meine eigene ungläubige Verblüffung bringen mich aus dem Gleichgewicht, und ich stürze zu Boden, wo ich mich zum Glück abrollen kann. Sofort rappele ich mich wieder auf und versuche zu verstehen, was gerade passiert ist. In meinen Ohren pfeift es. Dort, wo vorher die Oase war, befindet sich jetzt ein riesiges Loch. Tomas liegt vollkommen regungslos unmittelbar daneben auf dem harten, aufgerissenen Boden.

Ich unterdrücke ein Schluchzen und renne Hals über Kopf den Hügel hinunter zu der Stelle, an der Tomas mit geschlossenen Augen auf dem Rücken liegt. Sofort mache ich mich auf das Allerschlimmste gefasst. Darauf, dass ich schon wieder die Hand von einem Freund von zu Hause halten muss, während er aus dieser Welt fortgeht und mich allein hier zurücklässt. Dann sehe ich, dass sich seine Brust regelmäßig hebt und senkt, und ich werde von unbeschreiblicher Erleichterung erfasst. Er ist am Leben. Wie auch immer die Falle ausgelöst wurde: Tomas befand sich nicht darin, als es geschah. Ansonsten wäre von ihm – wie von den Bäumen, den Pflanzen und dem Wasser – nichts mehr übrig. Schon allein die Vorstellung, mich ohne Tomas und seine Stärke und ausgeglichene Art den Anforderungen der Auslese stellen zu müssen, schnürt mir die Luft ab.

Aber er ist nicht bei Bewusstsein, was kein gutes Zeichen ist. Ich lasse mich neben ihm auf die Knie sinken und taste vorsichtig seinen Hinterkopf nach Schwellungen ab, die dafür sprechen könnten, dass er sich eine Gehirnerschütterung oder Schlimmeres zugezogen hat. Zum Glück entdecke ich nichts. Doch dann fällt mein Blick auf die Blutlache, die sich auf dem Boden unter Tomas' rechter Hüfte zu sammeln beginnt, und auf den mindestens zwei Zentimeter dicken Ast, der aus seinem Körper ragt.

Ich schlucke mühsam meine Tränen hinunter. Mit Weinen werde ich Tomas bestimmt nicht helfen, also muss ich mir überlegen, was ich stattdessen tun kann. Dr. Flint hat immer gesagt, man solle Patienten mit einer Kopfverletzung nicht bewegen, aber mir bleibt keine andere Wahl. Ich muss das Blut, das unablässig in den trockenen Boden sickert, aufhalten. Vorsichtig rolle ich Tomas auf die Seite. Der knorrige Ast hat sich tief in seinen Körper gebohrt. Die Explosion und Tomas' Aufprall auf dem Boden müssen so heftig gewesen sein, dass er von dem Holzstück regelrecht gepfählt worden ist.

Ich hole tief Luft und versuche, das aus dem Leib ragende Stück gut zu fassen zu bekommen; dann ziehe ich. Die unregelmäßige, raue Rinde reißt an Tomas' Fleisch wie Widerhaken. Er beginnt zu stöhnen und sich zu wehren, als ich das Holz vorsichtig in seiner Wunde vor und zurück bewege, um es herauszubekommen, ohne noch schlimmeren Schaden anzurichten. Als der Ast schließlich draußen ist, blutet die Wunde noch stärker. Ich reiße Stoffstreifen von meinem Bettlaken, lege sie über die Wunde und presse sie fest mit einer Hand darauf, während ich mit der anderen nach dem Medizinbeutel suche. Die Desinfektionssalbe kann ich jetzt gut gebrauchen. Vielleicht auch Nadel und Faden, wenn ich es über mich bringen sollte, beides zu benutzen. Als ich Tomas ganz auf den Bauch drehe, stöhnt er.

Seine grauen Augen öffnen sich mühsam. »Was ist passiert?«

Unwillkürlich muss ich lächeln, als ich seine Stimme höre und sehe, dass er endlich wieder bei Bewusstsein ist. Gleichzeitig kann ich die Tränen der Erleichterung nicht mehr länger zurückhalten. »Die Oase ist explodiert«, berichte ich und wische mir mit meinen verdreckten Handrücken die Tränen von der Wange. »Du bist von einem Ast aufgespießt worden. Ich habe ihn herausgezogen, und die Wunde blutet ziemlich arg. Aber mach dir keine Sorgen«, füge ich mit vorgetäuschter Zuversicht hinzu. »Ich habe dich in null Komma nichts wieder zusammengeflickt. Allerdings …«

Seine Augen werden ganz schmal. »Allerdings was?«

Ich spüre, wie mir die Hitze in die Wangen steigt, noch bevor ich antworte: »Du wirst dafür wohl deine Hose ausziehen müssen.«

Das Grinsen, das Tomas mir zuwirft, ist spöttisch und mehr als nur ein bisschen anzüglich. Doch schnell verschwindet es, und er legt die Stirn in Falten, während er sich damit abmüht, seine Hose zu öffnen und sie abzustreifen. Die Wunde blutet noch immer, aber nicht mehr ganz so schlimm wie vorher. Der aufklaffende Riss hat einen Durchmesser von fast drei Zentimetern, und dem Blut nach zu urteilen, das an dem Stock klebt, ist sie fast acht Zentimeter tief. Die Haut rings um die Wunde ist voller Blut und Muskelgewebe. Eine solche Verletzung muss höllisch wehtun. Und ich habe nicht die geringste Ahnung, wie ich sie versorgen soll. Im Laufe der Jahre hat Dr. Flint so manche offene Stelle meiner Brüder verarztet, aber keine hat je so ausgesehen wie diese hier. Meine Brüder hatten sich immer nur einfache Fleischwunden zugezogen, die man lediglich zusammendrücken und nähen musste. Jetzt sehe ich allerdings eine ziemlich tiefe, breite Kerbe vor mir.

Trotzdem muss ich irgendetwas tun.

Ich krame mehrere Schmerztabletten aus dem Beutel und helfe Tomas dabei, sich aufzurichten, sodass er sie runterschlucken kann. Dann reinige ich die Wunde, so gut ich kann, mit Wasser. Von Blut und Schmutz befreit, sieht die Verletzung sogar noch schlimmer aus als vorher. Ich hatte recht: Es ist unmöglich, diese Wunde einfach zu nähen.

Jetzt fällt mir nur noch eins ein. Allein beim Gedanken daran könnte ich heulen, aber mir bleibt keine Wahl. Noch immer quillt Blut heraus. Wenn ich es nicht bald stoppe, dann wird Tomas nicht mehr weiterlaufen können. Er wird die Prüfung nicht beenden – und ich genauso wenig, da ich es niemals übers Herz bringen würde, in dem Wissen wegzugehen, dass er ganz allein hier draußen an seiner Verletzung sterben könnte.

Ich sammle ein bisschen trockenes Gras und Holz zusammen und schichte es aufeinander, dann zünde ich den Haufen mit einem von Tomas' Streichhölzern an. Als das Feuer richtig lodert, hole ich das Messer aus meinem Beutel. Zusätzlich zu der Schneide und dem Schraubenzieher gibt es an dem Taschenmesser auch noch eine Nagelfeile, eine kleine Säge, einen Haken und verschiedene andere Werkzeuge aus Metall. Ich habe nie verstanden, wozu das alles gut sein könnte. Jetzt weiß ich es.

Ich wähle das Werkzeug aus, das vielleicht vier Zentimeter lang, weniger als einen Zentimeter breit und an der Spitze abgerundet ist. In der Mitte befindet sich eine Art Haken – mein Vater erklärte mir damals, dass er so etwas als Kind benutzt habe, um damit Flaschen zu öffnen. Da es solche Flaschen beziehungsweise deren Verschlüsse in Five Lakes nicht mehr gibt, kann ich nur ahnen, wie es wohl zu handhaben gewesen ist. Allerdings bin ich gar nicht an der ursprünglichen Funktion des Flaschenöffners interessiert, sondern mehr an der langen glatten Oberfläche. Nun muss ich nur noch den Mut aufbringen, meinen Plan auch in die Tat umzusetzen.

Das kleine Feuer prasselt vor sich hin, während ich etwas tue, was ich bei Dr. Flint gesehen habe, wenn ein Patient bei einer besonders unangenehmen Behandlung bei Bewusstsein war. Ich reiche Tomas das Laken aus seiner Tasche und sage ihm, er solle es sich ein Stück in den Mund stopfen und dann fest zubeißen. Unterdessen halte ich den Flaschenöffner über die Flammen und warte darauf, dass das Metall glühend rot wird. Als das der Fall ist, bitte ich Tomas wegzugucken. Ehe ich in letzter Sekunde noch die Nerven verlieren kann, ziehe ich das heiße Metall aus der Flamme und stecke es tief in die Wunde.

Tomas brüllt in sein Laken und bäumt sich vor Schmerzen auf. Seine gequälten Schreie sind gedämpft, und meine Augen füllen sich mit Tränen. Aber ich muss weitermachen. Wieder schiebe ich das Werkzeug mit einer Hand ins Feuer, während ich mit der anderen Hand erst das Blut rings um die Wunde abtupfe und dann Tomas' Beine festhalte. Als das Metall wieder glüht, drücke ich es noch einmal in Tomas' Fleisch. Ein Geruch nach Kupfer und Schwefel bringt mich zum Würgen. Der Gestank verbrannter Haut. Tränen laufen mir über die Wangen. Meine Brust wird mir so eng, dass ich kaum mehr atmen kann. Tomas' erstickte Schreie stechen mir ins Herz, während ich das heiße Metall wieder und wieder in die Wunde schiebe. So lange, bis sich das verbrannte Gewebe endlich zusammenzieht und die Blutung stoppt.

Meine Hände beben, als ich unser kostbares Wasser dafür verwende, die Wunde ein letztes Mal zu säubern. Dann trage ich vorsichtig überall Salbe auf, verbinde die Stelle und helfe Tomas dabei, seine Hose wieder hochzuziehen. Ich hoffe inständig, dass die Blutung dauerhaft gestillt ist, denn ich glaube kaum, dass ich diese Prozedur noch einmal durchstehen würde.

Tomas' Augen sind glasig, und seine Stirn ist schweißgebadet, aber er versucht, mir ein schwaches Lächeln zuzuwerfen. »Hab kaum etwas gespürt«, lügt er.

Ich will ihm einen Kuss auf die Wange drücken, aber er dreht in letzter Sekunde seinen Kopf, und der Kuss landet auf seinem Mund. Die Zeit scheint stehen zu bleiben, und wir starren einander an. Dann beugt sich Tomas ganz, ganz langsam vor und küsst mich noch einmal. Dieser Kuss ist leicht wie eine Feder, aber ich spüre ihn bis hinab in meinen Magen. Ich bin schon früher von Jungen geküsst worden – zwar war ich jung im Vergleich zu den anderen in meiner Klassenstufe, aber *so* jung nun auch wieder nicht. Bei keinem dieser Küsse habe ich mich gefühlt wie bei diesem. Vielleicht liegt es an der Angst, die sich während der gerade erfolgten Behandlung in mir aufgestaut hat, und an dem Adrenalin oder daran, dass ich mir nicht sicher bin, warum Tomas mich küsst. Aus Dankbarkeit? Oder ist da noch mehr? Irgendetwas, von dem ich gespürt habe, dass es langsam mehr wurde, seitdem wir im letzten Jahr zusammen getanzt haben. Ich habe mich bislang einfach nicht getraut, daran zu glauben, dass da etwas zwischen uns sein könnte.

Meine Gefühle, über die ich jetzt nicht weiter nachgrübeln will, verwirren mich, und ich drehe mich um und stopfe meine Sachen zurück in die Tasche. »Es wird bald dunkel. Als ich da auf dem Hügel stand, habe ich einen kleinen Bach gesehen, gar nicht weit entfernt von hier. Kannst du dich bewegen, oder wollen wir lieber hier die Nacht abwarten? Für mich ist es noch hell genug, um schnell dort hinzulaufen, unsere Trinkflaschen aufzufüllen und wieder zurückzukommen.« Ich weiß, dass ich zu viel rede, aber ich kann nichts dagegen tun.

Tomas schüttelt seinen Kopf und richtet sich mühsam auf die Knie auf. »Wenn unser Freund mit der Armbrust die Explosion gehört hat, kommt er uns hier vielleicht suchen.

Bei Einbruch der Dunkelheit sollten wir nicht mehr hier sein.«

Bei all dem, was gerade geschehen ist, habe ich die anderen Kandidaten der Auslese völlig vergessen. Natürlich wird die Explosion für Aufmerksamkeit gesorgt haben. Wenn der Armbrustschütze den Knall gehört hat, dann wird er vermutlich davon ausgehen, dass jeder, der in der Nähe der Quelle war, jetzt tot ist. Es sei denn, er hat Tomas schreien hören, während ich seine Wunde ausbrannte. In beiden Fällen hat Tomas recht. Wir müssen von hier verschwinden.

Ich helfe ihm beim Aufstehen und lege mir seinen Arm um die Schultern, um ihn zu stützen. Er ist beinahe einen Kopf größer als ich, aber wir schaffen es. Der Weg den Hügel hoch ist allerdings mühsam, und wir beide keuchen vor Anstrengung, als wir schließlich oben angekommen sind.

Endlich schlagen die Schmerzmittel an, und Tomas kommt ein bisschen schneller voran, als wir auf der anderen Seite wieder hinabsteigen. Im Dämmerlicht erkenne ich ein paar schulterhohe Büsche mit dicken grauen Blättern und steuere darauf zu. Das Gestrüpp steht dicht, aber nachdem ich einige der niedrigeren Zweige abgebrochen habe, kann ich mich unter dem Busch, der in nächster Nähe zum Bach steht, hindurchschieben und entdecke einen kleinen, unbewachsenen Flecken, der wie geschaffen für unser Nachtlager ist. Ich bitte Tomas um sein bedrohlich aussehendes Messer und benutze es, um noch etwas mehr Platz für uns beide freizuschlagen. Dann breite ich Tomas' Laken auf dem Boden aus und biege die Zweige weg, sodass er leichter in das Versteck steigen kann. Er schläft schon fast, als ich ihm sage, dass ich Wasser holen gehe, was gar nicht so leicht werden wird, da die Sonne jetzt rasch untergeht. Ich schnappe mir unsere drei Wasserbehälter und die Tasche mit meinen Reinigungschemikalien; dann kämpfe ich mich durchs Unterholz ans Ufer.

Es ist nicht schwer herauszufinden, ob Wasser trinkbar ist, aber es ist zeitaufwändig, und man braucht Licht dazu. Da unsere letzte Flasche beinahe leer ist und mir kaum noch Tageslicht bleibt, muss ich mich jedoch ranhalten. Ich muss es einfach versuchen. Wenn Tomas' Wunde mitten in der Nacht anfängt, sich zu entzünden, ist Wasserknappheit das Letzte, was ich gebrauchen kann.

Die Tests, um mögliche Verseuchungen festzustellen, sind denkbar einfach. Man füllt einen Becher mit dem Wasser und fügt einige Tropfen verschiedener, flüssiger Chemikalien hinzu, die mit der Verunreinigung reagieren. Die kleine Wasserprobe wird dann rot, blau, gelb oder grün, um die verschiedenen Arten der Kontamination anzuzeigen. Manchmal ist die Verfärbung nur sehr schwach. Man muss auch geringe Farbveränderungen erkennen, um die richtige Dosis an chemischen Gegenmitteln einzurühren und das Wasser auf diese Weise trinkbar zu machen. Der Trick besteht darin, wirklich nur die Menge an Chemikalien hinzuzufügen, die nötig ist, um die Verunreinigung zu neutralisieren. Wenn man etwas Falsches hineinschüttet, läuft man Gefahr, das Wasser endgültig unbrauchbar zu machen. Vom Genuss stirbt man zwar nicht, kann aber richtig krank werden. So etwas will ich natürlich unbedingt vermeiden.

Ich hole die Chemikalien heraus, nehme einen der Wasserbehälter aus durchsichtigem Plastik, die sich im Korb im Startcontainer befunden haben, und schöpfe ein wenig Wasser aus dem Bach. Dann füge ich einen Tropfen der ersten Chemikalie hinzu und schwenke die Mischung. Wenn das Wasser Zyanidverbindungen enthält, die mithilfe biotechnischer Verfahren gewonnen wurden und in vielen

Bomben in *Stadium Vier* des Krieges enthalten waren, dann wird sich die Flüssigkeit rot färben. Nachdem ich das Wasser einige Minuten lang im Behälter habe kreisen lassen, bin ich mir sicher, dass ich diese Art der Verunreinigung ausschließen kann, und so mache ich mich an die nächste Prüfung. Die ersten drei Tests über sind keinerlei Verfärbungen zu beobachten, beim vierten tut sich jedoch etwas. Dabei suche ich nach einer Chemikalie, die damals von der Asiatischen Allianz zusammengemixt wurde und die zu einem Zusammenbruch des Herz-Kreislauf-Systems führt. Das Wasser nimmt sofort einen leuchtenden Lilastich an, der selbst im schwachen Schein der letzten Sonnenstrahlen unverkennbar ist. Ich schütte die Probe aus und fülle nun alle drei Flaschen mit Wasser, das ich mit dem entsprechenden Gegenmittel versetze. Es wird mindestens eine Stunde lang dauern, ehe die Chemikalie ihre Gegenwirkung entfaltet. Morgen früh werde ich einen Löffel voll nehmen und noch einmal testen, um ganz sicherzugehen, ehe wir davon trinken. Jetzt klemme ich mir erst mal die drei Flaschen unter den Arm und schiebe mich durch das dichte Buschwerk zurück zu unserem Lager. Dort knabbere ich einige getrocknete Apfelstücke und rolle mich dann neben Tomas auf dem Laken zusammen. Zwar versuche ich angestrengt wach zu bleiben, aber ich komme einfach nicht gegen die Erschöpfung des langen Tages an.

Genug Auslese für heute.

Der Schlaf ist stärker.

Am nächsten Morgen begrüßt mich das Zwitschern eines Vogels. Wie ich da, so warm ins Laken eingekuschelt, liege, glaube ich für einen kurzen Moment, wieder zu Hause vor dem Kamin zu sein, nachdem mich das Schnarchen meiner Brüder aus dem Zimmer gejagt hat. Dann merke ich, wie sich etwas hinter mir regt, und erinnere mich daran, wo ich mich tatsächlich befinde. Ich reiße mit einem Schlag die Lider auf und sehe, dass Tomas' klare graue Augen mich anblicken.

»Guten Morgen«, sagt er mit einem liebevollen Lächeln. »Ich wollte dich nicht aufwecken.«

»Und ich wollte nicht einschlafen.« Ich ärgere mich über mich selbst. So viel zum Thema Wache halten, falls der Armbrustschütze zurückkehrt. Wenn er uns in der Nacht aufgespürt hätte, wären wir beide jetzt tot. Das war dumm und leichtsinnig von mir. Wir können von Glück sagen, dass wir noch am Leben sind.

Tomas scheint sich deswegen nicht zu grämen, aber er dämpft seine Stimme, als er sagt: »Wir sind hier recht gut versteckt. Ich bin schon vor einer ganzen Weile aufgewacht und habe mich umgesehen. Falls irgendeiner der anderen Kandidaten hier vorbeigekommen sein sollte, habe ich jedenfalls nichts davon mitbekommen.«

»Findest du es nicht merkwürdig, dass wir bislang keinem anderen Prüfling begegnet sind?«, frage ich.

»Eigentlich nicht. Auf der Karte, die sie uns im Prüfungszentrum gezeigt haben, sah es so aus, als würden die Grenzlinien hier in dieser Gegend mindestens zwanzig Meilen auseinanderliegen. Das bedeutet, dass wir uns alle ganz gut verteilen können. Zunächst jedenfalls.« Er greift in seine Tasche, holt seinen Atlas heraus und schlägt ihn auf der Seite von Kansas auf. »Wenn ich mich richtig entsinne, dann nähern sich die Zäune am Ende einander an, und zwar ungefähr hier.« Er deutet mit dem Finger auf einen Punkt ein gutes Stück von der Stadt entfernt, die früher einmal Wichita hieß. »Ich schätze, dass die Prüfer uns an diesem Punkt aufeinander zutreiben wollen, um zu sehen, wie wir darauf reagieren.«

»Also ein weiterer Test im Test. Wie gestern.«

»Stimmt, und das, wo der Teil gestern schon so toll gelaufen ist.« In Tomas' Augen blitzt Zorn auf: eine Gefühlsregung, die ich bei ihm bislang noch nie gesehen habe. Normalerweise ist er immer so ruhig und ausgeglichen. Jetzt jedoch klingt seine Stimme laut und angespannt, als er fortfährt: »Ich bin beinahe in Stücke gerissen worden, weil ich einfach nicht glauben wollte, dass du recht haben könntest. Dass das einzige Zeichen der Hoffnung, welches wir seit Beginn des Auslesetests zu sehen bekommen haben, angelegt wurde, um uns zu töten. Ich habe mir die ganze Zeit über gesagt, dass du dich irrst und ich recht habe. Ich meine: Warum zur Hölle sollten uns die Prüfer hier zusammenpferchen, wenn sie uns ohnehin alle umbringen wollen? Für mich ergibt das alles keinen Sinn.«

Er hat die Fäuste geballt, und ich sehe Unverständnis und Wut in seinen Augen, als er auf eine Antwort wartet, die ich ihm nicht geben kann. Also nehme ich Tomas' schmutzstarrende Hand und drücke sie schweigend, denn ich fühle mich genauso verloren wie er.

Einige Minuten bleiben wir Hand in Hand sitzen, ehe Tomas mir ein Lächeln zuwirft, das das vertraute Grübchen in seine Wange zaubert. »Nun, in einem Punkt lagst du allerdings falsch. Ich war ganz sicher nicht der schlaueste Kerl in unserer Klasse, Cia. Auch wenn es ziemlich klug von mir war, mich mit dir zusammenzutun. Welches andere Mädchen hätte mir schon den Arsch zusammengeflickt, nachdem ich es gerade geschafft habe, mich in die Luft jagen zu lassen?«

»Machst du Witze?« Ich drehe mich weg, nestle an meiner Tasche herum und ziehe eine Tüte mit getrockneten Früchten heraus, nur damit Tomas nicht sehen kann, wie rot meine Wangen geworden sind. »Praktisch jedes unverheiratete Mädchen in der Five-Lakes-Kolonie hätte sich darum gerissen, dich zu verarzten. Vor allem, wenn du dich dann mit einem Kuss bedankst.«

»Cia.« Als ich mich zurückdrehe, versucht Tomas, meinen Blick aufzufangen. Der Schalk ist völlig aus seinen Augen verschwunden und hat einem beschwörenden Ausdruck Platz gemacht.

»Wenn mir ein anderes Mädchen geholfen hätte, hätte ich es nicht geküsst.« Seine Worte hängen zwischen uns in der Luft. Tief in meinem Innern bewegt sich etwas und wird nun endlich gerade gerückt. Dann ist der magische Moment auch schon wieder vorbei, und Tomas sagt: »Komm, wir sollten aufbrechen. Es ist noch ein langer Weg bis nach Tosu-Stadt.«

Ehe wir weiterziehen, teste ich noch einmal das Wasser, das ich gestern behandelt habe, und bin dankbar dafür, dass ich etwas Sinnvolles zu tun habe, was mich davon ablenkt, unablässig über Tomas' Worte nachzugrübeln. Hat er mir sagen wollen, dass ich etwas Besonderes für ihn bin, oder wollte er mir nur schmeicheln? Wenn ich daran denke, dass ihm zu Hause in Five Lakes so ziemlich jedes Mädchen zu Füßen gelegen hat, finde ich es schwer vorstellbar, dass er jemals auf diese begehrliche Weise an mich gedacht hat. Doch dann erinnere ich mich an den Tanz und all die vielen Male im letzten Jahr, bei denen ich ihn im Klassenzimmer dabei ertappt habe, wie er mich beobachtete. Vielleicht ist die ganze Zeit schon etwas zwischen uns gewesen.

Auch nach der erneuten Überprüfung bleibt das Wasser klar. Tomas und ich nutzen die Chance, stillen ausgiebig unseren Durst und waschen uns sogar den Schmutz der Reise von den Händen und aus den Gesichtern, ehe wir die Flaschen am Bach nachfüllen und die entsprechenden Chemikalien hinzufügen. Zum Frühstück essen wir Cracker, Äpfel und etwas Wiesen-Klee, den wir ganz in der Nähe unseres Lagers in den Büschen entdecken. Ich sehe nach Tomas' Wunde, trage noch einmal Salbe auf, und dann ziehen wir Richtung Südwesten los.

Der heutige Tag ist kühler. Ich glaube, dass nun Stürme drohen, aber allein die Tatsache, dass es nicht mehr so extrem heiß ist, macht die Reise viel leichter. Unser Vorankommen wird uns vom Transit-Kommunikator angezeigt, auf dem sich unsere Koordinaten ständig anpassen, aber wir merken es auch an der Umgebung, die sich rings um uns herum verändert. Der flache, rissige Boden, der nur ab und an von kleinen Grünflächen und kränklich aussehenden Bäumen durchbrochen wurde, weicht einer Hügellandschaft mit Bäumen, die zwar auch noch nicht richtig gesund scheinen, aber doch nicht mehr so schwarz und verkrüppelt sind. Überhaupt gedeihen hier weitaus mehr Pflanzenarten. Öfter als nur einmal halten Tomas und ich an, weil ich wilde Karotten, Malven und Schwalbenwurz entdeckt habe. Ich weiß zwar nicht, ob wir irgendwann Zeit haben werden, ein Feuer anzuzünden, um Letztere zu kochen, aber sicherheitshalber pflücke ich sie trotzdem. Unsere augenblicklichen Vorräte werden nur noch zwei oder drei Tage reichen. Also brauchen wir alles an Nahrung, was wir finden können.

Wir sehen nun auch immer mehr Vögel wie den, der mich an diesem Morgen mit seinem Gesang geweckt hat, und Spuren anderer Wildtiere. Tomas entdeckt die Abdrücke von Rehen, Füchsen und Hasen und auch tiefe Fährten, die wir keinem Tier zuordnen können. Wir werden auf die Jagd gehen müssen, wenn wir so weit bei Kräften bleiben wollen, dass wir bis zum Ende der Auslese durchhalten. Aber im Augenblick wollen wir erst mal vorankommen. Während wir Meile um Meile zurücklegen, sprechen wir über die vereinzelten Gebäude, an denen wir vorbeikommen. Viele sind es nicht. Bei manchen von ihnen stehen nur noch ein paar Wände. Andere sehen besser erhalten aus. Als die Nacht näher rückt, beschließen wir, uns eine Gruppe von einstöckigen Häusern genauer anzusehen, die von Weitem in gutem Zustand zu sein scheinen. Vielleicht haben die Menschen, die früher hier gelebt haben, etwas zurückgelassen, was wir nutzen können, um schneller voranzukommen. Oder wir finden andere nützliche Dinge wie Draht für Tierfallen, die uns beim Überleben helfen sollen.

Im ersten Haus hat sich eine Tierfamilie eingenistet. Es gibt unverkennbare Spuren von Klauen und Losung, die so frisch aussieht, dass wir es uns anders überlegen und weiterziehen. Das nächste Haus macht den Eindruck, jeden Augenblick einzustürzen, aber ein kleiner Geräteschuppen dahinter scheint stabil zu sein, und so wagen wir uns hinein. Durch ein Fenster, das seine Scheibe schon vor langer Zeit eingebüßt hat, fallen die letzten Strahlen der Sonne herein, sodass wir im Innern alles gut erkennen können. Der Staub und der modrige Geruch bringen mich zum Niesen. An einer Seite des kleinen rechteckigen Raums steht eine verrottete Bank. Auf der anderen Seite sehe ich ein Fahrzeug, das vielleicht einmal ein Traktor war. Aber so genau lässt sich das nicht mehr sagen, denn es ist vollkommen verrostet; alle vier Räder und der Motor fehlen. Dann schiebe ich ein großes verfaultes Brett, das an der Hinterwand lehnt, zur Seite und lächele breit, denn es kommt ein alter Karren zum Vorschein. Die hölzerne Ladefläche ist ebenfalls vermodert, und an einer Seite fehlt ein großes Stück. Unten aber sind zwei große Räder angebracht, die beide so aussehen, als seien sie noch zu retten. Tomas holt sein Werkzeug aus der Tasche und hilft mir dabei, die Räder abzunehmen. Sie sind schwer und von Dreck und dicken Schichten Spinnweben überzogen, aber sie machen mir Hoffnung. Wenn ich noch anderes Material finde, kann ich vielleicht etwas bauen, womit wir schneller vorankommen.

In den nächsten Häusern finden wir einen kleinen Topf, eine Pfanne und einige Schrauben und Nägel, die wir aus verrottenden Regalbrettern ziehen. Nicht gerade viel, aber mehr, als wir am Anfang hatten. Nachdem wir unser Lager für die Nacht aufgeschlagen und zwei unserer Äpfel und den letzten Rest vom Brot verzehrt haben, schlafen wir in der Hoffnung ein, morgen noch weitere Schätze zu entdecken.

Am nächsten Tag, einige Meilen entfernt, stoßen wir auf eine Ansammlung von mehreren Dutzend Gebäuden, die zum großen Teil aus Backsteinen und mithilfe von Zement errichtet worden sind und deshalb Wind und Wetter und dem Zahn der Zeit getrotzt haben. So wie sie angeordnet sind, liegt die Vermutung nahe, dass sie einmal das Zentrum einer Kleinstadt gebildet haben, ähnlich dem Marktplatz in Five Lakes. Wir durchsuchen ein Haus nach dem anderen. Einzelne Drähte wandern in unsere Taschen und ebenfalls ein Schraubenschlüssel. Viel mehr finden wir nicht.

Gerade als wir das letzte Gebäude betreten wollen, zeigt Tomas auf den Boden vor uns. Der halbe Abdruck einer Stiefelsohle. Mein Herz setzt einen Schlag lang aus. Stammt der Abdruck von einem anderen Prüfling? Davon müssen wir wohl ausgehen. Mein erster Instinkt ist: fliehen. So weit und so schnell wegzurennen, wie wir nur können.

Aber Tomas will hineingehen. »Wenn es hier wirklich einen anderen Kandidaten gibt, dann ist es am besten herauszufinden, wer es ist und was er vorhat. Wir wollen doch nicht von ihm überrascht werden, oder?«

Damit hat er zweifellos recht. Bei der Vorstellung, dass ein Unbekannter in unserer Nähe herumlungert und auf einen Moment wartet, in dem er uns wehrlos vorfindet, läuft es mir eiskalt über den Rücken. Ich schlucke mühsam, hole die Pistole aus meiner Tasche und folge Tomas hinein.

Drinnen herrscht völliges Chaos. Mehrere kleine pelzige Tiere hüpfen von einem wackeligen Tisch und rasen quer durch den Raum auf ein Loch in der Wand zu. Weil meine Nerven blank liegen und Angst in meinen Adern pulsiert, denke ich nicht nach, sondern reagiere einfach. *Peng. Peng. Peng.* Zwei der Tiere mit hellem Fell fallen tot um, noch bevor der Rest es ins rettende Loch geschafft hat.

Erst jetzt schaltet sich mein Gehirn wieder ein und sagt mir, dass ich soeben im nahen Umkreis alle auf uns aufmerksam gemacht habe. Ich fange an, mich zu entschuldigen, aber Tomas lacht nur. »Da gibt es nichts zu entschuldigen. Wenn hier jemand war, dann hat er vermutlich die Beine in die Hand genommen, um so weit wie möglich wegzukommen von jemandem, der eine Knarre hat. Und wenn er wüsste, dass du so gut schießen kannst, dann würde er sogar noch schneller rennen.«

Er bittet mich, die Vordertür im Auge zu behalten, während er den Rest des Gebäudes untersucht. Nach einigen Minuten höre ich ihn einen lauten Schrei ausstoßen. Zuerst denke ich, er hat denjenigen gefunden, der für den Fußabdruck vor der Tür verantwortlich ist. Aber dann höre ich die Freude in seiner Stimme, als er mir zuruft, ich solle schnell kommen, er habe eine Überraschung für mich.

Und was für eine Überraschung! In einem Raum, in dem anscheinend früher der Fuhrpark abgestellt war, liegen zwei Fahrräder. Tomas sagt, er habe sie unter einer Plastikplane in einer der hinteren Ecken gefunden. Es ist dunkel hier, aber ich sehe, dass das eine Rad keinen Hinterreifen hat. Bei dem anderen haben die Kette und die Pedale schon weitaus bessere Tage gesehen. Beide Gestelle sind ziemlich verrostet und voller Dreck. Aber ich strahle trotzdem von einem Ohr bis zum anderen. Sie mögen alt, kaputt und klapprig sein, aber diese Räder kommen mir wie das Schönste vor, das ich je gesehen habe.

Gemeinsam tragen wir sie hinaus, und ich muss lächeln, als ich mich wieder an die Tiere erinnere, die ich geschossen habe. Beutelratten. Das Fell ist zwar etwas dunkler und ähnelt mehr dem von echten Ratten als bei den Exemplaren in der Five-Lakes-Kolonie, aber das zapfenförmige Gesicht, die beiden Reihen winziger, messerscharfer Zähne und der unbehaarte, schuppige Schwanz sind unverkennbar. Und ich weiß aus Erfahrung, dass ihr Fleisch essbar ist. Die Fahrräder und das frische Fleisch machen mich unglaublich glücklich. In dieser Stimmung schlagen wir unser Lager unter einer Baumgruppe mitten zwischen den Gebäuden auf.

Tomas übernimmt freiwillig die Zubereitung des Abendessens und will sich nach einer Wasserquelle umsehen, während ich die Fahrräder auf ihre Tauglichkeit überprüfe. Ich reiße einen Streifen von meinem Laken und befreie die Gestelle von Schmutz, Rost und Schmiere. An einer Kette hat sich ein Glied verdreht, aber mit ein bisschen Fummelei gelingt es mir, es zu entfernen und den Rest der Kette wieder funktionstüchtig zu machen. Die verbliebenen Reifen der Räder sind platt, doch das macht nichts. Ich kratze das Gummi von den Felgen des ersten Fahrrads und bin die nächsten drei Stunden damit beschäftigt, den Zahnkranz zu richten, die Kette wieder einzuhängen und die Bremsen gängig zu machen. Der Sattel ist von Mäusen oder anderen Nagern angeknabbert worden, aber ich stopfe trockenes Gras in einige der Löcher und nähe aus weiteren Resten des Lakens einen neuen Bezug. Als die Sonne am Horizont allmählich untergeht, bin ich voller Schmutz und Schmiere, aber zumindest *ein* Fahrrad ist wieder einsatzbereit. Vielleicht wird es nicht sehr lange benutzbar sein, doch ich bin mir ziemlich sicher, dass die Reifen auch ohne Schläuche einige Meilen durchhalten werden.

Während der Reparatur des ersten Rades habe ich mir das Problem des fehlenden Reifens beim zweiten durch den Kopf gehen lassen. Auf keinen Fall können Tomas und ich gemeinsam auf einem Rad fahren, wie Daileen und ich es manchmal zu Hause getan haben. Nicht bei der Strecke, die wir noch zu bewältigen haben. Wir brauchen schon zwei Räder, was bedeutet, dass ich auch das andere wieder instand setzen muss. Ich glaube, eine Lösung gefunden zu haben, als Tomas mich ruft, weil das Abendessen fertig ist. So gut es geht, wische ich mir den Dreck von den Händen.

Bei Tomas angekommen, erwartet mich die nächste Überraschung. Auch er ist nicht untätig gewesen, während ich mit den Fahrrädern beschäftigt war. Er hat nicht nur ein Feuer angezündet, sondern auch die beiden Beutelratten gehäutet und gebraten und die Grünpflanzen, die wir gesammelt haben, zusammen mit den wilden Karotten und ein wenig Fichtenrinde aufgekocht. Die größte Freude macht er mir jedoch mit einigen kleinen, frischen, süßen Erdbeeren, die er wild wachsend an einer Seite der Gebäude entdeckt hat. Die warme, sättigende Mahlzeit trägt zu der aufkeimenden Hoffnung bei, die ich schon den ganzen Tag über verspüre.

Während des Essens erzähle ich Tomas von meinen Fortschritten bei der Reparatur und meiner Idee, das zweite Fahrrad tauglich zu machen, indem ich die beiden Räder des Karrens einbaue, den wir gestern gefunden haben. Wir besprechen, wie wir das Fahrrad am besten umrüsten können, und beschließen, den nächsten Tag über hierzubleiben, anstatt weiterzuziehen, denn wir glauben beide, dass sich die Verzögerung am Ende bezahlt machen könnte.

Am nächsten Morgen essen wir kalte Beutelratte und Erdbeeren zum Frühstück und machen uns an die Arbeit. Wir wollen die Schaltung des zweiten Fahrrads so anpassen, dass die beiden mittelgroßen Räder des Karrens eingebaut werden können. Es dauert beinahe den ganzen Tag, und wir brechen mehrmals auf, um die Gebäude der kleinen Stadt nach dringend benötigten Ersatzteilen zu durchkämmen. Als die Sonne unterzugehen beginnt, fahre ich mit dem zweiten Rad eine Runde um den Platz. Wieder gibt es Beutelratte und Erdbeeren für uns. Dazu trinken wir Wasser, das Tomas von einem Bach, nur eine Meile entfernt, geholt hat. Dann befestigen wir Metallstücke hinter den Sätteln unserer Fahrräder, sodass wir Gepäckträger für unsere Taschen haben.

Die Nacht bricht herein. Wir machen es uns auf dem Boden bequem und sehen zu, wie die ersten Sterne am Himmel erscheinen. Tomas hat die Arme um meine Schultern gelegt, und ich kann mir beinahe vorstellen, dass wir daheim hinter unserem Haus sitzen und in den Himmel schauen, während meine Familie ganz in der Nähe ist. Gerade will ich Tomas von diesem schönen Bild berichten, als er seine Lippen für einen sanften Kuss auf meinen Mund drückt. Mein Herz schlägt schneller. Es ist schon zu dunkel, um etwas zu sehen, doch ich spüre, dass Tomas mir die Möglichkeit gibt, mich zurückzuziehen. Aber das will ich überhaupt nicht. Ich beuge mich näher zu ihm und merke, wie sich ein Lächeln auf seinem Gesicht ausbreitet, ehe sein Kuss leidenschaftlicher wird.

Ich lege ihm eine Hand in den Nacken und halte mich ganz fest, während mein Körper wohlig bebt. Obwohl wir in so einer schlimmen Lage stecken, hat sich noch nie in meinem Leben etwas so vollkommen angefühlt.

Da zerreißt ein Schrei in der Ferne die Nacht. Es ist eine menschliche, eine weibliche Stimme. Der Laut lässt uns auseinanderfahren und bringt uns dazu, sofort zu handeln. Ich höre, wie Tomas sein Messer aus der ledernen Scheide zieht, und taste selbst nach meiner Pistole. Seite an Seite warten wir in der Dunkelheit darauf, dass sich der Schrei wiederholt.

Aber alles bleibt still.

Trotzdem finden wir keinen Schlaf.

Kapitel 13

Im ersten Morgengrauen stehen wir auf, packen unsere Sachen zusammen, verstauen sie auf den behelfsmäßigen Gepäckträgern unserer neuen Fahrräder und radeln langsam los Richtung Südwesten. Die ganze Nacht über hatten wir uns aneinandergeschmiegt, unsere Waffen in unmittelbarer Reichweite, und uns gegenseitig flüsternd versichert, dass der Schrei bestimmt aus weiter Ferne zu uns herübergeweht worden war und wir hier sicher wären vor dem, was die Ursache dafür gewesen war.

Obwohl Tomas' Wunde abzuheilen beginnt, merke ich, dass es beschwerlich für ihn ist, eine erträgliche Sitzposition auf dem Sattel zu finden. Da die Reifen keine Gummischläuche haben, mildert nichts die Stöße ab, wenn wir über Steine, Zweige und Schutt rollen. Die Fahrt ist mehr als holprig.

Je weiter wir uns von Chicago entfernen, desto dichter wachsen die Bäume und Büsche, und es gibt auch immer mehr intakte Häuser. Wir entscheiden uns, nach Süden zu fahren, wo es laut Tomas' Karte früher eine breite Straße gegeben hat. Selbst eine Fahrbahn, die nicht wieder instand gesetzt worden ist, würde uns leichter vorankommen lassen als das Gelände, durch das wir uns im Moment quälen. Der andere Grund für unseren Entschluss bleibt unausgesprochen. Der Hilferuf in der letzten Nacht schien aus dieser Richtung gekommen zu sein. Wir suchen nach dem Mädchen, dessen Schrei uns die ganze Nacht lang wach gehalten hat. Wenn es verletzt ist, müssen wir ihm helfen. Ich könnte nicht damit leben, es nicht wenigstens versucht zu haben.

Als ich einen Schwarm Krähen vom Himmel herabstoßen und etwas umkreisen sehe, schnürt es mir die Kehle zu. Wortlos verlassen wir die Straße und radeln über vereinzelte braune Grasflecken, um zu sehen, wovon die Vögel angezogen worden sind. Als wir an der Stelle ankommen, wo sie sich sammeln, geht es nicht mehr um die Frage, ob wir dem Mädchen, das geschrien hat, helfen können oder was wir tun sollen, wenn es sich uns anschließen möchte. Vor uns liegt der reglose Körper eines Mädchens, das nie wieder um irgendetwas bitten wird. Ich bilde mir ein, die junge Frau wiederzuerkennen. Es muss die sein, die vor Malachi lief, als wir den Versammlungsraum am ersten Tag der Auslese verließen. Sie hat langes hellblondes Haar, das jetzt vor Schmutz starrt und voller Blut ist. Die Augen, die vielleicht einmal blau gewesen waren, sind von den Vögeln aus den blutigen Augenhöhlen herausgepickt worden. Und dort, in ihrer Magengegend, sehe ich etwas, das meine Übelkeit und mein Mitleid mit ihr in eisige Angst verwandelt.

Ein Armbrustbolzen ragt aus ihrem Bauch.

Ihre Tasche ist leer. Entweder hat sie den Inhalt unterwegs verloren, was ich bezweifle, oder der Armbrustschütze hat ihre Besitztümer mitgenommen, nachdem er sein Opfer zur Strecke gebracht hatte.

»Wir sollten verschwinden.« Tomas drückt meine Hand. Ich kann nicht aufhören, unsere Auslese-Mitstreiterin anzustarren. »Es dürfte jetzt nicht mehr weit bis zur Straße sein.«

»Du hast recht. Es wäre besser aufzubrechen. Vielleicht ist der Armbrustschütze noch in der Nähe.« Aber ich kann mich nicht vom Fleck rühren. Ich kann die Tote nicht hier liegen lassen, wo die Vögel sie stückweise verzehren. Ihr wird das nichts mehr ausmachen, aber mir schon. Diese junge Frau hatte eine Familie. Freunde. Es gibt irgendwo Menschen, die sie lieben und die glauben, dass sie sicher in Tosu-Stadt untergebracht ist, wo sie allen zeigt, was sie in Mathematik und Naturwissenschaften draufhat. Diese Menschen werden vielleicht nie von ihrem Schicksal erfahren, aber ihre Liebe zu ihr und umgekehrt verlangen nach Respekt. So haben es mir meine Mutter und mein Vater beigebracht, und nach diesem Grundsatz leben wir in der Five-Lakes-Kolonie.

Tomas findet schließlich einen Spalt im Boden, der breit genug für den schmalen Leichnam des Mädchens zu sein scheint. Gemeinsam verscheuchen wir die aasfressenden Krähen und tragen die Tote zu ihrer letzten Ruhestätte. Ich mühe mich mit ihrem Erkennungsarmband ab, bis ich endlich die richtige Stelle drücke. Der Verschluss öffnet sich mit einem Klicken, und das Band mit dem eingravierten Symbol – einem Dreieck um ein kleines Rad mit acht Speichen – fällt in meine geöffnete Hand. Dann lassen wir das Mädchen in den Spalt rutschen. Wir verlieren eine Stunde Tageslicht, während wir Steine über die Öffnung schieben, damit nicht Vögel und anderes Getier sich der sterblichen Überreste bemächtigen.

Als Letztes markiere ich das Grab mit einem großen rötlichen Stein und wünschte, ich wüsste den Namen der Toten, um mich richtig von ihr verabschieden zu können. Stattdessen presse ich mir ihr Armband auf mein Herz. Im Stillen schwöre ich, dass ich die Überzeugungen, mit denen ich aufgewachsen bin, niemals verraten werde, nur um bei der Auslese zu bestehen, ganz gleich wie groß meine Angst noch werden wird. Und ich werde das Schicksal dieses Mädchens nicht vergessen.

Tomas' Kiefer verhärten sich, als er einen letzten Blick auf die Grabstelle wirft, ehe wir wieder unsere Räder besteigen. Schweigend radeln wir den restlichen Tag über in Richtung der Straße, auf die wir irgendwo in nicht allzu weiter Ferne zu stoßen hoffen. Wir machen nur kurz halt, um Wasser zu reinigen, nachdem wir es getestet haben, Löwenzahn und wilde Karotten zu sammeln und den letzten Rest Beutelratte zusammen mit unseren verbliebenen Äpfeln zu verspeisen. Meine Beine zittern vor Erschöpfung, aber die Erinnerung an das tote Mädchen und seine leeren Augenhöhlen treibt mich an, immer weiter in die Pedale zu treten, über holprige Steine und durch dichtes Unterholz, bis die Dunkelheit hereinbricht.

Spät am Morgen des nächsten Tages finden wir endlich die Straße. Es ist ein breiter geteerter Streifen, der sich weiter vor uns erstreckt, als wir ihm mit den Augen folgen können, was mich eigentlich freuen sollte. Stattdessen versetzt mich der hervorragende Zustand der Straße in Angst und Schrecken. Es gibt keine Löcher und keine Risse im Asphalt. Abgesehen von einigen Ausbesserungen hier und da, sehe ich keine Spuren von Reparaturen. Dieses Mal wundert Tomas sich nicht, als ich von meinem Rad absteige.

»Glaubst du, das ist schon wieder eine Falle?«, frage ich.

»Nach dem Teich halte ich alles für möglich«, entgegnet er und legt den Kopf schräg. »Aber ich glaube nicht. Sieh mal dort.«

Ich kneife die Augen zusammen und schaue in die Richtung, in die er zeigt. Da sehe ich es. In einiger Entfernung wird die Umgebung von einer leuchtend blauen Linie durchzogen. Der südliche Zaun des Gebietes für die Kandidaten der Auslese. Die Linie, die wir nicht überschreiten dürfen.

»Ich wette, das Komitee hält diese Straße in Schuss, um

jedes Jahr die Grenzmarkierungen anbringen zu können.« Tomas kramt in seiner Tasche und holt seinen Atlas hervor. »Dieser Karte nach zu urteilen, führt die Straße den ganzen Weg bis zur südwestlichen Seite des alten Bundesstaates und verbindet sich dort mit einer weiteren Straße, die direkt bis nach Tosu-Stadt reicht. Die Offiziellen müssen problemlos von Tosu-Stadt aus zu den Startpunkten der einzelnen Kandidaten und wieder zurück kommen. Ich wette, dafür ist diese Straße gedacht.«

Die Überlegung ist nicht von der Hand zu weisen. Aber es ist nicht Tomas' Logik, die mich überzeugt. Es ist die Karte selbst, die mir verrät, dass die vor uns liegende Straße auf dem Weg nach Tosu-Stadt durch mehrere Städte führt. Die lebhaftesten Träume meines Vaters haben in einer Stadt gespielt, deren Gebäude noch nicht völlig zerstört waren. Wenn die Prüfer uns Fallen stellen wollen, dann wären diese Städte die geeignetsten Orte dafür.

»Lass uns ein paar Steine auf die Fahrbahn werfen«, schlage ich vor. »Wenn nichts explodiert, sollten wir unser Glück versuchen.«

Tomas lacht und sieht sich nach passendem Material um. Er kann besser werfen als ich, und gemeinsam lassen wir ungefähr ein Dutzend kleinerer und größerer Brocken auf den Asphalt regnen. Als nichts geschieht, beschließen wir, es zu wagen.

Nach der langen Fahrt über Äste, Zweige und Baumwurzeln ist es himmlisch, nun über eine solch glatte Oberfläche zu radeln. Das Entsetzen darüber, dass wir dieses namenlose Mädchen zu Grabe tragen mussten, hält mich noch immer fest im Griff, und ich bin so froh über den Wind und die Sonne auf meinem Gesicht und über das Gefühl der Freiheit, das mir das schnelle Fahren vermittelt. Trotz der beängstigenden Zahl der Meilen, die wir noch zurücklegen müssen, bin ich glücklich, am Leben zu sein.

Als sich meine Anfangsfreude darüber, auf Asphalt fahren zu können, ein wenig legt, merke ich, dass unsere Ankunft auf der Straße nicht nur unsere Geschwindigkeit gesteigert hat. Sie hat auch dafür gesorgt, dass wir nun weithin sichtbar sind für jeden, der uns möglicherweise aus dem Dickicht der Bäume und aus den verlassenen Gebäuden rechts und links der Strecke beobachtet. Ich bete, dass der Armbrustschütze und jeder andere, der darauf aus ist, Konkurrenten auszuschalten, noch kein schnelleres Transportmittel ausfindig gemacht hat.

Wir überqueren eine lange Brücke, die über einen breiten, trüben Fluss führt, und ich schlage vor, dass wir in dieser Nacht in der Nähe des Wassers kampieren. Es ist früher als gewöhnlich, dass wir uns nach einem Lagerplatz umsehen, aber ich bin schmutzig, mein Haar ist fettig und schweißverklebt, und immer wieder habe ich Krämpfe in den Beinen. Das Übermaß an Wasser bedeutet die Möglichkeit, sich zum ersten Mal seit Tagen wieder sauber zu fühlen. Es ist auch ein guter Ort, um unsere Essensvorräte aufzustocken und vielleicht sogar Tierfallen aufzustellen.

Tomas ist nur allzu gerne bereit, es für heute gut sein zu lassen, vor allem nachdem er einen Blick auf Zeens Kommunikator geworfen und gesehen hat, dass wir an einem einzigen Tag mehr als fünfundvierzig Meilen bewältigt haben. Ein Siebtel der Strecke nach Tosu-Stadt liegt nun schon hinter uns. Zwar ist die Entfernung immer noch immens, aber unsere Fahrräder und die Straße, auf der wir unterwegs sind, lassen uns diesen Prüfungsteil etwas optimistischer betrachten.

Der Fluss ist verpestet wie alle unbehandelten Wasservorkommen. Aber ein einziger Blick in das quirlige Wasser verrät uns, dass sich einige Fischarten der Vergiftung angepasst haben. Zwar macht die Kontamination es gefährlich, diese Fische roh zu verzehren, aber eine Pfanne und Feuer werden sie in eine gefahrlos essbare Mahlzeit verwandeln. Ich stromere am Flussufer herum und sammle Pflanzen fürs Abendessen, während Tomas einen Haken aus seinem Werkzeugvorrat nimmt und ihn an einem geflochtenen Streifen seines Lakens befestigt. Schließlich steckt er die allerletzten Bissen unserer Beutelratten als Köder auf die Spitze des Hakens und geht angeln.

Als ich mit einem Topf voller Lauch, Hechtkraut und Rohrkolbenwurzeln zurückkomme, hat Tomas drei mittelgroße Fische gefangen und ausgenommen – zwei Welse und einen, der so ähnlich aussieht wie der breitmäulige Flussbarsch bei uns zu Hause. Wir kochen die Kräuter und die Wurzeln, braten den Fisch zusammen mit dem Lauch und haben einen richtigen Festschmaus.

Da es noch mindestens eine Stunde oder sogar zwei dauern wird, ehe die Sonne untergeht, beschließe ich, mich zu waschen. Unsere Tests haben ergeben, dass die Verschmutzung des Wassers nur gering ist und auch bei direktem Kontakt nicht zu Hautirritationen führen wird. So ziehe ich mich bis auf die Unterwäsche aus und wate in das kühle Nass hinein. Die Strömung ist unerwartet stark. Ich bleibe nahe beim Ufer und schrubbe mir Dreck, Staub und Schweiß vom Körper und aus der Kleidung, in der ich nun schon seit Tagen stecke. Als ich wieder hinausklettere, lasse ich mir ein paar Minuten Zeit, mich vom Wind trocknen zu lassen, ehe ich in meine zweite Garnitur Kleidung schlüpfe und die frisch gewaschenen Sachen über einen Ast zum Trocknen hänge.

Gerade will ich Tomas zurufen, dass ich mein Bad beendet habe, da sehe ich ihn regungslos hinter einigen dicht zusammenstehenden Büschen auf dem Abhang hocken, der sich hoch bis zur Straße erstreckt. Seine Muskeln sind angespannt. Seine Hand umklammert den Griff seines Messers. Irgendetwas hat ihn aufgeschreckt.

Ich hole die Pistole aus meiner Tasche und schleiche mich zu ihm, wobei ich Kieselsteine und Zweige sorgsam meide und mich stattdessen auf den Grasnarben halte, die meine Schritte abdämpfen. Tomas zuckt zusammen, als ich ihm die Hand auf die Schulter lege, dann zeigt er schweigend in Richtung der Straße, die uns hergeführt hat.

Drei Menschen. Aus dieser Entfernung ist es schwer zu sagen, ob sie männlich oder weiblich sind. Aber ihr schleppender Gang verrät uns, dass sie müde und hungrig und vermutlich auch vom Durst erschöpft sind. Selbst bei ihrem langsamen Tempo werden sie uns noch vor Einbruch der Dunkelheit erreicht haben.

»Was meinst du, sollen wir unsere Sachen packen und uns ein Stück von der Straße zurückziehen, oder wollen wir einfach abwarten, ob sie uns bemerken?«, fragt Tomas.

»Was denkst du denn?«

Tomas runzelt die Stirn. »Ich finde, sie sehen ziemlich erschöpft aus. Wenn ich nicht wüsste, dass da draußen unser Freund mit der Armbrust frei herumläuft, würde ich sagen, wir passen sie ab und sehen, ob wir ihnen helfen können. Sie werden wohl nicht erwarten, dass wir uns mit ihnen zusammentun, da sie zu Fuß unterwegs sind und wir Fahrräder haben. Aber trotzdem …«

Ich kann seine Gedanken zu Ende führen. Es gibt Kandidaten, die bereit sind zu schießen. Zu töten. Die um jeden Preis einen Platz an der Universität haben wollen. Wir jedoch sind nicht wie sie. Als ob ich mir das beweisen müsste, schlage ich vor: »Warum versuchst du nicht, noch ein paar Fische zu fangen, für den Fall, dass es diese Leute bis zum Anbruch der Nacht hierher schaffen. Sie werden hungrig sein.«

Tomas' Augen verengen sich, als er das Trio noch einmal mustert. Aber schließlich stimmt er zu.

Fünf Fische braten über der Glut, als die drei Kandidaten die Brücke überqueren und schließlich auf unserer Seite des Flusses ankommen. Alle drei sehen vage vertraut aus: ein schlaksiger, sommersprossiger Junge und zwei Mädchen. Eines davon ist groß, und seine Haut ist olivenfarben getönt, seine dunklen Haare sind kurz. Das andere hat aschblondes Haar und ist ein ganzes Stück kleiner. Alle drei sehen aus, als könnten sie vor Erschöpfung im Stehen einschlafen.

»Habt ihr Hunger?«, frage ich und komme aus meinem Versteck. Tomas bleibt hinter den Büschen, sein Messer fest umklammert. Wir haben uns überlegt, dass das Trio eher zu Aggressionen neigen könnte, wenn wir ihnen gemeinsam gegenübertreten. Ich hoffe, dass ein Mädchen wie ich, klein gewachsen und ganz allein, sie dazu bringen wird nachzudenken, ehe sie überreagieren. Die drei wirken nicht sehr überrascht von meinem Auftauchen. Ich schätze, der Geruch unseres Essens hat ihnen bereits verraten, dass ein anderes menschliches Wesen in der Nähe ist. Aber alle drei reißen entsetzt die Augen auf, als sie die Pistole in meiner Hand sehen. Ich fühle mich schlecht, lasse die Waffe aber dennoch nicht sinken. Schließlich bin ich nicht naiv. »Ihr seht aus, als ob ihr hungrig und müde seid. Ich habe Fische gebraten und Wasser vom Fluss geholt. Vielleicht wollt ihr ja auch hier euer Lager aufschlagen.«

Der große rothaarige Junge spricht als Erster: »Warum solltest du uns helfen wollen?«

Ich gebe ihm die einzige Antwort, die ich darauf habe: »Weil ich so erzogen worden bin.«

Ich weiß nicht, ob sie meinen Worten Glauben schenken oder ob ihr Hunger einfach so übermächtig ist, dass sie dem Geruch der gebratenen Fische nicht widerstehen können. Auf jeden Fall folgen sie mir von der Straße weg zum Lagerfeuer. Ich warne sie vor, dass ich nicht allein reise. Das kleinere der beiden Mädchen wirkt verschreckt, als es Tomas und sein Messer entdeckt, die anderen kümmern sich gar nicht darum. Vor allem nicht, da ihr Blick nun auf das Essen und das Wasser fällt, das nur auf sie wartet. Sie lassen sich auf den Boden sinken, Taschen eng an den Körper gepresst. Das größere Mädchen fängt an zu weinen, als ich sage: »Bitte, bedient euch.«

Als es sich wieder ein bisschen gefangen hat, erzählt es uns, den Mund voller Fisch, dass es Tracelyn heiße. Die beiden anderen seien Stacia und Vic. Wir erfahren, dass alle drei aus der Tulsa-Kolonie stammen. Als uns Dr. Barnes im Versammlungsraum die Karte für den vierten Teil der Auslese gezeigt hatte, hatten sie nebeneinandergesessen und ebenfalls einen Treffpunkt vereinbart. Anders als wir hatten sie sich an der Grenzlinie unmittelbar südlich von ihrem Startpunkt aus verabredet. Zwei Tage hatten sie gebraucht, um sich endlich zu finden, und seitdem hatten sie sich in der Nähe der Straße gehalten, immer auf der Suche nach Nahrung und Wasser. Sie hatten nur wenig Essbares gefunden, doch sie wollten sich nicht zu weit ins Land hineinwagen, um nach einer vertrauteren Vegetation zu suchen. Die Straße hatte ihnen Schutz geboten, da sie Menschen schon von Weitem kommen sehen und sich, falls nötig, schnell verstecken konnten.

»Wir haben uns in einem verlassenen Gebäude verkrochen, als ihr vorbeigeradelt seid«, gesteht Vic und nimmt sich noch ein Stück vom Fisch. »Ich dachte, ihr wärt uns schon Meilen voraus, sodass ich gar nicht auf die Idee gekommen bin, auf Radspuren neben der Fahrbahn zu achten. Ich hätte vorsichtiger sein sollen, aber der Geruch von Fisch hat mich abgelenkt. Ihr beiden scheint die Auslesetests fair anzugehen, aber das handhaben nicht alle so.«

»Das wissen wir.« Tomas schaut Vic unverwandt in die Augen. Anscheinend versuchen die beiden, sich gegenseitig abzuschätzen.

Vic wirft einen vielsagenden Blick auf die Messerscheide an Tomas' Gürtel und die Pistole auf meinem Schoß, dann nickt er. »Jemand hat einige Male auf mich geschossen, als ich versuchte, die Stadt zu verlassen«, berichtet er.

»Mit einer Pistole oder mit einer Armbrust?«

Tracelyn reißt die Augen auf. »Jemand da draußen schießt mit einer Armbrust auf andere Leute? Wie kann man so etwas tun? Ich meine: Das Prüfungskomitee wird uns doch anhand der Entscheidungen beurteilen, die wir unterwegs getroffen haben. Es kann ja wohl unmöglich jemanden damit durchkommen lassen, dass er die Konkurrenten gewaltsam aus dem Weg räumt. Was für einen Anführer würde so eine Person denn später abgeben?«

»Einen starken.« Es war Stacia, die sich eingemischt hat. Sie sitzt im Schneidersitz auf dem Boden und hält den Blick starr auf ihr Essen gerichtet. »Es hätte kein *Viertes Stadium* des Krieges gegeben, wenn der Präsident der Vereinigten Staaten die Asiatische Allianz angegriffen hätte. Stattdessen jedoch hat er sich um eine weltweite Koalition bemüht; sogar seine eigenen Berater hielten das für sinnlos. Er war Pazifist, obwohl sein Land damals eher einen aggressiven Anführer gebraucht hätte.«

Tomas schüttelt den Kopf. »Hätte er als Erster angegriffen, hätte er damit auf jeden Fall einen Gegenschlag der Asiatischen Allianz provoziert. Er wusste, welche Schäden die ersten *Drei Stadien* des Krieges angerichtet hatten, und hat deshalb alles darangesetzt, die endgültige Zerstörung der Welt, die er voraussah, doch noch abzuwenden.«

»Himmel, und wie erfolgreich er dabei war«, höhnt Stacia. »Wollen die Prüfer uns nicht genau das demonstrieren, wenn sie uns in die zerstörten Städte schicken? Sie suchen nach Kandidaten mit Killerinstinkt.«

»Das glaube ich nicht«, entgegne ich. »Mein Vater hat die Auslese überstanden, und er ist ein friedliebender Mensch. Er will Dinge erschaffen, nicht zerstören.«

Stacia zuckt mit den Schultern. »Tja, vielleicht hat er während der Evaluierung gelogen und dem Komitee erzählt, er hätte ein paar der Kandidaten auf dem Weg zurück in die Zivilisation umgelegt. Ich meine: Wie sollten sie je herausfinden, ob er gelogen hat? Es ist ja nicht so, dass sie sehen können, was wir unterwegs treiben, oder?«

Können sie das tatsächlich nicht? Mir fällt wieder die Kamera im Gleiter ein. In der Hütte, in der wir zu Mittag aßen, hatte es gleich mehrere davon gegeben. Auch in unseren Schlafquartieren im Prüfungszentrum waren wir überwacht worden. Von Chicago aus ist die direkteste Route nach Tosu-Stadt rund siebenhundert Meilen lang. Tomas' Schätzung nach liegen mindestens zwanzig oder dreißig Meilen Land zwischen den beiden seitlichen Grenzlinien. Auf keinen Fall können die Prüfer genug Kameras in der gesamten Gegend stationiert haben, um uns auf Schritt und Tritt zu verfolgen. Aber was, wenn das gar nicht nötig wäre? Wenn es eine andere Möglichkeit gäbe, uns auf unserem Weg zu überwachen?

Unser Gespräch dreht sich nicht mehr länger um die Auslese, sondern wir erzählen von zu Hause. Tomas, Vic und Tracelyn tauschen Informationen über ihre jeweiligen Heimatkolonien aus. Die Tulsa-Kolonie hat mehr als siebzigtausend Einwohner, die im südlichen Teil dessen wohnen, was früher mal Tulsa, Oklahoma, und dessen unmittelbare Umgebung gewesen war. Eine Ölraffinerie ist noch immer in Betrieb, und Vics Vater ist dort angestellt. Tracelyns Eltern arbeiten beide in einem Kraftwerk, dem größten aller Kolonien. Stacia scheint kein Interesse daran zu haben, irgendetwas über ihre Familie preiszugeben. Sie legt sich einfach auf den Boden und starrt hinauf in den Himmel, wo durch den Dunst hindurch die ersten Sterne zu erahnen sind. Ich frage mich, was sie denkt, als die Jungen ihre Waffen vergleichen. Die beiden Mädchen haben sich für Messer entschieden. Vic hat, wie ich, in der Ausrüstungskammer nach einer Handfeuerwaffe gegriffen. Ich bin froh, dass sie uns ehrlich zeigen, welche Waffen sie zur Selbstverteidigung dabeihaben, frage mich jedoch, wie ich heute Nacht Schlaf finden soll, jetzt, da ich weiß, dass Kandidaten, denen ich nicht richtig vertraue, gut bewaffnet neben mir liegen.

Wir lassen das Feuer brennen und stellen Paare zusammen, die die Wache übernehmen, während die anderen sich ausruhen können: Vic und Tomas, mich und Tracelyn. Stacia fragt nicht einmal, warum sie keine Schicht zugeteilt bekommt, sondern rollt sich zu einem Ball zusammen und ist sofort eingeschlafen. Ich gebe Tomas meine Pistole, da er im ersten Team ist, und schließe meine Augen, während ich mich frage, ob diese Leute das bisschen Vertrauen, das wir zu ihnen haben, wirklich verdienen. Wenn nicht, werde ich morgen früh wohl nicht mehr aufwachen.

Aber meine Sorge ist unbegründet. Nach einigen Stunden Tiefschlaf werden Tracelyn und ich geweckt und warten Seite an Seite darauf, dass die Sonne aufgeht, um einen neuen Tag zu begrüßen. In der friedlichen Stille erfahre ich, dass Tracelyn Lehrerin werden möchte, falls sie es an die Universität schafft. Außerdem liebt sie einen Jungen in der Tulsa-Kolonie und hatte eigentlich vor, ihn zu heiraten. Er ist jedoch nicht für die Auslese ausgewählt worden, was bedeutet, dass sie sich vermutlich niemals wiedersehen werden.

»Du und dein Freund, ihr hattet großes Glück, dass die Wahl des Prüfungskomitees auf euch beide gefallen ist«, sagt sie in ihrer ruhigen, ernsten Art.

»Tomas ist nicht mein Freund.« Ich merke, wie mir die Röte in die Wangen steigt.

Sie lächelt mich breit an: »Du kannst mir viel erzählen. *Er* ist auf jeden Fall in dich verliebt.«

»Er passt nur auf mich auf. Du weißt schon, weil wir aus derselben Kolonie stammen«, sage ich, aber ich konnte nicht verhindern, dass mir bei Tracelyns Worten ein freudiger Schauer über den Rücken gelaufen war. Tief im Innern hoffe ich, dass sie recht hat, denn mit jedem Tag, der vergeht, spüre ich deutlicher, dass ich dabei bin, mich in Tomas zu verlieben.

Sie wechselt das Thema, und wir unterhalten uns über unsere Familien, die Tests, die wir bislang durchlaufen haben, und die Entfernung, die wir noch bewältigen müssen, um auch diesen Prüfungsteil zu bestehen. Tracelyn wirkt aufrichtig nett, vielleicht jedoch eine Spur zu vertrauensselig, und wenn *ich* das denke, will das schon was heißen. Ich erzähle ihr von unserer Erfahrung mit dem Teich und der tiefgrünen Oase, die uns am Ende um die Ohren geflogen ist. Ich weiß nicht, ob sie mir glaubt oder nicht, aber immerhin habe ich versucht, sie auf die Gefahren aufmerksam zu machen, die da draußen lauern.

Als der Tag anbricht, wachen auch unsere Begleiter auf. Stacia sitzt beim Frühstück abseits von uns. Zum Abschied würdigt sie Tomas und mich kaum eines Blickes und bricht eilig auf, ohne auf die anderen zu warten. Tomas und ich suchen das Dickicht, in dem wir unsere Fahrräder versteckt haben, tragen sie zur Straße und treten dann wieder in die Pedale. Meile um Meile legen wir zurück. Meine Gedanken bleiben bei den Kandidaten, die wir zurückgelassen haben, und ich frage mich, ob sie die Ziellinie überqueren werden. Stacia scheint fest entschlossen zu sein, und ich habe das Gefühl, dass sie es schaffen könnte. Doch irgendetwas an ihrem heimtückischen Lächeln und der Logik, die sie im Verhalten des Auslese-Prüfungskomitees sieht, lässt mich um ihre Begleiter bangen.

Während unsere Räder Meile für Meile fressen, grübele ich darüber nach, wie uns das Prüfungskomitee wohl bewerten will, wenn wir erst mal nach Tosu-Stadt zurückgekehrt sind. Nach allem, was ich bislang gesehen habe, kann ich nicht glauben, Dr. Barnes und die anderen Offiziellen könnten sich damit zufriedengeben, dass die Kandidaten berichten, was unterwegs geschehen ist. Das bedeutet, dass wir auf andere Weise überwacht werden. Vielleicht nicht die ganze Zeit über, aber hin und wieder. Auf jeden Fall häufig genug, damit die Prüfer ihr Urteil auf dieser Basis fällen können.

Als wir von der Straße abbiegen in der Hoffnung, auf einem verlassenen Bauernhof in der Nähe unser Lager aufschlagen zu können, bin ich mir ganz sicher, dass die Offiziellen unsere Handlungen irgendwie verfolgen. Aber um meine Theorie zu überprüfen, muss ich abwarten, bis wir uns zum

Schlafen fertig machen. Habe ich recht, dann würde es den Prüfern nicht entgehen, wenn ich von der Routine abweichen würde, die Tomas und ich uns seit Beginn der Reise angewöhnt haben.

Im Westen sammeln sich Wolken, die Sturm zu bringen drohen, und weder Tomas noch ich haben Lust, im strömenden Regen im Freien zu übernachten. Eine verwitterte graue Holzscheune, die sich ein wenig nach links neigt, erregt unsere Aufmerksamkeit. Trotz der schiefen Wände scheint sie noch ganz stabil zu sein.

Wir gehen hinein und scheuchen eine Gruppe wilder Hühner auf. Vier Pistolenschüsse später liegen drei von ihnen zu unseren Füßen und warten darauf, gerupft und gebraten zu werden. In ihren Nestern finden wir vier hellbraune Eier, die wir uns fürs morgige Frühstück aufheben wollen. Während wir das Abendbrot zubereiten und essen, versuche ich nach Kräften, so zu tun, als wenn alles ganz normal wäre. Mehr als einmal jedoch wirft Tomas mir einen fragenden Blick zu. Schließlich haben wir unsere Mahlzeit beendet. Ich verstaue die Überreste in meiner Tasche und nutze die Gelegenheit dazu, nach etwas anderem zu suchen. In dem Augenblick, als sich meine Finger um das schließen, was mich so brennend interessiert, macht mein Herz einen erwartungsvollen Satz. Rasch ziehe ich meine Hand wieder heraus. In ihr verschlossen befindet sich das Erkennungsarmband, das ich dem toten Mädchen abgenommen habe, ehe wir es bestatteten.

Jeder Prüfungskandidat hat so eines – eigentlich sogar zwei, da eine kleinere Ausgabe davon mit unserem Symbol darauf an unseren Taschen befestigt ist. Man hat uns gesagt, wir müssten es Tag und Nacht tragen. Da die Verschlüsse schwer zu entdecken sind, bin ich mir sicher, dass sich die meisten Kandidaten an die Vorschrift gehalten haben. Die

Armbänder dienen uns als Erkennungszeichen. Aber könnten sie auch eine unsichtbare Verbindung sein, die den Prüfern verrät, wo wir uns gerade befinden und was wir tun?

Das Armband ist weniger als einen Zentimeter dick und aus silberfarbenem Metall. Auf eine kleine Platte, die auf der Außenseite befestigt ist, hat man das Symbol des jeweiligen Kandidaten eingraviert, und hinten …

Da. In der Mitte, unmittelbar hinter der Gravur sehe ich drei Löcher, ganz winzig, wie von einer Nadel gestochen. Sie sind so klein, dass sie mir niemals aufgefallen wären, wenn ich nicht nach etwas Derartigem gesucht hätte. Aber sie verraten mir alles, was ich wissen will.

Irgendjemand belauscht uns.

Kapitel 14

Ein tiefes Gefühl der Befriedigung durchströmt mich, so wie früher, wenn ich in der Schule einen Test bestanden hatte. Doch ebenso schnell, wie die freudige Erregung gekommen ist, ist sie auch schon wieder verschwunden und wird durch das bittere Gefühl der blanken Angst ersetzt.

Haben die Prüfer jedes einzelne Wort aufgezeichnet, das wir gesprochen haben? Haben sie auch meine Gespräche belauscht, ehe ich nach Tosu-Stadt gekommen bin? Oder haben sie sich die Mühe gar nicht erst gemacht, weil praktisch jede meiner Bewegungen von ihren kleinen Kameras eingefangen wurde? Ich kann nichts anderes tun, als um Letzteres zu beten. Ansonsten würden die Offiziellen jetzt alles wissen. Sie würden die Wahrheit über meinen Vater kennen. Sie hätten von seinen Albträumen erfahren. Er hat mir immer eingeschärft, ich solle niemandem trauen, aber ich habe nicht auf ihn hören wollen. Ich habe geglaubt, ich wüsste es besser. Ich habe Tomas vertraut und ihm alles erzählt, und dadurch habe ich vielleicht das Leben meines Vaters aufs Spiel gesetzt. Diese Regierung hat tatenlos zugesehen, wie sich eine Kandidatin bei der Auslese selbst tötete und ein anderer Prüfling giftige Pflanzen zu sich nahm, weil er sich bei ihrer Bestimmung geirrt hatte. Sie wird ganz sicher nicht davor zurückschrecken, einen Mann umzubringen, den sie für eine Bedrohung hält. Und dann sind da noch Magistratin Owens, Dr. Flint, unsere alte Lehrerin. Alle, die so viel darangesetzt haben, die Schüler der Abschlussklassen von Five Lakes vor der Auslese zu bewahren, sind nun in Gefahr. Und ich trage die Schuld daran.

»Cia, ist alles in Ordnung mit dir?«

Schnell drehe ich mich um und sehe, dass Tomas mich anstarrt. Wie schlimm muss ich aussehen, wenn das zu einer so tiefen Besorgnis in seinem Blick führt! Ich zwinge mich zu einem aufgesetzten Lächeln und erkläre: »Ja, es ist schon okay, ich mache mir nur Sorgen um Tracelyn und die anderen. Hoffentlich haben sie eine Unterkunft für heute Nacht gefunden. Es sieht so aus, als ob ein mächtiger Sturm heraufzieht.« Dann lege ich einen Finger auf die Lippen, deute auf das Armband in meiner Hand und zeige Tomas die kaum zu erkennenden Löcher in der Rückseite. Vorsichtig stochere ich an meinem eigenen Armband herum, löse den Verschluss und lege es auf meine Tasche. Dann nehme ich Tomas' Hand und entferne sein Band, ehe ich ihn hinter mir her hinaus in den tosenden Wind ziehe.

»Sie spionieren uns nach«, sagt Tomas ungläubig. »Ich schätze, nachdem der Teich explodiert ist, sollte mich eigentlich gar nichts mehr wundern. Im Vergleich dazu ist es ja fast eine Bagatelle, anderer Leute private Unterhaltungen zu belauschen.«

»Was glaubst du, wie lange sie uns schon so überwachen? Erst seit Beginn dieser Testphase oder bereits von Anfang an?«

Ich beobachte ihn, während er über die Frage nachdenkt, und registriere genau den Moment, als ihm unser Gespräch unter den Bäumen einfällt – weit weg von den Kameras. »Vielleicht hatten sie sich zu dem Zeitpunkt noch nicht eingeklinkt. Schließlich waren wir da noch hundertundacht Kandidaten. Viel wahrscheinlicher ist, dass sie sich auf die Kameras verlassen haben, um uns alle gleichzeitig im Blick zu behalten. Über hundert verschiedene Mikrofone abzuhören wäre ganz schön zeitaufwendig, und man bräuchte ja auch einiges an Personal dafür.«

Ich kann nur hoffen, dass er recht hat. Ich wüsste nicht, wie ich mit der Alternative leben sollte.

»Cia. Ich weiß, dass das schwer ist, aber du darfst dir jetzt keine Sorgen darum machen, wie es jedem Einzelnen zu Hause geht.« Er streichelt mir sanft über die Wange. Ich klammere mich an diese zärtliche Berührung wie an einen Rettungsring. »Wir können unseren Familien daheim nur helfen, indem wir diesen Prüfungsteil lebend überstehen.«

Meine Kehle ist wie zugeschnürt, als mich die Verzweiflung überwältigt. »Wenn wir bestehen, dann werden sie uns alle Erinnerungen an die Auslese nehmen. Wir werden nicht wissen, dass wir uns gegen irgendetwas wehren müssen.«

»Das wird nicht geschehen, wenn wir herausfinden, wie genau sie das anstellen wollen.« Er drückt meine Hand und wischt mir die Tränen ab, die mir jetzt ungehindert über die Wangen laufen. »Darüber habe ich bereits nachgedacht, und ich habe da einige Ideen. Jetzt wissen wir ja von den Wanzen und können dafür sorgen, dass die Prüfer nicht ständig über das informiert sind, was wir vorhaben. Cia, du hast uns einen Vorteil verschafft. Wir müssen ihn nun nur noch klug nutzen.«

Auch das wage ich inzwischen zu bezweifeln. Sind wir wirklich klug genug? Können wir ein System austricksen, das schon seit Jahrzehnten funktioniert und das seit dem Wiederaufbau nach dem Krieg das Leben von Hunderten der gescheitesten Köpfe des Landes kontrolliert hat – ein System, das im Augenblick auch uns fest im Griff hat?

Ich straffe meine Schultern und antworte: »Tja, dann müssen wir uns wohl wirklich sehr clever anstellen, stimmt's?«

»Stimmt.« Tomas lächelt. »Aber was kann schon schiefgehen, wenn wir beide zusammenhalten? Und weißt du was? Ich bin aus einem anderen Grund ganz froh darüber, dass du herausgefunden hast, wie wir belauscht werden.«

»Und was ist das für ein Grund?«

»Ganz sicher will ich es nicht mit Dr. Barnes und seinen Kumpanen teilen, wenn ich dir zum ersten Mal sage, dass ich dich liebe.«

Die Worte und die Art, wie seine Lippen die meinen berühren, lassen mein Herz verrücktspielen. Ich weiß, dass dies der falsche Moment ist, um über Liebe nachzudenken. Die Strapazen des Tests, das Wissen, dass unsere Leben in Gefahr sind, all das hat zur Folge, dass ich meinen Gefühlen nicht völlig trauen kann. Aber das warme Gefühl in mir und die Tatsache, dass ich mich in Tomas' Nähe so stark fühle, sind echt. Als sich seine Lippen wieder von meinem Mund lösen, schaffe ich es, ihm zu antworten: »Ich denke, ich liebe dich auch.«

»Das denkst du nur?« Er lacht und drückt mich an seine Brust. »Nun, dann ist es vielleicht ganz gut, dass noch einige hundert Meilen Wegstrecke vor uns liegen, auf denen ich dich dazu bringen kann, dir sicher zu sein.« Er drückt mir einen Kuss auf den Kopf und seufzt: »Wahrscheinlich ist es besser, wenn wir jetzt zurückgehen und unsere Zuhörerschaft ein bisschen unterhalten, ehe sie sich fragt, ob wir von zu viel Hühnchen essen ohnmächtig geworden sind.« Er nimmt meine Hand, und gemeinsam kehren wir zum Schuppen zurück. »Dir ist schon klar, dass ich mein Liebesgeständnis noch einmal fürs Publikum wiederholen muss? Ansonsten werden die Leute sich wundern, warum ich dir plötzlich dauernd sage, wie hübsch du bist.«

Ich lächele, als wir das Gebäude betreten und ich die Armbänder wieder um unsere Handgelenke befestige. Allerdings fällt mir nun, wo ich weiß, dass wir belauscht werden, absolut nichts ein, was ich sagen könnte. Glücklicherweise scheint Tomas damit kein Problem zu haben. »Ich dachte, ich hätte draußen ein Geräusch gehört, aber ich habe mich wohl geirrt. Da war niemand. Es braut sich ein Sturm zusammen. Wahrscheinlich treibt der Wind Geröll vor sich her.«

Eine Sekunde lang bin ich verwirrt. Dann dämmert mir, dass er unseren Zuhörern die Stille der letzten Zeit erklären will. »Gut«, sage ich. »Nach letzter Nacht können wir beide ein bisschen Ruhe gebrauchen. Ich bereue es zwar nicht, dass wir den anderen angeboten haben, die Nacht bei uns zu verbringen, aber ich habe kaum ein Auge zugetan, während sie in unserer Nähe waren.«

»Ich weiß.« Tomas setzt sich und klopft auf den Boden neben sich, damit ich ebenfalls Platz nehme. »Ich habe auch nicht viel Schlaf bekommen.«

»Und wie erklärst du dir dann dein Schnarchen?«, ziehe ich ihn auf, obwohl Tomas keineswegs geschnarcht hat. Bestimmt wird unsere Zuhörerschaft das amüsant finden. Wir unterhalten uns noch eine Weile über die anderen Kandidaten und spekulieren, wie es unseren Freunden bislang wohl ergangen ist und ob sie sich mit anderen zusammengetan haben oder ob sie sich allein durchschlagen. Inzwischen beginnt draußen der Sturm zu heulen, und die ersten Regentropfen prasseln auf das Dach.

Als es vollkommen dunkel in der Scheune geworden ist, legen wir uns schlafen. Wir haben uns in die hinterste Ecke zurückgezogen, wo wir glauben, am besten vor dem Unwetter geschützt zu sein. Dort liegen wir nun und lauschen auf den Regen, der in Sturzbächen vom Himmel kommt. Das Wasser tropft durch die Löcher im Dach, aber die Stelle, die wir uns ausgesucht haben, bleibt zu unserem Glück trocken.

Tomas legt mir den Arm um die Schultern und sagt: »Weißt du, ich habe letzte Nacht wirklich die meiste Zeit über wach gelegen. Keine Ahnung, ob das jetzt der richtige Zeitpunkt ist, es dir zu gestehen, aber: Tracelyn hatte recht. Ich bin wirklich in dich verliebt.«

Auch wenn ich diese Worte nun schon zum zweiten Mal höre und weiß, dass sie für Dr. Barnes gedacht sind, bleibt mir trotzdem die Luft weg. Wie beim letzten Mal küsst mich Tomas, doch jetzt dauert der Kuss länger, ist inniger und erregt mich. Als Tomas mich wieder freigibt, brauche ich eine ganze Weile, um wieder zu mir zu kommen. Ich lächele im Dunkeln, kuschele mich an ihn und flüstere: »Ich denke, ich liebe dich auch.«

Seine einzige Antwort darauf ist ein leises Kichern, das mich in den Schlaf begleitet.

Irgendetwas stimmt nicht.

Tomas' Arm ist noch immer um mich gelegt, und er selbst atmet ruhig und gleichmäßig. Ein hellgrauer Lichtstrahl fällt quer durch die Scheune. Der Regen hat nachgelassen.

Ich lege meinen Kopf wieder auf den Boden, schließe die Augen und versuche, noch ein paar Minuten länger zu schlafen. Plötzlich höre ich es.

Ein schnaufendes Atmen. Da ist jemand.

Mit einem Schlag sind meine Augen offen; ich hebe den Kopf und schaue mich im Dämmerlicht der Scheune um. Nichts. Jedenfalls kann ich nichts entdecken. Das Atmen klingt ganz nah. Rasch schließe ich meine Augen wieder, konzentriere mich auf mein Gehör und versuche herauszufinden, aus welcher Richtung das Geräusch kommt. Die Quelle scheint sich unmittelbar hinter mir zu befinden.

Mit pochendem Herzen schlüpfe ich vorsichtig unter Tomas' Arm hervor, richte mich langsam auf und drehe den

Kopf, um zur Mauer hinter uns zu schauen. Da ist nichts, und doch kann ich noch immer rasches Ein- und Ausatmen hören. In einer Ecke der Wand klafft ein breiter Riss, durch den das Sonnenlicht hereinströmt. Behutsam, um Tomas nicht aufzuwecken, stehe ich auf, husche zu dem Spalt, spähe hindurch und kann gerade noch vermeiden, laut loszuschreien.

Das Tier, das dort steht, erscheint mir riesig. Aufgerichtet auf die Hinterläufe, ist es genauso groß wie ich; schwarzgraues Fell bedeckt den größten Teil seines Körpers. Hier und da schimmert ledrige rosafarbene Haut durch. Am meisten schockieren mich jedoch die wie Eisenhaken gebogenen Klauen und die Zähne, die ihm gleich in mehreren Reihen gewachsen sind. Gelb und spitz gähnen sie in seinem breiten, hervorstehenden Maul.

Ist das eine Art Bär oder ein Wolf? Egal, um welche Spezies es sich handelt, sie ähnelt keinem Tier, das ich jemals gesehen habe. Mein Vater hat mir mal Bilder gezeigt, die er in den Randgebieten einer der Kolonien gemacht hat, in denen er tätig gewesen ist. Es waren Aufnahmen von Tieren, bei denen die gleichen Chemikalien und Strahlen, die auch den Erdboden verseucht haben, zu schweren Mutationen geführt haben. Einige der Tiere hatten zusätzliche Gliedmaßen entwickelt oder ihre Schwänze eingebüßt. Anderen war das Fell ausgefallen, oder ihre Haut war so dick geworden, dass Waffen sie kaum noch durchdringen konnten. Unabhängig von den einzelnen Besonderheiten, waren all diese genveränderten Tiere bösartig geworden. Selbst die kleinsten Nagetiere mit ihren haarlosen Körpern und übergroßen Ohren können unabhängig von ihrer geringen Größe jederzeit auf die Idee verfallen, Menschen anzugreifen. Dieses Tier hier draußen vor der Scheune, ganz gleich was das ist, ist allerdings keineswegs klein. Im Gegenteil: Es ist gigantisch. Wenn es uns angreift, werden wir in ernsthaften Schwierigkeiten stecken.

Und es wartet da draußen nicht allein. Als der große schwarze Kopf nach rechts schwenkt, sehe ich dahinter noch ein weiteres Tier stehen, das zwar grauer, aber ebenso furchteinflößend aussieht. Es schnüffelt in der Luft. Hat es unsere Witterung aufgenommen? Ich vermute es. Und das bedeutet, dass wir schleunigst von hier verschwinden müssen.

Ich bin dankbar, dass wir unsere Habseligkeiten schon eingepackt haben, denn wir müssen uns beeilen. Sorgsam darauf bedacht, keinen unnötigen Lärm zu machen, knie ich mich neben Tomas und wecke ihn sanft auf. Kaum hat er die Lider aufgeschlagen, lächelt er mich auch schon liebevoll an, aber die Wärme und Freude auf seinem Gesicht sind wie weggeblasen, als er meine Angst sieht. Seine grauen Augen werden ganz schmal, als ich mich vorbeuge und ihm ins Ohr flüstere: »Da draußen belauern uns mutierte Tiere. Wir müssen sofort weg.«

Er nickt, und nur Sekunden später steht er zum Aufbruch bereit mit seiner Tasche in der Hand neben mir. Gemeinsam schleichen wir zur anderen Seite der Scheune. Bei jedem Schlurfen unserer Schuhe und jedem Rascheln von trockenem Gras unter unseren Füßen setzt mein Herz einen Schlag aus. Als wir die Tür erreicht haben, flüstert Tomas: »Wir rennen lieber und schieben unsere Räder, bis wir die Straße erreicht haben. Dann fahren wir, okay?«

Die Scheune liegt vielleicht hundertfünfzig Meter von der Straße entfernt. Gestein, Bäume und Unterholz trennen uns vom ebenen Asphalt. Außerdem führt ein lang gezogener Abhang zur Fahrbahn hinauf. Ich habe keine Ahnung, wie sich die Wölfe oder was auch immer mit ihren

Hakenklauen vorwärtsbewegen oder wie schnell sie sind. Vielleicht bemerken sie unsere Flucht auch gar nicht. Und falls doch, sind wir möglicherweise schon zu weit von ihnen entfernt, als dass sie noch die Verfolgung aufnehmen. Wenn aber doch … Nun, ich hoffe, dass die Biester wie Bären trotten. Dann könnten wir eine Chance haben. Wenn sie jedoch schneller sind …

Entschlossen ziehe ich meine Pistole heraus, hole tief Luft und sage: »In Ordnung. Lass es uns versuchen.«

Meine Füße trampeln über den harten Erdboden, und meine Hände umklammern die Pistole und die Lenkergriffe, während ich die Augen starr auf die Straße gerichtet halte. Die Reifen des Fahrrads klappern und hüpfen über das unwegsame Gelände, doch ich werfe keinen Blick zurück, um zu prüfen, ob die Tiere etwas bemerkt haben. Das würde mich nur aufhalten. Wenn die Ungeheuer mit den grauenhaften Zähnen die Verfolgung aufgenommen haben, kann ich mir keine Verzögerung leisten. Tomas hingegen sieht sich um. Das verrät mir sein scharf eingesogener Atem und die Art, wie er sich selbst zu noch mehr Tempo antreibt und mir mit gellender Stimme zuruft: »Lauf, Cia! Lauf!«

Und das tue ich. Ich renne so schnell, wie ich kann. Meine Waden- und Oberschenkelmuskeln brennen, während ich mitsamt dem Fahrrad den Hügel hinaufstürme, der zur Straße führt. Unsere einzige Hoffnung darauf zu entkommen liegt noch mindestens fünfzig Meter entfernt. Aber die Bestien müssen erst noch die Scheune umrunden und sind noch ein gutes Stück entfernt.

Tomas mit seinen längeren, kräftigeren Beinen zieht an mir vorbei. Er hört nicht auf zu schreien, dass ich weiterrennen soll, und ich will seine Worte beherzigen, kann aber nicht noch schneller laufen. Da höre ich es: Keuchen. Knackende Zweige. Jaulen und Heulen. Sie sind nah. Viel zu nah schon. Und der Abstand wird geringer.

Wilde, panische Angst bringt mich dazu, auf dem Weg den Abhang hinauf noch mehr aus mir herauszuholen. Zwei Mal verliere ich beinahe mein Fahrrad, als sich meine Füße im niedrigen Buschwerk verfangen, aber ich schaffe es irgendwie doch, das Rad festzuhalten und weiter den Abhang hochzuhetzen. Irgendwo hinter mir wird aus dem Jaulen ein Knurren. Der Abstand hat sich offenbar weiter verringert. Die Viecher holen auf, und vor mir liegen noch mindestens zehn Meter, bis ich die Straße erreicht habe. Eine Pedale bleibt in einem Busch hängen, und ich gerate ins Stolpern und falle fast auf die Knie. Als ich hochschaue, sehe ich Tomas oben auf dem Hang. Er sitzt bereits startklar im Sattel.

»Komm schon, Cia. Beeil dich.«

Er spricht es nicht aus, aber ich weiß, dass die Tiere unmittelbar hinter mir sind. Tomas kann mir nicht helfen, wenn ich es nicht hoch zur Straße schaffe. Also reiße ich mich zusammen, hebe mein Fahrrad hoch, damit es sich nicht noch einmal im Unterholz oder im Gras verhaken kann, und zwinge mich die letzten Meter hinauf. Als ich endlich Asphalt unter den Füßen spüre, will ich vor Erleichterung in Tränen ausbrechen, aber mir bleibt keine Zeit: Aus den Augenwinkeln sehe ich sie. Ein ganzes Rudel. Sechs oder mehr. Sie sind schnell. Große, massige Körper mit mattem Fell in verschiedenen Farben. Sie sind nicht einmal mehr fünfzehn Meter hinter mir. Ihre Mäuler sind weit aufgerissen, bereit zum Angriff. Ein Tier springt den anderen voraus. Seine großen gelben Augen fixieren mich, während sich die Spanne zwischen uns verringert. Ich ziele und feuere. Das Ding brüllt vor Zorn auf, als es von der Kugel mitten in die Brust getroffen wird. Aber mein gezielter Beschuss hält es keineswegs auf.

»Wir können sie nicht ausschalten. Nun komm schon. Wir müssen weiter.«

Tomas' Stimme reißt mich aus der Erstarrung. Ich schwinge mein Bein über den Rahmen des Fahrrads. Meine Füße finden die Pedale und beginnen zu strampeln. Der Klang von Klauen auf dem Asphalt und das wütende Schnauben unserer Verfolger lassen mich immer schneller treten. Das rostige Metall unter mir protestiert, als ich an Fahrt gewinne. Ich bete, dass meine Konstruktion nicht gerade jetzt den Geist aufgibt. Tomas hat recht. Diese Kreaturen – was auch immer sie sein mögen – sind zu stark, als dass wir sie mit unserer Pistole oder dem Messer töten könnten. Wenigstens sind sie nicht die Schnellsten. Doch wenn wir sie nicht abhängen, dann …

Tomas feuert mich an, und dann, endlich, führt die Straße bergab. Meine Reifen drehen sich immer schneller. Noch immer höre ich das Geheul hinter mir, aber es klingt, als wenn unsere Verfolger zurückfallen. Ich trete unablässig in die Pedale und hoffe inständig, dass die Tiere aufgeben und sich ein anderes, schwerfälligeres Opfer als Morgenmahlzeit suchen.

Und das tun sie.

Das Heulen und Knurren wird schwächer. Als ich nichts mehr hören kann, traue ich mich endlich, mich umzudrehen, und da sehe ich, wie das Rudel in der Ferne die Straße wieder verlässt. Die Tiere bewegen sich in Richtung Norden. Weg von uns. *Puh*, Schwein gehabt.

Trotzdem radeln wir weiter, nur für den Fall, dass die widerlichen Kreaturen auf die Idee verfallen, uns in einem Bogen zu überholen und uns dann von vorn erneut anzugreifen. Für diese Überlegungen wären eine höhere Intelligenz und berechnende Entschlossenheit nötig. Mehr als es bei den meisten Tieren zu erwarten ist. Aber ich kenne genug Geschichten, die am Lagerfeuer erzählt werden, um den Kindern Angst einzujagen. Sie handeln von Menschen, die die Strahlung und die abgeworfenen Chemikalien überlebt haben, seitdem jedoch grauenhaft verändert sind. Niemals habe ich geglaubt, dass die Geschichten wahr sein könnten. Aber ich hätte es auch nicht für möglich gehalten, dass das Vereinigte Commonwealth fähig wäre, Testkandidaten sterben zu lassen, wenn es den Prüfern während des Auswahlverfahrens gerade in den Kram passt. Auch wenn die Tiere, denen wir soeben entkommen sind, keinerlei Anzeichen von menschlichen Eigenschaften aufgewiesen haben, fahren wir sicherheitshalber weitere fünfzehn Meilen, ehe wir anhalten und versuchen, wieder zu Atem zu kommen.

Ich steige ab, lege mein Fahrrad auf den Boden und werfe mich in Tomas' ausgebreitete Arme. Als ich meinen Kopf an seine Brust schmiege, höre ich sein Herz hämmern und weiß, dass meines ebenso schnell schlägt. Wir sind am Leben. Seitdem man schon kurz nach Beginn dieses Prüfungsteils auf mich geschossen hat, habe ich mich die ganze Zeit über auf die Gefahr konzentriert, die meine Konkurrenten für mich bedeuten, und auf die Fallen, die die Prüfer der Auslese uns gestellt haben könnten. Die Tiere, die die verseuchten Weiten durchstreifen, hatte ich fast völlig vergessen. Allerdings: Wenn ich jetzt so darüber nachdenke, frage ich mich, ob sie hier wirklich nur zufällig auf der Jagd waren oder ob da nicht vielleicht sogar ein bisschen nachgeholfen wurde. Die Prüfer haben doch Zäune errichtet. Wenn diese hoch genug sind, um uns im Innern des abgesteckten Gebietes zu halten, wäre es da nicht wahrscheinlich, dass sie auch die Tiere aussperren, die die Prüfer nicht dabeihaben wollen?

Ich löse mich aus Tomas' tröstlicher Umarmung, hole eine Wasserflasche heraus und spüle den bitteren Geschmack von Angst und Müdigkeit hinunter. Dann reiche ich die Flasche an Tomas weiter und packe die Nahrungsmittel aus, die wir uns heute zum Frühstück hatten zubereiten wollen. Wie durch ein Wunder sind die Eier, die wir sorgfältig in meine Kleidung gewickelt hatten, unversehrt geblieben. Tomas schlägt vor, dass wir ein Feuer machen und sie kochen, da wir uns ohnehin eine Ruhepause gönnen müssen. Wir sind beide erschöpft von unserer Flucht.

Jedenfalls halte ich die wilde Verfolgungsjagd für den Grund unserer Müdigkeit. Während wir Zweige und Stöcke fürs Feuer sammeln und Tomas sich hinkniet, um ein Streichholz anzureißen, entdecke ich jedoch, dass Blut hinten durch seine Hose gesickert ist. Bei diesem Anblick läuft es mir eisig über den Rücken, und mir fällt auf, wie blutleer Tomas' Gesicht geworden ist, nun wo die Anstrengung vorbei ist, welche ihm zuvor die Röte in die Wangen getrieben hatte. Seine Hand mit dem Streichholz zittert, als er die gestapelten Zweige entzündet und zu einem knisternden Feuer anbläst.

Ich hole mein Erste-Hilfe-Set aus der Tasche und sage Tomas, er solle sich hinlegen.

Er wirft mir ein schmerzverzerrtes Grinsen zu. »Sag einem Mädchen, dass du es liebst, und schon fängt es an, dich herumzukommandieren. Aber ich schätze, ich sollte mich nicht beklagen. Vermutlich bittest du mich als Nächstes, meine Hose runterzulassen.«

Ich lache, aber als ich sehe, dass die ausgebrannte Wunde frisch aufgerissen ist, vergeht mir der Spaß. Nachdem ich das Blut weggewaschen habe, sticht mir sofort die leichte Rötung rings um die Verletzung ins Auge, die für eine Infektion spricht. Die Entzündung ist nicht schlimm – noch nicht jedenfalls. Aber sie könnte es sehr schnell werden, wenn wir nicht aufpassen. Als ich über die möglichen Ansteckungsherde unterwegs nachdenke, wird mir sehr schnell klar, dass ich die Behandlungsmethoden ändern muss. Nicht dass es jetzt leichter für mich werden würde.

Ich bringe Tomas dazu, mehrere Schmerztabletten auf einmal zu schlucken und viel Wasser zu trinken, bevor ich eine Nadel sterilisiere, einen Faden einfädele und mich an die Arbeit mache. Tomas zuckt zusammen, als sich die Nadel in sein Fleisch bohrt. Vielleicht aber war auch ich diejenige, die zusammengezuckt ist. Mein Herz hämmert, mein Magen verkrampft sich, und ich beiße die Zähne aufeinander, während ich die Nadel durch das Gewebe schiebe, den Faden straff ziehe und die Prozedur wiederhole. Der frische Riss ist etwas mehr als einen Zentimeter lang, aber jeder Stich ist so klein, dass ich beinahe ein Dutzend davon brauche, um alles zu verschließen. Tomas gibt keinen Laut von sich, doch jedes Mal, wenn er das Gesicht verzieht, schmerzt mir das Herz. Dr. Flint hat mal zu mir gesagt, dass es schlimm für Ärzte sei, Menschen zu behandeln, die sie lieben, und dass er deshalb hoffe, niemals Dad oder eines von uns Kindern operieren zu müssen. Er befürchte, dass seine eigene Angst ihm den Blick für das verstellen würde, was er in seiner Ausbildung gelernt habe. Während ich Tomas' Wunde nähe, verstehe ich Dr. Flints Worte. Meine Finger sind voller Blut, als ich nach dem letzten Stich den Faden verknote und ihn dann abtrenne.

Mir ist übel, und ich zittere am ganzen Leib, doch ich muss noch Desinfektionssalbe auftragen und die Verletzung sauber verbinden. Tomas ist in noch schlimmerem Zustand, als ich es bin. An eine Weiterreise ist jetzt überhaupt nicht zu denken. Ich wasche mir die Hände und sage Tomas, er solle ein bisschen schlafen, während ich mich ums Essen kümmere. Seine Augen sind schon zugefallen, noch ehe ich die Pfanne herausgeholt habe.

Ich beschließe, das Kochen auf später zu verschieben. Nach dem ganzen Blut ist die Aussicht darauf, mit Nahrungsmitteln zu hantieren und sie hinterher auch noch verspeisen zu müssen, nicht besonders verlockend. Mit der Pistole in der Hand durchkämme ich die nähere Umgebung nach irgendetwas, was wir zu den gekochten Eiern essen könnten, und entdecke ein wenig Lauch und sogar ein paar wilde Himbeeren.

Mehr als zwei Stunden lang lasse ich Tomas ruhen – so lange, wie ich es gerade noch wage. Als er die Augen aufschlägt, sehe ich, dass sie glänzend und klar sind, und es liegt sogar eine Spur Verärgerung darin, dass ich ihn den Tag habe verschlafen lassen. Als wir jedoch mit dem Essen fertig sind, wird offensichtlich, dass es keine gute Idee wäre, mit dem Fahrrad zu fahren, egal wie gerne Tomas das auch tun würde. Der hohe Blutverlust hat ihn geschwächt, und seine Wunde ist viel zu berührungsempfindlich. Also laufen wir einige Stunden weiter und schieben unsere Räder, und immer wieder legen wir kleinere Pausen ein, in denen sich Tomas ausruhen kann. Irgendwann kommen wir an einem Fluss vorbei, doch sein Wasser ist zu stark vergiftet, als dass man es noch trinkbar machen könnte. Jedenfalls nicht mit den Chemikalien aus meiner Tasche.

Wir kommen zwar nicht sehr schnell, aber stetig voran. Gegen Abend entdecken wir in der Ferne Häuser. Eine verlassene Stadt. Und die Straße, auf der wir unterwegs sind, führt mitten durch sie hindurch.

Kapitel 15

Beim Anblick der Gebäude wird mir ganz flau im Magen. In den Straßen zwischen den Häusern kann alles auf uns warten – wilde Tiere, andere Kandidaten und noch Schlimmeres. Von hier aus hat es den Anschein, als erstrecke sich die Stadt noch meilenweit. Aber auch wenn nicht hinter jeder Ecke Gefahr lauern könnte, würde ich keinerlei Verlangen verspüren, mich dort hineinzuwagen. Tomas und ich haben den ganzen Tag über nach Pflanzen gesucht und das Wasser, das wir unterwegs aus Teichen und Bächen geschöpft haben, mit Chemikalien behandelt. Ich bezweifle, dass wir dazu noch die Gelegenheit haben werden, wenn wir uns erst mal in einer Welt befinden, die nur noch aus eingestürzten Steinmauern und verrotteten Stahlträgern besteht.

Die Stadt ragt in einiger Entfernung drohend vor uns auf, als wir uns zum Abendessen hinsetzen und ich zu Tomas sage: »Bestimmt ist die Stadt der perfekte Ort für das Prüfungskomitee, um möglicherweise zusätzliche Tests für uns einzubauen. Vermutlich werden die meisten Kandidaten nicht auf die Idee kommen, sich einen Weg um die Stadt herum zu suchen, sondern werden einfach mitten hindurchmarschieren, weil es die viel kürzere Route zu sein scheint.« Ich denke an meinen Vater und seine Albträume aufgrund der Auslese. Seine Freunde sind in einer Stadt ums Leben gekommen – einer Stadt, die wie jene aussah, die nun vor uns liegt.

Tomas sieht mir in die Augen und nickt. Er versteht, was ich denke und auf keinen Fall aussprechen kann, solange wir belauscht werden. »Oder die Prüfer haben die Straßen vermint, die rings um die Stadt herumführen, um dafür zu sorgen, dass die Kandidaten auf jeden Fall den direkten Weg nehmen. Vielleicht wollen sie ja testen, wie die Prüflinge reagieren, wenn sie auf andere Leute stoßen. Sieh mal.« Er deutet nach Süden, und ich spähe mit zusammengekniffenen Augen in die untergehende Sonne. »Der südliche Grenzzaun läuft direkt am Stadtrand entlang. Die Nordlinie kann ich zwar nicht sehen, aber ich wette, sie ist näher, als wir glauben.«

Wir schlafen ein mit den Waffen fest in unseren Händen. Im Morgengrauen stehen wir auf und bereiten uns darauf vor weiterzumarschieren. Nach einer Durchsicht unserer Vorräte beschließen wir, nach Wasser Ausschau zu halten, während wir uns immer weiter der Stadt nähern. Als wir noch vielleicht hundert Meter von den ersten Häusern entfernt sind, entdecken wir einen kleinen trüben Teich, auf dem eine schwarze, ölige Flüssigkeit schwimmt. Gleich drei verschiedene Reinigungssubstanzen brauchen wir, um das Wasser zu behandeln, und trotzdem habe ich Bedenken, was die Trinkbarkeit angeht. Ich verstaue die frisch aufgefüllten Flaschen zwar in meiner Tasche, hoffe jedoch inständig, dass wir noch eine andere Quelle ausfindig machen, ehe wir gezwungen sein werden, an diesen Vorrat zu gehen. Falls nicht, nun, dann müssen wir eben auf unser Glück hoffen. Natürlich will ich unseren Körpern keinen Schaden zufügen, aber die Aussicht zu verdursten gefällt mir noch viel weniger.

Tomas will unbedingt wieder aufs Fahrrad steigen, aber ich sehe, wie er mit zusammengebissenen Zähnen und schmerzverzerrtem Gesicht stöhnt, als er sich auf den Sattel setzt. Angesichts seines offenkundigen Leidens denke ich nochmals über die Alternative nach, die Stadt zu umfahren. Wenn sich Tomas' Verletzung nicht bessert, dann werden wir ein geeigneteres Transportmittel benötigen. Eine Stadt mit all ihren verlassenen Geschäften und Gebäuden könnte der beste Platz sein, ein anderes Fahrzeug aufzutreiben.

Die Straße, auf der wir unterwegs sind, gabelt sich. Die Abzweigung nach rechts führt am Rand der Stadt entlang und ist in schlechtem Zustand. Ich bezweifle, dass unsere Fahrräder länger als ein paar Minuten durchhielten, wenn wir versuchen würden, über den löchrigen Asphalt zu radeln. Die andere Strecke Richtung Stadtzentrum ist völlig eben. Der deutliche Fingerzeig der Prüfer liegt mir schwer im Magen, aber uns bleibt keine große Wahl. Wir werden der gut ausgebauten Straße folgen und zusehen müssen, dass wir so schnell wie möglich ans entgegengesetzte Ende der Stadt gelangen.

Die Straße wird schmaler, und wir erreichen die ersten, noch vereinzelt stehenden Gebäude. Die meisten von ihnen sind nur ein oder zwei Stockwerke hoch. Keines davon ist repariert worden. Wenn man die zahllosen Löcher in den Dächern und Mauern sieht, wundert man sich, dass nicht alles längst völlig in sich zusammengefallen ist. Wir halten uns bewusst in der Mitte der Straße für den Fall, die Prüfer haben die baufälligen Häuser so präpariert, dass sie genau in dem Moment einstürzen, in dem wir an ihnen vorbeikommen. Was für eine abenteueliche Auslese aber auch!

Die Gebäude werden jetzt höher und stehen näher beieinander, und nun sehen wir auch die ersten Ruinen. Jedes

Mal blockieren die Trümmer ausgerechnet eine Straße, die von jener abzweigt, auf der wir gerade fahren. Zuerst denke ich noch, dass ich mir das nur einbilde, doch als wir das fünfte Mal an einer Schuttruine unmittelbar an einer Straßengabelung vorbeikommen, weiß ich, dass meine Beobachtung stimmt. Die Prüfer zwingen uns unmittelbar in die Stadt hinein, geradewegs auf das zu, was sie sich für uns ausgedacht haben.

Ich rufe Tomas und halte mitten auf der Straße an. Er bremst ebenfalls, stellt die Füße auf den Boden und fragt: »Was ist denn los?«

Ich erzähle ihm, dass mir die eingestürzten Gebäude merkwürdig vorkommen und dass ich mir Sorgen darüber mache, was vor uns liegen könnte.

»Willst du, dass wir umkehren und doch einen Bogen um die Stadt machen?«

Tomas' angestrengter Gesichtsausdruck verrät mir, dass er nicht sonderlich erpicht darauf ist. Und um ehrlich zu sein, weiß ich selbst nicht genau, ob ich das eigentlich will. Einen Umweg zu machen kann sich nämlich ebenfalls als höchst gefährlich erweisen. Außerdem haben wir den ganzen Morgen gebraucht, um bis hierher zu kommen. Würden wir jetzt umdrehen und zu unserem heutigen Ausgangspunkt zurückkehren, hätten wir einen ganzen Tag verschenkt.

»Nein. Eigentlich will ich nicht zurück. Aber wir müssen uns vorsehen.«

Er gibt mir einen schnellen Kuss, grinst und sagt: »Ich verspreche dir, keine Steine in irgendwelche Teiche zu werfen, ehe ich es nicht mit dir abgesprochen habe, in Ordnung?«

Bei seinem Lächeln wird mir ganz warm ums Herz, und obwohl meine Sorgen nicht verschwinden, lächele ich unwillkürlich zurück. »Ich verlasse mich darauf.«

Wir schlagen jetzt ein langsameres Tempo an und suchen die Gebäude und den Asphalt vor uns auf Anzeichen von Gefahr ab. Bisweilen ragen die Häuser am Straßenrand zehn oder zwölf Stockwerke hoch. Was ließe sich nicht alles darin verstecken! Kameras, Fallen, alles Mögliche. Ungefähr vier Meilen später erreichen wir eine Kreuzung. Dieses Mal werden wir nicht von Schutt- und Metallbergen aufgehalten. Stattdessen eröffnen sich uns drei mögliche Wege: Einer führt uns weiter geradeaus, die beiden anderen zweigen rechts und links ab.

»Was meinst du?« Tomas bleibt im Sattel sitzen, stellt aber die Füße auf den Asphalt.

»Ich denke, jetzt wäre ein guter Zeitpunkt, mit dem Steinewerfen anzufangen.«

Tomas lacht erst, steigt dann jedoch von seinem Rad, nimmt einen größeren Brocken und wirft ihn auf die mittlere Straße. Dort schlägt er auf und hüpft noch drei Meter weiter über das Pflaster. Das Gleiche macht Tomas bei den anderen beiden Straßen. Die Steine landen und rutschen weiter, ohne dass etwas passiert.

»Und was nun?«

Ich weiß es auch nicht. Wir schauen nacheinander alle drei Straßen hinunter und versuchen, uns vorzustellen, was uns in der jeweiligen Richtung erwarten könnte. Der linke Abzweig und die Straße, die geradeaus führt, sind von Gebäuden gesäumt, die von der Bauweise her denen ähneln, die wir schon passiert haben. Rechts von uns, ein ganzes Stück die Straße hinunter, befindet sich ein Bauwerk, das unsere Aufmerksamkeit erregt. Der graue Block ist lang gestreckt. Die Mitte des Gebäudes ist mehrere Etagen höher als der Rest und wird von einer großen Kuppel überdacht. Da wir nicht wissen, wie wir uns sonst entscheiden sollen, lassen wir uns von unserer Neugier leiten und biegen nach rechts ein, um es uns näher anzusehen.

Kurz darauf endet die Straße.

Das Kuppelgebäude muss früher mal grandios ausgesehen haben, bröckelt nun jedoch an allen Ecken und Enden. Zusammen mit den eingestürzten Häusern rechts und links davon blockiert es unseren Weg. Gehört es vielleicht zum Test herauszufinden, wie man an diesen Hindernissen vorbeikommt? Während ich noch darüber nachdenke, welche Konsequenzen das für uns hätte, hebt Tomas einen Stein auf und schleudert ihn auf die Stufen einer zerfallenen Treppe.

Nichts passiert.

Wir beide lächeln uns an, doch bevor Tomas losläuft, bitte ich ihn: »Versuch's noch mal, nur um ganz sicherzugehen.«

Tomas hebt einen weiteren Stein auf und wirft ihn in den Schutthaufen zu unserer Linken. Einen Moment lang ist alles still, dann erfüllt ein schwaches tickendes Geräusch die Luft. Kurz darauf gibt es eine Explosion an der Stelle, an der der Stein gelandet war. Wir können uns also keinen Weg um die Ruine herum oder quer darüber suchen. Die Straße zu verlassen ist sozusagen wie eine falsche Antwort. Eine Entscheidung, die bestraft wird.

Wortlos kehren wir zur Abzweigung zurück und versuchen unser Glück mit der Straße, die geradeaus weiterführt. Wieder eine Sackgasse. Wir machen uns gar nicht erst die Mühe, hier noch nach Sprengfallen zu suchen. Wir wissen, dass welche da sind.

Die linke Straße führt uns an verschiedenen Gebäuden vorbei, die früher mal Geschäfte beherbergt haben. Ein verblasstes, aber teilweise noch lesbares Schild macht Werbung für Eisenwaren. Es reizt mich, anzuhalten und mich umzusehen, ob es in dem Laden noch irgendetwas Brauchbares gibt, aber ich entscheide mich dagegen. Die Straße, die mir zuerst solche Angst gemacht hat, gibt mir nun eine gewisse Sicherheit. Sie führt im Zickzack um die eingestürzten grauen Gebäude herum und endet schließlich an einer weiteren Gabelung. Und auch diesmal bleiben uns drei Möglichkeiten. Wir entscheiden uns für den Mittelweg und kommen, wie schon zuvor, wieder an baufälligen Häusern vorbei, bis wir feststellen, dass wir erneut in eine Sackgasse geraten sind. Vor uns liegen Trümmer, die von einer erst kürzlich erfolgten Explosion stammen könnten. Also kehren wir wieder um.

Und mit einem Mal begreife ich, woran mich diese Stadt erinnert.

An einen Irrgarten. Wir stecken in einem Irrgarten fest.

Als ich noch kleiner war, hat mein Vater häufig für mich und meine Brüder komplizierte Labyrinthe aufgemalt und uns einen Weg hindurch suchen lassen. Es war immer ein Wettkampf zwischen uns Geschwistern. Wir alle hatten eine Zeichnung des gleichen Irrgartens, und Dad wartete, bis wir alle startklar waren, erst dann ließ er uns anfangen. Sobald die Spitze unseres Bleistiftes das Papier berührt hatte, durften wir sie nicht wieder hochheben. Wenn wir in eine Sackgasse eingebogen waren, waren wir aus dem Rennen. Auf diese Weise wollte Dad uns beibringen, die Dinge im Vorfeld zu durchdenken und sorgfältig zu planen, anstatt eine schnelle Entscheidung zu treffen, bei der wir nicht wussten, wohin sie uns führen würde.

Vielleicht schlummerte irgendwo tief in seinem Gedächtnis noch die bruchstückhafte Erinnerung an diesen Teil der Auslese. Vielleicht wollte er uns aber mit diesem Zeitvertreib auch nur die kalten, verschneiten Nächte verkürzen. Was auch immer seine Gründe gewesen sein mögen – jetzt muss ich mir die Lektion, die ich dabei gelernt habe, zunutze machen und vorausschauend handeln. Der Tag ist schon weit fortgeschritten. Wenn wir nicht aufpassen, dann könnten wir länger in diesem Labyrinth herumirren, als es unsere Essens- und Wasservorräte erlauben.

Ich sage Tomas, dass ich gerne eine Rast einlegen und früh zu Abend essen würde. Er ist verschwitzt und so entmutigt, dass er einverstanden ist. Also setzen wir uns mitten auf die Straße und kramen das Hühnerfleisch hervor. Bei dieser Hitze würde es als Erstes verderben. Während wir essen, bitte ich Tomas, mir seinen Atlas zu geben. Gemeinsam brüten wir über einzelnen Seiten. Den Karten nach zu urteilen befindet sich die Straße, die wir finden wollen, um die Stadt wieder zu verlassen, auf der südwestlichen Seite. Das bedeutet, dass wir solche Wege einschlagen sollten, die uns in die richtige Richtung und am Ende auf die gesuchte Straße führen könnten. Je weiter geradeaus oder nach Süden uns ein Weg führt, desto besser.

Tja, das sind nun wirklich keine großen Neuigkeiten, aber immerhin mehr Informationen, als wir vor unserer Mahlzeit hatten. Wir steigen wieder auf unsere Fahrräder und radeln los. Die nächste Gabelung. Wir entscheiden uns für die linke Abzweigung. Gebäude, die sich kaum voneinander unterscheiden lassen, säumen die Fahrbahn. Eine Sackgasse. Also wieder zurück und dann geradeaus. Unsere Hemden sind schweißgetränkt, während wir weiter nach den richtigen Straßen suchen. Selbst als wir den Kompass zu Hilfe nehmen, verliere ich bei den Biegungen und Abzweigungen jeglichen Orientierungssinn. Schließlich bricht die Nacht herein, und uns bleibt nichts anderes übrig, als unser Lager aufzuschlagen. Ohne Licht weiterzulaufen würde das Risiko bedeuten, von der Straße abzukommen und eine Explosion auszulösen. Nach einigem Suchen beschließen wir, uns kurz vor dem Ende einer Sackgasse mitten auf der Fahrbahn hinzulegen. Immerhin begrenzen die drei mit Sprengfallen versehenen Seiten die Richtungen, aus denen uns neue Gefahren drohen könnten.

Wir essen den Rest Hühnchen und heben uns die Pflanzen und die letzte Tüte mit Dörrobst für den nächsten Morgen auf. Uns sollte lieber schnell etwas einfallen, wie wir diesen Irrgarten verlassen können, ehe wir vom Hunger überwältigt werden. Trotz der Hitze des Tages haben wir bislang versucht, unsere Wasservorräte nicht anzutasten, aber jetzt sind unsere Lippen von der brennenden Sonne und der fehlenden Flüssigkeit aufgesprungen. Uns bleibt keine andere Wahl, als die Flaschen aufzumachen, deren Inhalt vielleicht noch immer kontaminiert ist. Der Geschmack ist zwar etwas eigenartig, aber weder Tomas noch ich bemerken ein metallisches oder bitteres Aroma, das den sicheren Tod bedeuten könnte.

Als ich die Verbände um Tomas' Verletzung wechsele und eine neue Schicht Salbe auftrage, sehe ich, dass die ehemals brennend rote Wunde jetzt schon besser aussieht – ein echter Lichtblick.

»Das liegt daran, dass ich die allerbeste Pflege habe«, sagt er und gibt mir einen Kuss. Der Heilungsfortschritt der Wunde und die Wärme von Tomas' Lippen trösten mich und helfen mir dabei, schnell einzuschlafen.

Mit Tagesanbruch kehrt auch unsere niedergeschlagene Stimmung zurück. Oft denken wir, wir hätten nun endlich den richtigen Weg gefunden, nur um einige Abbiegungen später festzustellen, dass wir wieder umkehren müssen. Weitaus beängstigender sind allerdings die Stimmen, die sich zunehmend irgendwo in der Ferne vernehmen lassen. Manchmal klingt es auch so, als kämen sie von unmittelbar hinter einem Hindernis oder Gebäude. Es lässt sich unmöglich genau bestimmen. Eines ist jedoch gewiss: Wir sind nicht allein in diesem Labyrinth. Andere suchen in diesem Gewirr von Straßen ebenfalls nach einem Ausweg, der sich jedoch einfach nicht finden lassen will.

Eine Explosion erschüttert die Gebäude neben uns. Ein Schrei zerreißt die Luft. Dann noch einer. Und schließlich: Stille. Wir radeln schneller. Nur weg von der Detonation, immer weiter die Straße hinunter. Eine Sackgasse. Wieder zurück. Nächster Versuch.

Zunächst bemühen wir uns noch, die Sache mit Humor zu nehmen, wenn wir vor der anscheinend unvermeidlichen nächsten Barriere stehen, die uns zum Umkehren zwingt. Aber nach stundenlangem Suchen wollen uns die lustig gemeinten Bemerkungen nicht mehr so recht über die Lippen kommen. Unser Lachen wird gezwungener, bis es uns schließlich ganz vergeht. Meine Kopfhaut juckt vom Schmutz und vom Schweiß, und mein ganzer Körper tut mir weh von der ständigen Anstrengung, die uns doch nirgends hinzuführen scheint. Wir essen den allerletzten Rest des getrockneten Obstes. Tomas entdeckt ganz unten in seiner Tasche ein steinhartes Brötchen, das wir uns teilen, um damit den nagenden Hunger zu stillen. Die einzig gute Nachricht ist, dass wir keinerlei Auswirkungen des verdächtigen Wassers verspüren. Doch selbst die kurze Erleichterung darüber wird getrübt, als wir der Tatsache ins Auge sehen, dass der Vorrat nicht mehr lange reichen wird. Keine einzige Wolke ist am Himmel zu entdecken, die uns Hoffnung auf Regen machen könnte.

Meine müden Beinmuskeln protestieren, als wir einen Weg mit einer Steigung einschlagen. Ich muss mich zwingen, weiter in die Pedale zu treten. Langsam bekommen wir einen besseren Überblick über die Stadt, obwohl wir uns gar nicht so hoch befinden. Aber hier und dort, wo die Gebäude im Laufe der Zeit in sich zusammengefallen sind, können wir mehr sehen als nur die unmittelbar hinter uns liegende Strecke. Wenn ich die Augen zusammenkneife, meine ich, in der Ferne das lang gestreckte Gebäude mit dem Kuppeldach zu erkennen, an dem wir am Anfang des Labyrinths vorbeikamen. Wie weit wir davon schon weg sind!

Ich weise Tomas darauf hin, und zum ersten Mal an diesem Tag wirft er mir ein von Herzen kommendes Lächeln zu. »Nun, somit kann das Ende ja nicht mehr weit sein, oder? Dann wollen wir es mal finden.«

Die Aussicht darauf, die Stadt auf der anderen Seite wieder verlassen zu können, ist so verlockend, dass wir neue Kräfte mobilisieren. Als wir wieder mal nicht weiterkommen, meint Tomas: »Tja, eine Sackgasse weniger auf dem Weg zum Ausgang.«

Dann kehren wir um.

In diesem Augenblick hören wir es: den Klang von Stiefeln auf Asphalt. Jemand ist ganz in der Nähe von uns. Wir legen einen Zahn zu, biegen um eine Ecke, treten in die Pedale.

Eine Sackgasse.

Die Laufschritte kommen näher. Ich werfe Tomas einen Blick zu. Angst und wilde Entschlossenheit liegen in seinen Augen, als er mir zunickt. Wir steigen von unseren Fahrrädern ab, legen sie auf den Boden und holen unsere Waffen heraus. Jetzt kann man hören, dass es Ledersohlen sind, die aufs Pflaster trommeln, und zwar unmittelbar hinter der Straßenbiegung. Ich hebe meine Pistole, halte den Atem an und versuche, nicht zu zittern.

Als Erstes sehe ich den Schatten: die Silhouette einer Person. Auch die Umrisse einer Waffe in deren Hand sind deutlich zu erkennen. Meine Armmuskeln sind angespannt. Mein Finger spannt sich über dem Abzug, während der Schatten immer größer wird. Ich kenne die Reichweite meiner Pistole. Derjenige, der da angerannt kommt, könnte im gleichen Augenblick abdrücken, in dem er uns sieht, was bedeutet, dass ich ihm zuvorkommen muss. Ohne mir im Klaren zu sein, wer da kommt. Ohne zu wissen, ob er oder sie uns überhaupt etwas Böses will.

Ich will mich zwingen abzudrücken, als der Schatten noch größer wird und schließlich eine Gestalt um die Ecke biegt. Ich will schießen, aber ich kann es nicht tun. Ich kann niemandem das Leben nehmen. Dass die Person männlich ist, registriere ich kaum. Ich kann nur daran denken, dass es meine Schuld sein wird, wenn Tomas und ich jetzt sterben.

Doch statt eines Pistolenschusses höre ich: »Cia! Tomas? Seid ihr das wirklich?« Ehe ich noch begriffen habe, dass unser Leben doch nicht zu Ende ist, werde ich von zwei völlig verdreckten Armen in die Luft gehoben. Will wirbelt mich lachend herum. Sein freudiges Lachen ist ansteckend, und ich klammere mich an ihm fest. Bei seinem Geruch rümpfe ich unwillkürlich die Nase: Er stinkt nach einer Mischung aus Schmutz, Schweiß, Blut und was sich noch alles an ihm festgesetzt hat, seitdem die Prüfung begonnen hat. Aber das ist mir egal. Auch ich dürfte zurzeit nicht gerade nach Rosen duften, und während ich ihn so in meinen Armen halte, steigt plötzlich die Hoffnung in mir auf, dass auch Zandri und Nicolette noch am Leben sein könnten.

»Das ist ja fantastisch, dass ausgerechnet ihr beide euch hier draußen gefunden habt. Ich hätte nie gedacht, dass ich jemals auf dich oder Tomas treffen würde.«

Mit hochgezogenen Augenbrauen wartet Will darauf, dass ich ihm die Geschichte erzähle, wie Tomas und ich einander zufällig über den Weg gelaufen sind. Also trete ich einen Schritt zurück und berichte: »Ich hatte einige Schwierigkeiten, die Stadt, in der wir ausgesetzt wurden, zu verlassen. Tomas ist in letzter Minute aufgetaucht und hat mich davor bewahrt, in den Fluss dort zu fallen oder noch Schlimmeres.« Es ist besser, ihm nicht zu sagen, dass Tomas und ich einen Treffpunkt vereinbart hatten. Das würde ihn nur mit der Nase darauf stoßen, dass wir unsere anderen Freunde nicht in unseren Plan eingeweiht hatten, und es ist schon so schwer genug, in dieser Umgebung überhaupt noch jemandem zu vertrauen. Nun, da ich den anfänglichen Schock überwunden habe, bemerke ich einen Verband an Wills Schulter, der vom getrockneten Blut ganz hart geworden zu sein scheint. »Was ist denn dir da passiert? Ist alles in Ordnung?«, frage ich.

Will wirft mir ein verschmitztes Lächeln zu. »Mit geht's gut. Ich hatte nur ein kleines Missverständnis mit einem Ast. Keine große Sache.«

»Eine Infektion ist sehr wohl eine große Sache«, sage ich und greife in meine Tasche. »Warum lässt du mich nicht mal einen Blick darauf werfen?«

Will schüttelt den Kopf. »Mir geht's gut. Ganz im Ernst. Wir sollten unsere Zeit lieber darauf verwenden, aus diesem blöden Labyrinth rauszukommen. Hoffentlich nähern wir uns langsam dem Ende. Ich weiß ja nicht, wie das bei euch ist, aber mir gehen inzwischen die Lebensmittel und die Wasservorräte aus.«

Gerade will ich darauf bestehen, dass wir uns die Zeit nehmen, Wills Schulter vernünftig zu versorgen, als Tomas drängt: »Will hat recht. Wir müssen hier raus. Um den Rest können wir uns kümmern, wenn wir den Ausgang gefunden haben. Lasst uns aufbrechen.«

Tomas und ich heben unsere Fahrräder wieder auf und radeln langsam neben Will her, der uns neugierig fragt, wo wir die Räder herhaben. Tomas überlässt mir das Reden, und ich gebe Will eine Kurzversion davon, wie wir die Karrenräder und die Fahrradrahmen entdeckt und repariert haben. Es stellt sich heraus, dass Will seinerseits einen Scooter ohne Motor in einer Garage gefunden hatte. Eines der Räder ließ sich nicht bewegen, aber er schaffte es, die Blockade zu beseitigen und damit auf derselben Straße zu fahren, die wir ebenfalls benutzt haben und die unmittelbar in dieses Labyrinth hineingeführt hat.

»Ich bin immer wieder in Sackgassen geraten, und irgendwann war ich so frustriert, dass ich nicht mehr richtig aufgepasst habe. An einer abschüssigen Straße habe ich zu viel Tempo bekommen, habe die Kontrolle verloren und bin umgekippt. Das Nächste, was ich noch weiß, ist, dass der Scooter gegen eine Barriere am Ende der Straße geprallt ist und es eine riesige Explosion gegeben hat. Ich schätze, ich muss mich um einen anderen fahrbaren Untersatz kümmern, wenn wir hier erst mal raus sind. Vor allem wenn ich euch begleiten will.«

Während wir den Weg suchen, der uns aus der Stadt hinausbringt, erzählt uns Will von seiner bisherigen Reise, die im Vergleich zu unserer ziemlich ereignislos klingt. Nachdem er das erste Mal Wasser aus einer Quelle getrunken hatte, ist ihm zwar ein bisschen flau geworden, aber bislang hat er unterwegs immer irgendwo nützliche Dinge und Nahrungsmittel gefunden. Er zeigt mir eine Drahtspule, und ich hätte ihn dafür küssen können. Das Metall ist dünn und biegsam und dadurch perfekt geeignet für Schlingen. Falls wir überhaupt jemals wieder aus dieser Stadt hinausfinden, wird es einfacher werden, an Nahrung zu kommen. Ich freue mich so über den Draht, dass Will mir anbietet, ich solle ihn in meiner eigenen Tasche verstauen.

So verlockend ich das Angebot auch finde, schüttele ich doch den Kopf. »Du hast den Draht gefunden, dann solltest du auch jederzeit über ihn verfügen können.«

»Sieh es doch einfach als ein Dankeschön. Wenn du mich nicht davon abgehalten hättest, mich nach der zweiten Testrunde bei der Auslese medizinisch versorgen zu lassen, dann wäre ich jetzt gar nicht hier. Keiner der Kandidaten, die Hilfe in Anspruch genommen haben, ist zurückgekommen.« Dann beugt sich Will zu mir und flüstert: »Außerdem bin ich mir nicht so sicher, ob wir überhaupt weiterhin zusammen unterwegs sein werden, wenn wir die Stadt erst mal verlassen haben. Tomas scheint ziemlich fest entschlossen zu sein, dich für sich allein zu beanspruchen.«

Aus einem ersten Impuls heraus will ich das vehement abstreiten, aber es stimmt, dass Tomas recht einsilbig geworden ist, seitdem Will zu uns gestoßen ist. Wenn er überhaupt etwas sagt, dann ist sein Ton so wachsam, dass ich mich schon gefragt habe, was los ist. Im Augenblick läuft Tomas vor uns her: nahe genug, um unser Gespräch mit anzuhören, aber weit genug weg, um sich nicht beteiligen zu müssen. Vielleicht hat Will ja recht. Nicht dass Tomas mich für sich allein haben will, denn schließlich weiß er ganz genau, dass dies weder die richtige Zeit noch der richtige Ort für ein Eifersuchtsdrama ist. Im Augenblick zählt nur, die Auslese zu überleben. Aber vielleicht hat Tomas Schwierigkeiten damit, dass Will zu Fuß unterwegs ist. Wenn wir uns mit ihm zusammentun, bedeutet das, dass wir weitaus langsamer als bisher vorwärtskommen werden. Allerdings bin ich mir gar nicht sicher, wie gut Tomas angesichts seiner Verletzung überhaupt mit dem Rad fahren kann. Im Laufe des Tages ist sein Humpeln immer schlimmer geworden. Es wird Zeit, dass wir dem Labyrinth entkommen und uns einen kühlen Fluss suchen, in dem Tomas sein geschwollenes Hinterteil kühlen kann.

Aber es hat keinen Sinn, jetzt über Will und Tomas nachzugrübeln – nicht wo wir schon wieder in eine Sackgasse eingebogen sind. Wir kehren um und versuchen es auf einem anderen Weg. An der nächsten Gabelung gibt es zwei Möglichkeiten. Sollen wir uns nach rechts halten oder doch lieber nach links gehen? Der Kompass verrät uns, dass die Straße, die aus der Stadt hinausführt, irgendwo rechts liegen muss. Also schlagen wir diese Richtung ein.

Wir folgen der Anzeige des Kompasses und laufen immer weiter. Irgendwann weist uns Tomas darauf hin, dass die Häuser, an denen wir vorbeikommen, allmählich kleiner werden und mehr und mehr jenen ähneln, die wir passiert haben, als wir in die Stadt hineinfuhren. Das Ende des Labyrinths muss ganz nah sein. Ich würde zu gerne auf mein Fahrrad springen und die Straße hinuntersausen, um zu sehen, ob die Vermutung stimmt. Stattdessen marschieren wir zu Fuß weiter. Eine Meile lang teilt sich die Straße nicht mehr, was bedeutet, dass wir auch keine Entscheidungen treffen müssen. Zwei Meilen. Das Lächeln auf unseren Gesichtern wird zuversichtlicher. Es gibt immer weniger Häuser links und rechts an der Straße. Und endlich sehen wir vor uns nur noch harten und zusammengebackenen Erdboden und die wenigen Pflanzen, die in dieser Gegend überlebt haben. Die Straße scheint sich bis in endlose Ferne zu erstrecken.

Als die Stadt einige Meilen hinter uns liegt, fragt Will: »Würde es euch etwas ausmachen, wenn ich heute noch bei euch übernachte? Ab morgen will ich euch nicht mehr unnötig aufhalten, aber es wäre schön, noch ein bisschen länger in Gesellschaft zu sein.«

»Natürlich kannst du heute Nacht bei uns bleiben.« Tomas' Zustimmung kommt, noch bevor ich etwas sagen kann. Aber mir entgeht nicht, dass er Will lediglich für diese eine Nacht eine Zusage gegeben hat.

Auch wenn ich weiß, dass Tomas darüber nicht erfreut sein wird, füge ich hinzu: »Unsere Nahrungsvorräte gehen zur Neige. Morgen werden wir also ohnehin zu Fuß unterwegs sein und nach Essen und Wasser suchen. Vielleicht entdecken wir dabei ja auch irgendein Gefährt für dich. Dann können wir bis zum Ende zusammenbleiben.«

»Das klingt toll.« Will lächelt. »Aber wenn wir morgen nichts Fahrbares finden, dann müssen wir uns trennen. Ich will nicht, dass ihr beide meinetwegen zurückfallt. Je schneller ihr wieder in Tosu-Stadt seid, desto besser. Okay?«

Nach diesen Worten entspannt sich Tomas ein bisschen. Wir setzen unseren Weg fort, bis die Sonne schon tief am Horizont steht. Von der Straße aus ist der südliche Grenzzaun, der das Prüfungsgebiet markiert, sichtbar. Dahinter entdecke ich ein glitzerndes, klares Gewässer. Unwillkürlich frage ich mich, ob die Prüfer uns ganz bewusst diesem verlockenden Anblick aussetzen. Vermutlich wollen sie herausfinden, ob wir uns an die Anweisung, das abgesteckte Testgebiet auf keinen Fall zu verlassen, erinnern und ob wir sie befolgen.

Wir suchen uns eine geeignete Stelle hinter einem großen Steinhaufen für unser Lager aus. Während sich Tomas und Will damit beschäftigen, ein Feuer anzuzünden, ziehe ich los, um nach etwas Essbarem zu suchen. Der Boden hier ist härter und ausgetrockneter als auf der anderen Seite der Stadt. Doch in der Nähe des Zauns gibt es Anzeichen für eine gesündere Vegetation. Jenseits der Grenzmarkierung befindet sich ein See, der ohne Zweifel der Grund für die sprießende Pflanzenwelt zu meinen Füßen ist. Zwar frustriert es mich, nicht an das Wasser heranzukommen, aber immerhin finde ich mehrere Handvoll Löwenzahnblätter, Lauch und jede Menge weißen Klee. Auch Wills Draht kann ich gut gebrauchen. Zweihundert Meter von unserem Lager entfernt stelle ich einige Fallen auf und versuche, mich an das zu erinnern, was mir meine Brüder diesbezüglich beigebracht haben. Wenn ich Glück habe, dann werden sich ein oder zwei vorbeikommende Tiere in der Schlinge verfangen. Darauf kann ich nur hoffen, denn mein Magen schmerzt bereits vom Hunger.

Wills Flasche ist leer. Während des Essens teilen Tomas und ich unseren Wasservorrat mit ihm. Als die Nacht hereinbricht, befinden sich nur noch ein paar Schlucke auf dem Boden des einen Gefäßes. Die Suche nach Wasser muss morgen ganz oben auf unserer Prioritätenliste stehen. Ansonsten können wir uns nämlich jede Diskussion sparen, ob wir zu zweit oder zu dritt weiterreisen.

Tomas beharrt darauf, Nachtwachen einzuteilen. »Wir sind zu dritt, also können wir alle ausreichend Schlaf bekommen und haben trotzdem jemanden, der aufpasst. Cia und ich sind vor Kurzem nur um ein Haar einer Horde wilder Tiere entkommen. Diese Erfahrung muss ich nicht noch einmal machen, wenn es sich irgendwie vermeiden lässt.«

Wir lassen das Feuer brennen, und Tomas gibt mir einen langen Kuss, ehe er auf einen Steinhaufen klettert, um von dort aus über uns zu wachen, während wir schlafen. Ich selbst werde die letzte Schicht übernehmen.

Nur allzu bald weckt mich Will und ist beinahe sofort

eingeschlafen, während ich meinen Platz auf den Steinen einnehme. Das Feuer ist heruntergebrannt, wirft aber noch genug Licht auf meine Freunde, sodass ich sehen kann, wie sich Tomas' Schultern entspannen, als Will zu schnarchen beginnt. Ist Tomas während Wills Schicht ebenfalls wach geblieben? Offenbar. Ich bin hin- und hergerissen zwischen Tomas' mangelndem Vertrauen und meinem schlechten Gewissen, weil ich so gutgläubig bin. Nun, wo ich sehe, wie unwohl Tomas sich in Wills Gegenwart fühlt, muss ich meinen Plan, dass Will bei uns bleibt, wohl noch einmal überdenken.

Vogelgezwitscher kündigt den Anbruch eines neuen Tages an. Ich habe Tomas versprochen, ihn im Morgengrauen zu wecken, aber ich entschließe mich, erst unser Frühstück zusammenzusuchen, um ihm noch ein paar Minuten Extraschlaf zu gönnen.

Der Anblick eines mageren, aber durchaus essbaren Kaninchens in einer meiner Fallen bringt mich zum Strahlen. Ich laufe am Grenzzaun entlang zum Lager zurück und halte dabei die Augen nach weiterer Nahrung offen. Eine Handvoll Klee und einige wilde Karotten wandern in meine Tasche. Es wäre schön, wenn es noch mehr wäre, aber das muss eben erst mal reichen. Als ich mich vom Zaun abwende und mich auf den Weg zurück zu Tomas und Will mache, höre ich plötzlich einen Zweig knacken. Ich wirbele herum, ziehe meine Pistole und rechne mit einem Tier. Doch stattdessen steht auf der anderen Seite des Zauns ein grauhaariger Mann und lächelt mich an.

Kapitel 16

Bevor ich noch etwas sagen kann, hat mir der Mann schon einen kleinen Beutel über den Zaun zugeworfen und ist wieder in den Büschen verschwunden. Ich starre auf den Beutel und frage mich, ob das nur ein weiterer Test ist. Soll ich hineinschauen und riskieren, dass irgendetwas explodiert, oder soll ich das Ding einfach liegen lassen und davongehen?

Der Beutel ist klein und aus einem groben braunen Material genäht, das keinerlei Ähnlichkeit mit dem Stoff unserer Taschen hat, die wir vom Commonwealth für die Prüfung zugeteilt bekommen haben oder die ich in der Ausrüstungskammer für die Auslese gesehen habe. Ich denke über den Mann nach, der ihn mir zugeworfen hat. Seine Kleidung war ordentlich, wenn auch ausgeblichen. Die Haut des Fremden war tief gebräunt und wettergegerbt, und seine Muskeln schienen von harter Arbeit gestählt. Er erinnerte mich eher an meinen Vater als an irgendeinen der Offiziellen, mit denen ich bislang Kontakt hatte.

Wer also war dieser Mann? Einer der Renegaten, die Michal im Haus von Magistratin Owens erwähnt hat? Im Geschichtsunterricht haben wir gelernt, dass es nach Ende des *Siebten Stadiums* des Krieges verschiedene Meinungen darüber gab, wie man das Land wieder revitalisieren könnte. Diejenigen, die überlebt hatten, stritten sich um das beste Vorgehen: Sollten alle Überlebenden wieder unter einer zentralen Regierung zusammengefasst werden, oder sollte jede Gruppe die Freiheit haben, sich einen eigenen Weg zu suchen? Diejenigen, die mit der Entscheidung der Mehrheit nicht einverstanden waren, versuchten, ihr Glück selbst in die Hand zu nehmen. Ist es vielleicht denkbar, dass der Mann, den ich gerade gesehen habe, einer dieser Überlebenden ist, der sich für eine Existenz außerhalb des Machtbereiches des Vereinigten Commonwealth entschieden hat? Wenn das stimmen würde, warum sollte er mir dann etwas über den Zaun werfen, der das Territorium des Vereinigten Commonwealth begrenzt?

Nach einigen Minuten siegt meine Neugierde. Ich öffne den Beutel und hoffe, im Innern einen Hinweis auf die Identität des Mannes zu finden. Stattdessen sehe ich dort einen Laib Brot, ein kleines Stück weißen Käse, eine Tüte Rosinen und eine Flasche Wasser. Vorsichtig schraube ich den Deckel auf und schnuppere daran. Es riecht klar und rein. Einige Tropfen meiner Chemikalien bestätigen meinen Eindruck.

Grübelnd betrachte ich die Gegenstände in meinen Händen. Es kommt mir wie ein Segen vor, dass fast wie von Zauberhand Wasser aufgetaucht ist, nachdem all unsere Vorräte zur Neige gegangen sind. Aber ich kann die Nahrungsmittel nicht mit meinen Begleitern teilen. Jedenfalls nicht, ohne Fragen über die Herkunft von Essen und Wasser heraufzubeschwören. Wenn ich nur mit Tomas unterwegs wäre, würde ich einfach sein Erkennungsarmband abmachen. Will jedoch weiß nichts über die Lauschvorrichtung in unseren Bändern, und wir kennen uns noch nicht lange genug, dass ich seine Reaktion darauf abschätzen könnte. Vielleicht verplappert er sich vor unseren Überwachern und macht damit den einzigen Vorteil zunichte, den wir im Augenblick auf unserer Seite haben – ganz zu schweigen davon, dass die Prüfer auf diese Weise erfahren könnten, dass wir Hilfe von außerhalb des Zauns erhalten haben. Unwillkürlich frage ich mich, was die Strafe für diese Art von Hilfe wäre und ob auch andere Kandidaten sich mit diesen Überlegungen plagen, weil sie ebenfalls dem grauhaarigen Mann begegnet sind.

Da ich nicht weiß, was ich sonst tun soll, fülle ich einen Teil des frischen, klaren Wassers in eine meiner Flaschen um und verstaue beide Behälter und den Beutel in meiner Tasche. Ich werde mir später überlegen, wann ich meinen Freunden am besten etwas davon abgeben kann.

Zurück in unserem Lager fache ich das heruntergebrannte Feuer neu an und häute das Kaninchen, während ich weiterhin über meine Begegnung nachgrüble. Wer war der Mann bloß? Im bisherigen Verlauf der Prüfung habe ich erfahren, dass viele andere Kolonien weitaus schlechter mit Nahrung versorgt sind als wir in Five Lakes. Warum also teilt der grauhaarige Mann sein Essen und sein Wasser mit einem ihm unbekannten Mädchen? Weiß er, warum ich auf der anderen Seite des Zauns bin? Weiß er, dass es noch mehr von uns hier draußen in den verseuchten Ebenen gibt? Ahnt er, dass einige von uns diese Prüfung nicht überleben werden? Als das Kaninchen durchgebraten ist und ich meine Begleiter wecke, habe ich noch immer keine Antwort gefunden.

Will gerät beim Anblick des brutzelnden Fleisches ganz aus dem Häuschen und wippt auf seinen Fußballen auf und ab. Er erinnert mich an meinen Bruder Hamin am Weihnachtstag, und ich frage mich, ob es diese Ähnlichkeit ist, die mich dazu bringt, ihm so viel Vertrauen entgegenzubringen.

Niemand wundert sich über die Menge des Wassers in der Flasche, während wir frühstücken, zusammenpacken und uns auf den Weg zurück zur Straße machen. Da wir alle satt geworden sind, fühle ich mich nicht mehr ganz so schlecht wegen der versteckten Nahrungsmittel in meiner Tasche.

Aber ich merke, dass ich mich immer wieder zurückfallen lasse und beim Laufen mit den Augen den Grenzzaun absuche, ob ich irgendwo eine Spur des Mannes entdecke, der mir die Vorräte zugeworfen hat.

Nach zehn Meilen versuchen wir immer noch, Wasser aufzutreiben, haben aber immerhin einen Baum entdeckt, der kleine, harte Äpfel trägt. Wir stopfen unsere Taschen damit voll und schieben auch noch einige wilde Karotten dazu, die ich in der Nähe finde. Dann ziehen wir weiter. Nach fünf Meilen fange ich an zu vermuten, dass jede Wasserquelle in der Gegend nicht nahe genug an der Straße liegt, um von dort aus entdeckt zu werden. So leicht wollen es die Prüfer uns offenbar nicht machen.

Der Boden beiderseits der Fahrbahn ist fest und eben, was mich auf die Idee bringt vorzuschlagen: »Ich denke, einer von uns sollte ein Fahrrad nehmen und weiter entfernt von der Straße nach Wasser suchen. Wer immer diese Aufgabe übernimmt, kann ein viel weitläufigeres Gebiet absuchen und wieder zurückkommen, ehe es Zeit wird, unser Lager aufzuschlagen.«

»Das mache ich«, bietet Will an.

Tomas lehnt das Angebot sofort ab. »Sei nicht böse, Will, aber wer sagt, dass du uns nicht im Stich lässt und versuchst, auf schnellstem Weg die Ziellinie zu überqueren, sobald du erst mal auf einem unserer Fahrräder sitzt?«

»Du hast recht, das könnte ich tatsächlich tun.« Will lächelt. Sein Ton ist freundlich, aber in seinen Augen flackert etwas Dunkles, Zorniges auf. »Ich würde so etwas zwar niemals machen, aber ich verstehe, dass du unter den gegebenen Umständen meinem Wort nicht vertraust. Anders als deine Freundin übrigens. Ich vermute jedoch, dass du mich auch nicht mit ihr allein lassen willst, während du dich umsiehst.«

»Da liegst du ganz richtig.« Tomas' Mund verzieht sich zu einem Lächeln, aber mir entgehen seine geballten Fäuste rechts und links von seinem Körper nicht. »Auf keinen Fall werde ich Cia mit irgendjemandem allein lassen. Nicht einmal mit dir.«

Will bleibt stehen. Seine Augen sind kalt. Auch er ballt die Hände zu Fäusten. »Tja, Tomas, und was jetzt?«

Ehe Tomas etwas erwidern kann, mische ich mich ein: »Jetzt könnt ihr beiden Idioten gerne hierbleiben und die letzten Tropfen Wasser aus eurem Körper schwitzen, während ich mich nach etwas Trinkbarem umsehe.« Auch wenn ich mich schärfer geäußert habe, als ich es eigentlich beabsichtigt hatte, bereue ich meine Worte nicht. Will und Tomas scheinen drauf und dran zu sein, sich zu prügeln, und obwohl ich dankbar bin, dass Tomas auf mich aufpassen will, ist seine Macho-Nummer in Anbetracht der Umstände völlig unpassend. Selbst mit der versteckten Flasche Wasser in meiner Tasche schwinden unsere Überlebenschancen mit jeder Meile, die wir zurücklegen, ohne dabei auf eine Wasserquelle zu stoßen.

Ich nehme die fast zur Neige gegangene Flasche heraus, werfe sie Tomas zu und sage: »Ich werde etwa zehn Meilen vorausradeln, ein paar Fallen aufstellen und dann schauen, ob ich abseits der Straße Trinkwasser entdecke. Ich werde an der Straße in der Nähe der Fallen eine Markierung hinterlassen, falls ihr vor mir dort ankommt. Versucht mal, euch wie Erwachsene zu benehmen, während ich damit beschäftigt bin, uns alle am Leben zu erhalten. Wenn ihr das nicht schafft, dann verdient ihr einer wie der andere, bei diesem Test durchzufallen, und wir wissen ja wohl alle, was die Strafe dafür sein wird.«

Ich schwinge mein Bein über den Rahmen des Fahrrads und trete in die Pedale. Tomas ruft mir hinterher, ich solle warten, aber ich kehre nicht um. Die beiden sollen ihre Differenzen unter sich ausmachen. Einen kurzen Moment lang macht mir die Tatsache, dass sie beide Waffen haben, Sorgen, aber ich verdränge meine Befürchtungen und radele einfach weiter. Mein Ärger verblasst nach und nach, während ich mich immer mehr von meinen Freunden entferne. Dieser Teil der Prüfung ist dafür gedacht, dass wir etwas über das Land erfahren, das wieder nutzbar gemacht werden muss, aber er ermöglicht den Offiziellen auch einen tiefen Einblick in unsere Psyche. Ja, die Jungs sind gerade übers Ziel hinausgeschossen, aber ich habe ebenfalls überreagiert. Ich bin alles andere als stolz darauf, aber immerhin habe ich eben erfahren, dass ich nicht nur aufbrausend sein kann, sondern mich auch Hals über Kopf in Gefahr begebe, nur um zu beweisen, dass ich recht habe. Vielleicht muss auch ich noch ein bisschen erwachsener werden.

Ein Blick auf den Transit-Kommunikator verrät mir, dass ich schon zehn Meilen zurückgelegt habe. Ich steige ab, binde ein kleines Stück Laken an einen Busch am Straßenrand, entferne mich gute fünfzehn Meter davon und stelle mehrere Fallen. Als ich diese Aufgabe erledigt habe, radele ich durch Staub, Gras und Geröll Richtung Nordwesten, um nach Wasser zu suchen.

Die Sonne brennt heiß auf mich herab, während ich mich umsehe. Die Luft ist feucht und drückend. Wenn wir Glück haben, wird es bald regnen. Ich bin dankbar für die versteckte Flasche in meiner Tasche, als ich kreuz und quer über den aufgesprungenen Boden holpere. Noch immer ärgere ich mich so sehr über die beiden Jungen, dass ich ein Stückchen Käse und etwas Brot esse, ohne ein schlechtes Gewissen dabei zu haben.

Irgendwann steige ich vom Fahrrad ab und laufe zu Fuß

weiter, um den Boden besser nach Tierspuren absuchen zu können. Die anderen Kandidaten der Auslese und ich sind hier schließlich nur auf der Durchreise, aber die Tiere halten sich das ganze Jahr über in diesem kargen Landstrich auf. Um zu überleben, müssten sie eigentlich verborgene Wasserquellen aufgespürt haben. Ich entdecke etwas, das wie die Fährte eines Waschbären aussieht, und folge der Spur nach Westen. Nach ungefähr drei Meilen will ich schon aufgeben, als ich etwa zweihundert Meter nördlich eine kleine Senke entdecke. Das Gras rings um diese Mulde sieht einen Hauch gesünder aus als das braune, knisternde Gestrüpp, durch das ich mich die ganze Zeit gekämpft habe, und meine Hoffnung wächst, als ich wieder auf mein Rad steige und hinabfahre, um mich ein wenig genauer umzusehen. Ich bin sehr froh über meinen Entschluss. Die Vertiefung, die mir aufgefallen ist, entpuppt sich als Ufer eines seichten Bachs. Nach einigen Tests und der Zugabe der richtigen Chemikalien kann ich meine Wasserflaschen auffüllen. Ich bin müde, aber in Hochstimmung, als ich zu meinem Rad zurückstapfe, einen Blick auf den Kompass werfe und mich auf den Rückweg mache.

Ich bin so zufrieden mit meiner Ausbeute, dass ich gar nicht mitbekomme, wie sich hinter mir etwas bewegt, und als ich es schließlich doch bemerke, bleibt mir gerade noch genug Zeit, meine Pistole aus dem Seitenfach meiner Tasche zu ziehen, ehe mein Fahrrad auch schon von der Seite gerammt wird, sodass ich zu Boden stürze.

Ich krieche unter meinem Rad hervor und sehe ein Tier, das gerade erneut zum Sprung ansetzt, und rolle mich nach rechts. Was auch immer das für ein Vieh ist, es stößt ein lautes Fauchen aus, als es nach dem Satz auf dem Boden gelandet ist. Nur einen Wimpernschlag später ist es wieder aufgesprungen und setzt zu einem abermaligen Angriff an. Dieses Mal reagiere ich nicht schnell genug. Ich schreie auf, als sich die Klauen der Kreatur tief in meinen linken Arm graben. Ich weiß nicht, was für ein Tier mich da angreift, aber mir ist klar, dass ich es diesmal nicht so einfach abhängen kann. Selbst wenn ich es schaffen würde, wieder auf mein Rad zu steigen, wäre es mehr als zweifelhaft, dass ich etwas so Schnellem davonfahren könnte. Das Tier faucht, als ich mich aus seinem Griff befreie, aufrappele und losrenne, um etwas Distanz zwischen uns zu bringen. Dann drehe ich mich wieder um und strecke meinen Arm mit der Pistole in der Hand aus, als das Biest erneut einen Sprung auf mich zu macht. Während ich ziele, kann ich es mir auch endlich genauer ansehen. Es hat lange Hinterläufe, die mit bräunlichem Zottelfell bedeckt sind. Die armähnlichen Vorderbeine, die sich nach mir ausstrecken, enden in Klauen mit mehr als fünf Zentimeter langen Krallen, die, wie ich bereits schmerzlich erfahren habe, rasiermesserscharf sind. Sein Rücken ist bucklig. Die Lippen sind hochgezogen und geben den Blick frei auf schwärzliche Zahnstummel. Oberkörper und Rücken des Viehs sind ebenfalls braun behaart. Und die Augen …

Mein Finger betätigt den Abzug, und durch den Rückschlag der Waffe verliere ich fast den sicheren Stand. Die Augen meines Angreifers weiten sich. Zorn und zugleich Furcht sind in ihnen zu lesen, während rotes Blut aus der kreisrunden Wunde in der Brust quillt. Mein Gegenüber stürzt zu Boden und stößt mit seinem letzten Atemzug einen Schrei aus, der wie ein Hilferuf klingt.

Vielleicht war es auch genau das. Denn jetzt, da ich in die dunkelblauen Augen meines Angreifers blicke, sehe ich, dass es gar kein Tier ist. Die Augen sind viel zu intelligent. Sie ähneln viel zu sehr denen, die mir aus einem Spiegel entgegenblicken. Der Körper mag verkrüppelt und deformiert sein, aber es gibt gar keinen Zweifel.

Ich habe gerade ein menschliches Wesen getötet.

Doch mir bleibt keine Zeit, mich den Gefühlen zu stellen, die mich zu überrollen drohen, denn ich höre irgendwo rechts von mir Rufe, die wie eine Antwort klingen. Sie kommen von der Wasserstelle, was auch naheliegt. Wenn ich mir in diesem Ödland eine Stelle als Zuhause aussuchen müsste, dann würde sich dieser Ort genau hier befinden. Mein Arm brennt wie Feuer. Das Blut läuft an ihm herunter, aber mir bleibt keine Zeit, mich um meine Verletzung zu kümmern. Nicht jetzt, da die kehligen Laute anderer mutierter Menschen näher kommen.

Ich sprinte zu meinem Fahrrad, reiße es vom Boden hoch und schwinge mich in den Sattel, als drei weitere Mutierte mit langen Klauen an der Böschung auftauchen. Meine Beine strampeln, um an Tempo zu gewinnen, und ich weiß genau, in welchem Augenblick die anderen ihren Kameraden finden, den ich getötet habe. Ein Schrei ertönt, der so voller Schmerz über den Verlust ist, dass ich blinzeln muss, um die Tränen zurückzuhalten. Dann geht der Schrei in ein Knurren über, und mir ist klar, dass die Neuankömmlinge mich entdeckt und die Verfolgung aufgenommen haben.

Sie sind viel schneller als ich. Welche Chemikalien es auch gewesen sein mögen, die ihre Körper verkrüppelt und ihre Finger zu Krallen haben wachsen lassen, sie haben ihnen auch zu unglaublicher Schnelligkeit verholfen. Beim Rennen beugen sie ihren Oberkörper vor. Ihre langen Arme hängen fast bis auf den Boden. Ihre viel zu intelligenten Augen sind starr auf mich gerichtet. Der Anblick der drei Verfolger, die immer weiter aufholen, ist erschreckend. Schweiß strömt meinen Körper hinunter und brennt in der Wunde an meinem Arm, während ich wie besessen den Hang hinaufstrampele. All die Jahre, in denen ich mit meinen älteren und schnelleren Brüdern gespielt habe, machen sich jetzt bezahlt; denn sie haben mich gelehrt, dass ich von der Spitze eines Hanges aus die besten Möglichkeiten habe, mich zu verteidigen.

Je näher meine Verfolger kommen, desto lauter wird ihr Knurren. Und da ist noch etwas. Etwas, das menschlicher klingt – Worte. Keine, die ich verstehe, aber die einzelnen Laute sind zu klar zu unterscheiden, und sie klingen zu bedeutungsvoll, als dass sie etwas anderes sein könnten. Die drei verständigen sich mithilfe von Sprache und kommunizieren, um ihren Angriff zu koordinieren. Auch ich überlege mir eine Strategie.

Von der Hitze, dem Blutverlust und der Anstrengung, die es bedeutet, diesen Hang hinaufzugelangen, wird mir schwindlig. Die Welt verschwimmt vor meinen Augen, und mein Herz hämmert laut und heftig in meiner Brust. Ich weiß, dass ich sterben werde, wenn ich auch nur einen einzigen Moment lang das Tempo drossele. Das allein treibt mich dazu an, immer weiter in die Pedale zu treten. Das letzte Stückchen bergauf erhebe ich mich aus dem Sattel, beuge mich etwas nach vorn und setze meine gesamte Körperkraft ein, um höher, höher und noch höher zu gelangen. In derselben Sekunde, in der ich oben angekommen bin, springe ich ab, lasse das Fahrrad scheppernd zu Boden fallen, wirbele herum und ziele.

Einen Moment lang zögert mein Finger am Abzug, während ich meine drei Verfolger den Hügel herauf auf mich zukommen sehe. Meine Kehle wird eng, als ich höre, wie sie sich gegenseitig ihre gutturalen Laute zurufen. Ich straffe meine Schultern und richte meine Pistole auf den linken der drei. Das Trio ist schon ganz nah, uns trennen kaum mehr als zwanzig Meter. Trotzdem schieße ich nicht, denn ich will sie nicht töten. Sie sind menschlich. Vielleicht sind sie nicht die gleiche Art Mensch wie ich, aber wir stammen von denselben Vorfahren ab. Alles, was ich von Kindheit an gelernt habe, verlangt danach, einen Weg zu finden, wie ich mit ihnen Kontakt aufnehmen und ihnen helfen kann.

Stattdessen betätige ich den Abzug.

Der eine Verfolger ganz rechts umklammert sein Bein und fällt mit einem Aufschrei zu Boden. Der mittlere dreht sich um und will sich um seinen gestürzten Kameraden kümmern. Da schieße ich noch einmal. Dieses Mal treffe ich einen Körper, und der zweite Angreifer sackt zusammen. Der letzte stößt einen ohrenbetäubenden Laut aus und galoppiert mit gefletschten Zähnen den Hang herauf. Ich sehe, dass ihm Tränen übers Gesicht laufen, dann durchschlägt meine Kugel seinen Schädel.

Der letzte ist tot. Die beiden anderen sind so verletzt, dass sie liegen bleiben, aber ich weiß nicht, wie lange. Ein Teil von mir will den Toten begraben, so wie ich es mit der Prüfungskandidatin getan habe, die wir gefunden hatten, aber dafür bleibt mir jetzt keine Zeit. Ich muss weg von hier, ehe die anderen beiden sich aufrappeln können oder noch weitere Mitglieder ihrer Sippe ihnen zu Hilfe kommen. Stolpernd steige ich wieder auf mein Rad und fahre davon. Die Tränen, die mir beinahe die Sicht nehmen, bemerke ich kaum.

Bergab zu fahren ist leichter, aber noch immer strömt Blut aus meiner Wunde. Ich schaue sie mir nicht genauer an, denn ich habe Angst vor dem, was ich da zu sehen bekommen werde. Ich strampele weiter und lasse mich zwischendurch rollen, bis ich die Straße entdecke. Dort angekommen, kann ich mich kaum noch auf den Beinen halten, geschweige denn in die Pedale treten. Ich setze mich auf den harten, heißen Asphalt, hole endlich mein Erste-Hilfe-Set heraus und reiße mein Oberteil so weit auf, dass ich leichter an die Wunden herankomme. Die fünf parallelen Schlitze in meinem Arm sind zwar nicht allzu tief, aber ausgefranst und mehr als zehn Zentimeter lang. Schlimm, ja, aber nicht so schlimm, wie ich befürchtet habe. Es schmerzt zwar, aber ich kann meinen Arm trotzdem noch bewegen. Weder die Muskeln noch irgendwelche Sehnen sind betroffen, und mir wird ganz flau vor Erleichterung.

Manchmal schwären die Kratzer von Tieren, wenn man sie nicht richtig behandelt. Obwohl mein Angreifer menschlich war, säubere ich sorgfältig jeden Zentimeter der aufgerissenen Haut und trage die Desinfektionssalbe dick auf. Ein entsetzliches Brennen strahlt von der Wunde in alle Richtungen aus. Meine Augen tränen, und meine Nase läuft. Ich kann mich weder um das eine noch um das andere kümmern, denn mit der Hand meines unverletzten Armes wickele ich einen Verband um die Wunde. Als ich damit fertig bin, kämpfe ich mich mühsam in mein zweites Oberteil. Der Stoff verfängt sich an meinem Erkennungsband, und ich frage mich kurz, ob die Leute, die zuhören, aufgeregt geworden sind, als sie die Pistolenschüsse hörten. Glauben sie, dass ich einen anderen Kandidaten ausgeschaltet habe? Steige ich jetzt in ihrem Ansehen und stärke meinen Ruf als potenzielle Anführerin? Haben sie mitbekommen, dass ich verletzt bin? Interessiert sie das alles überhaupt?

Mein Körper will nichts lieber, als einfach sitzen zu bleiben, aber ich stehe langsam auf, verstaue meine Tasche auf dem

Gepäckträger meines Fahrrads und werfe einen Blick auf den Transit-Kommunikator. Ich habe heute mehr als fünfundvierzig Meilen zurückgelegt. Will und Tomas sind irgendwo auf der Straße weiter östlich. Und sie brauchen dringend das Wasser, das ich gefunden habe. Ihr Überleben, das weiß ich, hängt davon ab, dass ich in die Pedale trete. Und wenn ich ehrlich mit mir selbst bin, dann habe ich noch ganz andere, weniger noble Gründe dafür, so schnell wie möglich umzudrehen. Ich habe Angst vor dem Alleinsein. Angst davor, mich mit den Dingen auseinanderzusetzen, die mit der Dunkelheit kommen werden. Angst davor, mich meinem eigenen Gewissen zu stellen, nun da ich menschliches Leben ausgelöscht habe.

Vielleicht aber wird mir nichts anderes übrig bleiben. Als das Sonnenlicht schwächer wird, zittern meine Beine. Ich esse den Rest des Brots und ein paar Rosinen, trinke Wasser und überprüfe erneut die Koordinaten auf dem Kommunikator, um abzuschätzen, wie lange es wohl noch dauert, bis ich wieder bei Will und Tomas bin. Wenn sie ebenfalls haltgemacht haben, um nach Nahrung und Wasser zu suchen, dann könnten sie noch meilenweit entfernt sein. Viel zu weit also, um sie noch zu erreichen, ehe der Himmel schwarz wird.

Meine Muskeln sind schwer. Ich suche die Hänge rechts und links der Straße nach einem Platz zum Übernachten ab und halte Ausschau nach einem unauffälligen Platz, der mich verbirgt, von dem aus ich jedoch trotzdem einen guten Blick auf die Straße habe, falls Tomas und Will auch in der Dunkelheit noch weiterlaufen. Zwei Meilen später sehe ich einige Bäume, vielleicht Eichen oder Ulmen, die gute fünfzig Meter weg von der Straße in der Nähe des Grenzzaunes stehen. Ich befestige ein Stück vom weißen Laken an einem Zweig und stecke ihn als Markierung in den Boden. Wenn Tomas und Will das sehen, werden sie wissen, dass ich irgendwo ganz in der Nähe bin.

Die Blätter an den Bäumen sind zwar braungelb, aber die Äste und Zweige sehen ganz gesund aus. Vielleicht würde ich auf dem Boden bequemer schlafen, aber ich beschließe, auf einen der Bäume zu klettern und zu hoffen, dass ich dort in einer stabilen Astgabel einen Platz für die Nacht finden werde. Natürlich wird das nur gehen, wenn mein linker Arm kräftig genug ist, mich hochzuziehen. Ich verstecke mein Fahrrad inmitten von hohem braunem Gras und beschließe, es zu versuchen. Als ich hochspringe und einen niedriger hängenden Ast zu fassen bekomme, brennt mein linker Arm ganz entsetzlich. Ich beiße mir auf die Lippen, um nicht laut aufzuschreien, aber ich lasse nicht los. Stattdessen knirsche ich mit den Zähnen, ziehe mich hoch und klettere so hinauf, wie es mir meine Brüder beigebracht haben.

Der Baum, den ich mir ausgesucht habe, hat ein kräftiges Geäst. Ich finde eine Stelle, von der gleich mehrere dicke Äste abgehen, und lasse mich dort nieder, den Rücken gegen den Stamm gelehnt. Es ist nicht gerade das gemütlichste Bett aller Zeiten, aber ich bin mir immerhin ziemlich sicher, dass ich nicht hinunterfallen werde, falls ich es wirklich schaffen sollte, in dieser Nacht zu schlafen. Der Mond kommt heraus. Ich sehne mich nach der Hand meiner Mutter, damit sie mir heute Nacht übers Haar streicht, wie sie es immer getan hat, wenn ich krank war. In Gedanken bin ich zu Hause, aber die Augen halte ich fest auf die Straße gerichtet, für den Fall, dass Tomas und Will weitergelaufen sind.

Irgendwann während dieser Wache muss ich jedoch trotzdem eingeschlafen sein.

Hände greifen nach mir. Krallen graben tiefe Furchen in meinen Arm. Anstatt unverständliche Worte zu brabbeln, ruft die Person, die ich erschieße, meinen Namen. Tränen strömen aus ihren intelligenten Augen, während sie mich bittet, Mitleid zu haben. Doch das habe ich nicht. Ich schieße und töte wieder und wieder.

Als ich mit einem Ruck aus dem Schlaf fahre, ist mein Gesicht nass von Tränen. Mein Herz beruhigt sich ein bisschen, als ich begreife, dass ich nicht mehr auf dem Hang stehe. Da sind keine schmerzerfüllten Augen, die mich mit ihren ersterbenden Blicken anklagen. Ich bin ganz allein.

Der Mond scheint noch immer, aber der graue Schimmer am Horizont verrät mir, dass der Tag bald anbrechen wird. Ich spähe zur Straße und sehe meine behelfsmäßige Fahne am Rand stehen. Tomas und Will sind nicht in Sicht.

Mein verletzter Arm protestiert, sobald ich auf meinem Ast herumrutsche und mich an den Abstieg machen will. Als ich meine Füße auf den Boden aufsetze, sind die Schmerzen kaum mehr zu ertragen, und ich schlucke einige Tabletten, ehe ich die Risse in meiner Haut noch einmal säubere. Die Wunden sehen nicht schlimmer als am Vortag aus, woraufhin ich mich gleich besser fühle. Ich trage eine weitere Schicht Salbe auf und erneuere mühsam den Verband. Ein dumpfer Aufprall hinter mir jagt mir einen solchen Schreck ein, dass mir beinahe das Herz stehen bleibt, und ich springe auf, meine Pistole fest umklammert. Hektisch sehe ich mich nach der Quelle des Geräuschs um und entdecke sie: Auf dem Boden in der Nähe des Zauns liegt ein weiterer dunkelbrauner Beutel, der ganz genauso aussieht wie der, den ich gestern zugeworfen bekommen habe. Dieses Mal zögere ich nicht, sondern öffne ihn gleich: Wasser. Zwei Äpfel. Ein Brotlaib und Käse. Außerdem etwas, das wie ein Stück gebratenes Huhn aussieht. Kein Zettel. Kein Hinweis auf meinen Wohltäter, nur das Essen und das Wasser. Beides lässt wieder Hoffnung in mir aufkeimen.

Mein Frühstück besteht aus dem Stück Huhn und einem Apfel. Ich fühle mich gestärkt nach der Mahlzeit, schiebe die Überreste in meiner Tasche ganz nach unten und breche auf. Die Schmerzmittel machen meine Verletzung erträglich. Zwar tut mein Arm noch immer weh, aber ich kann es aushalten. Ich ziehe meine Markierungsflagge wieder aus dem Boden, steige auf mein Rad und fahre Richtung Osten, um meine Freunde zu suchen.

Zwei Meilen die Straße hinauf finde ich sie endlich. Sie sehen erschöpft aus, sind aber am Leben. Schon aus einiger Entfernung kann ich sehen, wie sich Tomas' Miene aufhellt, als er mich kommen sieht. Mein Herz quillt über vor Liebe, als ich mit dem Rad die Straße entlangjage, anhalte, abspringe und mich in Tomas' ausgebreitete Arme werfe. Sein Mund findet meinen, und eine Minute lang vergesse ich, dass Will noch neben uns steht. Ich gebe mich voll und ganz dem Gefühl hin, am Leben und verliebt zu sein. Als mir unser Freund wieder einfällt, löse ich mich aus der Umarmung, laufe zu Will, gebe ihm einen Kuss auf die Wange und reiche ihm eine Flasche mit frischem Wasser.

»Siehst du, Tomas. Ich habe dir doch gesagt, dass es ihr gut geht und dass sie Wasser finden wird.« Will nimmt mehrere Schlucke aus der Flasche und wirft mir ein Lächeln zu. »Deine Schlingen wirken Wunder. Zwei Eichhörnchen und so etwas wie ein mutierter Fuchs haben sich darin verfangen. Zu blöd, dass deine Fallen mich nicht mit Rädern versorgen können. Aber so ist das nun mal, oder?«

»Darüber habe ich nachgedacht«, sage ich, während Tomas den Verband bemerkt, von dem ein Stück unter meinem Hemd hervorlugt.

»Was ist denn passiert?« Sanft nimmt er meinen Arm und schiebt den Ärmel hoch, woraufhin die ganze Länge der verbundenen Stelle deutlich wird. »Ist alles in Ordnung mit dir?«

»Ja, mir geht es gut«, sage ich. »Es hat sich herausgestellt, dass ich mich nicht als Einzige für die Wasserquelle interessiert habe, auf die ich gestoßen bin.« Ohne ins Detail zu gehen, erzähle ich ihnen, was zu meinen Verletzungen geführt hat und wie ich gerade so eben von dem Bach entkommen bin. Tomas stellt einige Fragen, die ich so knapp wie möglich beantworte. Kein einziges Mal erwähne ich, dass ich von einer Art Mensch angegriffen wurde, und ich lasse auch das Trio aus, das mich verfolgt hat, nachdem ich einen ihrer Freunde getötet hatte. Damit würde ich nur Fragen provozieren, die ich nicht beantworten will, vor allem nicht, da wir von Offiziellen belauscht werden.

Als ich fertig bin, frage ich die beiden, wie es ihnen ergangen ist. Den Blicken nach zu urteilen, die Tomas und Will austauschen, ist irgendetwas gründlich schiefgelaufen.

»Was ist denn los? Seid ihr auch in Schwierigkeiten geraten? Ich hatte solche Angst, dass ihr nicht genug Wasser habt, um den Tag zu überstehen.«

Tomas blickt zur Seite, als Will berichtet: »Wir beide haben uns ziemlich angeschrien, nachdem du weg warst. Vielleicht haben wir uns auch ein bisschen herumgeschubst. Dann aber haben wir beschlossen, unsere Differenzen erst mal beiseitezuschieben und lieber wieder aufzubrechen. Gegen Mittag ist das Wasser endgültig zur Neige gegangen. Außerdem sind wir einem anderen Kandidaten über den Weg gelaufen.«

»Wem denn?«, frage ich aufgeregt und schaue die Straße

hinunter. Mein Herz schlägt schneller. »Jemandem, den wir kennen?«

Will schüttelt den Kopf. »Einem Typen aus der Colorado-Springs-Kolonie. Er war nicht gerade begeistert, uns zu sehen, aber er war eigentlich ganz in Ordnung, oder, Tomas? Er hat uns sogar etwas von seinem Wasser abgegeben.«

Tomas zuckt schweigend mit den Schultern.

»Wo ist er denn jetzt?« Es überrascht mich nicht, dass Tomas nicht bereit war, die Reise gemeinsam mit einem anderen Prüfling fortzusetzen, aber jetzt ist uns jemand auf den Fersen, der genau weiß, wo wir gerade stecken. Unwillkürlich macht es mir Angst, dass ich mir kein eigenes Bild von dem Jungen und seiner Einstellung habe machen können.

Will trinkt noch einen Schluck Wasser und runzelt die Stirn. »Ich habe versucht, Tomas davon zu überzeugen, dass der Bursche sich uns anschließen kann, aber er war nicht bereit, irgendjemandem zu trauen. Wir haben uns vor ungefähr fünfzehn Meilen getrennt. Er sah ganz schön müde aus. Ich schätze, er wollte sich ein bisschen ausruhen. Vermutlich wird er uns nicht so bald einholen.«

Wills Lächeln ist bemüht. Tomas weicht meinen Blicken aus. Beide Verhaltensweisen bestätigen, was mir mein Bauchgefühl schon längst verraten hat. Irgendetwas stimmt hier ganz und gar nicht. Auf meine nächsten Fragen bekomme ich nur kurze, ausweichende Antworten, und ich würde zu gerne wissen, welche Geheimnisse sich hinter Tomas' und Wills Schweigen verbergen.

Ich reiche Tomas eine volle Wasserflasche und verstaue die leere, die Will mir zurückgibt, in meiner Tasche. Dann setzen wir uns wieder in Bewegung. Will sagt zu uns, dass er es verstehen würde, wenn wir lieber mit den Rädern fahren wollten, aber ich schlage vor, dass wir doch noch eine Weile zusammenbleiben. Nach meinem gestrigen Zusammenstoß mit den Einheimischen bin ich froh über den Schutz, den mir Tomas und Will bieten. Spät am Nachmittag entdecken wir rechts von uns in der Ferne ein paar Gebäude. Vermutlich die Überreste einer kleinen Stadt.

»Also, das ist meine Chance«, sagt Will, und ein flüchtiges Lächeln huscht über sein Gesicht. »Wenn ich hier irgendetwas mit Rädern darunter finde, werde ich euch bis morgen Nacht eingeholt haben. Wenn nicht, tja, dann sehen wir uns wohl erst hinter der Ziellinie wieder. In Ordnung?«

Tomas rät Will, er solle vorsichtig sein, und steigt auf sein Fahrrad. Sein Lächeln lässt keinen Zweifel an seinen Gefühlen. Er ist froh, dass er Will erst mal los ist. Will gibt mir die Hälfte des gebratenen Fleisches von gestern und umarmt mich zum Abschied. Er zieht mich nah an sich und flüstert mir zu: »Pass auf, was hinter deinem Rücken geschieht, Cia. Dein Freund ist nicht der tolle Kerl, der er zu sein vorgibt. Ich versuche, so schnell wie möglich wieder zu euch aufzuschließen. Bis dahin sei sehr, sehr vorsichtig.«

Ich will ihn fragen, was er damit sagen will und was er gesehen hat. Was er und Tomas getan haben, dass jetzt so ein Schatten auf ihren Gesichtern liegt. Aber dazu bleibt mir keine Zeit mehr, denn Will biegt von der Straße ab und steuert auf die in einiger Entfernung liegenden Gebäude zu. Nun, welches Geheimnis die beiden Jungs auch vor mir verbergen wollen, ich werde es lüften.

Tomas ist nicht in Gesprächslaune, als wir in Richtung Südwesten losradeln. Die hohe Geschwindigkeit, die er vorlegt, verrät mir, dass er versucht, so weit wie möglich von Will wegzukommen, ehe die Nacht hereinbricht. Vielleicht versucht er aber auch, sich rasch von dem zu entfernen, was zwischen den beiden vorgefallen ist, während sie allein waren. Ich muss mich sehr anstrengen, mit ihm mitzuhalten, und hänge oft zurück. Mein Arm pocht, und mein ganzer Körper verlangt dringend nach einer Pause, aber ich halte nicht an, bis das Blau des Himmels langsam in Grau übergeht.

Ich hole gerade das gebratene Fleisch heraus, da sagt Tomas: »Der Mond scheint heute heller als in den letzten Nächten. Wahrscheinlich könnten wir sogar noch ein bisschen weiterfahren, wenn du das schaffst.«

»Warum denn? Ich meine: Ich will diesen Teil der Prüfung natürlich auch möglichst schnell hinter mich bringen, aber du benimmst dich, als würde uns irgendetwas verfolgen.« Verkrüppelte Klauen schieben sich vor mein geistiges Auge. Ich versuche, die Erinnerung abzuschütteln, und frage: »Was ist passiert, während ich weg war?«

»Nichts.« Tomas zuckt mit den Schultern. »Sieh mal, wir haben viel Zeit im Straßenlabyrinth verloren, und wer weiß, was sich unsere lieben Ausleseprüfer noch alles haben einfallen lassen, um uns unterwegs aufzuhalten. Ich denke, wir sollten versuchen, schnell voranzukommen, solange es geht.«

Inhaltlich hat er sicherlich recht, aber sein unbekümmerter Tonfall steht in deutlichem Widerspruch zu seinen fest zusammengepressten Kiefern und der Art und Weise, wie er die Hände neben seinem Körper zu Fäusten ballt und sie wieder öffnet. In diesem Augenblick sehe ich es. Einen braunen Streifen auf dem Griff seines Messers.

Getrocknetes Blut.

Mir dreht sich fast der Magen um, als ich an den anderen Kandidaten denke, mit dem Will und er zusammengestoßen sind. An die Fragen, die Tomas mir nicht beantworten wollte. Wills Warnung, dass Tomas nicht so sei, wie es den Anschein hat. Ich versuche, die aufsteigende Angst zu verdrängen, und sage mir, dass ich Tomas jetzt schon seit Jahren kenne. Er ist freundlich und fürsorglich. Vermutlich stammt das Blut von einem Tier, das er mit dem Messer gehäutet und ausgenommen hat. Und selbst wenn nicht, gibt es sicher einen anderen vernünftigen Grund für den Fleck. Das sollte ich schließlich am besten wissen. Ich sollte Tomas einfach darauf ansprechen und so meine Sorge ein für alle Male loswerden.

Aber ich tue es nicht. Ich esse mein Fleisch und ein bisschen Klee, trinke etwas Wasser und steige wieder auf mein Rad. Erst nach weiteren fünf Meilen machen wir endgültig halt für diesen Tag.

Wir schlagen unser Lager auf, und Tomas beharrt darauf, dass wir abwechselnd Wache halten. Nach meinen Erfahrungen am Bach habe ich keine Einwände. Er übernimmt die erste Schicht und stellt sich neben einen Baum. Im Mondlicht kann ich sehen, dass er sich Tränen wegwischt. Mein erster Instinkt ist, zu ihm zu gehen, doch ich weiß, dass er glaubt, ich würde schon schlafen. Seine Trauer gehört nur ihm. Mein Herz ist schwer, weil er seinen Schmerz und den Grund dafür nicht mit mir teilen will. Aber wie könnte ich etwas dagegen einwenden? Auch ich habe meine Geheimnisse. Geheimnisse, die mich gegen den Schlaf ankämpfen lassen. Und als ich die Schlacht schließlich verliere, suchen mich diese Geheimnisse in meinen Träumen heim.

Tomas weckt mich aus einem Traum voller Schüsse und blutiger Messer. Er küsst mich und fragt, ob mit mir alles in Ordnung sei. Das ist es nicht, aber ich lächele ihn an und sage, dass ich mich an meinen Traum nicht mehr erinnern könne. Noch mehr Geheimnisse. Da ich nun wach bin, schlage ich ihm vor, er solle sich ein bisschen ausruhen, während ich die nächste Schicht übernehme. Ich setze mich neben denselben Baum, den er sich auch ausgesucht hatte, doch statt die Straße zu beobachten, starre ich auf den Grenzzaun und warte, ob da jemand erscheint. Es kommt keiner.

Als der Morgen beginnt, steigen wir auf unsere Fahrräder und machen uns auf den Weg.

Obwohl Tomas einige Stunden geschlafen hat, sind seine Augen rot und müde. Meine Versuche, ein Gespräch mit ihm zu beginnen, ignoriert er mehr oder weniger, und wenn er etwas sagt, dann geht es nur darum, dass er sich Sorgen um Nahrung und Wasser macht. Ich gebe mein Bestes, um optimistisch zu bleiben, als endlich eine Brücke in Sicht kommt, die in hohem Bogen zu einer weiteren Stadt führt. Mein Mund wird trocken vor Angst. Schon wieder ein Test?

Die Brücke führt einige Meilen über Land, ehe sie einen breiten Fluss überspannt. Von weiter oben sieht das Wasser sauberer aus als alles, was wir bislang im Prüfungsgebiet gesehen haben. Dieser Fluss muss von einer Kolonie nördlich von hier gereinigt worden sein.

Unglücklicherweise ist die Brücke, die uns auf die andere Seite führt, viel höher als erwartet, sodass das Wasser verführerisch nah ist und doch außer Reichweite bleibt. Die einzige Möglichkeit, an das Wasser zu gelangen, besteht darin, das lange Stück zum Anfang der Brücke zu radeln. Vielleicht ist das der Sinn des Auslesetests: Die Prüfer wollen sehen, ob wir erkennen, dass es mehr Aufwand bedeutet, an das Wasser zu kommen, als einfach nach einer anderen Quelle zu suchen. Allerdings dürfte das einem verzweifelten Kandidaten ziemlich egal sein. Ich bin froh, dass wir nicht so verzweifelt sind.

Am Ende der Brücke werden wir von einem Teich mit weitaus weniger glitzerndem, aber, meinen Tests nach zu urteilen, trinkbarem Wasser belohnt. Weiter weg, vielleicht zwei oder drei Meilen entfernt, wartet die Stadt. Nach unserer letzten mühsamen Tour durch die Straßen sind wir uns unserer schwindenden Vorräte durchaus bewusst. Selbst mit meinem Geheimvorrat an Nahrung können wir nicht länger als ein paar Tage überleben.

Tomas würde nur zu gerne vor dem, was hinter ihm liegt, davonlaufen, doch er schlägt vor: »Warum übernachten wir nicht hier? Wir können uns waschen und vielleicht auch irgendein Wildtier erlegen, bevor wir uns in die Stadt wagen.«

Ich stimme sofort zu und überlasse es Tomas, die Wasserflaschen zu füllen und mit den Reinigungschemikalien zu behandeln. Währenddessen breche ich in südwestliche Richtung auf, stelle Fallen und suche nach anderen frischen Lebensmitteln. Mehrere hundert Meter entfernt entdecke ich ein kleines Wäldchen, wo ich meine Schlingen auslege und mich nach Wurzeln und Grünpflanzen umsehe. Ich grabe gerade einige wilde Karotten aus, als ich eine Bewegung im bewaldeten Gebiet jenseits des Grenzzaunes wahrnehme. Der Mann mit dem grauen Haar taucht hinter einem hohen Busch auf. Er nähert sich dem Zaun und winkt mich heran. Ohne groß darüber nachzudenken, lege ich meine Tasche auf einen Baumstumpf und entferne mein Erkennungsarmband, das ich oben auf meinen Sachen ablege. Dann laufe ich die fünfzig Meter bis zum Zaun und frage mich währenddessen, was das Schicksal wohl diesmal für mich bereithält.

Kapitel 17

Ich mache mir nicht die Mühe, meine Waffe hervorzuholen. Wenn dieser Mann mich hätte töten wollen, hätte er es bereits vor einigen Tagen getan. Seine grauen Haare lassen ihn alt aussehen, aber seine Augen und sein faltenloses Gesicht verraten mir, dass er um viele Jahre jünger ist, als ich zuerst angenommen habe. Er trägt ein graues, ärmelloses Hemd, das den Blick auf seine muskulösen Arme freigibt, und eine braune, locker sitzende Hose. In seiner Hand hält er wieder diese Art Beutel, die mir ja mittlerweile schon richtiggehend vertraut ist.

Ich schiebe mir die Haare aus dem Gesicht und sage: »Danke für das Essen.«

Der Mann lächelt und antwortet: »Sehr gern geschehen.« Ich warte darauf, dass er weiterspricht, aber zwischen uns herrscht Schweigen.

Schließlich stecke ich meine Hände in die Hosentaschen und frage: »Wer sind Sie?«

»Ich bin ein Freund, der will, dass du diese Reise überlebst. Mein Name spielt keine Rolle.«

Für ihn vielleicht nicht. Sein Unwille, mir zu verraten, wie er heißt, beunruhigt mich. »Nun, dann nochmals danke für die Nahrungsmittel.«

Ich wende mich ab, um zu gehen, da höre ich ihn sagen: »Wenn du wartest, dann werde ich dir erklären, warum ich dir meinen Namen nicht nennen kann und warum ich dir helfen will.«

Ich bleibe wie angewurzelt stehen, starre den Mann an und warte.

»Mein Name wird dir nichts sagen, aber diejenigen, die dich am Ende dieses Tests beurteilen, werden ihn kennen. Zwar vertraue ich darauf, dass du ihn nicht freiwillig den Offiziellen gegenüber preisgibst, aber es könnte sein, dass du gar nicht anders kannst.«

»Was soll das heißen?«

»Hat man dir schon von den Gesprächen nach Abschluss des vierten Tests erzählt?«

Er wartet mein Nicken ab. »Davor werden sie dir eine Droge verabreichen, die dich dazu bringt, alle Fragen ehrlich zu beantworten, ohne irgendwelche Geheimnisse für dich zu behalten.«

Obwohl ich in diesem Teil der Prüfung Dinge getan habe, über die ich lieber nicht sprechen würde, ist bislang nichts geschehen, was mir Schwierigkeiten bereiten könnte, wenn ich es gezwungenermaßen verraten würde. Dass ich in der Lage bin, mein Erkennungsarmband abzunehmen, könnte die Prüfer verärgern, aber vielleicht würden sie es auch als ein Zeichen für meine Findigkeit ansehen. Selbst dieser seltsame Mann und seine Geschenke sind nicht gefährlich für mich. Dr. Barnes hat gesagt, wir dürften den abgesteckten Testbereich nicht verlassen. Es war nie die Rede davon, dass wir keine Nahrungsmittel annehmen dürfen, die uns über den Zaun hinweg zugeworfen werden.

Also straffe ich die Schultern und sage: »Ich habe nichts zu verbergen.«

»Bist du dir da so sicher, Cia?«

Der Klang meines eigenen Namens von den Lippen dieses mir unbekannten Mannes ist wie ein Tritt in die Magengrube. Ich war der Meinung, dass mein Zusammentreffen mit dem Fremden reiner Zufall war. Die Tatsache, dass er meinen Namen kennt, spricht jedoch eindeutig dagegen. »Woher wissen Sie, wer ich bin? Gehören Sie zu den Offiziellen?«

Er lacht. »Weit gefehlt. Ich bin jemand, der den gesamten Prüfungsprozess ablehnt und dir helfen will zu überleben. Nicht nur diesen Test, sondern auch die Herausforderungen, die dich danach an der Universität erwarten.«

Bislang habe ich es als mein Ziel angesehen, die Auslese zu bestehen, um in den sicheren Schoß der Universität zu gelangen. Die Vorstellung, dass mich dort vielleicht weitere Tests erwarten könnten, lässt mir förmlich das Blut in den Adern gefrieren. Obwohl mir jede Menge Fragen zur Universität auf der Zunge liegen, weiß ich, dass jetzt nicht der richtige Zeitpunkt ist. Ich werde warten müssen, bis die Zeit dafür reif ist.

Nun konzentriere ich mich lieber auf das, was genauso wichtig, wenn nicht sogar noch wichtiger ist: »Wenn Sie gegen die Prüfung sind, warum versorgen Sie mich dann mit Essen und Wasser? Warum helfen Sie mir nicht, alldem zu entkommen?«

»Ich gehe davon aus, der geschätzte Dr. Barnes hat euch erklärt, dass die Kandidaten das Testgebiet nicht verlassen dürfen. Die Grenzzäune sind völlig harmlos, solange kein Prüfling versucht, sie zu überwinden.«

Der Mann steckt eine Hand in seine Tasche und holt ein silbernes Erkennungsarmband heraus. Das Symbol darauf ist ein Dreieck mit etwas darin, das wie ein gezeichnetes menschliches Auge aussieht. Eine vage Erinnerung an die Zeit nach dem Ende der dritten Prüfung steigt in mir auf. Tomas hat mir damals die Mitstreiter seiner Gruppe gezeigt. Dazu gehörte ein Junge mit ungezähmtem braunem Haar und einem freundlichen Lächeln. »Der Bursche hat vor etwa hundert Meilen versucht, über den Zaun zu klettern. Er war tot, noch ehe er einen Fuß auf die andere Seite gesetzt hat.

Das Einzige, was wir für ihn tun konnten, war, ihn ebenso zu bestatten, wie ihr beide, du und dein Freund, es mit dem Mädchen getan habt, das ihr gefunden hattet.«

Mein ganzer Körper wird steif. »Nur ein Prüfer kann wissen, was Tomas und ich getan haben.«

»Nicht alle Offiziellen sind mit dem momentanen Vorgehen des Komitees einverstanden. Einer von ihnen hat sogar ein paar Gleiter des Commonwealth sabotiert, um Abgesandte davon abzuhalten, rechtzeitig in die Kolonien zu gelangen und Kandidaten für die Auslese auszuwählen. Leider waren die Teile, die er blockiert hat, keineswegs so schwer zu reparieren, wie wir glaubten. Ansonsten wärst du jetzt immer noch in der Five-Lakes-Kolonie, und ich würde dieses Gespräch mit einem anderen Kandidaten führen.«

Spielt er auf Michal an? Ist Michal derjenige, der diesem grauhaarigen Mann von mir erzählt hat? Irgendetwas sagt mir, dass ich keine Antwort bekäme, wenn ich das fragen würde. Mein Wohltäter ist aus einem bestimmten Grund hier. Ich bin schon zu lange vom Lauschgerät der Offiziellen entfernt – noch länger, und sie werden sich darüber wundern, dass sie nichts mehr von mir hören. Es wird Zeit herauszufinden, welches Ziel der Mann verfolgt.

»Warum führen wir diese Diskussion?«

Zum ersten Mal lächelt er. »Weil wir beide wissen, dass es in deiner Familie Geheimnisse gibt, von denen du nicht willst, dass das Commonwealth sie erfährt, Cia.«

Der Beutel, den er in der Hand gehalten hat, kommt über den Zaun geflogen. »Da drin befindet sich ein kleines Fläschchen. Es enthält eine Flüssigkeit, von der wir glauben, dass sie die Wahrheitsdroge in der abschließenden Evaluation neutralisiert. Du musst sie am Morgen des Gesprächs trinken, wenn du für deine eigene Sicherheit und die deiner Familie sorgen willst.«

Die Bedrohung meiner Angehörigen, die in diesen Worten mitschwingt, jagt mir ungeheure Angst ein. Doch Furcht bringt mich jetzt nicht weiter. Ich schaue auf den Beutel in meiner Hand, dann sehe ich wieder den Mann an. »Woher soll ich wissen, dass das kein weiterer Test ist?«

Wenn doch, dann wird mich die Flüssigkeit in der Ampulle vermutlich töten – die Bestrafung für eine falsche Antwort sozusagen.

»Du kannst dir nicht sicher sein.« Traurigkeit liegt in seiner Stimme. »Du hast nur mein Wort darauf, dass ich nicht zum Vereinigten Commonwealth gehöre.« Er macht einen Schritt vom Zaun weg. »Versteck diese Flasche in deiner Ersatzkleidung, ehe du die Ziellinie überquerst. Einer meiner Freunde wird dafür sorgen, dass sie von den Offiziellen nicht entdeckt wird und rechtzeitig wieder zwischen deinen Sachen verborgen liegt, ehe das Gespräch beginnt. Viel Glück, Malencia. Ich hoffe, dass wir uns wiedersehen werden.«

Ohne ein weiteres Wort dreht er sich um und geht davon. Ich sehe ihm nach, wie er im hohen Gras verschwindet, ehe ich mein Erkennungsarmband und meine Tasche hole. Die Sonne geht bereits unter. Ich muss zu Tomas zurück, aber ich brauche einen Augenblick, um über alles, was ich gerade gehört habe, nachzudenken, während ich den braunen Beutel ausleere. Ja, ich finde tatsächlich ein kleines unbeschriftetes Fläschchen mit einem schwarzen Korken. Vorsichtig ziehe ich den Verschluss heraus und schnuppere am Gefäß. Die Flüssigkeit darin riecht schwach nach Rosen.

Ich schiebe den Flakon tief in meine Hosentasche und schaue mir die anderen Gaben an. Noch mehr Wasser. Statt Brot und Käse entdecke ich einen kleinen Behälter mit Himbeeren, ein dickes Bündel wilder Karotten und mehrere kleine gelbliche Früchte, die ich für Birnen halte. Wildwachsende Rüben und Himbeeren könnten möglicherweise in dieser Gegend zu finden sein. Ich frage mich, ob es sich auch lohnt, nach Birnen zu suchen. In einiger Entfernung vom Zaun entdecke ich nach gut fünfzehn Minuten tatsächlich nicht nur einen Birnbaum, sondern auch einen ausladenden Busch mit reifen Himbeeren und daneben wilde Karotten im Überfluss. Diese Tasche hat also nicht nur Essen für mich gebracht, sondern auch dafür gesorgt, dass Tomas etwas davon hat. Der Fremde hinter dem Zaun muss gewusst haben, dass ich ihm nichts von Brot und Käse erzählt habe.

Dieser Mann weiß verdammt viel.

Er hat auch angedeutet, dass er über meine Familiengeheimnisse informiert ist. Hat er auf die Albträume meines Vaters angespielt? Auf die Tatsache, dass Zeen viel schlauer als jeder Einzelne von uns ist, was vor Dr. Barnes und den Prüfern geheim gehalten wurde? Dass die Anführer der Five-Lakes-Kolonie sich zusammengetan haben, um die Schüler ihrer Abschlussklassen vor der Auslese zu bewahren? Mir bricht kalter Angstschweiß aus, wenn ich daran denke, dass ich im Abschlussgespräch danach befragt werden könnte. Vielleicht ist das Ganze aber auch nur ein weiterer Test. Es könnte sein, dass dieser Mann versucht, mir solche Angst einzujagen, dass ich am Ende die Flüssigkeit aus der Flasche trinke und ihr zum Opfer falle.

Aber darum muss ich mich später kümmern, nicht jetzt.

Mit den Armen voller Vorräte mache ich mich auf den Weg zurück in unser Lager und freue mich schon auf Tomas' Reaktion beim Anblick dieser Ausbeute. Ich werde nicht enttäuscht. Er hilft mir, die Lebensmittel auf den Boden zu legen, dann hebt er mich hoch und wirbelt mich herum.

Die Schatten der vergangenen zwei Tage sind verflogen, und es fühlt sich an, als seien wir heil und gesund wieder in Five Lakes.

Wir lassen uns den letzten Rest des gebratenen Fleisches schmecken und schlagen uns den Magen mit saftigen Himbeeren und Birnen voll. Dann nehmen wir uns vor, noch mehr zu sammeln, bevor wir uns in die Stadt hineinwagen. Schließlich sehe ich mir Tomas' alte Wunde an, die zufriedenstellend heilt, und meinen eigenen Arm, der gar nicht so gut aussieht und wie verrückt schmerzt. Ich wasche die Wunde am Teich aus, schlucke einige Schmerztabletten, um das schlimmste Stechen zu lindern, und schmiere noch mehr Salbe drauf, obwohl ich tief in meinem Herzen weiß, dass das nicht viel helfen wird. Aber ich muss es doch wenigstens versuchen, oder? Tomas hilft mir dabei, einen neuen Verband um meinen Oberarm zu wickeln, neckt mich mit angeblichen Himbeerflecken auf meinen Lippen und küsst sie weg. Er ist wieder so sehr der Alte, dass ich mich danach sehne, ihm meine Geheimnisse anzuvertrauen. Aber das kann ich nicht. Noch nicht. Erst mal muss ich etwas von ihm erfahren: »Was ist zwischen dir und Will vorgefallen, nachdem ich weg war?«

»Das hat dir Will doch schon erzählt.«

»Es ist viel mehr geschehen als das, was ich aus euch beiden herausbekommen habe.«

Ich merke, wie Tomas ganz steif wird. »Nennst du mich einen Lügner?«

»Nein«, versichere ich ihm. »Aber ich weiß, dass du nicht besonders gut auf Will zu sprechen warst und er auch nicht auf dich, als ich aufgebrochen bin.« Tomas nimmt seinen Arm von meinen Schultern, erhebt sich und lässt den Blick in die Ferne schweifen, als sei ich gar nicht mehr da. Das tut weh. Ich rappele mich auf und lege ihm meine Hand auf die Schulter. »Sieh mal, es ist schwer, jemandem unter diesen Umständen Glauben zu schenken, aber ich vertraue Will.«

»Das solltest du nicht tun.« Tomas sieht mich mit einem fiebrigen, leidenschaftlichen Blick an. »Hat dein Vater dich denn nicht gewarnt, dass du niemandem vertrauen sollst?«

Bei Tomas' Worten bleibt mir fast das Herz stehen. Er weiß doch, dass uns jemand belauscht und dass wir vielleicht nur Glück hatten, wenn sich niemand um jenes Gespräch gekümmert hat, das wir geführt haben, ehe wir damals Tosu-Stadt erreichten. Wenn er jetzt nicht auf seine Worte achtet, könnte er meinen Vater und damit meine ganz Familie in Gefahr bringen.

Ich schlucke mühsam und antworte: »Ich vertraue dir. Und mein Vater hat mich durchaus gewarnt, dass die Konkurrenzsituation einige Leute völlig verblenden könnte. Aber das bedeutet ja nicht, dass Will einer von ihnen ist.«

»Wie kannst du dir da so sicher sein? Nur deshalb, weil er Scherze macht und sein Bruder die erste Runde nicht überstanden hat? Na und? Du weißt doch gar nicht, wozu er fähig ist. Als wir, während du weg warst, deine Fallen gefunden haben, hat er sein Messer gesucht und dazu seine Tasche ausgepackt. Er besitzt ebenfalls ein Wasserreinigungsset, eine Medizintasche, ein Fernglas und einen Atlas, wie ich ihn auch habe.«

»Und weiter?«

»Die Anzahl der Gegenstände passt nicht. Wir durften doch nur drei Dinge mitnehmen. Drei, die zu unseren persönlichen Habseligkeiten hinzukommen. Das Messer. Die Pistole. Rechne die noch dazu.«

Ich zähle alles zusammen und sage: »Vielleicht hat er das Messer oder das Fernglas irgendwo unterwegs gefunden.«

»Auf beiden war das Logo des Commonwealth eingeritzt,

genau wie bei deiner Pistole oder bei meinem Messer. Das bedeutet, dass er mindestens einem anderen Prüfling über den Weg gelaufen sein muss.«

Das Bild des toten Mädchens, das wir begraben haben, steigt vor meinem inneren Auge auf, doch ich versuche, diese Vorstellung zu verdrängen. »Vielleicht hat ein Kandidat seine Tasche verloren, oder er hat jemanden im Schlaf überrascht und ihm seine Sachen weggenommen.« Einen Schlafenden zu berauben wäre zwar auch alles andere als eine Heldentat, aber ein Vergehen, das ich vielleicht noch verzeihen könnte. »Die Leute verhalten sich merkwürdig, wenn sie unter Druck sind. Nur weil Will einige zusätzliche Gegenstände in seinem Besitz hat, heißt das noch lange nicht, dass er andere dafür verletzt hat. Ihr zwei habt schließlich auch einen Kandidaten getroffen, während ich nach Wasser gesucht habe, und dem ist doch nichts geschehen, oder?«

»Nein«, sagt Tomas und senkt den Blick.

Ich möchte ihm so gerne glauben, aber ich bin mir nicht sicher, ob ich das kann. Seit meiner allerfrühesten Erinnerung ist Tomas immer ruhig und besonnen gewesen. Jetzt steht er vor mir, angespannt, zornig und verzweifelt.

Ich versuche, optimistisch zu klingen, und füge hinzu: »Ich weiß, dass du Will nicht vertraust, aber ich finde wirklich, du solltest in Betracht ziehen, dass es noch eine andere Möglichkeit gibt. Das Vereinigte Commonwealth sucht nach einer neuen Generation von Anführern. Selbst Anführer müssen manchmal vertrauen.« Wenn schon meine Worte Tomas nicht beruhigen können, dann wenigstens mein Tonfall. Wir legen uns auf den Boden und versuchen einzuschlafen. Tomas schlingt seinen Arm um mich; mein Kopf ruht auf seiner Brust. Eine Frage muss ich jedoch noch loswerden, ehe ich meine Augen schließe. Ich muss

Tomas auf die Probe stellen. »Wie hieß denn der andere Kandidat?«

Ich spüre, wie Tomas' Herz unter meiner Wange schneller schlägt. Seine Muskeln sind angespannt. Einen Moment darauf flüstert er: »Ich glaube nicht, dass er uns seinen Namen gesagt hat. Und falls doch, erinnere ich mich nicht mehr daran.«

Er lügt. Auf jeden Fall hätte er nach dem Namen gefragt, und er hätte im Gegenzug seinen eigenen genannt. Aus Gewohnheit. Weil es sich so gehört. So machen wir es in Five Lakes. Mein Magen krampft sich vor Enttäuschung zusammen, und ich kämpfe gegen den Drang an, mich aus Tomas' Umarmung zu lösen.

Es ist keine große Überraschung, dass wir beide in dieser Nacht nur so tun, als schliefen wir.

In meinen Fallen haben sich zwei Kaninchen und eine Beutelratte verfangen. Während Tomas sie häutet und über einem Feuer brät, sammle ich weitere Früchte und Grünpflanzen für den Weg durch die Stadt. Es gibt keine Guten-Morgen-Küsse und auch keine liebevollen Blicke. Tomas ist in sich gekehrt, als wir unsere Sachen zusammensuchen und auf unsere Fahrräder steigen, und das gibt mir viel Zeit, meinen eigenen Gedanken nachzuhängen.

Der Himmel ist diesig. Mehr als einmal wandern meine Blicke zum Grenzzaun, wo ich nach meinem rätselhaften Wohltäter suche, aber ich bin nicht erstaunt darüber, dass ich ihn nicht entdecken kann. Dennoch bin ich fest davon überzeugt, dass er – oder jemand, den er kennt – uns beobachtet. Gehört er zu den Renegaten? Er hat gesagt, er sei kein Mitglied des Vereinigten Commonwealth und sei mit den Prüfungsmethoden während der Auslese nicht einverstanden. Und doch hat er sich lediglich dafür entschieden, mir

Nahrungsmittel und ein Fläschchen mit einer unbekannten Droge zu überlassen. Im Gegensatz zu seinem Freund, der die Droge später verstecken wird, hat er mir keine weitere Hilfe und keine Unterstützung bei einer Flucht angeboten. Wenn er und seinesgleichen einen Gleiter des Vereinigten Commonwealth sabotieren können, dann sollten sie doch wohl auch einen Weg finden, wie wir die Strafe umgehen können, die uns bei einer Flucht von der Auslese erwarten dürfte. Andererseits: Der Mann hat behauptet, meine Anwesenheit hier sei der Beweis für das Unvermögen der Renegaten, den Prüfern einen Strich durch die Rechnung zu machen. Doch auch wenn die Aussichten auf Erfolg so gering sind, gibt es bestimmt Kandidaten, die verängstigt, hungrig und krank genug sind, um jede Chance auf ein Entkommen zu nutzen.

Aber würden sie tatsächlich wagen zu fliehen? Alle haben Familien zu Hause – Familien, die den Gesetzen des Vereinigten Commonwealth unterworfen sind. Die Regierung entschädigt unsere Familien, wenn wir zur Auslese weggeschickt werden. Ich frage mich, ob das Gesetz auch festgelegt hat, was mit einer Familie geschieht, deren Kinder sich für die Flucht entscheiden.

Ein Brückenbogen aus Metall überspannt die Hauptstraße, die um die Vororte der Stadt herumführt. Die Gebäude sind hier höher als in der Stadt, die wir vor Tagen durchquert haben, aber ihr Zustand ist deutlich schlechter. Die ausgebrannten Ruinen verraten uns, was geschehen ist: Diese Stadt wurde bombardiert.

In Tomas' Atlas finden wir den Namen des Ortes: St. Louis. Wir erinnern uns beide nicht daran, ob in unserem Geschichtsbuch in der Schule irgendetwas darüber zu lesen war, welche Art von Bomben hier eingesetzt wurde.

Es gab welche, durch die alles im weiten Umkreis zerstört wurde. Andere verseuchten das Wasser und den Boden. Die schlimmsten von ihnen enthielten giftige Substanzen, die nicht mit der Zeit von selbst abgebaut werden, sondern die nur mithilfe entsprechender Gegenmaßnahmen neutralisiert werden können. Es ist die letzte Möglichkeit, die uns dazu bringt, dass wir unsere Fahrräder nach Westen lenken und unsere Augen fest auf die Straße heften, die einen Bogen um die Stadt herum macht. Unsere Wasser- und Essensvorräte sind so weit aufgestockt, dass wir uns den Risiken der Stadt nicht aussetzen müssen.

Während der nächsten Tage verfallen wir in eine feste Routine: Wir sammeln Nahrung, legen eine gewisse Wegstrecke zurück und schlagen dann unser Lager auf. Wir finden auch mehrere kleine Flüsse, in denen wir den Staub der Reise abwaschen. Obwohl wir keinen Hunger leiden, beginnen unsere Kleider, lose um unsere Körper zu schlackern. Ich binde mir ein langes Stück von meinem Laken um den Bund meiner Hose, damit sie mir nicht über die Hüften rutscht. Tomas bleibt ebenfalls nichts anderes übrig. Wir unterhalten uns nur noch über die oberflächlichsten Themen. Hin und wieder ertappe ich Tomas dabei, wie er mich anstarrt, als ob er mir gerne etwas erzählen würde. Aber das tut er nicht. Und ich gebe ebenfalls nichts preis.

Bei jedem Geräusch zucke ich zusammen, obwohl wir weder von Tieren noch von seltsamen Menschen angegriffen werden. Zweimal allerdings entdecken wir am nördlichen Horizont Silhouetten, die von weiteren Testkandidaten stammen könnten. Wir treten schneller in die Pedale, um jedes Zusammentreffen zu vermeiden. Der Mann auf der anderen Seite des Zauns lässt sich nicht noch einmal blicken.

Ein Tag nach dem anderen verrinnt.

Die Schatten unter Tomas' Augen werden immer dunkler. Zwar lacht er manchmal oder macht Scherze, aber ich kann sehen, wie sehr die Situation an ihm zehrt.

Meine Albträume werden schlimmer. Freunde, meine Familie und Feinde finden einen Weg in meine Träume, doch ich lerne, die Schreie beim Aufwachen zu unterdrücken. Immer wieder taste ich unwillkürlich nach dem Fläschchen in meiner Tasche, um mich zu beruhigen. Die Wunden an meinem Arm machen mir jedoch große Sorgen. Während der ersten paar Tage habe ich mir eingeredet, ich würde mir die Veränderung nur einbilden, aber nach einer Woche kann alles Hoffen nicht mehr darüber hinwegtäuschen, dass die Schmerzen schlimmer werden. Der Schorf, der sich gebildet hat, wird grün und sondert ein gelbliches Sekret ab. Was für Chemikalien es auch immer gewesen sind, die die Menschen in dieser Gegend haben mutieren lassen, sie sind nun auch in meinen Körper gelangt. Wieder nehme ich Schmerzmittel, trinke viel Wasser und bete, dass ich bis zum Ende dieses Prüfungsteils durchhalte, ohne dass die Infektion eine dauerhafte Schädigung zur Folge hat.

Nach mehr als einer Woche auf dem Fahrrad entdecken wir die nächste größere Ansammlung von Gebäuden am Horizont. Hier sind sowohl die nördliche als auch die südliche Grenzlinie zu sehen. Die Prüfer haben das Gebiet auf diesen letzten zweihundert Meilen eingeengt. Wenn noch andere Prüflinge in der Nähe sind, dann werden wir ihnen mit ziemlicher Sicherheit begegnen.

Fußspuren am Rande der Straße und etwas, das wie Reifenabdrücke aussieht, verraten uns, dass mindestens zwei, vielleicht auch drei Kandidaten hier gewesen sind. Wir waren ja schon schnell, aber sie sind offenbar noch besser als wir vorangekommen. Also wäre es möglich, dass sie irgendwo in den Straßen der vor uns liegenden Stadt auf uns lauern.

Wir warten ab, bis der Morgen graut, dann wagen wir uns in das Straßengewirr hinein. Die Stadt wirkt ausgestorben, aber einige der Gebäude sind in verhältnismäßig gutem Zustand. Dann biegen wir um eine Ecke, und die Häuserreihen brechen mit einem Schlag ab. Hinter dem letzten Gebäude gähnt ein riesiger, tiefer Krater, der sich über ein Gebiet erstreckt, so weit das Auge reicht. Gesäumt wird das Loch von Häusern wie jenen, an denen wir gerade vorbeigelaufen sind. Dieser Ring umfasst mehrere Straßen. Das ist alles, was von einem Ort noch übrig ist, an dem einst Menschen gewohnt und gearbeitet haben.

Unsere Finger umklammern die Lenker unserer Fahrräder, während wir ungläubig in die Leere starren. Viele Meilen von verbranntem Nichts. Während das Land hinter uns zwar verseucht ist, gibt es dort immerhin einige Pflanzen, die sich angepasst haben und die am Leben sind. Vor uns liegt eine Fläche, in der nicht einmal ein Hauch von Grün zu sehen ist. Hier gibt es nichts Lebendiges. Ich versuche mir vorzustellen, was früher mal hier gestanden hat. Oder wie irgendein Anführer ein Bombardement mit diesem Resultat befehlen konnte – mit dieser Zerstörung, die man nicht mit einem richtigen Gemisch an Chemikalien oder einer neuen Sorte Pflanzen wieder in Lebensraum zurückverwandeln kann. Die Erde ist widerstandsfähig, sicher, aber es ist schwer vorzustellen, dass dieser Ort jemals wieder etwas anderes sein wird als die entsetzliche Erinnerung an das, was wir Völker einander antun können.

Der Krater reicht meilenweit, und uns bleibt keine andere Wahl, als uns einen Weg zu suchen, der um ihn herumführt. Das bedeutet, dass wir uns durch das Labyrinth der Straßen wagen müssen, an deren Seiten die Gebäude dicht an dicht stehen. Ohne besonderen Grund wenden wir uns nach rechts und gehen zu Fuß weiter. Unsere Räder schieben wir. Ich bin froh darüber. Mein Arm tut mir immer stärker weh, ebenso der Rest meines Körpers. Die Medikamente halten die schlimmsten Schmerzen eine Weile lang im Zaum, aber sie kehren immer wieder. Vielleicht verschafft das Laufen meinem Körper ein wenig Ruhe, sodass er gegen die Infektion ankämpfen kann.

Einige Häuserblöcke haben wir bereits im Zickzackkurs passiert, als ich frage: »Glaubst du, die Menschen, die die Bomben auf diese Stadt abgeworfen haben, haben wirklich begriffen, welchen Schaden sie anrichten? Haben sie verstanden, dass ein Sieg bedeutet, alles und jeden zu vernichten – am Ende auch sich selbst?«

Tomas zuckt mit den Schultern. »Spielt die Antwort irgendeine Rolle?«

»Möglicherweise«, entgegne ich. In den letzten Wochen habe ich viel über diese Frage nachgedacht. Vielleicht, weil das Ende des Prüfungsteils näher rückt und deshalb auch die Chancen steigen, dass wir zu den zukünftigen Anführern unserer Generation gehören werden. Viele der anderen Kandidaten haben deutlich ihre Überzeugung zum Ausdruck gebracht, dass der Zweck die Mittel heiligt. Mir fällt das schwer zu glauben, aber eins ist gewiss: Die Vergangenheit lässt sich nicht mehr ändern. Das beweisen meine eigenen Albträume ganz eindringlich. Während ich in manchen Nächten keinen Schlaf mehr finden konnte, ist mir klar geworden, dass die Dauer dieser letzten Prüfung nicht willkürlich gewählt ist. Der dritte Testteil hat den Prüfern ermöglicht, alles zu erfahren, was sie über unsere Fähigkeiten, anderen zu vertrauen, strategisch zu denken und zu kooperieren, herausfinden wollen. Nach unserem Verhalten während jener Prüfung konnten die Offiziellen zweifellos vorhersagen, welche Kandidaten die zur Verfügung gestellten Waffen zum Überleben nutzen und welche sie im Laufe der nächsten Wochen gegen ihre Mitstreiter einsetzen würden, um sich einen Vorteil zu verschaffen. Zwar testet dieser vierte Teil der Auslese viele ähnliche Aspekte ab wie die vorausgegangenen Tests, aber er ist auch dazu gedacht, nicht nur die Entscheidungen zu bewerten, die wir treffen, sondern auch, wie wir mit ihnen im Nachhinein umgehen. Lernen wir aus unseren Fehlern und benutzen neue Informationen, um heil bis ans Ende dieser Prüfung zu kommen, oder lassen wir uns davon erdrücken? Die Schatten unter Tomas' Augen und die Art, wie er seine Schultern hängen lässt, zeigen mir, dass er erdrückt zu werden droht.

Das Bild von Rymes leblosem Körper steigt vor meinem geistigen Auge auf, und ich spüre einen angstvollen Stich. Ryme hat sich völlig auffressen lassen von den Zweifeln, die sie plagten. Ich bin mir zwar nicht sicher, welche Erinnerungen Tomas so quälen, aber ich sehe an der Verzweiflung in seinem Blick, dass ihm die unmittelbare Vergangenheit gefährlich werden könnte. Keine Ahnung, was er getan hat, aber was immer es auch war, er verdient es nicht, ein Opfer der Auslese zu werden.

Ich hole tief Luft und sage mit fester Stimme: »Der ganze Sinn und Zweck dieses Prüfungsteils besteht doch darin zu sehen, welche schrecklichen Dinge getan wurden, und aus diesen Fehlern zu lernen. Stimmt doch, oder?« Tomas legt den Kopf schräg, und ich fahre fort: »Die besten Anführer haben falsche Entscheidungen getroffen und ihre Lehren daraus gezogen. Die besten Anführer werden denselben

Fehler nicht zweimal machen. Man kann nur lernen, wenn man die Fehler begreift, die begangen wurden.«

Tomas starrt lange Zeit eine Straße hinunter, die beim Krater endet, und denkt über meine Worte nach. Als er mir den Kopf schließlich wieder zuwendet, kann ich sehen, dass er schon etwas weniger gehetzt aussieht. »Ich denke, die Anführer wussten, dass sie die Gebäude zerstörten und die Menschen in der Stadt töteten. Was den Rest angeht ...« Er seufzt. »Ich kann einfach nicht glauben, dass sie vorhatten, die Welt, in der sie selber auch weiterhin leben wollten, vollständig zu vernichten. Sie müssen irgendwann gemerkt haben, dass sie einen Fehler machen. Sie wussten nur einfach nicht, wie sie den Lauf der Dinge noch aufhalten sollten.«

Ich lasse den Blick über die Gebäude wandern und nicke. »Vielleicht ist es das, was einen echten Anführer ausmacht. Dass er zugeben kann, etwas falsch gemacht zu haben, und dann einen Weg findet, die Entwicklung zu stoppen, koste es, was es wolle.«

Mittlerweile haben wir die Stadt mehr als zur Hälfte durchquert. Plötzlich läuft mir ein Schauer über den Rücken. Ich suche die Fiebertabletten in meinem Erste-Hilfe-Set, aber dann durchfährt mich wieder ein Zittern. Dies ist kein Fieber, sondern etwas ganz anderes. Als ich noch klein war, haben meine Brüder mich immer wieder dazu angestiftet, Dinge zu tun, die meiner Mutter nicht gefielen – wie zum Beispiel Brot aus der Vorratskammer zu stibitzen oder heimlich ihr bestes Laken zu nehmen und in ein Piratenkostüm zu verwandeln. Ich wusste immer ganz genau, wann meine Mutter mich ertappt hatte, denn es überlief mich eiskalt, wenn sich ihre Blicke in meinen Rücken bohrten. Das gleiche Gefühl habe ich jetzt.

Irgendjemand beobachtet uns.

Überall um uns herum gibt es offene Fensterhöhlen, Eingänge und Risse in den Mauern. Zwar kann ich im Vorübergehen nichts Auffälliges bemerken, aber ich krame trotzdem meine Pistole aus der Tasche. Der Wind frischt auf, der Himmel wird grau. Ein Sturm zieht herauf. Vielleicht ist es das, was meine Haare im Nacken zu Berge stehen lässt.

Eine Bö reißt mir eine Strähne aus dem Haarknoten, den ich trage. Ich schiebe sie mir aus der Stirn, und da sehe ich es. Ein Gesicht, eingerahmt von einem Türsturz. Große, intelligente Augen, tief eingesunken in einem faltigen sonnengebräunten Schädel. Dicke braune Haarbüschel bedecken den Kopf, den Nacken und den Arm, den ich sehe. Mein Blut gerät ins Stocken, als ich die rasiermesserartigen Krallen am Ende der Hand entdecke. Sie sind viele Zentimeter lang. Scharf und giftig.

Das Heulen des Windes erfüllt die Luft. Doch nein. Das ist gar nicht nur der Wind. Das Wehen hat übertönt, was ich mich zu hören geweigert habe, als wir durch die Stadt liefen. Leises Gemurmel. Kehlige Laute, die die Böen zu uns treiben und die mir verraten, dass hier mehr als dieser eine Mensch lauert. Langsam drehe ich mich um, suche die Schatten ab und zähle die Gesichter, die ich sehe. Fünf. Zehn. Zwei weitere an einem Fenster im zweiten Stock. Es sind zu viele, als dass wir einen Angriff von ihnen überleben könnten. Aber noch gehen sie nicht auf uns los. Sie warten auf irgendetwas.

Tomas hat bislang nichts bemerkt. Seine Augen sind starr auf die Straße gerichtet, denn er hält angestrengt Ausschau nach vor uns liegenden Gefahren; den Fenstern drei Etagen weiter oben schenkt er keine Beachtung. Ich halte die Luft an, als ein leichter Regen einsetzt. Tomas flucht und schlägt vor, dass wir uns auf unsere Fahrräder setzen, damit wir schneller vorankommen. Aber ich reagiere nicht. Bislang haben diese Menschen in den Häusern nichts anderes getan, als uns zu beobachten. Vielleicht sehen sie uns nicht als Bedrohung an, weil wir zu Fuß unterwegs sind. Was geschieht wohl, wenn wir mit dem Fahrrad fahren? Schließlich saß ich auf einem, als ich angegriffen wurde. Wenn das Radeln der Auslöser für ihre Aggression ist, dann will ich diese Provokation nicht wiederholen.

»Cia, hast du mich gehört? Ich denke, wir sollten lieber fahren.«

Ich schüttele kaum merklich den Kopf, lege Tomas eine Hand auf den Arm und flüstere: »Sieh mal in die Fenster.« Er bleibt stehen, und als er rasch den Atem einsaugt, weiß ich, dass auch er Gesichter entdeckt hat. Ich beuge mich näher zu ihm und sage leise: »Es sind Dutzende von ihnen.«

»Sie sehen beinahe menschlich aus.« Tomas' Hand tastet nach dem Griff seines Messers, und ich sehe, wie sich der Beobachter im Fenster bewegt.

»Es sind tatsächlich Menschen.«

»Wie kannst du dir da so sicher sein?«

Der Regen wird heftiger und macht es schwerer für uns, die Augen zu erkennen, die alles, was wir tun, verfolgen. Die Kleidung klebt nass an unseren Körpern. Einer der Beobachter verlässt seinen Posten im Hauseingang. Seine Bewegungen sind flink und geschmeidig. Wieder greift Tomas nach seinem Messer, aber ich lege ihm eine Hand auf den Arm und schüttele den Kopf. Der Mann kommt aus dem Haus und bleibt drei Meter hinter uns stehen. Seine Augen blinzeln nicht, während er darauf wartet, was wir jetzt machen. Meine Brust fühlt sich ganz eng an, und ich bekomme kaum noch Luft, als wir uns quälend langsam wieder in Bewegung setzen. Donner grollt. Die Wunden an meinem Arm brennen. Zwei weitere Beobachter gesellen sich zu dem ersten auf der Straße. In aller Ruhe laufen sie hinter uns her.

Immer stärker prasselt der Regen auf uns ein. Ein Blitz zuckt über den Himmel und spiegelt sich in den weit aufgerissenen Augen unserer Verfolger, die nicht ein einziges Mal mit den Wimpern zu schlagen scheinen. Noch jemand kommt hinzu. Dann der Nächste. Bald schon ist ein Dutzend von ihnen unmittelbar hinter uns. Sie bewegen sich nie rascher als wir, sondern bleiben mit ihrem seltsam gebückten, aber geschmeidigen Gang hinter uns. Auch halten sie mindestens drei Meter Abstand, aber ihre Klauen und ihre beinahe überwältigende Anzahl sind die ganze Zeit präsent.

Tomas fällt eher als mir auf, dass sich der Abstand zwischen ihnen und uns allmählich vergrößert. Sie verschwinden zwar nicht wieder in ihren Häusern, lassen sich aber immer weiter zurückfallen und bleiben schließlich stehen. Dutzende von ihnen drängen sich hinter uns, als wir unsere Schritte beschleunigen. Vielleicht war auch das ein Test. Vielleicht waren die Prüfer neugierig, ob wir diese Menschen ohne Grund angreifen, allein aus Angst vor dem Unbekannten, nicht aufgrund irgendeiner echten Bedrohung.

Sechs, sieben Meter vor uns entdecke ich noch jemanden in einem Eingang. Ein Donnerschlag lässt den Türrahmen erzittern, während uns der Mann anstarrt, ohne zu blinzeln. Ich registriere das Rattern von Gewehrsalven erst in dem Moment, als das Gesicht der Person in der Türöffnung zerschmettert wird.

Kapitel 18

Starke Arme reißen mich zu Boden. Tomas wirft sich wie ein menschlicher Schutzschild über mich, während die Schüsse nicht abreißen. Vom Asphaltboden aus sehe ich, wie der gesichtslose, blutüberströmte Körper des Mannes zusammenbricht. Dann höre ich Schreie hinter uns. Die einzelnen Wörter kann ich nicht verstehen, und doch höre ich: Empörung. Zorn. Rachedurst. Die Gruppe befindet sich nicht länger Dutzende Meter hinter uns. Sie drängt vorwärts. Schnell.

Tomas rappelt sich als Erster wieder auf und streckt mir seine Hand entgegen. Ich greife danach, als eine weitere Kugelsalve funkensprühend auf der Fahrbahn aufschlägt. Weitere unserer friedlichen Verfolger fallen auf die Knie. Die Kugeln reißen Glieder auseinander, zerfetzen Oberkörper, zerschmettern Köpfe – sie sorgen für ein unvorstellbares Blutbad. Die mutierten Menschen kreischen, als die Kugeln ihre Kameraden niederstrecken. Hoch oben auf dem dreistöckigen Gebäude sehe ich flüchtig einen blonden Haarschopf, eine große, muskulöse Gestalt und das dunkle Metall eines Maschinengewehrs. In diesem Moment drückt Tomas mir mein Fahrrad in die Hände und schreit, ich solle aufsteigen und zusehen, dass ich hier wegkomme.

Aber ich kann nicht. Ich weiß, wer der Junge ist, der die Waffe hält. Es ist Brick.

»Stell das Feuer ein!«, brülle ich und winke mit den Armen, um seine Aufmerksamkeit auf mich zu lenken. Die qualvollen Schreie aus den Fensterhöhlen und Eingängen entlang der Straße vermischen sich mit meinen eigenen Rufen. Immer mehr Menschen drängen heraus. Sie kommen jetzt dutzendweise. Und während ich mich vor ihrer Rache fürchten sollte, kann ich nichts anderes tun, als Brick zuzuschreien, er solle endlich zu schießen aufhören, und fassungslos auf die entsetzliche Szene zu starren, für die er verantwortlich ist. Es ist unvorstellbar, dass das blutige Fleisch und Muskelgewebe auf dem Asphalt vor wenigen Augenblicken noch lebendig gewesen ist. Mein Magen rebelliert beim Gestank des Blutes. Neben mir höre ich Tomas würgen und weiß, dass er in nicht viel besserer Verfassung ist. Ich krümme mich zusammen und sehe, dass das Regenwasser, das über die Straße rinnt, rot vor Blut ist. Rot. Genau wie unser Blut. Menschlich. Es waren alles Menschen. Und jetzt sind sie tot.

Zwischen den Donnerschlägen und dem kehligen Gebrüll dauert es mindestens eine Minute, ehe ich merke, dass Brick etwas zu uns herunterruft. »Ich gebe dir Deckung, Cia. Lauf! Verschwinde, bevor sie euch angreifen. Du musst verschwinden!«

»Aufhören!«, schreie ich. Tränen und Übelkeit drohen, meine Stimme zu ersticken. Alle diese Leute sind tot. Erschossen von dem Jungen, dem ich zu überleben geholfen habe. »Du tötest Menschen. Sie haben uns nichts getan. Es sind doch einfach nur Menschen.«

Aber Brick hört mir nicht zu. Er hat wieder das Feuer eröffnet und zielt weiter auf die Wehrlosen auf der Straße, die uns trotz dieser entsetzlichen Provokation noch immer nicht angreifen. Sie wollen nichts anderes, als sich um ihre

Toten zu kümmern. Und schon gehören auch sie zu den Gefallenen.

Tomas packt mich am Arm. Mir rutscht das Fahrrad aus den Händen und fällt klappernd auf die Straße.

»Heb es auf. Wir können ihnen nicht helfen, Cia. Wir müssen weg von hier.«

Ich bin kurz davor, das Gleichgewicht zu verlieren, als ich noch beim Aufsteigen hinter mich schaue und Brick dazu zu bringen versuche aufzuhören. Aber ich habe keinen Erfolg. Gewehrsalven hallen weiter durch die Straßenflucht. Wie viele Tote gibt es? Und alles meinetwegen. Weil ich Bricks Leben gerettet habe und er jetzt glaubt, sich bei mir dafür revanchieren zu können.

Mehr als einmal höre ich auf, in die Pedale zu treten, weil ich vom ganzen Ausmaß des Massakers, das ich gerade mit angesehen habe, überwältigt werde. Tomas' geduldige Stimme treibt mich immer wieder vorwärts. Dabei will ich mich doch nur zusammenrollen und weinen.

Und bald schon kann ich genau das tun. Am Rand der Stadt entdeckt Tomas ein kleines Gebäude, das gut erhalten aussieht, und besteht darauf, dass wir uns hier für die Nacht einrichten. Der sintflutartige Regen hat endlich aufgehört, aber unsere Kleidung, Haare und Schuhe sind völlig durchweicht. Im Haus findet Tomas genug Holz, um auf dem Steinboden in der Nähe eines Fensters ein Feuer zu machen, und er überredet mich, aus meinen klatschnassen Sachen zu schlüpfen. Ich mache, was er sagt, auch wenn mein anderes Hemd voller Flecke von meinem ersten Zusammenstoß mit diesen Leuten ist – einem Zusammenstoß, bei dem auch ich zur Mörderin geworden bin.

Mir ist nicht nach Essen zumute, und so ziehe ich meine Beine fest an die Brust und starre ins Feuer, während ich mir vorzustellen versuche, wie meine Familie sicher und warm vor unserem Kamin sitzt. Tomas besteht darauf, meinen Arm zu versorgen. Er holt einige Schmerztabletten aus meiner Tasche und drängt mich, sie zu schlucken. Vielleicht können sie meinen Körper dazu bringen, nicht mehr so zu zittern. Noch immer dröhnen Donnerschläge durch die Straßen der Stadt, während Tomas mich in seinen Armen hält und mir immer wieder sagt, wie sehr er mich liebt, während ich mich in den Schlaf weine.

Meine Träume sind erfüllt von Gewehrfeuer und Blutströmen. Als ich aufwache, wird mir klar, dass diese Träume ihren unmittelbaren Ursprung in der Realität haben, und eine Welle von Übelkeit steigt in mir auf. Ich weiß, dass ich etwas zu mir nehmen muss, aber mein Magen zieht sich zusammen beim bloßen Gedanken an Fleisch. Ich zwinge mich, eine Birne zu essen, und trinke etwas Wasser. Unsere Stiefel sind noch immer feucht, aber wir schlüpfen hinein, packen unsere paar Habseligkeiten und treten nach draußen. Der Himmel ist strahlend blau, der Wind kühl und erfrischend. Wir entdecken sogar ein paar Blumen, die unter der gleißenden Sonne aufgeblüht sind. Ein vollkommener Tag, der die furchtbaren Ereignisse des Vorabends zu verhöhnen scheint.

Aus alter Gewohnheit werfen wir einen Blick auf die Karte, schieben unsere Fahrräder zur Straße, steigen auf und radeln los. Dem Transit-Kommunikator nach zu urteilen, liegen nicht einmal mehr zweihundert Meilen vor uns, ehe wir das Ende der Prüfung erreicht haben. Wir treten kräftig in die Pedale, zum einen um endlich Tosu-Stadt zu erreichen, aber auch um das Feld der Toten möglichst weit hinter uns zu lassen. Als wir eine Steigung hinauffahren, können wir sehen, dass die Grenzlinie von Norden her auf uns zuläuft. Nun trennt vielleicht nicht einmal mehr eine Meile die beiden Zäune. Unsere Prüfer wollen offensichtlich, dass die übrig gebliebenen Kandidaten aufeinandertreffen. Ich frage mich, ob die Offiziellen überhaupt noch eine Auswahl treffen müssen, wenn das hier alles vorbei ist. Nach dem, was ich unterwegs zu sehen bekommen habe, würde es mir wie ein Wunder vorkommen, wenn mehr als zwanzig von uns lebend die Ziellinie überqueren sollten.

Wir radeln den ganzen Tag und legen nur minimale Pausen ein. Mein Arm ist schlimmer geworden. Ich schwitze beim Fahren, und die Finger meiner linken Hand verlieren ihren sicheren Griff. Nur mit größter Willenskraft zwinge ich meine Beine dazu, stetig weiterzustrampeln. Ich will unsere Räder dazu bringen, sich auf dieser Zielgeraden immer schneller und schneller zu drehen. Tagsüber treffen wir keine anderen Kandidaten. Als wir haltmachen, liegen noch hundertfünfzig Meilen vor uns. Tomas hält mich in dieser Nacht ganz fest, küsst mich zärtlich und flüstert mir ins Ohr, dass wir es bei diesem Tempo in drei Tagen nach Tosu-Stadt schaffen müssten. Nur noch drei Tage. Ich sage mir, dass ich so lange noch durchhalten kann, und hoffe inständig, dass ich damit recht habe.

Der Himmel ist grau, als wir ein weiteres Mal aufbrechen. Meine Beine sind schwächer, die Entzündung in meinem Arm hat sich verstärkt. Ich schlucke wieder Schmerzmittel, trage noch mehr Salbe auf, aber ich weiß, dass beides nichts gegen das Gift ausrichten kann, das in mir wütet. Ob man in Tosu-Stadt nach unserer Ankunft wissen wird, wie solche Verletzungen zu behandeln sind? Tomas ist davon überzeugt, aber er würde so ziemlich alles behaupten, nur damit ich nicht aufgebe. Merkwürdig, aber aufzugeben ist das Letzte, was ich tun würde. Nicht nach all dem, was wir gesehen haben und was wir zu tun gezwungen waren. Aufzugeben würde mir vorkommen, als wenn ich dem Zurückliegenden keine Bedeutung beimessen würde. Aber es muss relevant sein. Jemand muss sich daran erinnern. Jetzt, da wir dem Ende der Ausleseprüfung so nahe sind, mache ich mir Sorgen über die Löschung der Erinnerung, die mein Vater angekündigt hat. Während wir unseren Weg fortsetzen, versuche ich, mich an alles zu erinnern, was wir von unseren Lehrern in Five Lakes und von Dr. Flint über den Aufbau des menschlichen Gehirns gelernt haben. Als wir einen Stopp einlegen, um etwas zu essen, verkünde ich, ich bräuchte einen kurzen Mittagsschlaf. Statt mich hinzulegen, streife ich jedoch mein Armband ab und entferne mich etwa fünfzig Meter. Ein paar Minuten später macht Tomas das Gleiche.

»Was ist los? Ist dein Arm noch schlimmer geworden? Wir können ein bisschen langsamer fahren, wenn du mehr Ruhe brauchst.«

Ich ignoriere den Schmerz, der nun nicht mehr nur in meinem Arm tobt, sondern über meine Schulter bis hinunter in den ganzen Oberkörper ausstrahlt, und sage: »Wir sind fast am Ziel.«

Auf Tomas' Gesicht erscheint ein breites Grinsen. Das vertraute Grübchen bringt mich beinahe zum Weinen. »Ich weiß. Nur noch ein Tag, vielleicht zwei, dann sollten wir ankommen.« Er legt mir eine Hand auf die Stirn, und seine Miene wird plötzlich so besorgt, dass ich bestätigt finde, was ich ohnehin schon wusste. Ich glühe. »Sie werden deinen Arm wieder hinkriegen, wenn wir da sind, Cia. Im Handumdrehen wirst du wieder vollkommen hergestellt sein.«

Vielleicht. Aber darüber kann ich mir im Augenblick keine Gedanken machen. »Dad hat gesagt, sie würden unser

Gedächtnis so verändern, dass wir uns an die gesamte Auslese nicht mehr erinnern können.«

»Möglicherweise ist das gar nicht so schlimm, wie wir jetzt glauben. Vielleicht versuchen sie ja tatsächlich, uns zu helfen, indem sie uns die Erinnerungen nehmen. Willst du wirklich damit leben müssen, dass du Malachi hast sterben sehen? Oder mit dem Anblick von Brick mit seinem Maschinengewehr?«

»Nein«, antworte ich wahrheitsgemäß. Ein Leben lang unter Albträumen zu leiden, das ist nicht meine Vorstellung von einer guten Zeit. Aber genauso wenig will ich, dass mein Gehirn neu programmiert wird. Ich will einfach nicht vergessen, was ich durchlitten habe, wofür Malachi sein Leben lassen musste und was Brick für mich getan hat. »Ich muss mich erinnern können. Es ändert überhaupt nichts, wenn wir vergessen, was passiert ist. Nichts kann die Vergangenheit ungeschehen machen. Die Albträume meines Vaters beweisen, dass das Gedächtnis nicht vollständig gelöscht werden kann. Anstatt von dem geplagt zu werden, was Dad getan oder nicht rechtzeitig bemerkt oder unterlassen hat, kann er nur Vermutungen anstellen und sich mit Fragen quälen. Ist das nicht viel schlimmer?«

Tomas tritt immer wieder mit dem Fuß auf den Boden vor sich, als würde er unsichtbare Steine wegkicken. Ich sehe, dass meine Worte in ihm arbeiten, und ich kann ihn verstehen. Die Vorstellung eines gnädigen Vergessens ist einfach zu verlockend.

Dann blickt er mit einem Ruck hoch und sagt: »Die Albträume deines Vaters und die von Dr. Flint haben mich auf die Idee gebracht, dass die Prüfer unsere Erinnerungen nicht mithilfe einer Operation löschen werden.«

Ich pflichte ihm bei. Dr. Flint hat uns erklärt, dass die Regionen im Gehirn, die für das Langzeit- und für das Kurzzeitgedächtnis verantwortlich sind, leicht zu finden seien, dass aber jedes Gehirn etwas anders aufgebaut sei. Der Versuch, eine bestimmte Verbindung im Gehirn zu kappen, die allein für die Erinnerungen von drei oder vier Wochen zuständig ist, dürfte schon bei einem einzigen Patienten eine riesige Herausforderung bedeuten – ganz zu schweigen von den Hunderten, die ihren Abschluss an der Universität gemacht haben.

»Drogen? Ein akustischer Impuls? Hypnose?« Im Augenblick kommt es mir vollkommen unmöglich vor, mich gegen all diese verschiedenen Möglichkeiten zu wappnen, noch dazu hier draußen.

»Ich wette, sie versuchen es mit Drogen.«

Davon gehe ich ebenfalls aus, vor allem nach meiner Unterhaltung mit dem Mann auf der anderen Seite des Zauns. Kurz gerate ich in Versuchung, Tomas von meinem Gespräch zu erzählen, von dem Fläschchen, das der Mann am Zaun mir gegeben hat, und auch von dem Wahrheitsserum, das die Tester uns angeblich unbemerkt verabreichen werden. Diese Informationen zurückzuhalten kommt mir fast wie ein Verrat vor. Allerdings weiß ich nicht, wie ich es Tomas erklären soll, warum ich das alles bislang vor ihm geheim gehalten habe. Zwar hatte ich gute Gründe dafür, aber ich bin mir nicht sicher, ob Tomas sie auch verstehen würde. Das Letzte, was wir jetzt gebrauchen können, sind verletzte Gefühle oder gegenseitige Beschuldigungen. Ich werde einen anderen Zeitpunkt abpassen müssen, um ihm davon zu erzählen.

Anstatt ihn also in meine Geheimnisse einzuweihen, frage ich: »Wie können wir gegen eine Droge ankämpfen, die wir nicht kennen und deren Wirkungsweise wir nicht verstehen?«

»Ich weiß nicht, ob das überhaupt möglich ist. Ich schätze,

wir werden abwarten müssen, bis wir wieder im Prüfungszentrum sind, um dann herauszufinden, wie das Komitee es anstellen will. Vielleicht verrät uns irgendein Offizieller etwas, sobald wir die richtigen Fragen stellen. Wenn sie die Droge ins Wasser mischen, dann werden wir einfach so tun müssen, als ob wir davon getrunken haben. Und dann spielen wir ihnen vor, dass wir uns an nichts mehr erinnern können, was seit Beginn der Auslese passiert ist.« Er kommt einen Schritt näher und streichelt meine Wange. »Ich habe hier draußen Dinge gesehen und getan, die ich nicht mein Leben lang mit mir herumtragen will. Aber ich kann mir nicht vorstellen, wie es wäre, wenn ich mich nicht mehr an unseren ersten Kuss erinnern könnte.«

Er presst seine Lippen mit einer Leidenschaft auf meine, die mir den Atem raubt. Vielleicht ist es auch nur das Fieber, das mich schaudern lässt, als er meine Wange, meinen Nacken und meine Lippen liebkost, aber das glaube ich kaum. Ich schlinge ihm meine Arme um den Hals und erwidere seine Küsse, und meine Berührungen sind heiß, drängend und hungrig. Eine tiefe Sehnsucht erfüllt mich, als ich versuche, ihm noch näher zu kommen, auch wenn wir schon so eng wie nur möglich aneinandergeschmiegt sind. Doch das reicht mir nicht. Als Tomas sich von mir löst, sind wir beide außer Atem und wollen mehr.

Aber das muss warten. Wir haben uns schon lange genug von unseren Mikrofonen entfernt. Die Prüfer werden misstrauisch werden, wenn für sie das Schweigen noch länger andauert. Tomas drückt mir einen letzten, unglaublich zärtlichen Kuss auf den Mund, dann nimmt er meine Hand, und wir gehen zurück zu unserem Lagerplatz.

Als wir ankommen, tue ich so, als sei ich gerade erst aufgewacht, und erkundige mich nach dem, was geschehen ist, während ich schlief. Mit einem Lächeln auf dem Gesicht höre ich mir an, wie Tomas ein Märchen über ein Eichhörnchen spinnt, das er zu fangen versucht hat. Ich weiß nicht, ob auch diejenigen, die uns belauschen, diese Geschichte amüsant finden, aber ich habe meinen Spaß dabei.

Wir essen etwas zu Mittag, besteigen unsere Fahrräder und hoffen, noch weitere dreißig Meilen bewältigen zu können, bevor es dunkel wird. Allerdings bin ich mir nicht sicher, dass ich so lange durchhalten werde. Die Wirkung der Tabletten lässt nach, und der sengende Schmerz kehrt in meinen Arm zurück. Falls das Schmerzmittel allerdings doch noch wirkt, muss mein Arm viel schlimmer geworden sein, als ich erwartet hätte. Nach zehn Meilen merke ich, wie mein Körper nicht mehr mitmacht. Tomas versucht, mich zu ermutigen, doch weiter in die Pedale zu treten, und ich gebe mein Bestes. Aber ich werde einfach nicht schneller. Ich schaffe es mühsam, nicht das Gleichgewicht zu verlieren und überhaupt vorwärtszukommen.

Weitere zehn Meilen später ist es Tomas, der anhält und mich auf eine Silhouette hinweist, die er am nördlichen Grenzzaun entdeckt hat. Ich blinzele gegen das Sonnenlicht an und versuche, Einzelheiten zu erkennen, um so herauszufinden, wer das sein könnte. Auf jeden Fall ein anderer Kandidat der Auslese, dem Gang nach zu urteilen ein männlicher Prüfling. Dann deutet Tomas hinter sich. Weit in der Ferne schleppt sich ebenfalls eine Gestalt die Straße entlang. Freund oder Feind? Wir radeln einfach immer weiter und hoffen, dass wir auf diese Frage keine Antwort finden müssen.

Zwei Meilen darauf kann ich nicht mehr. Mein Kopf dreht sich, und meine Kehle ist staubtrocken. Die Wunden in meinem Arm schmerzen so heftig, dass ich mich kaum mehr auf etwas anderes konzentrieren kann. Ich sage Tomas, dass wir haltmachen müssen.

Als ich den Verband abwickle, mache ich mich auf das Schlimmste gefasst, und genau das bekomme ich auch zu sehen. Die Haut um die Wunden ist dick angeschwollen und fühlt sich heiß an. Als ich noch ein Kind war, bin ich einmal hingefallen und habe mir dabei einen tiefen Riss im Bein zugezogen. Dr. Flint war gerade nicht in der Kolonie, weshalb meine Mutter die Wunde versorgt und mich ins Bett gesteckt hat. Etliche Tage später befand sich mein Bein in ziemlich ähnlichem Zustand wie mein Arm im Augenblick. Zum Glück war Dr. Flint inzwischen zurückgekehrt und wusste, was zu tun war. Er verabreichte mir eine kleine Dosis von irgendeinem Schmerzmittel, öffnete die Verschorfung und drückte den gelben und weißen Eiter aus der Wunde. Mit heraus kam auch ein kleines Stückchen kontaminierten Metalls, das die Ursache für all die Probleme gewesen war.

Ich bin mir sicher, dass der Schorf auf meinem Arm das Gift, das für die Infektion verantwortlich ist, in der Wunde einschließt. Aber hier gibt es keinen Dr. Flint. Nur Tomas, mich und meinen Überlebenswillen.

Tomas entzündet ein Feuer. Er erhitzt Wasser und kocht darin Streifen des Handtuchs aus, das ich aus dem Prüfungszentrum mitgenommen habe. Wir wollen sie als Verbände verwenden, da ich alle Wundauflagen aus meinem Erste-Hilfe-Set bereits aufgebraucht habe. In der Zwischenzeit setze ich mich hin, schlucke weitere Schmerztabletten und bitte Tomas, mir die Lederscheide seines Messers zu geben. Er wirft mir einen fragenden Blick zu, zieht jedoch das Messer heraus, bindet die Hülle vom Gürtel und reicht sie mir. Ehe ich es mir noch einmal anders überlegen kann, beiße ich auf den dicken Lederstreifen, umklammere meinen linken Arm und drücke zu.

Wenn ich nicht schon sitzen würde, dann wäre ich bei diesem Schmerz auf die Knie gesunken. Stattdessen wird mir übel, meine Augen tränen, und meine Lungen ringen keuchend nach Luft, während sich meine eigenen Finger in mein Fleisch graben. Stück für Stück platzt der Schorf auf, und gelber und grüner Eiter und milchig verfärbtes Blut strömen heraus. Ich würge beim Gestank nach Fleisch, das zu lange in der Sonne gelegen hat, und als ich begreife, dass der widerwärtige Geruch aus meinem Arm aufsteigt, beginne ich zu weinen. Aber ich höre nicht auf zu pressen. Der Eiter läuft mir den Arm hinunter. Tomas nimmt den Verband, den ich zuvor entfernt habe, taucht ihn ins Wasser und beginnt, das infizierte Wundwasser, das herausquillt, abzutupfen. Aber wie sehr er sich auch beeilt, der Strom versiegt einfach nicht.

Die Welt um mich herum verschwimmt. Ich winde mich vor Schmerzen. Aber ich verringere nicht den Druck. Meine Finger rutschen weiter bis zur Mitte der Wunden hinunter und verkrallen sich dort. Dann noch ein bisschen tiefer.

Tomas spricht mit mir, aber seine Stimme klingt meilenweit entfernt. Ich kann ihn nicht verstehen. Die Zeit verliert jegliche Bedeutung, als ich die faulig gelbe Entzündung Tropfen für Tropfen aus meinem Körper zwinge. Ich höre erst auf, als rotes Blut aus der Wunde kommt. Kein Gelb mehr. Kein Grün oder Weiß. Keine Infektion mehr – fürs Erste.

Ich löse meine Finger aus ihrer schraubstockartigen Umklammerung und lasse Tomas die brennenden, klaffenden Risse mit heißem Wasser ausspülen. Er braucht den letzten

Rest unserer Salbe auf und umwickelt die Wunden mit sterilen, nassen Tüchern. Dann nimmt er mich in die Arme und wiegt mich sanft hin und her, während er mir ins Ohr flüstert, dass alles gut werden wird. Dass ich schlafen solle. Er werde aufpassen, dass mir nichts geschieht.

In meinen Träumen reihen sich entsetzliche Szenen an glückliche Momente. Ryme und Malachi helfen mir, das augenlose Mädchen zu begraben. Zeen verzeiht mir, dass ich ihm ungefragt den Transit-Kommunikator weggenommen habe, und erinnert mich daran, dass ich mich damit zu Hause melde, sobald sich mir die Chance dazu bietet. Roman grinst, als er durch eine Tür tritt und mich einer Gruppe von mutierten Menschen ausliefert, die mich von oben bis unten mit ihren schrecklichen Krallen zerkratzen und dann vor meinen Augen explodieren. Die Arme meines Vaters schaukeln mich stundenlang, so wie er es tat, als ich noch klein war. Irgendwann hält er mitten in der Bewegung inne, legt seinen Kopf schräg und sagt mir, ich solle aufwachen. Jemand sei dort.

Abrupt schlage ich die Lider auf.

Ich kann Tomas in der Dunkelheit neben mir atmen hören. Er macht gleichmäßige, langsame Züge, was für einen tiefen, erholsamen Schlaf spricht. Vorsichtig auf meinen Arm bedacht, richte ich mich langsam auf, bis ich sitze, und beuge und strecke die Finger der in Mitleidenschaft gezogenen Hand. Sie bewegen sich leichter als gestern. Auch der Rest des Armes und die Schulter fühlen sich nicht mehr so geschwollen an. Entweder haben endlich die Schmerzmittel ihre Wirkung voll entfaltet, oder das schlimmste Brennen ist überstanden. Ich blinzle die Tränen der Erleichterung weg. Aus den Augenwinkeln kann ich sehen, dass sich irgendetwas im Schatten bewegt. Mit angehaltenem Atem warte ich ab, ob sich noch einmal etwas regt. Im schwächer werdenden Mondlicht erhasche ich einen kurzen Blick auf eine große menschliche Silhouette in einiger Entfernung. Ist das einer der mutierten Bewohner dieser Gegend oder ein anderer Prüfling? Aus der Art und Weise, wie sich der Schatten bewegt, schließe ich, dass es ein Kandidat sein muss.

Unser Lagerfeuer ist heruntergebrannt, und wir kampieren in einer Mulde, abgeschirmt von einigen Büschen, was es vermutlich schwerer macht, uns zu entdecken. Aber es dauert nicht mehr lange, bis der Tag anbricht, und der Bursche sieht nicht so aus, als ob er es eilig hätte. In ungefähr fünfzig Metern Entfernung sucht er sich langsam seinen Weg, und er ist unmittelbar in unsere Richtung unterwegs.

Langsam strecke ich meinen Arm aus und taste nach meiner Tasche. Als ich merke, dass sie nicht in Reichweite ist, gerate ich in Panik. Tomas muss sie woanders hingelegt haben, nachdem ich eingeschlafen bin. Nicht nur sie ist nicht mehr greifbar, sondern auch meine Pistole nicht.

Angestrengt starre ich in die Dunkelheit und versuche, sie irgendwo zu erkennen, aber ihre dunkle Tarnfarbe verbirgt sie gut. Ohne zu wissen, was der Näherkommende im Schilde führt, traue ich mich nicht aufzustehen. Ich sinke wieder zurück auf den Boden, stoße Tomas an und flüstere ihm ins Ohr: »Da hinten irrt ein anderer Kandidat herum.« Sofort ist er hellwach und reißt erschrocken die Augen auf. Dann nickt er, um mich wissen zu lassen, dass er mich verstanden hat. Gemeinsam halten wir den Atem an und warten.

Das Knacken von Zweigen und Rascheln von Blättern verrät uns, dass unser Mitbewerber näher kommt. Die ersten grauen Schimmer der Morgendämmerung verjagen die Schwärze der Nacht, während ich unter den Büschen hindurchspähe. Es ist niemand zu sehen.

Tomas hebt eine Augenbraue und schüttelt den Kopf. Auch er kann niemanden entdecken. Der andere Kandidat muss bereits an uns vorbeigelaufen sein und seinen Weg nach Tosu-Stadt fortsetzen.

»Ich denke, wir sind in Sicherheit«, flüstert Tomas. Ein Zweig zerbricht unter ihm, als er sich aufrichtet.

Ich höre das Sausen des Messers, das durch die Luft geschleudert wird, bevor ich das Metall im Dämmerlicht blitzen sehe. Dieser Extramoment rettet mir das Leben, denn ich kann mich zur Seite werfen und zuschauen, wie die Klinge in den Büschen hinter mir verschwindet. Unser Angreifer stößt einen wütenden Schrei aus. Ich rappele mich auf und sehe mich hektisch nach meinen Sachen um. Tomas zückt sein Buschmesser und stürmt los, als ich endlich meine Tasche neben meinem Fahrrad – über zehn Meter weit weg! – entdecke. Das Geräusch von Metall auf Metall verrät mir, dass der andere Kandidat noch eine weitere Waffe besitzt und nun in einen Nahkampf mit Tomas verstrickt ist.

Dann höre ich Tomas aufschreien und sehe, wie sich eine lange, breite Klinge in seine Seite bohrt. In diesem Augenblick kann ich auch erkennen, um wen es sich bei seinem Kontrahenten handelt. Sein Gesicht ist schmaler geworden, und seine Wangen sind eingefallener, aber den boshaften Zug um den Mund würde ich überall wiedererkennen. Roman. Er zieht sein Messer aus Tomas' Körper und holt aus, um erneut auf seinen Gegner einzustechen.

Meine Finger zerren hektisch am Verschluss meiner Tasche, während Klinge auf Klinge klirrt. Fieberhaft krame ich zwischen meinen Sachen herum, als ich wieder einen Schrei höre. Dieses Mal ist es Roman, der blutet, aber weder umklammert er seinen verletzten Arm, noch macht er Anstalten zu fliehen. Mit einem wütenden Knurren senkt er den Kopf, rammt Tomas damit und wirft ihn so zu Boden. Ein hysterisches Kreischen löst sich aus meiner Kehle, als sein Messer nur um Millimeter Tomas' Hals verfehlt. Einen Moment lang bin ich wie paralysiert und sehe zu, wie die beiden darum ringen, die Oberhand zu gewinnen. Roman siegt. Er drückt Tomas zu Boden und hebt sein Messer, gerade als ich meine Pistole aus der Tasche ziehe und ziele.

Ein Schuss ertönt, und Blut quillt aus Romans rechter Schläfe. Sein Mund ist jetzt nicht mehr höhnisch verzogen. Stattdessen liegt ein überraschter Ausdruck auf seinem Gesicht und dann schließlich Leere, als ihm das Messer aus der Hand rutscht und er nach vorn umkippt. Er ist tot.

Tomas presst eine Hand auf seine Taille, kriecht unter dem toten Rivalen hervor und stöhnt erleichtert auf.

Doch wir sind keineswegs in Sicherheit. Tomas weiß nicht, was ich weiß. Ich bin nicht rechtzeitig genug bereit gewesen. Nicht ich habe den tödlichen Schuss abgegeben.

Kapitel 19

»Runter«, schreie ich und sehe mich hektisch um. Mein ganzer Körper bebt vor Anspannung und Furcht. »Ich habe gar nicht geschossen. Da ist noch jemand anders mit einer Waffe.«

»Das wäre dann wohl ich.«

Ich wirble herum, ziele und spanne den Finger am Abzug. Erst dann dämmert mir, dass die Stimme irgendwie vertraut klingt. Der großspurige Ton passt nur zu einer einzigen Person hier draußen.

Will.

Ich lasse die Waffe sinken und blicke ihm entgegen, als er auf uns zugeschlendert kommt und seine Pistole dabei lässig um den Finger kreiseln lässt. Und obwohl es Tomas so stört, dass ich Will mag und ihm vertraue, kann ich nicht anders, als ihm um den Hals zu fallen. »Du hast ja keine Ahnung, wie froh ich bin, dich zu sehen«, sprudelt es aus mir hervor. »Ich weiß nicht, ob ich es rechtzeitig geschafft hätte, Tomas zu retten. Danke.«

Ich bin mir nicht sicher, ob ich ihm dankbar bin, weil er Tomas das Leben gerettet hat oder weil er mich davor bewahrt hat, einen anderen Menschen zu erschießen. Vermutlich beides.

Will tritt einen Schritt zurück und schiebt die Pistole in seine Tasche. »Ich bin mir sicher, ihr wärt auch ohne mich klargekommen. In gewisser Weise ist es gut, dass dieser Blödmann dumm genug war, euch anzugreifen. Ohne den ganzen Lärm hätte ich euch nie gefunden. Ich suche schon seit Tagen nach euch beiden und habe mir inzwischen gedacht, ihr habt es längst über die Ziellinie geschafft.«

»Leider nicht.« Tomas stöhnt und hält sich die Seite.

»Verstehe.« Will wirft Tomas ein kühles Lächeln zu. »Ich weiß, dass du gehofft hast, du wärst mich hier draußen los. Schätze, ich habe dir gerade bewiesen, dass du mir sehr wohl vertrauen kannst.«

Eine Minute lang starren sich Will und Tomas in die Augen. Tomas wendet den Blick als Erster ab und sagt leise: »Ja, schätze ich auch.«

»Gut.« Will lacht. »Also warum lassen wir Cia nicht einen Blick auf deine Verletzung werfen, ehe du uns hier noch verblutest? Wenn du jetzt stirbst, kann ich mich ja gar nicht meiner Heldentat rühmen, was ziemlich schade wäre, oder?«

Die Erwähnung von Tomas' Wunde bringt mich dazu, an die Seite meines Freundes zu hasten und sie mir anzusehen. Nur mit Mühe gelingt es mir, Romans leblosen Körper zu ignorieren, der zusammengekrümmt auf dem Boden liegt. Der Messerschnitt an Tomas' Bauch ist lang, aber nicht sehr tief, und er muss nicht genäht werden. Das ist gut so, denn nach den letzten Tagen weiß ich nicht, ob meine Finger ruhig genug dafür wären. Will bietet mir seine eigene Erste-Hilfe-Tasche an, und ich säubere rasch die Wunde, versorge sie mit Salbe und wickle einen Verband darum.

Als ich fertig bin, gebe ich Will seine restlichen medizinischen Vorräte zurück und sage: »Du hast uns eingeholt. Das bedeutet, dass du irgendetwas mit Rädern darunter gefunden haben musst, richtig?«

»Nein, nichts mit Rädern.« Will strahlt mich an. »Ich habe etwas viel Besseres aufgetrieben. Willst du es mal sehen?«

Nicht weit von der Straße entfernt wartet ein kleiner offener Ein-Personen-Gleiter, der wie die fliegende Version eines Scooters aussieht. Mein Vater hat drei davon und setzt sie für leichte Feldarbeit ein. Um kurze Distanzen zu überwinden, sind sie sehr gut geeignet, aber auf weiteren Strecken überhitzen sie sich schnell, und sie tragen auch nicht viel mehr als achtzig Kilo, was ihren Nutzen ziemlich einschränkt. Mein Vater und zwei meiner vier Brüder sind zu schwer für sie, sie können mit einem solchen Ding nicht einmal vom Boden abheben. Doch für Will mit seinem schlanken Körper ist dieses Fortbewegungsmittel wie gemacht.

»Wo hast du den denn entdeckt?«

Ich höre den misstrauischen Unterton in Tomas' Stimme, aber Will scheint nichts zu bemerken, sondern erklärt: »Zwei Tage nachdem wir uns getrennt hatten, bin ich an einem großen Steingebäude mit einer fetten Metalltür vorbeigekommen. Es hat eine ganze Weile gedauert, bis ich das Schloss geknackt hatte, aber es war die Mühe allemal wert. Vier von diesen Babys waren da drin. Keines von ihnen war einsatzbereit, aber ich habe Einzelteile an dreien von ihnen abgeschraubt und das vierte damit in Gang gesetzt. Es hat den Anschein, dass das Commonwealth eine Menge Fahrzeuge und anderen Kram auf dieser zweiten Hälfte der Strecke versteckt hat. Ich habe noch ein paar andere Auslese-Kandidaten mit solchen Dingern rumfahren sehen, und einer der Jungs, mit dem ich kurz vor der letzten Stadt zusammengetroffen bin, hat noch dazu einen ganzen Haufen von automatischen Waffen in einer Hütte entdeckt. Ich denke, beim ersten Teil dieser Prüfung ging es um das nackte Überleben. Jetzt, im zweiten Teil, testen sie, wie lange wir bis zum Ziel brauchen und wie viele Konkurrenten wir unterwegs ausschalten.«

»Und wie viele Kandidaten willst du vor dem Ende ausschalten, Will?« Tomas hat die Frage so leise gestellt, dass ich sie beinahe überhört hätte.

Aber Will hat sie sehr genau verstanden. Mit ernster Miene antwortet er: »Die einzigen Mitstreiter, die ich umlegen werde, sind diejenigen, die eine direkte Bedrohung darstellen. So wie unser Freund hier.« Mit dem Daumen deutet er auf den Leichnam auf dem Boden. »Oder findest du, dass er es verdient hätte zu überleben?«

Will wirft Tomas ein blasiertes, beinahe herausforderndes Lächeln zu. So viel also zu meiner Hoffnung, dass Wills Heldentat die beiden miteinander aussöhnen würde. Ich schiebe mich zwischen die zwei und sage: »Schaut mal, dem Transit-Kommunikator nach haben wir nur noch achtundachtzig Meilen vor uns. Anstatt aufeinander loszugehen, könnten wir unsere Zeit besser nutzen, indem wir frühstücken, zusammenpacken und zusehen, dass wir hier wegkommen.«

»Tja, da hast du wohl recht, Cia.« Will wirft mir ein unbekümmertes Lächeln zu. »Ich bin bereit einzulenken, wenn Tomas ebenfalls Ruhe gibt.«

Schweigend nickt Tomas, und ich stoße einen erleichterten Seufzer aus. Zwar bin ich nicht so naiv zu glauben, die beiden würden von nun an jedem Streit aus dem Weg gehen, aber ich hoffe inständig, dass sie ihre Zwistigkeiten auf ein Minimum beschränken.

Während ich unser Frühstück vorbereite, durchwühlt Will Romans Tasche und findet Kleidung, zwei Wasserflaschen, einen Kompass, eine Angelausrüstung, verschiedene Werkzeuge, einen faltbaren Bogen und den dazugehörigen Köcher mit Pfeilen. Alle Gegenstände sind als Ausrüstung der Auslese markiert. Offenkundig hat der Bursche mindestens einen anderen Kandidaten angegriffen und zumindest verletzt. Wir verspeisen unsere Birnen und das Kaninchen, dann verteilen wir die neuen Habseligkeiten auf unsere Taschen. Ich behalte ein Messer, den Bogen und die Pfeile, und zwar nicht zuletzt deshalb, damit meine beiden verfeindeten Begleiter keine zusätzlichen Waffen zur Hand haben, wenn sie sich mal wieder in die Haare kriegen. Dann, als Tomas und Will gerade nicht hinschauen, entferne ich Romans Erkennungsarmband und lasse es in meine Tasche gleiten, wo sich bereits das Band des Mädchens befindet, das Tomas und ich beerdigt haben. Roman war zwar in keiner Weise vertrauenswürdig, denn er kam mit dem festen Vorsatz in diese Prüfung, um jeden Preis zu gewinnen. Doch obwohl ich verabscheue, was er getan hat, merke ich plötzlich, dass ich die Prüfer noch viel mehr hasse. Roman hatte es sicher nicht verdient, ein zukünftiger Anführer zu werden, aber der Tod scheint mir doch ein extrem hoher Preis für das zu sein, was er tat, um sein Ziel zu erreichen. Ob im Guten oder im Bösen: Sein Leben sollte in Erinnerung bleiben.

Tomas und ich verstauen unsere Taschen auf den Gepäckträgern unserer Räder. Will geht zu seinem Gleiter, und dann treffen wir drei uns auf der Straße. Am Horizont hinter uns sind zwei Umrisse zu erkennen. Andere Kandidaten? Wenn Will recht hat, dann könnten sie Fahrzeuge haben, mit denen sie uns bald schon überholen. Wir müssen uns ranhalten.

Wills solarbetriebener Gleiter ist schneller als unsere Fahrräder, aber er bleibt neben uns, während wir in die Pedale treten. Unwillkürlich frage ich mich, warum. Ich weiß, welche Geschwindigkeit der offene Gleiter meines Vaters erreichen kann, und bin mir daher ziemlich sicher, dass Will es in wenigen Stunden über die Ziellinie schaffen könnte. Vielleicht fühlt er sich irgendwie für mich verantwortlich, weil er es mir verdankt, dass er es überhaupt in diesen Teil der Prüfung geschafft hat. Aber indem er heute Morgen Tomas gerettet hat, hat er seine Schuld mehr als beglichen. Vielleicht sieht Will das anders, weil es schließlich nicht mein eigenes Leben war, was auf dem Spiel gestanden hat. Ich weiß es nicht. Was auch immer seine Beweggründe sind, ich bin froh darüber, dass noch ein weiteres Augenpaar Ausschau nach drohender Gefahr hält.

Sehr schnell stellen wir fest, dass wir von Glück sagen können, ihn dabeizuhaben, denn er ist es, der vor uns auf der Straße etwas aufblitzen sieht: ein Stolperdraht, der unsere Reifen mit Sicherheit ruiniert hätte.

Wir steigen ab, schieben unsere Fahrräder vom Asphalt runter, laufen außen an der Falle vorbei und kehren dann auf die glatte Fahrbahn zurück. Wills Gleiter schwebt über den Draht hinweg, und wir setzen unseren Weg fort. Allerdings radeln wir nun etwas langsamer, denn wir sind wieder wachsamer geworden. Tomas hasst diese Verzögerung, und ich ebenfalls. Aber ein paar Stunden mehr sind nichts im Vergleich zur Alternative.

Die Pflanzen und Blätter an den Bäumen werden nach und nach grüner, die Bäume weniger verkrüppelt, das Gras sieht üppiger aus, und die Wasservorkommen erscheinen uns sauberer, je näher wir unserem Ziel kommen: alles Auswirkungen der Revitalisierung. Mein Arm tut weh, aber die deutlich sichtbaren Zeichen, dass unser Ziel nahe ist, helfen mir, die Schmerzen und die Müdigkeit zu ignorieren.

Eine Explosion irgendwo hinter uns lässt die Bäume erzittern. Der Lärm von Schüssen und Rufen wird aus Nordwesten vom Wind zu uns herübergeweht und erinnert uns daran, dass wir nicht allein unterwegs und die Gefahren noch lange nicht ausgestanden sind. Während der Nacht teilen wir Wachschichten ein und stehen früh wieder auf, in der Hoffnung, dass vor uns der Tag liegt, an dem wir diese Prüfung beenden können. In regelmäßigen Abständen sehe ich auf dem Transit-Kommunikator nach, ob wir gut vorankommen.

Noch fünfundvierzig Meilen.

Fünfunddreißig.

Fünfundzwanzig. Wir trinken unser Wasser im Fahren und ignorieren den Hunger. Essen können wir, wenn wir diesen Test bestanden haben.

Noch fünfzehn Meilen liegen vor uns, als die Sonne langsam unterzugehen beginnt. Der Himmel färbt sich rosa. Wir fahren weiter, blinzeln gegen das Abendrot an und halten nach allem Ausschau, was eine Gefahr darstellen könnte.

Zehn Meilen.

Nur durch Zufall sehe ich neben dem breiten Stamm einer Eiche Metall aufblitzen. Mit einem Aufschrei warne ich Tomas und Will, doch schon zerreißen Schüsse die Luft. Funken sprühen vor uns auf dem Asphalt, und ich ziehe meinen Lenker nach rechts, um nicht in sie hineinzufahren. Der plötzliche Richtungswechsel ist zu viel für mein zusammengeflicktes Fahrrad. Das Vorderrad schlingert und bricht aus dem Rahmen. Ich lande flach auf dem Rücken und ringe nach Luft, da aller Atem aus meiner Lunge herausgepresst worden ist. Mein linker Arm schmerzt entsetzlich vom Aufprall. Tomas schreit meinen Namen, als die nächste Salve abgefeuert wird. Sie klingt noch lauter, noch näher, noch beängstigender als zuvor, da ich kaum atmen, geschweige denn mich bewegen kann.

Aber dann reagiere ich doch, denn ich will nicht sterben. Tomas und Will brüllen mir von irgendwoher etwas zu, aber ich beachte sie nicht. Ich kann nicht. Ich rolle mich über meinen verletzten Arm ab und versuche, das Schwindelgefühl und den Schmerz, der mich durchzuckt, nicht zu beachten, während ich nach meiner Tasche greife. Meine Finger finden die Pistole. Ich richte mich auf die Knie auf und suche mit den Augen den Schützen auf der anderen Seite der Straße.

Dort. Der Lauf einer Pistole schiebt sich wieder hinter einem Baumstamm hervor, als sich der Schütze erneut bereit macht zu feuern. Ich ziele auf die Hand, die die Waffe hält, und drücke ab. Ein weiblicher Schmerzensschrei verrät mir, dass ich getroffen habe. Ich kann nicht verhindern, dass ein Gefühl des Triumphs in mir aufsteigt, als die Pistole und der Arm des Mädchens hinter dem Baum verschwinden. Ich selbst lasse meinen Arm ausgestreckt und den Finger am Abzug, während ich den Baum im Auge behalte und auf irgendein weiteres Zeichen unserer Angreiferin warte.

»Sie flüchtet«, brüllt Will.

Ich blinzle, und dann begreife ich. Während ich auf weiteren Beschuss gewartet habe, hat sich die Kandidatin in den Wald zurückgezogen und dort einen Gleiter bestiegen, der dem von Will ähnelt. Sie muss ihn dort abgestellt haben, ehe sie ihren Posten hinter dem Baumstamm eingenommen hat. Ich betätige den Abzug und feuere einen Schuss nach dem anderen hinter ihr her, während ihr Gleiter mit der untergehenden Sonne verschmilzt.

Die Kandidatin und ihr Gleiter sind fort. Wenn nicht ein anderer Prüfling sie noch auf den letzten Meilen ausschaltet, wird sie den Test beenden und in die nächste Runde kommen. Das Mädchen, das hier haltgemacht und sich ausschließlich deshalb versteckt hat, um ihre Konkurrenten zu töten, könnte einen Platz an der Universität erhalten und damit eine zukünftige Anführerin des Vereinigten Commonwealth werden. Ich kämpfe gegen den Drang zu schreien an und denke daran, dass man diese Kandidatin höchstens dann noch aufhalten kann, wenn mehr als zwanzig von uns diese Prüfung bestehen. Dann bleibt nur noch zu hoffen, dass das Prüfungskomitee jene Kandidaten aussucht, welche sich unterwegs nicht aufs Morden verlegt haben. Damit wir zu denen gehören, die zur Wahl stehen, müssen wir es bis nach Tosu-Stadt schaffen. Und das bedeutet, dass wir uns in Bewegung setzen sollten.

Ich stehe mühsam auf, und erst jetzt fällt mir wieder ein, dass mein Fahrrad den Geist aufgegeben hat. Ein rascher Blick darauf lässt mein Herz schwer werden. Auch im einsetzenden Zwielicht ist der Schaden deutlich zu erkennen. Die gesamte vordere Radaufhängung ist herausgebrochen, was bedeutet: Es lässt sich nicht mehr reparieren. »Ich schätze, ich werde die letzte Strecke zu Fuß gehen müssen«, sage ich und versuche, nicht so entmutigt zu klingen, wie ich mich fühle. Meinem Transit-Kommunikator zufolge liegen nur noch achteinhalb Meilen vor uns. Diese Distanz ist verschwindend gering im Vergleich zum Weg, den wir bereits zurückgelegt haben.

»Keine Sorge, Cia.« Tomas taucht neben mir auf und nimmt meine Hand. »Du wirst nicht allein sein. Ich werde mit dir zusammen den letzten Rest laufen.«

»Das musst du nicht«, sage ich, aber ich bin so froh über seinen Entschluss. Die Vorstellung, ganz allein durch die Dunkelheit zu marschieren, ohne zu wissen, was in den Schatten lauert, ist einfach zu entsetzlich.

Er gibt mir einen flüchtigen Kuss und sagt: »Doch, das muss ich.« Dann wendet er sich an Will. »Ich glaube, das ist der Moment, wo sich unsere Wege wieder trennen. Cia und ich wollen dich nicht aufhalten.«

Will lächelt und erwidert: »Lustig. Gerade wollte ich das Gleiche zu dir sagen.«

Es ist sein Lächeln, das mich warnt. Gefährlich ist es. Kalt. Berechnend. So anders als alles, was ich bislang bei ihm gesehen habe. Ich schubse Tomas in genau dem Augenblick zur Seite, als Will seine Pistole hebt und abdrückt. Aber ich bin nicht schnell genug. Ich kann spüren, wie Tomas zusammenzuckt, als die Kugel in seinen Unterleib eindringt. Seine Augen weiten sich vor Überraschung und Schmerz, als er sich zusammenkrümmt und auf die Knie sinkt.

Ich halte meine eigene Pistole auf Will gerichtet, als dieser seine Aufmerksamkeit mir zuwendet, und dann schreie ich: »Was zur Hölle machst du denn, Will?«

Er lächelt hinter seiner Waffe. »Ist das nicht offensichtlich? Ich entledige mich meiner Konkurrenz. Ich habe doch nicht meinen Bruder verloren und bin so weit gekommen, nur um am Ende zu hören, ich sei nicht gut genug, um es an die Universität zu schaffen. Diese Entscheidung habe ich gleich am Anfang getroffen. Nur du willst einfach nicht sterben. Zum Glück waren einige der anderen schnell getötet, ehe mir die Armbrustbolzen ausgingen. Gill und ich sind beide ausgebildete Armbrustschützen und haben an Turnieren teilgenommen. Gill war zwar immer noch besser als ich, aber ich war ihm stets auf den Fersen.«

Chicago. Der Armbrustschütze. Die Wunde in Wills Schulter. Eine Schussverletzung an der Stelle, an der ich ihn getroffen hatte. Mit entsetzlicher Klarheit fügt sich plötzlich das Bild zusammen.

»Und du denkst, ich lasse jetzt zu, dass du mich erschießt?«

Meine Stimme ist bemerkenswert fest dafür, dass ich beinahe blind vor Zorn bin. Den Finger am Abzug, versuche ich, die unbändige Wut in mir so zu kanalisieren, dass ich einen Jungen töten kann, den ich mal für meinen Freund gehalten habe. »Ich habe bereits bewiesen, dass ich nicht kampflos aufgeben werde.«

Wills Lächeln wird breiter. Seine weißen Zähne blitzen in der wachsenden Dunkelheit. »Du bist schlau, Cia, aber du hast keinen Killer-Instinkt. Ich könnte mich jetzt umdrehen und einfach so davonspazieren, und du würdest mir nicht einmal hinterherschießen.«

»Wollen wir wetten?«, schreie ich. »Na los, stell mich auf die Probe.« Meine zitternde Hand straft meine vorgetäuschte Entschlossenheit Lügen. Einen Moment lang bin ich überzeugt, dass Will recht hat. Ich kann ihn nicht töten. Ich werde hier draußen auf dem Testgelände sterben.

»Cia.«

Mein geflüsterter Name aus dem Mund des Jungen, den ich liebe, stoppt mein Zittern. Tomas ist noch am Leben.

Will strafft die Schultern und zielt. Mein Finger drückt ab. Die Waffe in meiner Hand feuert eine Sekunde eher als die von Will. Meine Kugel trifft ihn in der rechten Körperhälfte und lässt ihn rückwärts torkeln, während sein Geschoss an meinem Ohr vorbei in die Dunkelheit zischt. Will schreit und rennt trotz seiner Schmerzen los, um zu seinem Gleiter zu kommen, als ich noch einmal den Abzug betätige.

Er taumelt, und ich weiß, dass ich auch dieses Mal mein Ziel nicht verfehlt habe. Ich höre, wie seine Pistole klirrend auf den Boden fällt, er sie aber wieder aufheben kann und es schafft, in seinen Gleiter hineinzuklettern. Wieder und wieder schieße ich, als er in seinem Gefährt vom Boden abhebt und davonzieht. Zwei weitere Schüsse, dann ist er außer Reichweite und auf direktem Weg zur Ziellinie.

Das letzte Dämmerlicht verblasst, als ich neben Tomas auf die Knie sinke. Der Adrenalinspiegel in meinem Körper sinkt, und ich fühle mich nur noch schwach, müde und verängstigt.

»Ist er weg?«, krächzt Tomas.

Ich gebe mich zuversichtlicher, als ich bin, und sage: »Mit ein bisschen Glück verliert er so viel Blut, dass er ohnmächtig wird und seinen Gleiter gegen einen Baum steuert, ehe er in Tosu-Stadt ankommt. Wo hat er dich getroffen?« Eine unsinnige Frage, denn ich kann deutlich sehen, wo Tomas' blutverschmierte Hand seine Seite umklammert. Ich drehe ihn ein Stück herum und finde auf seinem Rücken eine blutige Austrittswunde. Ein glatter Durchschuss. Eine Sorge weniger, sage ich mir, als ich den Rest von dem Handtuch, das ich aus dem Prüfungszentrum mitgenommen habe, aus meiner Tasche hole, es in Streifen reiße und einen davon auf die Wunde presse. Während ich damit beschäftigt bin, den Blutfluss zu stoppen, zermartere ich mir das Hirn darüber, was ich von Dr. Flint über die menschliche Anatomie gelernt habe. Ich lege ein Ohr auf Tomas' Brust und höre, dass sein Herzschlag zwar schnell, aber regelmäßig ist. Sein Atem hört sich gepresst an, jedoch ohne gurgelnd zu klingen. Seine Lunge ist also nicht mit Blut gefüllt. Beides sind gute Anzeichen, werden aber keine Rolle spielen, wenn ich ihn nicht zurück nach Tosu-Stadt schaffen kann.

Da sind die anderen Auslesekandidaten, die ebenfalls auf dieser Strecke unterwegs sind. Weil die Grenzzäune sich einander jetzt immer stärker annähern, gibt es kaum noch Möglichkeiten, uns zu verstecken. Mir bleibt nichts anderes übrig, als Tomas schleunigst ins Ziel zu bringen.

Ich falte ein paar der Stoffstreifen so zusammen, dass sie wie ein Schwamm das Blut aufsaugen können, und presse sie auf Tomas' Wunde. Er hilft dabei, die Auflagen an Ort und Stelle zu halten, während ich sein zweites Hemd herausshole, es ihm um den Oberkörper binde und fest verknote. Dann gebe ich ihm eine der Flaschen, damit er ein paar Schlucke Wasser trinken kann, und sage: »Wir müssen zusehen, dass du nach Tosu-Stadt kommst. Kannst du laufen?«

»Ich kann es versuchen.«

Aber schon nach den ersten taumelnden Schritten ist uns beiden klar, dass das mit dem Laufen nichts wird.

Tomas lässt sich wieder auf den Boden sinken und schüttelt den Kopf. »Es hat keinen Sinn. Ich werde es nicht schaffen.«

»Du brauchst nur ein bisschen Zeit, um dich auszuruhen«, sage ich, obwohl ich doch genau weiß, dass das nicht stimmt. Die Zeit ist unsere Feindin. Jede Sekunde, die verrinnt, bedeutet weiteren Blutverlust, die drohende Gefahr einer Infektion, außerdem andere bewaffnete Kandidaten und eine höhere Wahrscheinlichkeit zu sterben.

Tomas nimmt meine Hand und zieht mich zu sich. »Ich weiß, dass du das nicht hören willst, aber du musst mich hier zurücklassen. Wenn ich erst mal ein bisschen geschlafen habe, bin ich vielleicht doch in der Lage, den Rest der Strecke zu Fuß zurückzulegen …«

»Auf keinen Fall werde ich ohne dich gehen.« Ich versuche, meine Hand wegzuziehen, aber Tomas lässt sie nicht los.

»Doch, das wirst du. Du wirst diesen Test für uns beide bestehen. Ich will, dass du gehst. Bitte. Bevor noch irgendein anderer Prüfling hier auftaucht.«

Tränen steigen mir in die Augen, aber ich blinzele sie weg, denn ich will nicht nachgeben. »Ich kann nicht weggehen. Das alles ist meine Schuld. Ich habe dich dazu gedrängt, Will zu vertrauen. Ich muss meinen Fehler wiedergutmachen.« Entschlossen versiegele ich Tomas' Mund mit einem Kuss und verhindere so jedes weitere Gegenargument. Dann gebe ich ihm unsere letzten drei Schmerztabletten, um ihm ein wenig Erleichterung zu verschaffen, während ich nachdenke. Er schließt die Augen, und ich beginne, ruhelos auf und ab zu laufen.

Tomas kann nicht zu Fuß weitergehen.

Wenn er nicht bald das Ziel dieser Prüfung erreicht, wird er es überhaupt nicht schaffen.

Zwar ist der eine Fahrradrahmen kaputt, aber die Räder sind immer noch brauchbar. Es muss eine Möglichkeit geben, sie weiterzuverwenden. Tomas kann in seinem Zustand nicht selbst fahren. Aber vielleicht schaffe ich es, ein Fahrrad so herzurichten, dass er hinter mir sitzen kann, während meine Beine das Treten für uns beide erledigen.

Da es denkbar ist, dass andere Kandidaten in der Nähe sind, gefällt mir die Vorstellung, ein Feuer anzuzünden, überhaupt nicht, aber die Nacht ist kalt. Tomas braucht Wärme, und wenn ich unsere Fahrräder in ein Transportmittel für Tomas verwandeln will, dann benötige ich dazu Licht. Er liegt flach auf dem Boden und ist eingeschlafen. Ich durchsuche seine Tasche nach Streichhölzern. Ganz unten finde ich die Schachtel und noch etwas Metallisches. Es fühlt sich an wie ein Erkennungsband. Kurz frage ich mich, ob Tomas das Armband von der Tasche der jungen Frau abgenommen hat, die wir begraben haben. Vielleicht wollte er, genau wie ich, eine fassbare Erinnerung an sie haben. Damit das Band nicht verloren geht, verstaue ich es tief in meiner Tasche. Dann kümmere ich mich um das Feuer. Meine Brüder haben mir gezeigt, wie man ein Feuer so eindämmt, dass es nicht zu weit in der Umgebung zu sehen ist. Ich versuche mein Bestes, das Gelernte nun in die Tat umzusetzen, aber ich bin mir nicht sicher bei dem Ergebnis. Meine Pistole habe ich immer in Reichweite, als ich die beiden Fahrräder nahe ans Feuer schiebe und mich an die Arbeit mache.

Bei jedem Knacken eines Zweiges zucke ich zusammen. Jeder Windstoß lässt mich nach meiner Waffe greifen. Aber niemand stört mich dabei, als ich das Material, das ich habe, begutachte und verzweifelt auf eine rettende Idee hoffe. Ideal wäre eine Art Wägelchen, in dem Tomas sitzen könnte, aber das Metall und die Werkzeuge, die mir zur Verfügung stehen, reichen nicht aus, um eines zu bauen, vor allem nicht unter Zeitdruck. Am vielversprechendsten erscheint es mir, das noch funktionstüchtige Fahrrad zu einem Gefährt umzubauen, auf dem wir beide Platz haben. Und da fällt mir etwas ein.

Meine Augen brennen, und meine Hände sind völlig verdreckt, als ich endlich fertig bin. Der Mond wird bereits fahler und verrät mir, dass bald schon der Morgen grauen wird. Den Gepäckträger habe ich mit Tomas' Ersatzhose gepolstert, damit er einen etwas breiteren und bequemeren Sitz hinter mir hat. Um das zusätzliche Gewicht, das hinten auf dem Rad lasten wird, aufzufangen, habe ich die beiden Reifen meines kaputten Fahrrads genommen und sie etwas nach hinten versetzt rechts und links an das Hinterrad unseres neuen Zwei-Personen-Gefährts anmontiert. Die Stützräder, mit denen ich als Kind das Radfahren lernte, haben mir als Inspiration gedient. Aber es hat mich Stunden und viel Draht, Schrauben, Bolzen und sechs Probefahrten gekostet, bis alles zum Laufen gebracht ist. Die Feuerprobe würde dann die Fahrt zur Ziellinie werden. Ich kann nur hoffen, dass uns meine Konstruktion heil dort hinbringen wird.

Als ich Tomas wecke, ist seine Stirn fiebrig heiß, aber es ist noch nicht beängstigend. Ich schneide ein paar Birnen und das restliche Fleisch in Stücke und überrede ihn dazu, die kleinen Happen zu essen, während ich ihm erkläre, woran ich gearbeitet habe. »Du musst nichts weiter tun, als deine Arme um meine Hüften zu schlingen und dich festzuklammern. Den Rest erledige ich.«

Ich lasse ihm gar keine Chance zu protestieren, sondern räume alles, was nicht wirklich unbedingt nötig ist, aus unseren Taschen. Als ich fertig bin, türmen sich vor unseren Füßen ein Topf, eine Pfanne, der Bogen mit den dazugehörigen Pfeilen, mehrere leere Wasserflaschen, der Atlas, die Beutel von dem grauhaarigen Fremden und mein mittlerweile vollständig aufgebrauchtes Erste-Hilfe-Set. Nur sehr widerwillig lege ich Tomas' Werkzeuge dazu, aber mir bleibt ja noch mein Taschenmesser mit seinen einfachen, aber nützlichen Extrafunktionen. Und außerdem: Wenn unser Fahrrad zusammenbricht, glaube ich nicht, dass noch irgendein Schraubenschlüssel der Welt etwas daran ändern könnte. Ich bin an einem Punkt angelangt, an dem ich nur noch das Beste hoffen kann. Als ich eine Hand in meine Tasche schiebe, fällt mir noch eine allerletzte Aufgabe ein: Ich verstecke die Flasche mit der unbekannten Flüssigkeit in meinem zweiten Paar Socken. Niemand kann wissen, was uns am Ende dieser Straße erwarten wird. Aber was es auch sein mag – es ist besser, darauf vorbereitet zu sein.

Dann ist alles so weit, und ich helfe Tomas aufs Fahrrad. Ich mache mir nicht die Mühe, unser Feuer zu löschen. Soll doch ruhig jeder unser Lager und die Ausrüstungsgegenstände dort finden.

Die beiden zusätzlichen Reifen helfen dabei, das Fahrrad in Balance zu halten, während ich Tomas auf den provisorischen Sitz hinter dem Sattel hieve. Ich schiebe mich vor ihn und sage ihm, er solle mir seine Arme um die Hüften legen und sich festhalten. Als zusätzliche Vorkehrung habe ich mein zweites Hemd in Streifen gerissen und zu einem Seil zusammengeflochten, das ich nun um uns beide schlinge. Wenn wir also vom Rad stürzen, fallen wir gemeinsam.

Das Fahrrad quietscht an allen Ecken und Enden, als ich nach unten trete. Das zusätzliche Gewicht macht es schwer, richtig an Fahrt zu gewinnen. Tomas lehnt seinen Kopf gegen meinen Rücken, als ich mein rechtes Bein nach unten drücke, dann das linke. Zuerst kriechen wir nur zentimeterweise voran. Aber ich lasse mich nicht entmutigen. Es ist schon ein Sieg, dass wir uns überhaupt bewegen. Rechtes Bein, linkes Bein. Ich trete mit aller Kraft, und langsam schieben wir uns vorwärts und geraten schließlich ins Rollen. Die Straße führt nun bergab, und wir gewinnen an Fahrt. Zwar kommen wir nicht so schnell voran wie in den vergangenen Wochen, aber immerhin rascher, als ich es während meiner nächtlichen Arbeit zu hoffen gewagt habe.

Zeens Transit-Kommunikator habe ich mit Draht an den Lenker gebunden.

Noch sieben Meilen.

Sechs.

Fünf.

Die Sonne steht hoch am Himmel. Der Schweiß läuft mir über die Stirn, während ich in die Pedale trete. Irgendwann löst sich Tomas' Griff um meine Taille, und ich halte an, um nach ihm zu sehen. Er hat Schüttelfrost und glüht. Ich helfe ihm dabei, unsere letzte Wasserflasche zur Hälfte zu leeren, ehe ich wieder aufsteige. Hinter uns fallen Schüsse. Die Angst, die in mir hochkommt, treibt mich an, immer weiter zu treten.

Noch vier Meilen.

Die Grenzzäune sind so weit zusammengerückt, dass rechts und links nur noch jeweils knappe zehn Meter zwischen ihnen und der Straße liegen. Keine Spur von Will und seinem Gleiter. Ich weiß, dass ich ihn verletzt habe, aber anscheinend nicht schwer genug, um ihn aufzuhalten. Es sei denn ... Wäre es möglich, dass es ihm gut genug geht, um in der Nähe der Ziellinie auf uns zu warten und zu Ende zu bringen, was er angefangen hat?

Drei Meilen.

Ich frage Tomas, ob er sich auf dem Fahrrad halten kann, ohne sich an mir festzuklammern. Er will einen Versuch wagen, und so binde ich uns los und trete im Stehen, um mehr Kraft auf die Pedale zu übertragen.

Zwei Meilen.

Tomas droht das Gleichgewicht zu verlieren, und ich setze mich wieder in den Sattel, befestige erneut das Seil und strample weiter.

Eine Meile.

In der Ferne sehe ich schon purpurfarbene und rote Tupfen. Das Ende. Die Prüfer erwarten uns. Sie scheinen sich an der Ziellinie versammelt zu haben.

Hinter den Leuten schimmern und funkeln die Gebäude von Tosu-Stadt, die sich gen Himmel recken. Tomas' Kopf sackt gegen meinen Rücken. Ich fühle, wie sein Gewicht an dem Seil reißt, aber ich kann nicht anhalten. Wenn ich jetzt stoppe und er ganz hinunterrutscht, bekomme ich ihn vielleicht nicht mehr aufs Rad. Ich bezweifle, dass er es überleben würde, wenn ich ihn das letzte Stück ziehen müsste.

Mit einer Hand versuche ich, Tomas' besinnungslosen Körper zu stützen, die andere umklammert den Lenker. Mein Arm, meine Muskeln, jeder Teil meines Körpers brennt wie Feuer. Aber ich werde weder dem Schmerz noch der Erschöpfung nachgeben. Meine Beine bewegen sich wie von selbst. Inzwischen sind die wartenden Menschen deutlicher zu erkennen. Ich sehe sie lächeln. Einige blicken besorgt. Sie alle stehen hinter einer weißen Linie: der Ziellinie.

Ich blende die Offiziellen aus und konzentriere mich ausschließlich auf den Strich, der immer näher rückt, je verbissener ich in die Pedale trete. Wir sind kurz vor dem Ziel, als ich spüre, wie Tomas nach links absackt. Mein verletzter Arm hat nicht genug Kraft, um ihn zu stützen und wieder aufzurichten. Da wir aneinandergebunden sind, reißt er mich mit sich aus dem Sattel, und wir schlagen beide auf dem Boden auf. Ich höre, wie einige Leute mühsam die Luft einsaugen und andere erschrocken aufschreien. Dr. Barnes steht ganz vorn in der Gruppe, und auf seinem Gesicht liegt ein gewisses Interesse. Niemand eilt uns zu Hilfe. Die weiße Linie ist keine zwanzig Meter mehr entfernt, doch die Prüfer bleiben wie angewurzelt dahinter stehen und gaffen uns nur an.

Ich weiß, dass ich müde und verängstigt bin und dass ich Schmerzen habe, aber in diesem Moment verspüre ich nichts als Zorn, brennend heiß und übermächtig.

Ich sehe in jedes einzelne Gesicht und schwöre mir, sie für Ryme, Malachi und all die anderen bezahlen zu lassen. Für das Mädchen, dessen Namen ich nicht kenne und dessen Körper ich beerdigt habe. Für die mutierten Menschen in jener Stadt, die ohne ersichtlichen Grund niedergemetzelt wurden. Und für Tomas und diese lausigen zwanzig Meter, die den Prüfern so verflucht wichtig sind, dass sie meinem Freund beim Sterben zusehen würden, und das nach all dem, was er überlebt hat.

Ich binde das Seil ab und rappele mich auf. Vorsichtig nehme ich unsere Taschen ab, die hinten am Gepäckträger festgebunden waren, hänge sie mir über die Schultern und kehre mit zitternden Beinen zu Tomas zurück. Ich weigere mich, unseren Zuschauern auch nur einen weiteren Blick zu gönnen, und drehe Tomas auf den Rücken. Er stöhnt, als ich meine Hände unter ihn schiebe, aber ich weiß nun, dass er noch lebt. Und das soll auch so bleiben, weshalb ich seine Arme nehme und ziehe. Ich muss mich zurücklehnen, um mein Gewicht als Hebel einzusetzen. Unvorstellbar langsam, Zentimeter für Zentimeter, zerre ich ihn vorwärts. Ich starre auf den harten, schwarzen Asphalt vor uns. Zweimal muss ich Tomas ablegen, um wieder zu Atem zu kommen. Als ich hochschaue, sehe ich einen anderen Kandidaten am Horizont auftauchen. Der Anblick treibt mich weiter.

Und dann schließlich befindet sie sich unmittelbar vor mir: eine durchgehende schneeweiße Linie quer über dem schwarzen Pflaster. Die Ziellinie. Ein letztes Ziehen. Tomas' Füße rutschen über die Markierung, und ich sinke neben ihm auf den Boden, als Dr. Barnes' sonore Stimme verkündet: »Gratulation, Malencia Vale. Du und Tomas Endress, ihr habt die vierte Runde der Auslese bestanden.«

Kapitel 20

Hundertundacht Kandidaten waren mit der Hoffnung ins Prüfungszentrum gekommen, es bis an die Universität zu schaffen. Nur neunundzwanzig davon sitzen heute wieder im Speisesaal. Man hört jedoch Gerüchte, es bestünde noch immer die Möglichkeit, dass weitere Prüflinge zurückkehren.

Offizielle haben mir erzählt, dass bereits neun Tage vergangen sind, seitdem ich die weiße Linie überquert und damit die vierte Testrunde bestanden habe. Die meiste Zeit davon war ich ohnmächtig. Es hat sich herausgestellt, dass das Gift in meinem Arm mich in weitaus größere Gefahr gebracht hat, als ich angenommen hatte. Hätte ich nicht den Großteil der toxischen Substanzen aus der Wunde gedrückt, dann wäre ich jetzt tot. Selbst so haben die Ärzte mehrere Stunden dafür gebraucht, sich darüber klar zu werden, welche Wirkstoffe sie in meinen Körper pumpen müssen, um das restliche Gift herauszubekommen. Ein Gerät zur Beschleunigung des Heilungsprozesses hat dafür gesorgt, dass sich die Wunden schließen, konnte aber aufgrund der Schädigung, die die Kontamination meinem Gewebe bereits zugefügt hatte, eine Narbenbildung nicht mehr verhindern. Ich werde für immer von der Auslese gezeichnet sein. Als ob ich das je bezweifelt hätte.

Tomas' Wunden sind dank der medizinischen Möglichkeiten in Tosu-Stadt besser und sogar ohne Narben verheilt. Wenn ich allerdings sehe, welche Blicke er und Will sich zuwerfen, frage ich mich, ob weitere Narben nicht unvermeidlich sein werden. Ich bin dankbar, dass das Protokoll der Auslese vorschreibt, alle Waffen sofort aus dem Gepäck der Kandidaten zu entfernen, sobald sie die Ziellinie überschritten haben. Nur dieser Regel habe ich es zu verdanken, dass ich nachts überhaupt ein Auge zubekomme.

Ich spüre, wie mich Will quer durch den Raum hinweg beobachtet. Als er merkt, dass ich ihn ertappt habe, lächelt er mir zu und winkt. Er sitzt bei einer Gruppe von anderen Kandidaten. Mit den meisten von ihnen habe ich noch kein einziges Wort gewechselt. Einer von ihnen ist Brick. Auch er hat mich noch nicht angesprochen, aber ich bin froh darüber, denn ich glaube kaum, dass ich mich mit ihm unterhalten kann, ohne dabei an das Massaker zu denken, das er mir zuliebe angerichtet hat. Ich frage mich, ob er überhaupt begriffen hat, dass er damals Menschenleben auslöschte, und ob ihn die blutigen Gesichter seiner Opfer in seinen Träumen heimsuchen, so wie sie mich quälen.

Auf der anderen Seite des Saals sitzt Stacia. Ihre Miene ist ebenso undurchdringlich wie während des Tests. Sie sitzt nicht mit ihrem Reisebegleiter, mit Vic, zusammen, sondern hat sich einen Tisch abseits von allen anderen gesucht. Der rothaarige Vic hat weit weg von ihr Platz genommen. Tracelyn, das Mädchen, das seinen Freund vermisste und so gerne Lehrerin werden wollte, ist nirgends zu entdecken. Der gehetzte Ausdruck in Vics Augen und das wissende Lächeln auf Stacias Lippen schüren meine Vermutung hinsichtlich dessen, was wohl mit ihr geschehen sein könnte.

Tomas und ich sprechen nicht mit anderen, während wir darauf warten, dass nach dem Ende der vierten Runde der Auslese endlich die Abschlussgespräche anfangen. Wir sitzen bei den Mahlzeiten zusammen, und wenn es uns erlaubt wird, gehen wir draußen auf dem Gelände des Prüfungszentrums spazieren. Wir unterhalten uns gerade über zu Hause, als mir Tomas ins Ohr flüstert, er glaube, er habe einen Weg gefunden, wie wir unsere Erinnerungen bewahren können. Während er im Krankenhaus lag, habe er mit angehört, wie seine Ärzte mit einem Prüfer über die Medikamente sprachen, die ihm und einigen anderen verwundeten Kandidaten verabreicht wurden. Der Offizielle war besorgt, weil bekannt geworden war, dass diese Arzneien bei den bevorstehenden Testverfahren Probleme bereiten könnten. Er beharrte darauf, dass Tomas und die übrigen Kandidaten streng überwacht würden, damit ihre Körper keine Spuren der Wirkstoffe mehr in sich trügen, sobald die endgültige Auswahl für die Universität getroffen werden sollte.

»Sie haben gedacht, ich würde schlafen. Als die Krankenschwester mir das nächste Mal meine Pillen brachte, habe ich nur so getan, als würde ich sie alle schlucken. Stattdessen habe ich eine davon aufgehoben. Ich werde während der nächsten Behandlung versuchen, noch eine abzuzweigen. Einige der Schwestern lassen sich leichter ablenken als andere. Es wird also davon abhängen, an wen ich gerate.«

Mich überrascht es nicht, dass Tomas mit seinem Grübchen-Lächeln und den klaren grauen Augen manche Krankenschwestern von ihrer Arbeit ablenkt. Für mich sind seine Küsse ebenfalls eine wunderbare Zerstreuung. Im Laufe der nächsten zwei Tage fügt Tomas seinem Vorrat noch eine Tablette hinzu, und fünf weitere Kandidaten überqueren die weiße Ziellinie. Jedes Mal, wenn ein Neuankömmling den Speisesaal betritt, schlägt mein Herz schneller. Ich hoffe so sehr, dass die letzte Kandidatin aus Five Lakes es zurück nach Tosu-Stadt schafft. Aber jedes Mal ist es nicht Zandris Gesicht, das in der Tür auftaucht. Und als während des

Abendessens eine Durchsage erfolgt, die uns mitteilt, dass am nächsten Tag die Gespräche beginnen würden, weiß ich, dass sie nicht mehr kommen wird.

In dieser Nacht gesellt sich Zandri zu den anderen, die mich in meinen Träumen heimsuchen. Ihr blondes Haar ist auf dem rissigen braunen Erdboden ausgebreitet, und ihr Mund steht vor Überraschung offen, während die Vögel sich an ihren Augen weiden.

Ich fahre aus dem Schlaf hoch und versuche, einen Schrei zu unterdrücken. Ich brauche mehrere Minuten, ehe ich mich daran erinnere, dass ich im Prüfungszentrum bin und nicht mehr länger draußen in der Ödnis und in Gefahr. Dann fällt es mir wieder ein.

Heute fangen die Evaluationen an. Die Gefahr ist noch keineswegs vorbei.

Ich starre an die Decke und presse meine Tasche an die Brust, bis der Morgen anbricht. Da ich keine Zimmergenossin habe, gibt es überhaupt keinen Grund dafür, mit der Tasche im Arm zu schlafen. Aber es ist schwer, sich von alten Gewohnheiten zu trennen.

Als das erste Licht durch das Fenster hereinströmt, schiebe ich meine Beine aus dem Bett und gehe ins Badezimmer, wo ich dusche und die Taschen der Hose durchsuche, die ich gestern getragen habe. Meine Finger schließen sich um das Fläschchen, aus dem ich vor meinem Gespräch trinken soll. Wie versprochen, war es zwischen meinen Habseligkeiten versteckt, als ich aus dem Krankenhaus entlassen wurde.

Ich setze mich auf den Boden, rolle die Phiole zwischen meinen Fingern hin und her und rufe mir die Worte des grauhaarigen Mannes ins Gedächtnis.

Vor dem Gespräch werden sie dir eine Droge verabreichen,

die dich dazu bringt, alle Fragen ehrlich zu beantworten, ohne irgendwelche Geheimnisse für dich zu behalten.

Damals habe ich geantwortet, dass ich nichts zu verbergen hätte, aber ich habe mich geirrt. Vielleicht können meine Antworten nicht mir persönlich gefährlich werden, aber anderen schon. Wenn mich die Prüfer über meinen Vater ausfragen, über Zeen und unsere frühere Lehrerin, dann besteht die Möglichkeit, dass ich jemanden verrate und in Schwierigkeiten bringe. Sollte dieses Fläschchen in meinen Händen mir die Chance eröffnen, sie alle zu retten, dann muss ich den Inhalt trinken. Es sei denn natürlich, ich käme zu der Überzeugung, dass Dr. Barnes und seine Prüfer mir diese Droge in die Hände gespielt haben und dass alles nichts weiter als ein neuerlicher Test ist. Werde ich mit Krankheit oder gar Tod bestraft, wenn ich die Flüssigkeit trinke? Ich traue es dem Komitee auf jeden Fall zu.

Ich muss eine Entscheidung treffen. Trinke ich aus der Ampulle, oder lasse ich sie unangetastet?

Als wir über Lautsprecher zum Frühstück gerufen werden, bin ich noch immer zu keinem Entschluss gekommen. Ich muss mich damit beeilen. Schon bald werden sich die Offiziellen darüber wundern, warum ich meinen Raum nicht verlasse, und Fragen stellen, die ich nicht beantworten kann. Ich muss mich entscheiden, was ich glaube …

Dann entferne ich den Korken und trinke den Inhalt. Die Sicherheit meiner Familie muss an erster Stelle stehen. Wenn ich die falsche Wahl getroffen habe, werde ich es bald genug erfahren. Ich greife nach meiner Tasche, stehe auf und gehe nach draußen, um mich dem zu stellen, was dieser Tag bringen mag. Ob gut oder böse: Die Auslese findet heute ihr Ende.

Beim Frühstück geht es laut zu. Die meisten Kandidaten sitzen zusammen in der Mitte des Speisesaals, als müssten sie jedem beweisen, dass sie sich nicht vor der Evaluation fürchten. Will ist der Mittelpunkt der Gruppe und reißt einen Witz nach dem anderen. Er unterbricht sich nur kurz, um mich zu taxieren, als ich an ihm vorbeigehe, mich an einen der hinteren Tische setze und auf Tomas warte.

Während ich an einem Stück Brot knabbere, konzentriere ich mich darauf, ob die Droge schon ihre Wirkung entfaltet. Will bemerke ich erst, als er mir gegenüber einen Stuhl über den Boden scharren lässt und Platz nimmt.

Er beißt von einem Apfel ab und mustert mich über den Tisch hinweg. »Ich dachte, es würde dich interessieren, dass ich fast gestorben wäre. Der letzte Schuss, den du abgegeben hast, hat meinen Blinddarm erwischt. Ein Glück, dass ich den nicht zum Leben brauche. Ansonsten wäre ich jetzt nicht hier.« Als ich nichts erwidere, verschwindet sein Lächeln. »In Ordnung, ich weiß, dass das wahrscheinlich bescheuert klingt, aber ich bin froh, dass ich dich nicht umgelegt habe, wie es eigentlich mein Plan war.«

»Du hast recht. Es klingt bescheuert.« Und weil ich es mir einfach nicht verkneifen kann, füge ich hinzu: »Ich habe dir vertraut.«

»Ja. Das ist deine Achillesferse. Anführer sollen andere dazu bringen, ihnen zu vertrauen. Aber sie sollen nicht selber so dumm sein.«

»Du hast Gill vertraut.«

In seinen Augen sehe ich Schmerz aufblitzen, doch der Moment ist schnell verflogen, und ein boshaftes Grinsen erscheint auf seinem Gesicht. »Das wiederum war meine Achillesferse. Als Gill ausgeschieden war, konnte ich mich in der zweiten Runde der Tests nicht richtig konzentrieren. Das werden sie mir wohl im Abschlussgespräch zum Vorwurf machen, aber ich denke, in der dritten und vierten Runde habe ich mehr als deutlich unter Beweis gestellt, dass ich mein Ziel im Blick habe.«

»Zandri hat gar nichts davon erzählt, dass du in der dritten Runde irgendetwas unternommen hättest.«

Will lacht. »Weil sie als Erste reingegangen ist. Erst als du hier in den Saal kamst und von Romans Trick in deiner eigenen Gruppe berichtet hast, hat sie eins und eins zusammengezählt. Ich nämlich war der Zweite in unserer Gruppe, und als der dritte Prüfungsteil zu Ende war, ohne dass irgendjemand aus unserer Gruppe zurückgekehrt wäre, hat Zandri begriffen, was ich getan habe.«

Wortlos starre ich Will an, während ich sein Geständnis nur nach und nach zu fassen beginne. Will hat die gleiche Entscheidung wie Roman getroffen, nämlich die, seine Teamkameraden zu verraten und seine Konkurrenten auszuschalten. Ich hätte das bemerken müssen, aber ich war so darauf fixiert, auf Bricks Rückkehr zu warten, dass ich nicht genug auf meine Freunde achtgegeben habe. Wenn ich aufmerksamer gewesen wäre, dann wäre Tomas niemals angeschossen worden. Auf der anderen Seite: Ohne Will hätten Tomas und ich unser Zusammentreffen mit Roman vielleicht nicht überlebt.

»Ich hatte geglaubt, du wärst ein netter Kerl, Will.«

»Ich bin ein netter Kerl.« Er lacht.

»Nette Kerle töten nicht.«

»Das Töten war die leichteste Übung. Es war auch nicht anders, als zu Hause einen Wolf zu erlegen. Man zielt, feuert, und das Problem ist gelöst.«

»So einfach ist das also, ja?« Bittere Galle steigt heiß und brennend in meiner Kehle auf. »Das blonde Mädchen, das du mit deiner Armbrust getötet hast, war kein Tier. Es hatte eine Familie, Freunde und Menschen, die an ihm hingen. Es hat nach Kräften versucht, diesen Test zu überleben. Genau wie du.«

Ich warte darauf, dass er seine Taten verteidigt und mir sagt, dass das alles notwendig gewesen sei und dass er eine Wahl habe treffen müssen, wenn er sich einen Platz an der Universität sichern wollte. Stattdessen senkt Will seine Stimme zu einem Flüstern und sagt: »Ihr Name war Nina. Sie kam aus der Pierre-Kolonie. Eines der Mädchen, das es bis hierher zurück geschafft hat, ist mit ihr zusammen zur Schule gegangen.«

»Nina.« Ich denke an das Armband in meiner Tasche und bin froh über diese Information. Ihren Namen zu kennen macht sie zwar nicht weniger tot, aber mir bedeutet es etwas.

Will nickt. »Und nein. Du hast recht. Es ist nicht einfach. Der Tötungsakt selber schon. Aber damit zu leben …« Er blickt an mir vorbei und seufzt. »Tja, vielleicht geht es bei diesem ganzen Test nur darum. Anführer sind dauernd gezwungen zu töten. Und dann müssen sie lernen, mit ihren Entscheidungen zu leben. Genauso, wie ich mit meinen leben werde.«

»Du denkst ernsthaft, dass es im vierten Prüfungsteil darum ging? Dass man herausfinden sollte, ob man töten und hinterher damit klarkommen kann?«

Er zuckt mit den Achseln. »Ich schätze, wir werden es erfahren, nicht wahr?«

Seine Worte klingen wie ein Echo von Stacia und auch von Dr. Barnes, der zusah, wie Rymes Körper von der Decke geholt wurde. Er hatte geglaubt, ihr Tod wäre das Beste für alle gewesen. Ich habe solche Angst, dass Will recht hat. Dass es in der ganzen Auslese einzig darum geht, zu töten und zu lernen, damit zu leben. Da ich selbst Leben ausgelöscht habe, muss ich mir keine Gedanken machen, ob ich die Prüfungskriterien erfüllt habe. Aber ich bin mir nicht mehr sicher, ob ich wirklich eine Anführerin werden möchte. Nicht, wenn mein Land einem Mord mehr Wert beimisst als jeder Form von Mitleid.

Eine Bewegung am Ende des Speisesaals lenkt mich ab, und als ich hochblicke, lächele ich zum ersten Mal an diesem Tag. Tomas. Er beißt sichtlich die Zähne zusammen, als er Will entdeckt, aber er kommt trotzdem nicht sofort zu uns. Stattdessen nimmt er sich einen Teller und tut sich etwas zu essen auf. Wenn Will klug ist, verschwindet er, ehe Tomas zu uns stößt.

Will folgt meinem Blick und knurrt: »Ich hätte wissen müssen, dass du einen Weg finden wirst, ihn zu retten, so wie du mich gerettet hast. Nur fürs Protokoll: Ich bin alles andere als erfreut darüber, dass er noch am Leben ist. Nichts für ungut.« Er beugt sich zu mir und fügt hinzu: »Ich hasse es, das zu sagen, aber er verdient dein Vertrauen wirklich nicht, Cia. Und auch nicht deine Liebe. Ach, zur Hölle …« Er lässt seinen Blick durch den Raum wandern, ehe er mich wieder anschaut. »Keiner von uns hat sie verdient.«

Noch bevor Tomas an unserem Tisch angekommen ist, steht Will auf, nickt mir noch einmal zu und kehrt zu seiner eigenen Gruppe zurück.

Tomas stellt seinen Teller neben meinem ab, aber sein Blick ist stur auf Will gerichtet. »Was wollte der denn?«

Gute Frage. Ich bin mir nicht sicher, ob ich darauf auch eine gute Antwort habe. Aber ich versuche es.

»Er wollte mir sagen, wie froh er ist, dass ich noch lebe. Allerdings ist er nicht ganz so glücklich, dass du auch noch da bist.«

Tomas lächelt: »Tja, dumm gelaufen für ihn. Ich habe nämlich vor, noch richtig lange hierzubleiben.«

»Freut mich zu hören.«

»Ich hoffe, dass du das Gleiche vorhast.« Er schaut sich die herumalbernden Kandidaten im Saal an und fragt mich: »Bist du bereit für das Abschlussgespräch?«

Ich höre Wills lautes Lachen und frage mich, ob er vielleicht recht damit hatte, wonach die Prüfer suchen. Dann schüttele ich meine Besorgnis ab und sage: »Wir müssen doch nur noch ein paar Fragen beantworten. Nach allem, was wir durchgemacht haben, kann das doch nicht mehr so schwer sein.«

»Guten Morgen.« Dr. Barnes lächelt uns von der Bühne des Versammlungsraums herunter an. »Ich gratuliere euch zum Bestehen aller vier Prüfungsteile und kann euch gar nicht sagen, wie beeindruckt wir von eurer Intelligenz, euren Fähigkeiten und eurer Hingabe waren. Während dieses vierten Tests hattet ihr die Chance, über die Grenzen eurer revitalisierten Kolonien hinauszublicken und aus erster Hand zu erfahren, welche Herausforderungen unsere zukünftigen Anführer erwarten. Die Prüfungen, die wir euch auferlegt haben, waren anspruchsvoll und die Konsequenzen für ein Versagen hoch. Aber die Herausforderungen und die Konsequenzen, denen unsere Anführer sich gegenübersehen werden, werden noch weitaus ernster sein. Wir wissen, dass wir euch viel abverlangt haben, und wir sind hocherfreut, dass so viele mehr von euch als erwartet diese letzte Runde überstanden haben.«

Ich denke unwillkürlich daran, wie viel größer unsere Gruppe am Anfang war und wie gering die Anzahl der Überlebenden in den letzten Jahren gewesen sein muss, wenn Dr. Barnes mit noch weniger Kandidaten für die Abschlussgespräche gerechnet hat.

»Natürlich fragt ihr euch jetzt alle, wie die heutige Evaluation ablaufen wird. Ich freue mich, euch mitteilen zu können, dass die Gespräche kurz und verhältnismäßig leicht sein werden. Bisher habt ihr uns eure Intelligenz und euer strategisches Denkvermögen demonstriert. Ihr habt uns gezeigt, dass ihr unter schwierigen Bedingungen überleben und bei unerwarteten Wendungen Lösungen finden könnt. Wir wissen, dass ihr klug seid. Jetzt wollen wir mehr über jeden von euch als Person herausfinden. Wir werden euch Fragen über euch selbst stellen, über eure Familie und eure Kolonie, aber auch über die Entscheidungen, die ihr während eurer Zeit hier bei der Auslese getroffen habt. Bitte seid offen und ehrlich. Im Grunde fordern wir euch auf, einfach ihr selbst zu sein. Nichts, was ihr sagt, kann falsch sein, es sei denn natürlich, es ist eine Lüge. Als Mitglieder des Vereinigten Commonwealth verlangen wir von unseren Anführern, dass sie ehrlich und aufrichtig sind. Das Gleiche verlangen wir heute von euch.«

Ich frage mich, wie sie diese Regel durchsetzen wollen und was die Strafe dafür ist, wenn wir nicht vollkommen wahrheitsgemäß antworten.

Dr. Barnes ist jedoch bereits zur allgemeinen Vorgehensweise übergegangen. »Jeder von euch wird von einem Ausschuss von fünf Offiziellen befragt werden. Jede Evaluation kann bis zu fünfundvierzig Minuten dauern. Bitte lest nichts in die Dauer eures Gesprächs hinein. Wenn eure Zeit um ist, werdet ihr zurück in die euch zugewiesenen Quartiere gebracht, wo ihr auf die endgültige Entscheidung warten müsst. Ich möchte euch vorwarnen – es kann eine ganze Weile dauern, bis wir zu einem Urteil gelangt sind. Wir bitten euch, Geduld zu haben, während wir uns zu einigen versuchen, wer die besten Kandidaten für die Universität sind. Man behauptet, dass einige von uns ziemlich halsstarrig seien.«

Er wirft uns ein letztes, warmes Lächeln zu. »Viel Glück jedem Einzelnen von euch. Ich freue mich darauf, mit vielen von euch zusammenzuarbeiten, wenn ihr nächstes Jahr die Universität besuchen werdet. Ich weiß, dass wir gemeinsam fabelhafte Dinge auf die Beine stellen werden.«

Dr. Barnes verlässt den Raum, und eine grauhaarige Frau in einem blutroten Jumpsuit übernimmt seinen Platz auf der Bühne. »Wenn euer Name aufgerufen wird, steht ihr bitte auf und geht hinaus auf den Flur. Von dort aus werden euch die Prüfer zu dem Raum bringen, in dem euer Gespräch stattfinden wird.«

»Victor Josslim.«

Der rothaarige Vic steht auf. Er hält den Kopf gesenkt, als er aus dem Raum geht. Mir fällt auf, wie dünn und blass er geworden ist im Vergleich zu dem Jungen, den ich in der ersten Woche des vierten Prüfungsteils kennengelernt habe. Er hat sich verändert – wie wir alle. Während weitere Namen verlesen werden, umklammere ich Tomas' Hand und frage mich, ob das der Grund ist, warum uns die Prüfer unsere Erinnerungen nehmen wollen: um die Uhr zurückzudrehen. Um uns wieder in die jungen Erwachsenen zu verwandeln, die voller Tatendrang hier ankamen und glaubten, sie könnten die Welt verändern.

Ich spüre, wie Tomas zusammenzuckt, als sein Name ertönt. Meine Lippen streifen seine Wange. Ich wünsche ihm viel Glück, dann ist er fort, und ich sitze allein da und warte darauf, dass mein Name aufgerufen wird. Und erst in diesem Augenblick fällt es mir auf. Tomas hat die Pillen behalten, und zwar beide, die er hat aufsparen können und die die einzige Chance darstellen, unsere Erinnerungen an die Prüfung zu bewahren, falls wir durch das Evaluationsgespräch kommen. Ich kann nur hoffen, dass wir uns noch einmal sehen können, ehe unsere Erinnerungen entfernt werden. Wenn nicht, dann wünsche ich mir inständig, dass Tomas die Tabletten schluckt und sich für uns beide erinnert.

Nach und nach leert sich der Raum. Ich versuche, still zu sitzen, aber ich kann nicht anders, als unruhig hin und her zu rutschen bei dem Gedanken an die Fragen, die die Prüfer stellen können, und an die Antworten, die sie wohl erwarten. Dr. Barnes hat gesagt, wir könnten keine falschen Antworten geben, aber ich weiß, dass das nicht stimmt. In dieser Phase müssen vierzehn weitere Kandidaten ausgesiebt werden. Das Prüfungskomitee wird auf jeden Fall auf etwas Bestimmtes achten. Ich wünschte nur, ich wüsste, was das ist.

»Malencia Vale.«

Meine Beine sind weich, als ich aufstehe und hinaus auf den Flur trete. Mein Herz hämmert in meiner Brust. Im Kopf wiederhole ich Dr. Barnes' Worte: »Sei einfach du selbst«, während ich einem Offiziellen zu einer Tür am Ende des Ganges folge. Er bittet mich, einen Moment zu warten, und schlüpft in den Raum dahinter, aus dem ich Stimmengewirr höre. Ich knabbere an meinem Daumennagel und kämpfe gegen den Drang an, auf und ab zu laufen, um der nervösen Energie, die sich in mir staut, ein Ventil zu geben.

Nach einigen Minuten geht die Tür wieder auf, und eine Stimme sagt: »Bitte, komm herein.«

Sei einfach du selbst, denke ich, als ich einen Schritt über die Türschwelle mache. Doch anstatt mich zu beruhigen, lassen diese Worte mein Herz nur noch schneller schlagen. Ich weiß nämlich nicht genau, wie ich das anstellen soll. Ich bin nicht mehr das Mädchen, das die Five-Lakes-Kolonie in dem Glauben verlassen hat, dass der Tag der Abschlussfeier aus einem Kind eine Erwachsene macht. Zu dem Zeitpunkt war ich ganz ohne jeden Zweifel nicht erwachsen, und jetzt …

Nach allem, was ich gesehen und getan habe, muss ich mir eingestehen, dass ich nicht genau weiß, wer ich eigentlich bin. Aber ich weiß, dass ich das besser schnell herausfinden sollte, denn in diesem Abschlussgespräch muss ich dem Komitee mein wahres Ich zeigen.

Und die endgültige Auslese hat soeben begonnen.

Kapitel 21

Der Raum ist klein und weiß. Weiße Wände, weißer Fußboden. Keine Fenster. An einer Seite befindet sich ein langer schwarzer Tisch, an dem fünf Offizielle aufgereiht sitzen. Zwei sind hellrot gekleidet, drei purpurfarben. Einer von ihnen ist Dr. Barnes.

»Bitte, komm herein, Cia, und nimm Platz«, sagt er.

In der Mitte des Raums befindet sich ein einzelner schwarzer Stuhl mit der Sitzfläche zu den Prüfern. Daneben steht ein kleiner schwarzer Tisch, darauf ein Glas, das mit einer klaren Flüssigkeit gefüllt ist.

»Bitte trink doch etwas.«

Alle Augenpaare folgen mir, während ich den Raum durchquere und mich setze. Dr. Barnes nickt, als ich nach dem Glas greife, und unterstreicht damit, dass seine freundliche Aufforderung in Wahrheit ein Befehl ist. Es gibt keine andere Wahl, als die Flüssigkeit zu trinken.

Ich schmecke Wasser und noch etwas anderes. In meinem Mund bleibt ein metallischer, leicht bitterer Nachgeschmack zurück. Beinahe augenblicklich merke ich, wie sich meine verkrampften Muskeln lockern. Nachdem ich so lange wachsam gewesen bin, fühlt sich die Entspannung in meinen Gliedern wundervoll an. Ich merke, dass ich unwillkürlich lächele, und schließe daraus, dass dem Wasser mehr als ein muskellockerndes Mittel beigefügt sein muss. Was auch immer sie mir gegeben haben, es bewirkt ein euphorisches und überwältigendes Gefühl von Wohlbefinden.

»Ein Wahrheitsserum.« Die Worte verlassen meinen Mund im gleichen Augenblick, in dem ich sie denke.

Dr. Barnes nickt. »Heute bist du die erste Kandidatin, die von selbst darauf kommt und nicht von mir darauf hingewiesen werden muss.«

»Vielleicht haben die anderen auch nur zu viel Angst auszusprechen, was ihnen auffällt.« Wieder sind die Worte draußen, ehe ich sie noch einmal überdenken kann.

Dr. Barnes lacht. »Die Möglichkeit besteht selbstverständlich. Deshalb geben wir euch ja diese Droge. Sie soll euch dabei helfen, euren Körper und euren Geist zu entspannen. Wir wissen, wie belastend dieses Gespräch für euch ist, und wir wollen vermeiden, dass eure Anspannung verhindert, uns euer wahres Ich kennenlernen zu lassen.«

Der erste Anfall von Euphorie legt sich, und dieses Mal denke ich nach, ehe ich zugebe: »Ich bin mir nicht ganz im Klaren, was mein wahres Ich ist.«

»Wir sind hier, um das herauszufinden. Erzähl uns von deiner Familie, Cia.«

Meine Familie. Ich hole tief Luft und lege mir meine Antwort sorgfältig zurecht. Dass ich innehalten und nachdenken kann, bevor ich etwas sage, erkläre ich mir damit, dass die Flüssigkeit aus dem Fläschchen des grauhaarigen Mannes die volle Wirkung des Wahrheitsserums abmildert. Jetzt muss ich dem Ausschuss die Antwort geben, die seine Mitglieder haben wollen. Ganz sicher wissen alle, dass meine Eltern noch leben und ich Brüder habe. Was also wollen sie hören?

Ich beschließe, mich kurz zu fassen, und zähle meine Familienmitglieder auf. Ein anderer Offizieller will einiges über die Five-Lakes-Kolonie erfahren, und ich gebe nach bestem Wissen und Gewissen Auskunft. Dann konzentrieren sich die Fragen auf meinen Vater – was er mir beigebracht und was er mir von seinen eigenen Erfahrungen während der Auslese erzählt hat. Ich gebe zu, dass er sagte, er erinnere sich nur an sehr wenig. »Aber er hat mich davor gewarnt, dass es Kandidaten geben könnte, die sehr ehrgeizig sind.«

Aus meinen Erwiderungen erwachsen neue Fragen, und obwohl meine Muskeln gelockert sind, bleibt mein Geist wachsam genug, um nichts preiszugeben, was meine Familie in Gefahr bringen könnte. Dr. Barnes erwähnt, er habe gehört, mein ältester Bruder sei bei einigen Projekten meines Vaters federführend gewesen. Als er wissen will, ob ich finde, er hätte ebenfalls für die Universität infrage kommen müssen, zögere ich nicht. Ich lüge.

»Mein Vater versucht immer, alle seine Mitarbeiter für die Projekte, an denen sie arbeiten, zu loben, ob es gerechtfertigt ist oder nicht. Ich liebe Zeen sehr, aber er macht seine Sachen schlampig und verdient es eigentlich nicht, dafür besonders hervorgehoben zu werden.«

Ich bin froh, diese Klippe umschifft zu haben, als auch schon die nächsten in Sicht kommen. Wieder drehen sich die Fragen um meinen Vater. Wollte er, dass seine Kinder in seine Fußstapfen treten? War er aufgeregt, weil man mich für die Auslese ausgesucht hatte? Ich antworte knapp und verpacke alles so positiv wie möglich. Weder erwähne ich Dads Albträume, noch wie niedergeschlagen er war, ehe ich nach Tosu-Stadt abreiste. Ich sage nichts, was die Offiziellen auf die Idee bringen könnte, einen weiteren Gedanken an meinen Vater und seine Erinnerungen an die Zeit während der Auslese zu verschwenden.

Dann wendet sich das Gespräch der Auslese selbst zu.

Warum habe ich Brick meinen Verdacht mitgeteilt, dass Roman uns hintergeht?

Alles andere hätte mich zu einem schlechten Teammitglied gemacht.

Welche Gründe hatte ich, ein mir unbekanntes totes Mädchen zu begraben?

Meine Eltern haben mir beigebracht, alles Leben mit Respekt zu behandeln.

Habe ich zu irgendjemandem außerhalb des Grenzzauns rings um das Testgebiet Kontakt aufgenommen?

Nein.

Wie sehe ich meine Entscheidung, Will zu vertrauen?

Es war ein Fehler, sich auf Will zu verlassen. In Zukunft werde ich eine klügere Wahl treffen.

Während ich antworte, bin ich mir Dr. Barnes' prüfender Blicke ständig bewusst, und ich lege jedes Wort auf die Goldwaage.

Als er schließlich wieder an der Reihe ist, fordert er mich auf: »Erzähl uns etwas über deine Beziehung zu Tomas Endress.«

Ich bin überrascht. Vorsichtig beginne ich: »Wir zwei sind enge Freunde. Er sagt, er würde mich lieben, aber ich denke, das liegt daran, dass ich ihn an zu Hause erinnere.«

»Ganz sicher empfindest du doch ebenfalls mehr als nur freundschaftliche Gefühle für Tomas Endress. Warum sonst hättest du dein Leben aufs Spiel setzen und dir die Zeit nehmen sollen, ihn zu retten?«

Ich beiße mir auf die Unterlippe und zerbreche mir den Kopf, was Dr. Barnes wohl hören will. Schließlich sage ich: »Meine Familie hat mich gelehrt, anderen Menschen um jeden Preis zu helfen. So machen wir das in der Five-Lakes-Kolonie.«

Dr. Barnes beugt sich vor. »Denkst du, es war eine kluge Entscheidung, so viel Zeit zu opfern, um dein Fahrrad umzubauen, damit du das Leben von Tomas Endress retten kannst?«

»Es hat funktioniert«, entgegne ich. »Wir beide haben überlebt.«

»Ja. Das habt ihr.« Er lächelt. »Aber ich mache mir Sorgen, du könntest zu sehr am Kandidaten Endress hängen.«

Sein wohlmeinender Ton kann die Drohung hinter seinen Worten nicht übertünchen. Selbst die Offiziellen, die neben Dr. Barnes sitzen, rutschen unruhig auf ihren Stühlen herum. Die Stille zwischen uns wiegt schwer, und ich bekomme kaum noch Luft. Ich muss irgendetwas sagen, obwohl er gar keine Frage gestellt hat. Aber ohne zu wissen, was hinter seiner Frage steckt, gibt es keine Chance, die richtige Antwort zu finden. Und irgendetwas sagt mir, dass diese Antwort die wichtigste von allen ist.

Schließlich wird das Schweigen unerträglich, und ich räume ein: »Ich glaube, ich verstehe die Frage nicht richtig.«

»Eine emotionale Verstrickung kann in solchen Situationen zum Problem werden. Was zum Beispiel wird passieren, wenn du für die Universität ausgewählt wirst, Tomas Endress jedoch nicht?«

Mein Herz schlägt mir bis zum Hals. »Dann werde ich mich für mich freuen und enttäuscht sein, weil das Prüfungskomitee Tomas' Potenzial nicht erkannt hat. Er ist klug und einfallsreich. Das Vereinigte Commonwealth würde davon profitieren, wenn er die Chance bekäme, die Universität zu besuchen.«

»Müssen wir uns Sorgen machen, dass deine Enttäuschung Auswirkungen auf deine Leistungen an der Universität haben könnte?«

Was soll ich auf diese Frage antworten? Meine Gedanken rasen. Was auch immer ich sage, wird nicht nur *mein* zukünftiges Leben beeinflussen, sondern auch das von Tomas. Zu sagen, dass es mir egal wäre, wäre eine leicht zu durchschauende Lüge. Immerhin hat Dr. Barnes selbst darauf hingewiesen, dass ich Tomas' Leben gerettet habe, indem ich mein eigenes riskiert habe. Das Wahrheitsserum, das sie mich haben trinken lassen, ist dazu gedacht, jede Lüge unmöglich zu machen. Wenn ich ihnen jetzt also ganz offensichtlich nicht die Wahrheit sage, dann werden sie wissen, dass irgendetwas schiefgelaufen ist, und sich nach dem Grund dafür fragen. Ich widerstehe dem Drang, mir meine schweißnassen Handflächen an der Hose abzuwischen, und zwinge mich dazu, mich zu konzentrieren.

Mir fällt nur eine Antwort ein: »Alle Anführer werden irgendwann an einen Punkt kommen, an dem sie eine Enttäuschung verkraften müssen. Wenn für mich der Moment jetzt schon da ist, dann freue ich mich darüber natürlich nicht, aber ich werde mein Bestes geben, das Commonwealth nicht zu enttäuschen.«

Die anderen Offiziellen wechseln Blicke, während ich abwarte, was Dr. Barnes als Nächstes einfällt. Er mustert mich eindringlich und rollt dabei seinen Bleistift auf der Tischplatte vor sich hin und her. Ich bewege mich nicht und halte stumm den Augenkontakt. Jemand im Raum hustet. Ein anderer räuspert sich. Dies sind die einzigen Geräusche, während die Minuten verstreichen.

Endlich sagt Dr. Barnes: »Ich denke, wir haben alle Informationen bekommen, die wir brauchen. Oder hat einer meiner Kollegen noch eine Frage?«

Alle Offiziellen am Tisch schütteln die Köpfe, was mich vollkommen durcheinanderbringt. Dr. Barnes hat uns gesagt, die Evaluation könnte fünfundvierzig Minuten dauern. Ich bezweifle, dass mehr als zwanzig Minuten vergangen sind, seitdem ich diesen Raum betreten habe. Die Prüfer haben mein Abschneiden während der ersten beiden Tests mit keinem Wort erwähnt und auch nur eine Handvoll Fragen zum vierten Prüfungsabschnitt gestellt. Bedeutet ihr offensichtliches Desinteresse, dass ich durchgefallen bin? Vermutlich, denn jetzt schieben sie ihre Stühle zurück. Ich will sie bitten, noch zu warten, damit ich ihnen erklären kann, dass Menschen, die sich das Vertrauen anderer erschleichen, um es dann zu enttäuschen, keine Anführer werden sollten. Dass ich zwar nicht mehr das Mädchen bin, das davon geträumt hat, eines Tages nach Tosu-Stadt berufen zu werden, dass ich aber trotzdem an die Universität zugelassen werden sollte. Nicht, weil ich Teil des Systems werden will. Ich denke, darauf lege ich gar keinen Wert. Jetzt nicht mehr. Sie sollen mich zur Universität schicken, weil ich die Chance bekommen möchte zu leben.

Ehe ich ansetzen kann, sagt Dr. Barnes: »Bevor du gehst, will ich dich fragen, ob du noch etwas von uns wissen willst.«

Dies ist meine Gelegenheit, sie zu beeindrucken. Jetzt kann ich etwas fragen, das ihnen zeigt, wie aufmerksam ich alles beobachtet habe. Oder ich kann meine Fähigkeit, selbstständig zu denken, unter Beweis stellen. Doch obwohl ich weiß, dass dies der Moment ist, in dem ich glänzen kann, ist die Versuchung viel zu groß, eine wichtige Informationslücke zu schließen. Vielleicht liegt es daran, dass wir zuvor über die Five-Lakes-Kolonie und den engen Zusammenhalt in unserer Gemeinschaft gesprochen haben. Vielleicht liegt der Grund darin, dass Will sich die Zeit genommen hat, den Namen des Mädchens herauszufinden, das er getötet hat. Die Chancen, dass ich eines Tages wieder nach Hause zurückkehren kann, stehen schlecht. Aber wenn eine der beiden Tabletten, die Tomas aus dem Krankenhaus mitgebracht hat, mir helfen kann, mein Gedächtnis zu bewahren, dann will ich Malachis Familie von seiner Zeit bei der Auslese erzählen können. Ich will in der Lage sein, seinen Angehörigen zu sagen, wie er gestorben ist. Und Zandri verdient es nicht minder.

Anstatt also meine möglichen Studienfächer anzusprechen oder zu fragen, wie mein Leben an der Universität aussehen würde, erkundige ich mich: »Was ist Zandri Hicks im vierten Prüfungsteil zugestoßen – wie ist sie gestorben?«

Ein Hauch von einem Lächeln umspielt Dr. Barnes' Lippen, dann lacht er kurz. »Und ich dachte, du hättest es längst herausgefunden. Vielleicht fällt dir die Antwort selbst ein, wenn der Evaluationsprozess vorbei ist. Schließlich hast du doch ihr Erkennungsband in deiner Tasche.«

Er sieht auf seine Uhr und seufzt. »Hiermit schließe ich dieses Gespräch. Ich gratuliere dir, dass du so weit gekommen bist, Cia. Es war eine Freude, dir dabei zuzusehen.«

Ich werde aus dem Raum geführt, ehe ich fragen kann, was es mit Zandri und ihrem Erkennungsband auf sich hat. Meine Beine drohen unter mir nachzugeben, während ich neben einem Offiziellen über den Flur gehe. Dies scheint eine typische Reaktion auf die Droge oder auch auf den Stress zu sein, denn mein Begleiter legt mir wortlos einen Arm um die Hüfte, während er mich in mein Schlafquartier führt. Dann ist er fort, und ich bin allein mit meiner Angst, versagt zu haben, und mit Dr. Barnes' Abschiedsworten, die ich nicht mehr aus dem Kopf bekomme.

Zandri.

Dr. Barnes glaubte, ich wüsste bereits, was ihr zugestoßen ist. Wie hätte ich das herausbekommen sollen? Ich habe sie im Prüfungsgebiet nicht ein einziges Mal zu Gesicht bekommen. Es gibt daher gar keine Möglichkeit, wie ich an ihr Erkennungsband gekommen sein sollte.

Ich schütte meine Tasche auf dem Bett aus und suche nach einem Hinweis auf das, was ich angeblich schon weiß. Nun liegt meine Kleidung vor mir, der Transit-Kommunikator, mein kleines Messer. In einer Ecke der Tasche hatte sich ein Stück vom weißen Laken verfangen. Aber alle anderen Hinweise darauf, dass der vierte Test jemals stattgefunden hat, sind verschwunden. Abgesehen von den drei kleinen Erkennungsarmbändern, die im Seitenfach verstaut sind.

Meine Fingerspitzen fahren das Muster auf dem ersten nach. Ein Dreieck und ein Rad mit acht Speichen. Dieses Identifikationszeichen habe ich dem Mädchen abgenommen, das wir begraben haben. Dem Mädchen, das Will mit seiner Armbrust getötet hat. Dem Mädchen, dessen Name ich jetzt kenne – Nina. Einem Mädchen aus der Pierre-Kolonie, das hierhergekommen war, um sich einer Prüfung zu unterziehen, und das vom Vereinigten Commonwealth umgebracht wurde. Will war es, der den Abzug betätigt hat, aber die Offiziellen haben zugelassen, dass so etwas geschieht. Wie viele Kandidaten haben im Laufe der Jahre gemordet, um selbst am Leben zu bleiben? Und wie viele weitere mussten sterben, um dem Prüfungskomitee dabei zu helfen, eine Auswahl zu treffen?

Der Gedanke macht mich wütend. So sehr, dass ich einen Augenblick brauche, ehe ich mich an die beiden anderen Erkennungsbänder in meiner Tasche erinnere. Von einem der beiden hat Dr. Barnes behauptet, es würde meine Frage beantworten. Ich lege Ninas Armband zur Seite und studiere die übrigen zwei. Auf dem einen ist Romans Symbol zu sehen – ein X, umgeben von einem Kreis. Auf dem anderen, kleineren Armband befindet sich ein Dreieck mit einer stilisierten Blume. Ich denke zurück an unsere Fahrt nach Tosu-Stadt. Zandri flirtete mit Tomas, während ihre Finger an ihrem Armband herumspielten. Einem Armband mit diesem Symbol. Ich erinnere mich nicht daran, dass ich dieses Armband eingesteckt habe. Woher stammt es bloß?

Ich gehe die Ereignisse des vierten Tests Tag für Tag durch. Der Marsch durch die zerstörte Stadt, die einst Chicago war.

Die wunderschöne, aber verminte Oase. Ninas blickloser Leichnam. Die bulligen, wolfsähnlichen Tiere, die uns verfolgten. Das Zusammentreffen mit Stacia, Vic und Tracelyn. Die Stadt mit dem Kuppeldachgebäude und dem Straßenlabyrinth. Der Bach, an dem ich gezwungen war zu töten. Will. Bricks Kugeln, die die mutierten Menschen in Stücke rissen. Romans Angriff. Das Mädchen, das so kurz vor dem Ende noch auf uns gefeuert hat. Will, der auf Tomas schießt. Mein verzweifelter Versuch, das Fahrrad umzubauen, um Tomas zurück nach Tosu-Stadt zu schaffen. Die Fahrt.

Moment mal. Meine Finger spielen mit Zandris Armband herum, als mich plötzlich die Erkenntnis trifft. Die Erinnerung an einen kurzen Augenblick, der neben Wills Verrat und Tomas' Wunde, aus der das Blut unablässig in den Boden sickerte, so unbedeutend schien. Ich brauchte Streichhölzer, um ein Feuer anzuzünden, weshalb ich Tomas' Tasche in der Dunkelheit durchsuchte und dabei auf das Metallband stieß. Ich glaubte, dies sei das Erkennungszeichen von Ninas Tasche gewesen, das Tomas als Erinnerung an sie mitgenommen hatte.

Aber ich hatte mich getäuscht. Das Armband gehörte Zandri.

Wie konnte es in Tomas' Tasche geraten?

Während der dreieinhalb Wochen, die es gedauert hat, diesen vierten Test zu absolvieren, waren Tomas und ich nur anderthalb Tage lang getrennt gewesen. War es möglich, dass er das Armband gefunden hatte, während er durch die Straßen von Chicago geirrt war? Wenn das der Fall gewesen war, warum hatte er mir denn dann nichts davon erzählt? Wollte er vor mir verheimlichen, dass für Zandri die Prüfung bereits vorbei gewesen war, obwohl sie doch gerade erst begonnen hatte? Befürchtete er, ich würde glauben, ein solch bitteres Ende sei auch für mich unvermeidlich?

Vielleicht. Tomas hätte sich bestimmt Sorgen um mich gemacht. Ganz sicher hätte er gewollt, dass ich mich konzentrieren kann und auf mich aufpasse. Aber ich bin mir nicht sicher, ob das wirklich die Lösung für dieses Rätsel ist. Es gab noch einen anderen Zeitpunkt, an dem Tomas und ich getrennt waren. Und da weiß ich es.

Das Armband.

Das getrocknete Blut an Tomas' Messer.

Der qualvolle Ausdruck in seinen Augen.

Wills Behauptung, dass Tomas nicht der sei, für den ich ihn halte.

Der Kandidat, den Will und Tomas trafen, während ich fort war.

Das war kein namenloser Junge aus der Colorado-Springs-Kolonie.

Es war Zandri.

Plötzlich fügt sich alles mit einer Klarheit zusammen, die mir die Luft zum Atmen raubt. Ich kann mich nicht bewegen. Ich kann gar nichts tun, außer das Armband zu umklammern, das dem hübschen Mädchen gehörte, dessen Talent einst jeder in der Five-Lakes-Kolonie bewunderte. Dem Mädchen, das mit Tomas flirtete. Dem Mädchen, das er getötet haben muss.

Nein. Mein Herz will das einfach nicht glauben. Tomas würde niemals jemanden umbringen, es sei denn, ihm wäre keine andere Wahl geblieben. Will und Tomas waren zusammen, als ich mich auf die Suche nach Wasser machte. Wäre es nicht viel wahrscheinlicher, dass es Will – erwiesenermaßen ein Mörder – war, der Zandri getötet hat? Ob es Zank gegeben hatte? Möglicherweise …

Die verschiedenen Erklärungsversuche geraten in meinem Kopf durcheinander. Die Kombination völlig entgegengesetzter Drogen, die ich zu mir genommen habe, macht es schwer, einen klaren Gedanken zu fassen. Ich stehe auf und laufe durch den Raum, während ich das Armband in meiner Hand anstarre und versuche, die Wahrheit dahinter zu ergründen. Aus tiefstem Herzen will ich mir einreden, dass Tomas nichts mit dem Mord an Zandri zu tun hat. Aber seine Unwilligkeit, mir zu erzählen, was an jenem Tag wirklich geschehen ist, lässt mich etwas anderes glauben.

Das Gefühl, verraten worden zu sein, Furcht, Zorn und Liebeskummer – die Emotionen schlagen plötzlich unaufhaltsam über mir zusammen. Meine Knie knicken unter mir weg, und ich lasse mich auf den Boden sinken. Aber ich weine nicht. Noch immer ist über mir in der Decke eine Kamera versteckt, und ich will Dr. Barnes und den Offiziellen am Bildschirm nicht die Befriedigung geben, mich zusammenbrechen zu sehen. Und sind nicht überhaupt sie diejenigen, die ich eigentlich für Zandris Tod verantwortlich machen muss? Es ist ihr Spiel, das wir spielen und überleben mussten. Was auch immer Tomas getan hat – ich bin mir sicher, dass er sich nicht dafür entschieden hat, um sich einen Platz an der Universität zu sichern. Er muss überzeugt davon gewesen sein, dass sein Leben in Gefahr war.

Als es an die Tür klopft, springe ich mit einem Satz auf. Ich öffne sie, nehme ein großes Tablett mit Speisen entgegen und lasse mir sagen, dass das Komitee noch immer tage. Der Offizielle geht wieder, und ich höre, wie das Türschloss verriegelt wird. Dann fängt für mich das Warten an.

Das Essen ist üppig und ausgefallen. Ein großes Steak, das außen knusprig und innen rosig und saftig ist. Es liegen Kartoffelspalten auf dem Teller – von der Sorte, die Zeen gezüchtet hat –, die mitsamt ihrer Schale goldbraun gebraten wurden. Kalte Garnelen sind mit winzigen Limettenscheiben garniert und säumen ein kleines Töpfchen mit ausgelassener Butter. Ein Salat aus frischem Gemüse und Walnüssen ist mit einer würzigen, süßlichen Vinaigrette angerichtet. In einem am Rand gefrosteten Glas perlt ein klares Getränk. Auch eine Karaffe mit Wasser und ein Stückchen Kuchen befinden sich auf dem Tablett.

Dies ist ein Festschmaus, mit dem ich feiern soll, dass ich es bei der Auslese so weit gebracht habe. Niemals in meinem Leben war mir weniger nach Feiern zumute.

Die Kamera über meinem Kopf bringt mich dazu, das Steak anzuschneiden. Ganz sicher ist es ein Genuss, doch ich schaffe es nur mit Mühe, die Stücke zu kauen und runterzuschlucken, ohne zu würgen. Ich trinke einen Schluck von der prickelnden Flüssigkeit, stelle das Glas aber sofort wieder hin. Alkohol. Das gleiche Getränk, das Zeen mir bei meiner Abschlussfeier gebracht hatte, um mich aufzumuntern. Damals schmeckte es bitter vor Enttäuschung. Heute schmeckt es nach zu Hause.

Ich trinke das Wasser und nippe dazwischen immer wieder am Alkohol, um Zeen nahe zu sein. Auch vom Salat koste ich, lasse den Kuchen jedoch stehen. Bei der Vorstellung zu feiern, während ich Zandris Erkennungsarmband in der Hand halte, wird mir ganz übel. An der untergehenden Sonne merke ich, wie viel Zeit vergangen ist. Ich beobachte, wie die letzten Strahlen verschwinden, und frage mich, ob das Komitee seine Entscheidung getroffen haben wird, ehe morgen die Sonne wieder aufgeht.

Ein Offizieller holt das Tablett ab. Erneut höre ich deutlich, wie die Tür wieder zugeschlossen wird. Da nur der Mond mir Gesellschaft leistet, schleppen sich die Minuten schier endlos dahin. Ich denke an Zandri und Malachi. Ich gehe jeden Augenblick meines Abschlussgesprächs noch einmal durch, beleuchte jedes Wort von allen Seiten und frage mich, ob ich mit meinen Antworten bestanden habe oder durchgefallen bin. Zusammengerollt, meine Tasche eng an mich gepresst, schlafe ich ein.

Mit dem Morgen kommt auch ein neues Tablett. Noch immer ist keine Entscheidung getroffen worden. Der Offizielle sagt mir, ich solle Geduld haben. Nachdem er mich wieder allein gelassen hat, beginne ich rastlos, im Zimmer auf und ab zu laufen.

Tabletts werden gebracht und wieder weggeschafft. Keine Neuigkeiten.

Ich rekapituliere meine Tage während der Auslese und suche nach einem Hinweis darauf, was Tomas nur dazu getrieben haben könnte, Zandris Leben zu beenden, aber ich finde nichts. Sicherlich war Zandri draufgängerisch und eigenwillig, aber ich kann mir beim besten Willen nicht vorstellen, dass sie Will oder Tomas angegriffen haben könnte. Sie war doch mit Tomas befreundet. Vielleicht war sie sogar ein bisschen in ihn verliebt. Und jetzt ist sie tot. Wenn ich wach bin, quälen mich meine Gedanken so sehr, dass ich immer öfter versuche, im Schlaf Vergessen zu finden. Doch auch dort warten Dr. Barnes und die Prüfer auf mich. Nacheinander richten sie darüber, wie sich die toten Kandidaten geschlagen haben.

Ryme. Nina. Malachi. Boyd. Gill. Annalise. Nicolette. Roman. Zandri.

Die Leichen liegen aufgetürmt in einer Ecke, als sich die Mitglieder des Prüfungsausschusses im Traum mir zuwenden. Dr. Barnes schüttelt den Kopf. Er sagt mir, ich hätte so vielversprechend angefangen. Zu dumm, dass ich den falschen Leuten vertraut hätte. Anführer können sich diese Art von Fehlern nicht leisten. Er sagt mir, ich sei durchgefallen, dann greift ein anderer Offizieller nach seiner Armbrust, zielt und schießt. Der Bolzen durchschlägt meinen Magen, und ich wache von meinem eigenen Schrei auf, ehe ich auf den Fußboden falle.

In einem Raum eingesperrt zu sein und keinen anderen menschlichen Kontakt zu haben als die Offiziellen, die mir meine Mahlzeiten bringen, zerrt an meinen Nerven. Stundenlang laufe ich hin und her, dann sitze ich weitere Stunden auf dem Bett und stiere die Wände an, während ich versuche, die Prüfer mit der Kraft meiner Gedanken dazu zu zwingen, endlich eine Entscheidung zu fällen. Aber nichts passiert, und irgendwo im Hinterkopf frage ich mich, ob nicht auch das ein Test ist. Sitzen Dr. Barnes und seine Freunde an einem Bildschirm und sehen uns dabei zu, wie wir zurechtkommen? Tigern auch andere Kandidaten in ihren Quartieren herum? Sprechen meine Albträume gegen mich, oder wäre ein ungestörter Schlaf ein Anzeichen für eine gleichgültige Verfassung, die keinesfalls erwünscht wäre?

Ich starre zur Kamera hinauf, und es ist mir völlig egal, ob ich den Offiziellen damit verrate, dass ich von ihnen weiß. Vielleicht aber will ich auch gerade, dass sie es erfahren. Sie sollen wissen, dass ich schlau genug war herauszufinden, dass man uns beobachtet. Da ich nicht mehr schlafen kann, denke ich über die Kandidaten nach, die gestorben sind, und das Löschen unserer Erinnerungen, das kommen wird, wenn Tomas und mir nicht irgendetwas einfällt, um es zu verhindern. Zum ersten Mal frage ich mich, ob die Prüflinge, die in den ersten beiden Runden der Auslese versagt haben, umgebracht wurden oder ob ihnen das Commonwealth einfach nur ihre Erinnerungen an dieses Experiment genommen hat.

Im Laufe der letzten hundert Jahre ist die Bevölkerung des Vereinigten Commonwealth angewachsen, aber ist sie wirklich genug gestiegen, um jedes Jahr Dutzende der vielversprechendsten Mitglieder töten zu können? Und wenn die erfolglosen Kandidaten nicht sterben mussten, wohin wurden sie dann gebracht?

Nachdem ich mein Morgentablett in Empfang genommen habe, bin ich die Augen, die mich beobachten, und die Ohren, die meine Schreie beim Aufwachen belauschen, leid. Ich lächele kurz fürs Publikum in die Kamera, dann mache ich mich an meinem Armband zu schaffen, finde den Verschluss und lasse es von meinem Handgelenk aufs Bett fallen, wo es jetzt neben denen von Zandri und Nina liegt. Auch das zweite Erkennungsband, das an meiner Tasche befestigt ist, entferne ich, lege es zu den restlichen, nehme meine Tasche und schließe mich im Badezimmer ein.

Das Gefühl, allein zu sein – wirklich allein –, löst die Verkrampfung in meinen Schultern. Ich nehme eine Dusche, dann rolle ich mich auf dem Fußboden zusammen und döse ein wenig. Da ich sonst nichts zu tun habe, schaue ich mir die Sachen aus meiner Tasche an, die ich von zu Hause mitgebracht habe. Kleidung, die meine Mutter genäht hat, und Dinge, die mein Vater einst in den Händen hielt oder mit denen meine Brüder gearbeitet haben. Dinge, die mir dabei helfen herauszufinden, wer ich mal gewesen bin. Nun, wo ich nicht länger fürchten muss, beobachtet und beurteilt zu werden, lasse ich meinen Tränen freien Lauf. Jeden einzelnen Gegenstand betaste ich, schmiege meine Wange daran und versuche, die Spuren des Mädchens zu finden, das diese Tasche vor wenigen Wochen gepackt hat. Ich vermisse das Gefühl der Hoffnung, von dem es erfüllt war. Seinen Optimismus. Die strahlende Zukunft, die es vor sich glaubte. Wenn ich Tomas' Pille nicht mehr rechtzeitig bekommen und schlucken kann, wird die Löschung meines Gedächtnisses dann diese junge Frau, die ich einst war, zurückbringen? Werden sich die Schatten wirklich von meinem Herzen heben, wenn ich meine Erinnerungen einbüße? Vielleicht. Einen Moment lang gebe ich mich dem Verlangen nach solcher Unbekümmertheit hin, nach friedlichen Träumen und einer Zukunft, die von der Last befreit ist, die mit zu viel Wissen einhergeht.

Beim Klang einer männlichen Stimme schrecke ich zusammen und sehe mich hektisch um, woher sie kommt. Ich brauche eine Minute, ehe mir klar wird, dass sie aus dem Gerät stammt, das ich mit meinen Händen umklammere.

»Das Erdreich in Sektor vier zeigt Anzeichen von Fruchtbarkeit und ist beinahe frei von Strahlung. Die neue chemische Formel scheint ihre Wirkung zu entfalten.«

Zeen. Seine Stimme ist kräftig und gesund und so wunderbar vertraut. Mein Herz schmerzt vor Sehnsucht. Anscheinend habe ich einen Knopf gedrückt, sodass Zeens aufgenommene Stimme abgespielt wurde. Der Transit-Kommunikator ist also auch ein Rekorder.

»Ich muss Dad sagen, dass es in Sektor sieben kranke Tiere gibt. Vielleicht liegt das an den Beeren, die wir dort gezüchtet haben. Wir sollten Tests machen.«

Ich erinnere mich daran, wie wir beim Abendessen über dieses Problem sprachen, ungefähr eine oder vielleicht auch zwei Wochen vor meinem Schulabschluss. Mein Vater und meine Brüder stritten, lachten und diskutierten bis spät in die Nacht hinein, und auch ich durfte meine eigenen Ideen zu dem Problem beisteuern. Wie erwachsen ich mich an jenem Abend fühlte, wie eingebunden! Ich glaubte, ich wäre bereit, in die Welt hinauszugehen. Wie dumm ich doch in Wahrheit war!

Eine Weile bin ich zufrieden damit, der Stimme von Zeen zu lauschen, der seine Gedanken zu den Sektionen außerhalb von Five Lakes festhält, in denen mein Vater und sein Team an der Revitalisierung arbeiten. Ein verärgerter Ausruf bringt mich zum Lachen. Wenn Zeen meinen Vater oder meine Brüder erwähnt, kommen mir die Tränen. Und ich frage mich: Wie mag dieses Aufnahmegerät funktionieren? Ich weiß, dass der Kommunikator Kontakt mit dem Empfänger herstellen kann, den Dad in seinem Büro hat, aber ich kann mich nicht daran erinnern, dass Dad etwas von einer Doppelfunktion als Rekorder erwähnt hätte.

Es dauert eine ganze Weile, bis ich den Knopf entdecke. Da ist eine kleine Stelle auf der Rückseite, die aussieht, als gehöre sie zum Gehäuse, die aber zu etwas anderem umgebaut wurde. Zu etwas, das ursprünglich nicht zu diesem Gerät gehörte. Etwas, das Zeen sich hat einfallen lassen.

Mithilfe des Schraubenziehers an meinem Taschenmesser gelingt es mir, die Sache genauer zu untersuchen. Ich muss unwillkürlich lächeln, als ich den Einfallsreichtum meines Bruders bewundere. Ein winziges schwarzes Kästchen ist zwischen den Drähten und Platinen untergebracht. An der Art, wie Zeen die Kabel getrennt und neu verbunden hat, schließe ich, dass das Ausgangsmikrofon nun dazu dient, Stimmen aufzunehmen. Die Hörmuschel hat er zum Lautsprecher beim Abspielen umfunktioniert. Alles fügt sich nahtlos ineinander. Hätte ich das Gerät nicht so traurig umklammert und dabei versehentlich den Wiedergabeknopf betätigt, hätte ich niemals geahnt, dass ich ein Aufnahmegerät in den Händen halte.

Ich bekomme einen Schrecken, als es draußen klopft. Sorgfältig verstaue ich das Gerät wieder in meiner Tasche, gehe in den Schlafraum zurück, in dem es inzwischen dunkel geworden ist, und öffne die Tür. Die Frau, die auf der Schwelle steht, hält ein Tablett in den Händen und hat einen besorgten Ausdruck auf ihrem Gesicht. »Ist hier drinnen alles in Ordnung?«, fragt sie.

Ich schätze, mein Verschwinden im Badezimmer ist nicht unbemerkt geblieben.

»Mit mir ist alles okay«, versichere ich ihr, doch die Aufregung und das Durcheinander weiter unten auf dem Flur lassen mich vermuten, dass das bei jemand anders ganz anders aussieht. Hat erneut ein Kandidat dem Druck auf die gleiche Weise ein Ende gesetzt wie Ryme? Obwohl es mich nicht mehr interessieren sollte, mache ich mir um Tomas Sorgen. Ich kann nicht anders. Egal wie sehr ihn die Auslese verändert haben mag, er wird doch immer der Junge von zu Hause sein, der zu jedem lieb war. Ich will, dass er am Leben bleibt.

Die Offizielle reicht mir das Tablett mit meinem Abendbrot, teilt mir mit, dass die Entscheidung immer noch ausstehe, und verschließt erneut die Tür. Zum ersten Mal macht mir die Einsamkeit nichts aus. Ich esse vom Hühnchen, das in köstlicher Tomatensoße schwimmt, und dazu frisches Gemüse, ehe ich mich wieder im Badezimmer einschließe.

Eine Weile lasse ich mich von Zeens Stimme trösten, die die täglichen Aufgaben festhält, um die er sich kümmern muss. Aber die Tatsache, dass ein anderer Prüfling anscheinend Selbstmord begangen hat, lässt mich schon bald wieder meine Runden im Zimmer drehen. Vielleicht sollte ich es so sehen, dass nun ein Kandidat weniger zwischen mir und der Universität steht. Aber das kann ich nicht. Für mich ist es ein kluger Kopf weniger, dessen Schicksal nur allzu bald vergessen sein wird, so wie das der vielen anderen. Es sei denn, jemand gedenkt ihrer. Wenn es nach dem Vereinigten Commonwealth und den Prüfern geht, dann wird es niemanden geben, der sich an die Toten erinnert – jedenfalls niemanden, dem das irgendetwas bedeutet.

Ich betrachte das Gerät in meinen Händen, und dann habe ich eine Idee. Es dauert ein paar Minuten, ehe ich herausgefunden habe, wie ich mit dem Knopf die Aufnahme starten kann. Als es so weit ist, beginne ich zu sprechen. Mit leiser und oft brüchiger Stimme erzähle ich von Malachi. Seinem Lächeln. Seinem schüchternen Wesen. Seiner schönen Gesangsstimme und von seinem Tod. Von Ryme und ihren Getreidekeksen. Ihrer großspurigen Art. Davon, wie ich sie an der Decke unseres Zimmers baumelnd vorgefunden habe. Von den ersten Morden. Ich berichte davon, wie ich im Container aufgewacht und hinaus auf die zerstörten Straßen Chicagos getreten bin. Vom Armbrustbolzen, der auf mich abgefeuert wurde, und von meiner entsetzlichen Angst. Vom Rückstoß der Waffe in meiner Hand.

Ich finde heraus, dass die Aufnahmezeit des Rekorders begrenzt ist. Also muss ich auswählen, worüber ich sprechen will. Ich quäle mich damit, welche Erinnerungen ich festhalten soll. Es zerreißt mir fast das Herz, als ich zurückspulen und eine Passage löschen muss, um für eine andere Platz zu schaffen. Alles verdient es, im Gedächtnis zu bleiben, aber die Wahl kann nur auf ausgewählte Dinge fallen. Mehr als einmal überwältigen mich die Tränen, und ich muss unterbrechen. Mein Herz schmerzt, meine Lungen brennen, und meine Kehle ist wund, als ich das Aufnahmegerät vollständig besprochen habe. Aber nun sind die Erinnerungen da und konserviert, solange die Maschine hält. Irgendjemand wird von ihnen erfahren und daraus lernen.

Ob sie das Gerät zu meinen Eltern zurückschicken werden, wenn meine Kandidatur nicht erfolgreich war? Ich bezweifle es. Aber vielleicht kann ich Michal darum bitten, es nach Five Lakes zu bringen, wenn ich nicht mehr da sein sollte.

Mit meinem Messer ritze ich ein kleines Zeichen in die Rückseite des Kommunikators, ehe ich ihn in meine Tasche zurückschiebe. Dann verstaue ich meine Kleidung und die anderen Besitztümer darüber und wasche mir die Spuren meiner Anstrengungen vom Gesicht. Als die Offizielle mein Abendessen bringt, fragt sie mich erneut nach meinem Wohlergehen. Ich versichere ihr, dass es mir gut gehe, und nehme ihr das Tablett ab. Ehe sie die Tür schließt, sagt sie: »Die Wahl ist getroffen. Nach dem Frühstück wird Dr. Barnes verkünden, wer in diesem Jahr die neuen Studenten der Universität sein werden.«

Ob ich nun doch bestanden habe oder durchgefallen bin: Morgen wird alles hier ein Ende haben.

Kapitel 22

Zum ersten Mal seit Wochen habe ich keine Albträume mehr. Im Schlaf kehre ich nach Hause zurück, und ein Gefühl von Frieden und Erleichterung erfüllt mich, weil ich weiß, dass bald schon alles zu Ende sein wird. Ich erwache vom Klopfen an der Tür. Ein neues Tablett wird mir überreicht, und ich werde aufgefordert, in einer Stunde angezogen zu sein und meine Sachen zusammengepackt zu haben. Dann wird mich jemand abholen.

Ich stochere im Essen herum. Frische Erdbeeren. Ein dickflüssiger, heißer Getreidebrei mit Rosinen und Walnüssen. Bittersüßer Orangensaft. Brötchen mit einer dicken Zimtkruste. Ich versuche, die Speisen zu genießen. Allerdings beginnt eine nervöse Spannung, sich in mir breitzumachen und meine gerade erst wieder entstandene Ausgeglichenheit zu vertreiben, weshalb ich nur ein paar Bissen hinunterbringe.

Danach binde ich das eine Erkennungsband um mein Handgelenk, das zweite befestige ich am Träger meiner Tasche. Dabei denke ich an meinen Vater und daran, wie er sich wohl gefühlt hat, als er sich darauf gefasst machte, sein Urteil zu hören. Noch immer hoffe ich, Tomas sehen zu können, ehe die Offiziellen unsere Erinnerungen löschen. Wird es ihm gelingen, mir die eine seiner beiden Pillen zuzustecken? Und wird er die ungeheuerlichen Verdächtigungen in meinen Augen lesen?

Als es erneut klopft, bin ich bereit. Mit der Tasche über meiner Schulter folge ich der dunkelhaarigen Frau, die mich abgeholt hat, den Flur hinunter. Die wenigen Happen, die ich gegessen habe, rumoren in meinem Magen, als wir den Fahrstuhl betreten und uns schweigend in den zweiten Stock bringen lassen. Die Miene meiner Begleiterin ist vollkommen neutral. Kein Lächeln. Kein warnender Blick. Nichts, was mir verraten würde, welches Schicksal für mich beschlossen worden ist.

Die Tür am Ende des hell erleuchteten Ganges steht offen, und die Offizielle an meiner Seite sagt mir, ich solle hineingehen, man würde mich schon erwarten.

Ich stecke meine Hände in die Hosentaschen, damit sie nicht so zittern, und betrete, von der Frau begleitet, den großen Raum. Mindestens ein Dutzend Prüfer sitzen an einem langen Tisch. Dr. Barnes thront in der Mitte. Vor ihm liegt ein weißer Umschlag. Sein Gesichtsausdruck ist unergründlich, als ich zu dem einzeln stehenden Stuhl vor ihm hinübergehe.

In dem Moment, in dem ich Platz genommen habe, wirft mir Dr. Barnes auch schon ein warmes Lächeln zu. »Ich bedaure, dass wir so lange gebraucht haben, um eine Entscheidung zu treffen, aber wir wollten keinen Fehler machen.« Bedeutungsvoll nimmt er den Umschlag, geht um den Tisch herum und bleibt unmittelbar vor mir stehen. Mein Herz hämmert in meiner Brust, als er sagt: »Ich bin mir sicher, dass du es kaum noch abwarten kannst, deine Prüfungsresultate zu erfahren, deshalb will ich die Sache nicht unnötig in die Länge ziehen.«

Er öffnet das Couvert und nimmt ein weißes Blatt Papier heraus. Einen Augenblick lang starrt er darauf, als ob er die Entscheidung noch einmal überdenken will, dann reicht er es mir. Meine Finger zittern. Ich brauche mehrere Anläufe, um das eine Wort zu lesen, das in fetten Buchstaben auf der Mitte der Seite steht.

BESTANDEN

Ich habe es geschafft.

Ein Lächeln stiehlt sich auf mein Gesicht, und mein Herz macht einen Satz. Ich höre beifälliges Gemurmel von den Offiziellen im Raum. Dr. Barnes sagt mir, wie stolz er auf mich sei, und schüttelt mir die Hand. Dann spüre ich einen Stich im Nacken, und die Welt um mich herum wird schwarz.

Ich habe also doch versagt!

Meine Finger fahren die fünf Linien nach, die meinen linken Oberarm furchen, und ich betrachte mich im Spiegel, der in meinem Studentenquartier in der Universität an der Wand hängt. Drei Räume – Schlaf-, Wohn- und Badezimmer – sind mir für die erste Phase meiner Studienzeit zugewiesen worden. Sie sind das sichtbare Zeichen, dass ich die Auslese überstanden habe. Dies ist der größte Erfolg in meinem bisherigen Leben. Und doch erinnere ich mich an nichts davon.

Ganz sicher habe ich versucht, mich gegen den Verlust meines Gedächtnisses zur Wehr zu setzen, aber ich habe es nicht geschafft! Alles, an das ich mich noch erinnern kann, ist, wie ich in einem schwarzen Gleiter nach Tosu-Stadt komme. Ein Junge mit struppigem Haar und gemeinen Augen versucht, Malachi ein Bein zu stellen. An meine Zimmergenossin und ihre Getreidekekse erinnere ich mich ebenfalls. Und dann ist da gar nichts mehr bis zu dem Augenblick, in dem ich mich in einem Raum sitzend wiederfinde, um mich herum andere junge Menschen, die, wie ich vermute, ebenfalls Prüfungskandidaten waren. Meine Blicke huschen herum und suchen nach vertrauten Gesichtern. In diesem Moment betritt ein grauhaariger, bärtiger Mann in einem purpurroten Jumpsuit eine angestrahlte Bühne. Er wirft uns ein warmes, hocherfreutes Lächeln zu und sagt: »Meine Glückwünsche. Ich freue mich sehr, sagen zu können, dass ihr die zwanzig Kandidaten seid, die dafür ausgewählt wurden, im nächsten Jahr die Universität zu besuchen.«

Überraschung. Freude. Verwirrung. Und dann begreife ich. Die Auslese ist vorbei. Ich habe bestanden. Dr. Barnes teilt uns mit, dass wir unmittelbar nach dieser Versammlung aus dem Prüfungszentrum in unsere neuen Quartiere umsiedeln werden. Danach wird es eine Feier geben, damit wir uns ein bisschen besser kennenlernen können. Doch einen der Kandidaten kenne ich bereits. Mein Herz hüpft vor Freude, als ich in ein graues Augenpaar blicke. Tomas breitet seine Arme aus, und ich werfe mich hinein. Ich bin so froh, ein vertrautes Gesicht zu sehen. Dieses Abenteuer werde ich nicht allein durchstehen müssen. Tomas ist bei mir.

Das war vor beinahe drei Wochen. Tomas und ich haben seitdem jeden Tag Zeit miteinander verbracht, die Stadt erkundet und uns einander angenähert. Allein bei dem Gedanken daran, ihn heute wiederzusehen, habe ich Schmetterlinge im Bauch.

Ein Klopfen lässt mich zusammenzucken. Ich rolle meinen Ärmel wieder herunter, um die fünf unregelmäßigen Narben zu verstecken, und öffne die Tür.

»Hey, du bist ja noch gar nicht fertig.« Stacias dunkle Augen werden ganz schmal, als sie meine weiße Tunika und die braune Hose mustert. »Du kannst doch nicht in diesem Aufzug zur Party kommen. Was sollen denn die anderen von dir denken?«

»Die Feier beginnt doch erst in einer Stunde.« Ich lache unbeschwert. »Keine Sorge. Ich werde schon angemessen gekleidet sein.«

»Das solltest du auch.« Stacia runzelt die Stirn, ehe sie wieder davonstapft, aber ich sehe den Anflug eines Lächelns auf ihren Lippen. Stacias ernstes Auftreten hält die anderen Kandidaten, Tomas eingeschlossen, auf Abstand. Aber aus irgendeinem Grund habe ich gleich am Anfang mit ihr ein paar Worte gewechselt, und wir scheinen gut miteinander auszukommen. Vermutlich sind wir uns während des sechswöchigen Ausleseprozesses bereits begegnet, und vielleicht hat unsere Freundschaft damals schon begonnen und wird jetzt einfach fortgeführt.

Als ich die Tür wieder zugemacht habe, stelle ich fest, dass Stacia recht hat. Ich sollte mich wirklich für die Feier umziehen. Schließlich findet sie mir zu Ehren statt.

Wir waren bislang viel zu sehr damit beschäftigt, unsere Ausbilder an der Universität zu treffen, den neuen Gebäudekomplex zu erkunden und in unsere Apartments einzuziehen, als dass irgendeiner von uns Zeit gehabt hätte, neue Kleidung zu kaufen. Andere Studenten haben uns ein paar überzählige Anziehsachen überlassen, und Dr. Barnes hat uns auf die kommenden Wochen vertröstet, in denen wir unsere eigene Garderobe werden aufstocken können. Also schlüpfe ich jetzt wie üblich in meine Hose, ziehe mir jedoch ein geborgtes blaues Hemd an, das meine Narben versteckt. Meine Haare lasse ich offen, weil Tomas mal erwähnt hat, wie gerne er das mag. Da wir die Einzigen aus der Five-Lakes-Kolonie sind, die die Auslese überstanden haben, fühlen wir uns natürlich zueinander hingezogen. Aber uns verbindet mehr als nur die Gespräche von zu Hause. Etwas Wärmeres, Tieferes und Aufregenderes als Freundschaft. Vielleicht ist es dumm von mir zu glauben, dass unsere Gefühle Liebe sein könnten, aber nun, wo die Auslese vorbei ist, kann Tomas und mich nichts mehr davon abhalten, es herauszufinden.

Als Stacia das nächste Mal klopft, habe ich das silberne Erkennungsarmband mit der Gravur eines einzelnen Sterns – dem Symbol der Erstsemester – um mein Handgelenk gebunden und bin zum Aufbruch bereit. Wir treten hinaus und werden von einem Stimmengewirr begrüßt, und als wir um eine Ecke biegen, beginne ich zu strahlen. Ich sehe ein Poster, auf dem man mir zum Geburtstag gratuliert, einen großen Kuchen und lächelnde Gesichter. Tomas, Dr. Barnes, unser gesamter Uni-Jahrgang und auch einige Offizielle sind da, um mit mir zu feiern.

Irgendjemand hat uns entdeckt, und schon drehen sich alle um und beginnen zu singen. Ich weiß nicht, ob dieses Lied in jeder Kolonie an Geburtstagen erklingt oder ob Tomas es den anderen beigebracht hat, aber die Melodie lässt Erinnerungen an zu Hause in mir aufsteigen. Ich kann nichts dagegen tun, dass ich zu weinen beginne.

Als der Gesang verstummt ist, wischen mir zärtliche Finger die Tränen von den Wangen. »Hey, das ist doch ein Anlass, um fröhlich zu sein. Vielleicht war das mit dem Lied doch keine so gute Idee.«

»Unsinn.« Ich lächele Tomas an. »Das war perfekt, ganz ehrlich.«

»Wirklich?«

Seine Lippen liebkosen meine, und ich versichere ihm strahlend: »Wirklich.«

Eine spöttische Stimme ruft: »Hey, andere Leute wollen dem Geburtstagskind auch einen Kuss geben.«

Tomas sieht Will mit finsterer Miene entgegen, als der zu mir kommt, mich auf die Wange küsst und mir einen Arm um die Schultern legt. Wills lange Haare sind im Nacken zusammengebunden, und in seinen Augen blitzt der Schalk, was schön zu sehen ist, weil das vor Kurzem noch ganz anders war. Als Dr. Barnes uns bei unserem ersten Meeting dazu gratuliert hatte, dass wir an der Universität aufgenommen worden sind, hatte Will sofort seine Hand gehoben und nach seinem Bruder Gill gefragt, der gemeinsam mit ihm zur Auslese angetreten war. Dr. Barnes hatte erwidert, dass nur Will bei den Prüfungen erfolgreich gewesen sei und dass sein Bruder, wie alle Kandidaten, die nicht bestanden hatten, einer neuen Kolonie zugewiesen worden sei. Daraufhin rastete Will aus. Vier Offizielle waren nötig, um ihn aus dem Versammlungsraum zu schaffen, und es dauerte mehrere Tage, ehe er sich wieder so weit beruhigt hatte, dass er sein Quartier an der Universität beziehen durfte. Ein paar Leute hatten schon spekuliert, dass die Prüfer vorhätten, einen der durchgefallenen Kandidaten zurückzuholen, um Will auszutauschen. Aber er kehrte zurück, und ich bin froh darüber.

Jetzt gibt mir Will einen zweiten Kuss auf die andere Wange, und als Tomas protestiert, lacht er. »Dein Freund ist eifersüchtig, dass wir ein Team für die Stadterkundung bilden. Ich persönlich denke ja, dass wir alle dich nicht verdient haben, Cia, aber was weiß ich denn schon?«

Wills Worte kommen mir vertraut vor. Ich merke, wie ich – keineswegs zum ersten Mal – den Kopf schräg lege und vergeblich versuche, mich an etwas zu erinnern, was in greifbarer Nähe zu liegen scheint.

Tomas sagt zu Will, er sähe keinen Anlass, eifersüchtig zu sein. Andere Kandidaten stoßen zu uns. Ein großer schweigsamer Junge namens Brick überreicht mir Blumen. Dann wendet sich das Gespräch der kommenden Orientierungsphase zu. Ehe die Kurse beginnen, werden alle Studenten vier Wochen damit verbringen, die Offiziellen von Tosu-Stadt und Abgesandte aus allen Kolonien zu treffen. Wir werden uns auch in der Stadt umsehen, die in den nächsten Jahren unser Zuhause sein wird. Die Studenten sind für ihre Treffen und Touren in Zweiergruppen eingeteilt worden. Dass Will und ich zusammengesteckt wurden, passt Tomas gar nicht. Nicht, weil er glaubt, zwischen uns könnte sich eine Romanze entspinnen. Tomas kommt mit den meisten anderen Studenten in unserem Jahrgang gut aus, aber Will scheint ihm gegen den Strich zu gehen. Ich hoffe, dass die beiden ihre Antipathie in den vor uns liegenden Wochen und Monaten verlieren werden.

Jemand holt ein Solar-Radio, und dann beginnt der Tanz. Selbst Dr. Barnes schiebt sich ins Getümmel und wirbelt eine der Prüferinnen herum, die er uns, ehe die beiden die Feier verlassen, als seine Frau vorstellt.

Kurz bevor die Sonne untergeht, tun mir die Füße vom Tanzen weh, und ich habe viel zu viel Geburtstagskuchen gegessen. Ich überlege, ob ich zurück in mein Apartment gehen soll, als ich etwas abseits eine vertraute Gestalt an einen Baum gelehnt stehen sehe. Ich sage Tomas Bescheid, dass ich gleich wieder da bin, und gehe über den Hof zu einem der Offiziellen aus Tosu-Stadt, Michal Gallen.

»Herzlichen Glückwunsch.«

»Bist du schon die ganze Zeit hier?«, frage ich.

Er schüttelt den Kopf. »Ich habe gedacht, es wäre am besten, wenn ich warte, bis einige der Gäste nach Hause aufgebrochen sind. Ansonsten hätte ich gar keine Chance gehabt, in Ruhe ein paar Worte mit dir zu wechseln. Ich gratuliere dir zu deinem Erfolg bei der Auslese. Nicht dass mich das überrascht hat. Du bist klug und stark. Ich wusste, dass du es schaffen würdest.«

Wieder habe ich das quälende Gefühl, als hätte ich das schon mal gehört. Aber als ich versuche, die Erinnerung zu fassen zu bekommen, entgleitet sie mir und verflüchtigt sich.

»Was ist los?«

Ich winke ab. »Nichts. Ich hätte nur schwören können, dass du das schon mal zu mir gesagt hast. Sonderbar, nicht wahr?«

Michal lächelt, widerspricht jedoch nicht. Stattdessen sagt er: »Ich habe dir etwas mitgebracht.« Er zieht ein Päckchen aus der Tasche hinter seinem Rücken und überreicht es mir. Als ich es auswickeln will, schüttelt er den Kopf.

»Warum wartest du damit nicht, bis du allein bist? Ansonsten bekommen wir noch beide Schwierigkeiten. In den Statuten der Universität ist festgelegt, dass die Studenten möglichst wenig mit ihren Familien zu tun haben sollen, aber ich konnte nichts Schlimmes daran finden, dir dies hier mitzubringen.«

Meine Familie. Ich drehe verwundert das Geschenk in meinen Händen hin und her. »Wie kommt das denn? Hat meine Familie zu dir Kontakt aufgenommen?«

»Ich hatte letzte Woche etwas in der Madison-Kolonie zu erledigen und habe erfahren, dass dein Vater dort ebenfalls einige Leute treffen wollte. Also habe ich beschlossen, mich bei ihm zu melden. Er hat mich gebeten, ein Geschenk deiner Familie mitzunehmen.«

Seine Worte sind freundlich. Ein netter Kerl, der einem Mädchen, das weit weg von zu Hause ist, einen Gefallen tut. Aber einige Augenblicke zuvor hat er nicht abgestritten, dass er zu einem früheren Zeitpunkt Dinge zu mir gesagt hat, an die ich mich nun nicht mehr erinnere. Ich halte das Geschenk in den Händen und weiß, dass es gerade um mehr geht, als es den Anschein hat.

Einen Moment lang treffen sich unsere Blicke. Ich suche in seinem Gesicht nach Antworten, als eine Stimme meinen Namen ruft. Ich drehe mich um und entdecke Tomas und einige der anderen, die mir mit Winken und Gesten zu verstehen geben, dass ich mich wieder zu ihnen gesellen solle. »Ich komme gleich«, rufe ich ihnen zu. Und als ich mich zurückdrehe, ist Michal fort.

Einige der anderen Studenten ziehen mich damit auf, dass mir ein Offizieller aus Tosu-Stadt ein Geschenk überreicht hat. Ich erkläre ihnen, dass Michal Gallen derjenige war, der mich zur Auslese abgeholt hat, aber daraufhin kichern die Mädchen nur noch mehr. Selbst Tomas hebt eine Augenbraue. Rasch werfe ich ihm einen beruhigenden Blick zu, mit dem ich ihm sagen will, dass ich ihm später alles erklären werde. Den Ursprung des Geschenks behalte ich für mich. Michal hat gegen die Regeln verstoßen, indem er mir diesen Gruß von zu Hause mitbrachte. Ich will nicht, dass er deswegen Ärger bekommt.

Der Himmel wird dunkel, und die Feier ist nun zu Ende. Tomas bringt mich zu meiner Tür und gibt mir einen zärtlichen Kuss. Dann – und das ist noch viel besser – sagt er mir, dass er mich liebe. Ich antworte ihm, dass ich denke, ich würde ihn auch lieben, und als mir Tomas daraufhin tief in die Augen schaut, um herauszufinden, ob ich auch die Wahrheit sage, scheint die Zeit stillzustehen. Nach einem letzten Kuss und Tomas' Versprechen, mich am nächsten Morgen abzuholen, trennen wir uns.

Endlich bin ich allein mit meinem Geschenk. Mit einem Geschenk von zu Hause.

Zwar habe ich an die Tage vor meinem Geburtstag keine

Erinnerungen, aber meine Familie hat mich in dieser Zeit nicht vergessen. Ich öffne die Schachtel und finde darin zwei Karten und ein getrocknetes Rosensträußchen in einem kleinen schmiedeeisernen Übertopf. Blumen, die mein Vater und meine Brüder in diesem Topf gezogen haben, den meine Mutter, wie sie mir mal erzählte, einst von ihrer eigenen Mutter geschenkt bekommen hatte. Ich könnte mir kein schöneres Geschenk vorstellen.

Ich stelle die Blumen auf den Tisch neben meinem Bett und lese die Karten. Eine stammt von Daileen, die mir schreibt, wie sehr sie mich vermisst. Sie verspricht mir, es nächstes Jahr auch hierher zu schaffen. Die andere Karte kommt von meiner Familie. Drei meiner Brüder haben in je einer Zeile hingekritzelt, wie sehr sie mich vermissen und dass sie mir einen schönen Geburtstag wünschen. Zeen dagegen schreibt, wie stolz er auf meinen Erfolg sei, und er entschuldigt sich für sein Verhalten am Abend vor meinem Aufbruch. Außerdem will er seinen Transit-Kommunikator wiederhaben.

Lachend suche ich in meiner Tasche nach dem Gerät und drehe es in den Händen. Bestimmt hat Dad längst einen neuen Kommunikator für Zeen besorgt. Aber ich werde ihm diesen hier trotzdem zurückschicken. Allerdings nicht, ohne ihn deswegen noch ein bisschen aufzuziehen. Dafür sind kleine Schwestern ja schließlich da.

Ich stecke das Gerät wieder in meine Tasche und schiebe sie unter mein Bett. Als ich zum Schrank gehe, um meinen Schlafanzug zu holen, höre ich ein Klicken.

So was Blödes! Ich muss das Ding versehentlich angeschaltet haben, als ich gegen die Tasche gedrückt habe.

Und tatsächlich habe ich irgendwie das Zwei-Wege-Radio in Gang gesetzt. Leider bin ich in Tosu-Stadt außer Reichweite zum Gegenstück in Dads Büro. So viel weiß ich, denn natürlich habe ich längst versucht, Kontakt aufzunehmen. Aber wer weiß? Nach einem Jahr oder mehr an der Universität finde ich vielleicht heraus, wie man das Signal verstärkt, sodass ich jederzeit mit meiner Familie sprechen kann.

Gerade will ich den Kommunikator wieder verstauen, als mein Blick auf eine Schramme auf der Rückseite fällt. Ich kann mich nicht daran erinnern, sie gesehen zu haben, als ich mir das Gerät zu Hause von Zeen ausgeliehen habe. Der Kratzer ist nur einen Zentimeter lang, aber seine unregelmäßige Form erinnert mich an etwas. An den Blitz auf meinem Erkennungsarmband. Ich betaste die eingeritzte Vertiefung mit einem Finger, und da spüre ich, wie etwas im Metall nachgibt. Ein Knopf? Bestimmt. Er ist zwar gut verborgen, aber auf der Rückseite des Geräts befindet sich definitiv ein Knopf. Kein Wunder, dass Zeen das Ding zurückhaben will, denke ich. Er hat es umgebaut. Wahrscheinlich habe ich das während der Auslese herausgefunden und diese Markierung als Erinnerungshilfe angebracht. Lächelnd lasse ich mich aufs Bett fallen, drücke auf den Knopf und warte darauf, dass etwas Unglaubliches geschieht. Denn wenn Zeen seine Finger im Spiel hat, passieren immer unglaubliche Geschichten.

Und in der Tat.

Ich blinzle verwundert, als sich der Raum mit einer Stimme füllt, die wie meine eigene klingt, und ich höre mit wachsendem Entsetzen zu, wie diese Stimme von Dingen berichtet, die so furchtbar und gewissermaßen unvorstellbar sind, dass ich sie einfach nicht glauben will …